KEY·可以文化

鲁枢元作品

WORKS
by
LU SHUYUAN

超越语言

诗性言语的心理发生

鲁枢元 著

浙江文艺出版社
Zhejiang Literature & Art Publishing House

图书在版编目（CIP）数据

超越语言：诗性言语的心理发生 / 鲁枢元著. —
杭州：浙江文艺出版社，2023.11
ISBN 978-7-5339-7369-8

Ⅰ. ①超… Ⅱ. ①鲁… Ⅲ. ①文学语言—研究 Ⅳ.
① I045

中国国家版本馆 CIP 数据核字 (2023) 第 179452 号

策划统筹　曹元勇
责任编辑　胡远行
营销编辑　耿德加　胡凤凡
责任印制　吴春娟　睢静静
封面设计　胡斌工作室

超越语言：诗性言语的心理发生
鲁枢元　著

出版发行　浙江文艺出版社
地　　址　杭州市体育场路 347 号
邮　　编　310006
电　　话　0571-85176953（总编办）
　　　　　0571-85152727（市场部）
印　　刷　上海盛通时代印刷有限公司
开　　本　700 毫米 ×1000 毫米　1/16
字　　数　300 千字
印　　张　21.25
插　　页　13
版　　次　2023 年 11 月第 1 版
印　　次　2023 年 11 月第 1 次印刷
书　　号　ISBN 978-7-5339-7369-8
定　　价　79.00 元（精装）

1989 年，撰写《超越语言》时的鲁枢元

2013 年，鲁枢元与王蒙老师在北戴河

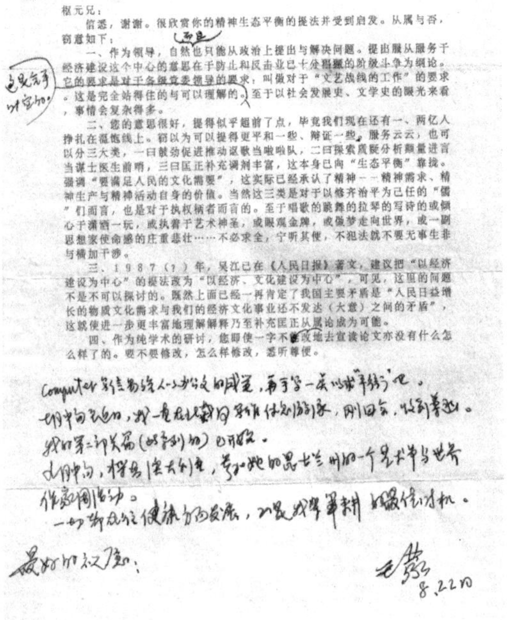

枢元兄：

信悉，谢谢。很欣赏你的精神生态平衡的提法并受到启发。从属与否，窃意如下：

一、作为领导，自然也只能从政治上提出与解决问题。提出服从服务于经济建设这个中心的意思在于防止和反击业已十分猖獗的阶级斗争为纲论。它的要求是对于各级党委领导的要求，叫做对于“文艺战线的工作”的要求。这是完全站得住的与可以理解的。至于以社会发展史、文学史的眼光来看，事情会复杂得多。

二、您的意思很好，提得似乎超前了点，毕竟我们现在还有一、两亿人挣扎在温饱线上。窃以为可以提得更平和一些、辩证一些。服务云云，也可以分三大类，一曰鼓劲促进推动讴歌当啦啦队，二曰探索质疑分析颇量进言当谋士医生前哨，三曰匡正补充调剂丰富，这本身已向“生态平衡”靠拢。强调“要满足人民的文化需要”，这实际已经承认了精神——精神需求、精神生产与精神活动自身的价值。当然这三类是对于以修齐治平为己任的“儒”们而言，也是对于执权柄者而言的。至于唱歌的跳舞的拉琴的写诗的或倾心于潇洒一玩，或执着于艺术神圣，或眼观金牌，或做梦走向世界，或一副思想家使命感的庄重悲壮……不必求全，宁听其便，不犯法就不要无事生非与横加干涉。

三、1987（？）年，吴江已在《人民日报》著文，建议把“以经济建设为中心”的提法改为“以经济、文化建设为中心”，可见，这里的问题不是不可以探讨的。既然上面已经一再肯定了我国主要矛盾是“人民日益增长的物质文化需求与我们的经济文化事业还不发达（大意）之间的矛盾”，这就使进一步更丰富地理解解释乃至补充匡正从属论成为可能。

四、作为纯学术的研讨，您即使一字不改地去宣读论文亦没有什么怎么样了的。要不要修改，怎么样修改，悉听尊便。

王蒙

8.22日

1992 年，中国作家“换笔“之际王蒙致鲁枢元信

八十年代，鲁枢元与南帆、吴亮在上海

1993 年，鲁枢元与舒婷、唐翼明（左 3）、韩少功在海南岛

2003年，鲁枢元与语言学家、复旦大学教授宗廷虎在首届中国修辞学高级论坛

1992年秋，鲁枢元（前排右3）主持召开文学与语言研讨会。
与会代表有叶廷芳、张志扬、耿恭让、黄培需、胡家才、王鸿生、鲁萌、
陈家琪、徐友渔、王国伟、南帆、北村、余虹、朱学勤、耿占春、张三夕、
何弘、艾云、曲春景、刘海燕、黄侠、李云侠等

总 序

胡大白*

上世纪80年代初，鲁枢元教授是我在郑州大学的同事，我的专业是现代文学，他的专业是文艺理论。在课堂教学上鲁枢元是一位深受学生爱戴的教师；在中国学术界，鲁枢元是一位颇具个人特色的学者。他出身寒门，没有骄人的学历，却一步一步攀登上中国学术领域的高地；他为人谦让、宽厚，治学道路上却不守成规、一意孤行；他自称文化保守主义者，始终坚守着自己脚下的土地，而他的一些研究成果却在不经意间辐射到西方。

鲁枢元治学的一个显著特色，是将传统的文艺学学科的边界拓展到心理学、语言学、生态学诸多领域。在新时期文学史中，他被视为文艺心理学学科重建的代表人物之一；他的《超越语言》一书同时受到文学界、语言学界的共同关注却又引发激烈争议。王蒙先生曾夸奖他的文学评论"别树一帜"。进入21世纪以来，他专注于生态文化研究，坚持不懈地将"生态"这一原本属于自然科学的概念导入现代人的精神文化领域，把"人类精神"作为地球生物圈中一个异常活跃的变量引入生态学学科。他面对日益严峻的生态困境，认真汲

* 胡大白，黄河科技学院创建人、教授，中国当代教育名家，第八届世界大学女校长论坛"终身荣誉奖"获得者。

取东、西方先民积淀的生存智慧，试图让“低物质消费的高品位生活”成为新时代的期许。因此，他被誉为中国生态批评里程碑式的人物、中国生态文艺学及精神生态研究领域的奠基人。

这部文集共十二卷，收录了他从 1977 年开始撰写的约 400 万字的文章。其中，包含三个方面的内容：学科理论建设；作家作品评论；散文、随笔以及日记、书信等日常写作。这些体裁不同、跨越近半个世纪的文章，从一个侧面呈现出中国社会生活的变革、国民心态的起伏、文化艺术理论的创新及中西当代学术交流的轨迹，在一定程度上反映了时代的精神状况，或许还为当代文化心态史的研究提供某些参照。

2015 年春天，鲁枢元于苏州大学退休后，在我的邀请下入驻黄河科技学院并创建生态文化研究中心。在我看来，鲁枢元是一位既能持守东方传统文化精神同时又拥有开放的世界眼光的学者，我相信他发自内心的学术探讨一定也是利国利民的，因此全力支持他做他自己愿意做的事，不设任何条框，不附加任何条件。事实证明，这样做的结果充分发挥了他治学的自由度与能动性，入驻黄河科技学院的这一时期，成为他学术生涯的又一高峰。与此同时，他出色的学术活动也为黄河科技学院的生态文化研究带来世界性的声誉。

鲁枢元是一位真诚的学者，在他的治学生涯中，他坚信性情先于知识，观念重于方法，创新的前提是精神自由。同时他还认为生态时代应该拥有与时代相应的“绿色话语形态”，学术文章也应该蕴含情怀与诗意，应该透递出作者个体生命的呼吸与体温。钱谷融先生曾经赞誉鲁枢元的属文风格：既是思想深邃的学术著作，又是抒发性灵的优美散文。读者或许不难从这套作品集中获得阅读的愉悦。

鲁枢元曾对我说过，他希望他的文字比他的生命活得长久些。我相信凡是用个体生命书写下的文字，必将是生命在历史长河中的延续。适值他的十二卷作品集出版，作为他多年的老友，特向他表示衷心祝贺！

目录

001_ 题记

003_ 自序

007_ 初版序言 / 白烨

第一章 语言的干涸

001_ 1.1 古老的岔道

007_ 1.2 一步跨过大西洋

008_ 1.3 大鱼骨头

017_ 1.4 气氛型信息复现

024_ 1.5 反叛结构主义

027_ 补记：语言学的回归之路

第二章 寻找绿洲

031_ 2.1 艰难的转折

033_ 2.2 回到索绪尔的起点

038_ 2.3 理解的门槛

043_ 2.4 文学言语学

050_ 2.5 操斧伐柯

054_ 补记：索绪尔与巴赫金

第三章　沉寂的钟声
059_ 3.1　风格的零点
067_ 3.2　在言语的下边
073_ 3.3　生命与语言
077_ 3.4　沉寂的钟声
084_ 3.5　论“烟缊”
094_ 补记：语言与生态

第四章　裸体语言
099_ 4.1　重提言语起源
108_ 4.2　文学的原始细胞
115_ 4.3　从司汤达到布勒东
124_ 4.4　袒露内部语言
129_ 4.5　潜修辞
138_ 补记：莫言与裸语言

第五章　精神的升腾

143_　5.1　突破与超越

148_　5.2　三分法

152_　5.3　“超语言学”

157_　5.4　英伽登的天空

161_　补记：铜山西崩，洛钟东应

第六章　场型语言

167_　6.1　线·面·场

172_　6.2　说“神韵”

176_　6.3　言语格式塔

183_　6.4　西蒙的调色盘

190_　6.5　开发右脑

197_　补记：钱锺书论神韵

第七章　诗性的天国

201_　7.1　言语的天地

204_　7.2　灿烂的感性

213_ 7.3 打通心灵的囚牢
220_ 7.4 语言的狂欢
225_ 7.5 瞬间伊甸园
231_ 补记：语言的诗性与诗的语言

第八章 汉语言，诗语言
235_ 8.1 那辉煌的银杏树
237_ 8.2 语言与传统
241_ 8.3 汉语言的诗性资质
258_ 8.4 从“血战”到“服从”
265_ 补记：语言的沉沦

269_ 跋
275_ 1994年重印后记

附录一
学术界相关评价
277_ 王蒙/致鲁枢元信
278_ 王蒙/缘木求鱼——读鲁枢元的《超越语言》

283_ 韩少功/致鲁枢元的信(有删节)

284_ 唐翼明/致鲁枢元的信

285_ 南帆/主体与符号

289_ 南帆/超越的本义——读鲁枢元的《超越语言》

296_ 陈力丹/符号学:通往巴别塔之路——读三本国人的符号学著作

297_ 伍铁平、孙逊/评鲁枢元著《超越语言》中的若干语言学观点

298_ 伍铁平/要运用语言学理论必须首先掌握语言学理论

299_ 宗廷虎/《20 世纪中国修辞学》:鲁枢元的文学言语学研究(高万云 撰文)

附录二

303_ 语言学与文学——答伍铁平、孙逊对《超越语言》的批评

题记

当语言在创造行为中被使用时，
它已不再是语言或还不是语言。
艺术是言语，不是语言。
艺术似乎是超语言学的最佳代表。
——米盖尔·杜夫海纳

语言的精神深度和力量惊人地表现在这个事实中，
言语本身为它超越自身这最终的一步铺平了道路。
——恩斯特·卡西尔

诗是人类的母语，诗性就是人性。当诗意在现代人的生活中
渐行渐远时，诗性言语又将如何发生？
谨以此书献给求索于深渊与峰巅的孤独者。

自序

这是一部写在三十年前的书，如今又将有新版面世。在这个瞬息万变的快节奏时代，一本书能够受到持久的关注，让我感到欣慰。

这部书从酝酿到写成出版，正值中国社会改革开放的鼎盛时期，即被史学家高度赞誉的80年代。在这一时期，中国与西方国家的文化交流日益频繁，大量西方现代学术著作被翻译介绍进来，学者，尤其是人文学者的独立思考、自由写作得到一定程度的宽容，中国的思想界进入继“五四”时期后又一个难得的活跃期。

当时，中国社会科学院文学所所长刘再复先生计划出版一套“文艺新学科”丛书，我的《超越语言》便是这套丛书中的一部。

我出生在中国腹地历史悠久的文化名城开封，整个青少年时代都是在这座古老而又封闭的城市里度过的。在大学读书期间，由于社会动荡，我未能受到严格的学术训练。之所以能够坚持不懈地一步步走过来，凭借的是我对文学艺术拥有天然的浓厚兴趣，再就是我热爱读书、写作，把学术研究当作自己生命的本分。我乐于将习得的一些知识与理论的碎片按照自己的感悟与理解愉快地拼接连缀成文。

可以说，这些在《超越语言》中全有所体现。

仅从书名上看，这应该是一部归类于语言学学科的书，其实并不尽然。

在写作这本书之前，我曾在文学心理学研究方面下了一些功夫，当“文学创作心理”研究进一步深入下去的时候，我发现“语言”就成为一个必然面对的“关口”，无论如何是绕不过去的。于是，我开始关注语言学理论，这就让我自然地与西方人文学科的“语言学转向”遥相呼应起来。

心理学研究重视主体的、个体的、内在的、精神维度的活动过程，这与结构主义语言学的研究路向并不一致，从这本书中很容易看到我对结构主义哲学的抨击，言语上有时显得过分冲动。

我与生俱来的“东方情结”，让我很难接受以“逻各斯”为中心的“理性主义”“本质主义”“实证主义”的西方近现代主流哲学，很难把握“概念形而上”的思维模式与书写风格。而对于西方后起的生命哲学、存在主义哲学、现象学哲学、法兰克福批判理论，则更容易产生亲近感并融入其中，西美尔（Georg Simmel）、舍勒（Max Scheler）、韦伯（Max Weber）、卡西尔（Ernst Cassirer）、海德格尔（Martin Heidegger）、杜夫海纳（Mikel Dufrenne）、马尔库塞（Herbert Marcuse）都是我喜爱的思想家、著作家。在这部《超越语言》的写作过程中，德国的海德格尔，法国的杜夫海纳，便成为我的精神向导，杜夫海纳的一句话，甚至成了我叩开“超越语言”之门的锁钥！而在语言学方面，我尊敬索绪尔（Ferdinand de Saussure），但更倾心于浑身散发着文化历史芬芳的洪堡特（Wilhelm von Humboldt）。

需要特别做出声明的是，我的这本《超越语言》与巴赫金（Mikhail Bakhtin）的《超越语言学》并无直接的关涉，我在写作此书时没有读过巴赫金的书，甚至也还不清楚这位学术大师。我的“超越语言”是动宾结构，我希望做成的一门学问不是“超越语言学”，而是“文学言语学”，当然，并没有做出来。但我的心似乎与这位大师是能够呼应的，因为在面对索绪尔与洪堡特时，我不能不对“抽象的客观主义”的索绪尔有所保留，而更倾心于“个人主义的主观主义”的洪堡特。洪堡特语言学中的文化内涵、精神取向，总能激起我的兴奋。

在中国,我的故乡原本是三位道家学派创始人老子、庄子、列子的诞生地,在我的思想深处始终隐匿着一个古老的文化幽灵“老庄哲学”,体现在文学艺术创造领域,便是魏晋风度与魏晋时代的美学。

在这部书中,读者将会看到,一个当代中国人文学者如何将东方的老子、庄子、陆机、刘勰、李商隐、司空图,翁方纲、鲁迅、王蒙、莫言,与西方的洪堡特、列维-布留尔(Lucien Lévy - Bruhl)、皮亚杰(Jean Piaget)、索绪尔、海德格尔、杜夫海纳、司汤达(Stendhal)、布勒东(André Breton)糅合在一起。

相对于理智,我更看重感悟;相对于逻辑,我更钟情直觉;相对于科学,我敬畏神秘。我相信文学艺术研究不只是单一的思维活动,更是一种特定的、持续的心境或精神状态,是一种对于研究对象的悉心体贴与无端眷恋,一种情绪的纠葛与沉溺,一种心灵的开阖与洞悉,那应该是一种发自生命深处的“思”的状态。我不能算是一位严谨的学者,也不是一位合格的大学教师。

在我看来,文学性的核心是诗性,诗性也是人性的底色。我写作这部书的初心,是要探究一下“文学语言的心理发生”,亦即诗性在人性中的发生与遗存。文学语言是如何在一位作家或诗人的心中产生并呈现出来的?诗性的语言如何在人性中扎根生长?这些问题往往被正统的语言学家忽略了,我自不量力地希望补充上这一课。

我的“胆大妄为”无意间惊动了国内语言学界某些权威人士,一时间几乎引发对我的“群殴”。一位权威语言学家竟写了数万言的文章痛批我的“胡言乱语”。

与此相对,这本书出版后却受到文学创作界的好评与鼓励。

该书的责任编辑、同时也是享有盛誉的文学评论家白烨先生在审稿的过程中就写信告诉我,说这是一部有创见的好书。

国家文化部前部长,著名作家王蒙先生在声誉显赫的《读书》杂志发表专题文章,评价说这是“一本超拔的书”。

作家韩少功先生,理论评论家南帆先生,以及陈力丹教授,刘士林教授,都曾对《超越语言》写下许多赞赏的话。

让我难以忘怀的还有身世坎坷的唐浩明先生。当时他在台湾政治大学任教，特意写信来告诉我此书“切中时弊，对文学大有功德”。

此书在1988年有一个“油印本”，供课堂教学使用；1990年由中国社会科学出版社初版印行，1994年重印过一个增订版，后来还有出版社提出再版。

为了修订这本书，我曾经收集了一书架相关的书、刊。遗憾的是，我发现全面修订比最初的书写还要困难得多，修订再版的计划也就搁置下来，一搁就是二十多年。

当年写作此书时，我还是血气方刚的青壮年。一位挚友戏言，读《超越语言》可以感觉到作者充盈的“性冲动”。如果把“性冲动”改为“生命冲动”，我是可以欣然接受的。如今，我已经须发斑白、年逾古稀，且不说“全面修订”已经心力不足，其实我还担心衰老之年的修订很可能会损伤原书的有机性，销蚀掉原书蕴含的情绪与直觉、生气与活力，事到如今也只有放弃。

这次出版，除了对书中一些明显的错误加以纠正之外，基本上完整地保留了30年前的“容貌与体魄”，也保留了它的偏颇与执拗。为了多少弥补一下缺憾，这次重校我在每一章的后边添加了一篇“补记”，结合当下的感悟，做了十分有限的一点补充。

30年过去，随着语言学研究领域的扩展，许多新的问题又展现在人们面前，如人类语言交流载体的数字化、电子化、网络化，如言语主体生态环境的变化。

诗是人类的母语，诗性是人类的天性，语言现象亦即生命现象。当诗意在现代人的生活中渐行渐远时，文学如何持守自己的本真天性再度完成对时代的超越，对于日常生活的超越，更加迫切地摆在我们面前。

学术探究永无止境，此书如果能够为继往开来的“超越者”提供一块“垫脚石”，我将感到万分荣幸！

鲁枢元壬寅立春，于姑苏暮雨楼

初版序言

白　烨

一部充满创新精神的著作
——评鲁枢元的《超越语言》

读枢元这部书稿，我开始多少是带了一种编辑职业所养成的挑剔眼光的。但读着读着，便被书稿中那倜傥不羁的思维和鞭辟入里的见解所吸引，以至书稿尚未读完，就迫不及待地写信告诉枢元：《超越语言》是一部在角度上、立论上、语言上都卓有特色的好书；而且还说到，在这本《超越语言》里，枢元又一次地超越了自己。

文论界的人们都知道，鲁枢元是以创作心理的研究起家，而今已被公认为我国当代文艺心理学的主要代表。奠定他目前的学术地位的，主要是两部文艺心理学论著：《创作心理研究》（黄河文艺出版社 1985 年版）和《文艺心理阐释》（上海文艺出版社 1989 年版）。现在，枢元又以《超越语言》一书把触角伸向新的领域，虽然从现代文艺学的角度看，由创作中的心灵活动追索到“文本”中的心灵显现也顺理成章，但毕竟已踏入有别于心理学的语言学的范畴。这对他以往专注于文艺心理学的研究来说，不能不说是一次理论上的超越。

说枢元又一次超越了自己，还包含有另外一层意思，这就是就我对枢元为文为人的一贯了解来看，觉得他在这本书里，还改变了过去那种常把自己的创见裹在谨慎的外衣里，阐述己见时小心翼翼的做法，这一次他似乎抛弃了一切顾忌，既理直气壮地声扬自己的种种见解，又踔厉风发地批判了许多权威的观点，立论之鲜明，述论之泼辣，颇见出几分跋涉者与进击者的气概。

说到这里，我想起有关枢元的一个小插曲。1985年夏天，我们几十个年轻的文学理论批评工作者在国谊宾馆参加《文艺报》召开的“全国青年文艺理论批评工作者座谈会”。会上，年轻气盛的朋友们个个咄咄逼人，一开口都是惊人之论，轮到枢元发言时，他则不紧不慢地讲述了一通自己的困惑。大意是说：在当前复杂多变的理论现象面前，自己好像是“两堆干草”中间的“一头驴子”，简直不知道该吃那一堆好，该选择些什么。作品是什么，是生活的文本化，还是精神的对象化？评论是什么，它主要是作家与生活的关系，还是批评家与文本的关系？理论怎么办，是继承民族的重具体经验的文论传统，还是汲取西方重抽象观念的文化养料？这些都令人一时难于抉择。因为各家的说法都不无道理，又都不全有道理。他表示要在学习中深思，在深思中辨析，在难以选择的选择中选择得好一些，不致因为不知先吃哪堆“干草”好而“饿死”。那一席话是用浓重的河南乡音讲的，浑厚有味，铿锵有力，微言中不失深义，困惑中自有清醒。那次发言给我印象很深，当时我就想，像枢元这样脚踏实地而又不求玄虚的人，很可能有更大的出息。但我也暗自担心，枢元身上多少存在的过于持重、过于沉重乃至几近滞重的精神负担会不会最终拖累了他的理论研究？

事实证明我的担心是多余的，这些年来，枢元在理论探索的过程中，越来越多地表现出一种奋勇进击的姿态和坚韧不拔的精神，而这经由他与陈丹晨、畅广元等人关于“创作心理”的论争，与林焕平、张炯等人关于“新时期文学向内转”的论争，与王一纲、曾镇南等人关于“文学本体论”的论争，到撰著这本与更多的理论大家论辩的《超越语言》，他的理论锐气真可以说达到了峰巅的状态。虽然他的理论探索仍不失其沉稳的底蕴，但从整体上看，显然较前更加具有了挑战性。

摆在读者面前的这本《超越语言》，实际上就是一份颇具分量的挑战书。

它面对现代语言学的主导倾向——结构主义语言学所精心编织的气势磅礴的理论大网，在实事求是地肯定其开创“语言是关系”的研究、强化文学的“文本”研究等重要贡献的同时，有理有据地指出它因过分崇尚“逻辑”和“实证”的手段，虽则获得理论上的“科学性”，但又失却了社会、个体、情感、心灵方面的许多东西，从而在旨在追求人的精神的丰富性和自由性的文学艺术的研究方面留了诸多漏洞。“结构主义是阐发人类文学现象的唯一方法吗?”“文学等同于语言学吗?”“文学规律等同于语法规则吗?”经过这层层深入的诘问与简洁扼要的论析，作者揭去了人们罩在结构主义语言学及其批评学之上的神圣面纱，并十分形象地指出：“结构主义批评朝着文学的海洋吃力地撒下一张沉重的网，拖上来的仅是一些鱼骨头，一些庞大的鱼的骨架。”这里，大胆的质疑语惊四座，扎实的结论却也令人信服。

除去对现代文艺批评中的结构主义倾向的大胆反拨之外，《超越语言》的挑战性意义还表现在面对国内传统的社会学批评普遍忽略语言因素的现状，以对文学言语现象的感觉、体验、领悟和对文学言语个体的观察、分析、描述，阐发了人的生命与精神经由言语在文学艺术中涌现的过程，使人们看到了言语在生命表现和文学生成中不可或缺的重要地位和巨大意义，从而在根本上阐明了人们常常说到却很少深究的文学之所以是“语言的艺术”的本质所在。

只重视语言的“科学性”的结构主义批评和不重视语言的“本体性”的社会学批评，在忽略文学中主体心灵的创造过程和排斥言语个体的独特风格这一点上殊途同归。这是鲁枢元所深以为憾的，他正是要对他们所排斥的加以肯定，对他们所忽视的加以重视，对他们淡薄的加以强调，而深厚的文艺心理学造诣以及在心理学与语言学上的一系列深入思考，使得鲁枢元在文学言语学的领域里以锐利的武器开辟了自己的一块独特的天地。他坚持在心理学的屏幕上观照和探求文学言语的本质特征，无论是言语在作家心灵的萌发，还是言语通过写作在“文本”上的“定形”，以至到鉴赏者在历史长河中接受性的阅读与理解，他都把它看作是充满个体创造精神的过程，注意发掘言语现象之中、之下和背后潜藏着的生活世界和生命世界，探悉文学言语中深蕴着的人性和诗性，从而使他的言语理论以生气贯注的灵性和活力，更加切合文学艺术的审美特征和内在规律。

正是为了切近文学艺术的特性，与结构主义语言学形成鲜明对比，鲁枢元在阐述自己的文学言语理论时，刻意突出文学言语的"个体性""心灵性""创化性"和"流变性"，并创造性地运用了"絪缊""神韵""延宕修辞""瞬间修辞""裸体语言""场型语言"等重要概念。这些概念以其丰富而独特的心理学内涵，深刻揭示了文学言语与人的生命活动和精神生态的内在联系以及在文学言语之中所蕴含的巨大潜力。在此基础上，鲁枢元进而探讨了人类对于语言的突破与超越的必然性，以及它在五个方面的具体体现：语言观念上的突破；语言学研究范围的突破；言语主体的介入；言语在知觉中的整合；言语在理解中的绵延等。站立在这样的一个理论高度上，鲁枢元依次展开了他的一系列独到见解："语言是人类存在的'家园'，是人类经验的'库房'"；"是人类的生命意识之流"；"文学是语言充满激情的舞蹈"，"语言的天地中包笼着人性的沉沦晦蔽和精神的澄明敞亮"；"真正的语言是诗的语言，真正的诗性是人的本性，人类将在语言的虹桥上走进诗意的人生"。从这些论述中人们不难感觉到，在鲁枢元看来，生命、言语、诗性原本是三位一体的东西，这种深层的化合，使文学言语远不止是文学的"工具""媒介"和"外壳"，它本身就是文学的内容构成、文学的生命所在、文学的整个世界。这种极富本体论色彩的文学言语观，乍一看来与那些结构主义语言学家的语言观念颇为相似，但它在实质上以自己的灵动性、开放性，尤其是深刻的人文精神与之明显地区别了开来。

鲁枢元不赞成把结构主义语言学当作唯一的模式生硬地套用到文学批评中来，更不赞成把这种主要产生于表音文字的语言理论照搬到以象征表意为主的汉语言的研究以及中国的文学批评中来。因此，他在《汉语言，诗语言》一章中，用大量的语言的和文学的实例，具体而微地论述了汉语言由表意、象形等基因所衍生的八个方面的个性特征，以及它与人的意志和心灵活动的繁密缘结。这可能是文论界从文学艺术的角度对于汉语言诗性特征的第一次全面剖析。这一剖析使人们充分认识到以表意文字为主的汉语言与以表音文字为主的西方语言在性质上的差异所在，从而更加相信鲁枢元这样的论断："汉语言是一种艺术型的语言，一种诗的语言。"从对结构主义语言学的非文学性的质疑入手，到对汉语言的诗性资质的揭示落脚，鲁枢元把他的文学言语观表述得十分鲜明，这就是文学言语的研究应该紧贴艺术创造的审美特性、倾向"人文化"，而不应该远离艺术的本质所在、走向"科学化"。这样的看法当然不是从鲁枢元始，但鲁枢元却是迄今为止在文学言语学的人文主义研究倾向上，建立起自己的独特理论体系并把它阐述得最为充分的一位理论家。仅此而言，鲁枢元和他的这本《超越语言》就很值得人们敬重，因为这是在众多的语言学家有意无意地遗忘了的语言荒漠上从事的筚路蓝缕的开拓性工作及其所获得的可贵成果。

鲁枢元这本书，在语言表述上也同他的奔放不羁的思维相适应，追求一种活泼不拘的风格，它一改一般的理论著作刻板、拘谨的语言表述模式，以生动感人的言辞和语调娓娓道来，清新中不失隽永，浑朴中不失严整，论说中时见描述，描述中间有抒情。有些段落甚至可以当作散文来读。如此引人入胜的文字，在理论著作中实不多见。鲁枢元的这一努力表明，理论著作不一定非得板着面孔只说些枯燥无味的话，它完全可能以生动一些、自然一些、亲切一些的姿态面对读者。

《超越语言》是一本具有自己的角度、自己的思考、自己的见解、自己的语言的著作。它的付梓，不单单说明当代文学研究中又有一本好书行将问世，它在某种程度上还表明了当代文学研究将跨越对西方文论的横向借鉴的自我构建的开始，而在这背后，它又标示着中年一代理论家在认真、刻苦的理论探索中正日益走向成熟。的确，从鲁枢元这部著作中，我们不难从中感受到那种努力把强烈的创造精神与严肃的历史眼光，活跃的思维个性与真诚的治学品格、凌厉的批判精神与清醒的自我审视统一起来的理论追求，而这，还向人们预示着理论家在今后探索中的不断超越。

当然,《超越语言》一书也并非尽善尽美,它在阐述某些互相对立的命题时往往有忽略它们互渗的一面的倾向,有些较为复杂的问题在论述中还多流于一种直感描述,而未能阐发得更深一些,更透一些。总之,鲁枢元在这本书里还有意无意地留下了许多未尽之言,这倒也正为他日后的理论驰骋留下了广阔的天地。我相信,枢元沿着《超越语言》所开拓的理论新路进而拿出更有分量的理论力作,是指日可待的事情。

说实话,给《超越语言》这本书作责编,我很感愉悦,给《超越语言》这本书作序,却使我颇费踌躇。阅读一本书与评介一本书毕竟是两种不同的功夫。好在鲁枢元这本书本身就很光彩耀人,我相信,这篇序既不可能给它增添些什么,也不可能给它减少些什么。想到这里,倒也心安理得了。

1990年4月于北京朝内

第一章　语言的干涸

1.1　古老的岔道

很早很早以前，在澳大利亚的土著部落里，在西非几内亚的原始村落里，在北美印第安人原住民的部族里，人们在宗教仪式和节日的庆典上常常要念诵大量的歌谣和魔咒。这是一种神秘而古怪的语言，是一种在极其严肃庄重的情形下发出的语言，这语言将和部族的凶吉否泰、强弱荣衰、生息繁衍密切相关，这语言发自每一个念诵者虔诚的内心深处，这语言被群体的意志赋予了神圣的光环。

然而，这“语言”究竟什么意思，几乎谁也不知道，谁也听不懂，领读的巫师或酋长不懂，随读的部落成员更不懂。比如，在澳大利亚中部祭祀图腾的狂欢节上，土人们连续花费五个夜晚演唱一部歌曲，唱得如醉如痴，演唱者和听众没有一个懂得这部歌曲的意思。最初的一批人类学家如鲍德温·斯宾塞(Baldwin Spencer)、列维-布留尔都曾指出：在这些场合中，土人们通常都不知道词的意义,这些词是从他们古老的祖先那里传下来的。类似的例子,还有古希腊帕那萨斯山麓的“德尔斐神谕”。所谓“神谕”,实则是一位女巫在吞咽下山谷裂隙中的雾气后即兴发出的怪声喊叫,那叫声同样是莫名其妙、含糊不清、不可思议、不可理喻的。

奇怪的是,对于这些神神魔魔的歌唱者或喊叫者来说,不理解那些词的意义,不清楚那些句段的逻辑,不会被原始部落的成员认为是一个问题。所谓概念语法的那些东西,他们是根本不感兴趣的。

对于他们来说,有效的是抑扬的腔调、跌宕的节奏、丰富的表情、饱满的情绪、神秘的氛围,以及由此而生的意象和幻觉,这些由心灵深处升起的东西,足以使语言发挥出无比的神力或魔力。

这类语言中当然并不是就没有意义、没有逻辑,只不过那是一种原生的意义、原生的逻辑。一种渗透了情绪与表象的意义、一种含蕴在行为与活动中的逻辑。这是心灵与自然的交融,这是感性与理智的浑沦。

语言在这种状态下不知持续了多少万年。

情形渐渐在发生变化。终于发生了一场显突的巨变。确切地指出这场巨变发生的时间已经不可能了,现在我们能够从具体史料中察看到的这种变革结果,距今不过才两千三百多年。古代希腊的一批智者(或许还应当包括中国先秦时期的邓析、慎到、惠施、公孙龙之辈),尤其是马其顿王国那位御医的儿子亚里士多德(Aristotle),以其超人的智慧对人类的语言做出了明晰的、连贯的、普遍的、统一的规范。亚里士多德的《范畴篇》、《论辩篇》、《分析篇》为后世的“逻辑学”铺设下一块最初的坚固的基石。“概念”“思维”“推理”“演绎”“归纳”“分析”开始为人类的语言活动立法,理性的原则、因果的原则、形式的原则开始在原始混沌的语言层面上游离出来。

与此同时,语言中感性色彩、情绪张力、意向驱力开始缩减消退。

语言,在它的发展前途上开始出现了第一次岔道:

一条岔道的路牌上铭刻着“心灵性”“游移性”“模糊性”“直觉性”;另一

条岔道的路牌上则标写着“实证性”“稳定性”“确切性”“逻辑性”。

人类之中大多数有才华的学者，都跟随在亚里士多德的身后选择了第二条道路。有人说这是人类社会发展的必然进程。有人说这是人类社会无意中走错的第一步。

在亚里士多德死后两千多年，人类关于自己语言的矛盾仍在继续着。在进入二十世纪之后，这种矛盾冲突更加明显地呈现出来。柏格森（Henri Bergson）和索绪尔差不多成了两个极端的代表人物，他们的分歧表现在他们各自的天才著作中。

在《论意识的直接材料》一书中，柏格森认为，人的个体的意识在宇宙的时间中是一个绝对不可逆转的过程，唯一真实的是独一无二、无可替代的个体的生命体验。他怀疑科学能够对任何具体的、直接的、有生命的东西做出正确的说明。理性的东西只能在这种认识对象的外部小心求证，而直觉则能够深入对象内部，把握实质。规范的、稳定的、普遍适用的语言对于人类真实的生命活动只不过是一种遮蔽和障碍，它只会破坏掉个体意识中那种微妙灵幻的、倏忽即逝的东西。

在《普通语言学教程》一书中，索绪尔强调，人类语言只不过是一种约定俗成的符号，重要的不是语言的内容，而是意义与符号的关系，这种关系具有既定性和稳定性。正是语言的这种属性，使语言具备了共时性研究的可能，归结出人类语言活动的普遍法则和基本模式，是语言学的主要目的，现代语言学因而获得了“科学”的品位，这将有助于正确思想的产生。

显然，柏格森所关注的是具体的、感性的人的心灵，他宣称他将“朝着同理性的自然趋势相反的方向进行”；而索绪尔关心的是语言学概念的界定与阐释、是语言学体系的严密与完整，他立志要尽自己的最大努力去揭示、清埋、消除人们在语言中积藏下的种种愚昧和迷误。

二十世纪以来，索绪尔在语言学上选择的道路，不断为一些哲学家们进一步拓宽。像分析哲学和逻辑实证主义哲学的代表人物摩尔、罗素、皮尔士、戈尔纳普以及前期的维特根斯坦，纷纷为了人类语言的科学化而呼风唤雨、推波助澜。从大体上看来，二十世纪仍然是一个理性备受推崇的时代，美国学者莫尔顿·怀特（Moulton White）在五十年代编写的一部二十世纪哲学史，就把书名定为《分析的时代》，并把它献给了摩尔。

那位被人们誉为“不空想、不浮夸”的摩尔（George Edward Moore），毕生都在努力为晦涩的哲学问题制造明晰确凿的概念，为了更符合逻辑，他不得不使用一些啰嗦而别扭的语言，结果把“常识”弄得比哲学还要繁难。他自己弄得也很疲惫，甚至在睡梦中也在思考着“桌子”这一命题含义，或者，“爱情”与“家具”为什么不属于同一命题。

皮尔士（Charles Sanders Peirce）为了确证语词的普遍价值，提出以“能否翻译”为试金石。比如：“这本书是重的”，应当翻译为“假如移去了支持这本书的所有力量，这本书就会跌落下来”。在他看来一个无法翻译的名词，或者应用它的人不能提供这种翻译的名词，是没有意义的。尽管它也许能在心灵的领域激起感情唤起想象，但从科学上说来，这注定是没有意义的。

卡尔纳普（Paul Rudolf Carnap）强调“哲学是对科学的逻辑分析”，只有符合“数学的”和“逻辑的”的陈述，才是有意义的。在他看来，某些道德方面的律令和玄学方面的言语都是没有意义的。卡尔纳普也排斥艺术和诗歌的意义，认为它们虽然能够激起人的某些情绪，但并不具备真正意义上的意义，真正的意义是“认识上的意义”“科学上的意义”。

罗素（Bertrand Russell）要做的工作是希望通过最简约、最经济、最单纯的方式客观地表述世界和宇宙确定的意义，他的目标是建立“宗教真理”“科学真理”“数学真理”，常规的语言已经不能满足他的需要，他与他的老师怀特海一起着手建立一种“数理逻辑语言”，在他们的著述中，纯粹的形式关系的逻辑被奉为主宰万物的上帝。前期的维特根斯坦（Ludwig Josef Johann Wittgenstein）也曾经热衷于逻辑原子主义的分析方法，竭力寻求语词与意义之间唯一可靠的对应关系，希望用一种“纯粹”的语言清理传统哲学中的混乱。在他看来，世界是混乱的、偶然的，只有逻辑才是衡量这个世界的唯一靠得住的标尺。不过，后期的维特根斯坦就开始醒悟到这样做等于使自己“站到了滑溜溜的冰面上”，由于逻辑的过于纯粹完美反而失去了运动不可或失的摩擦力，哲学也就玩不转了。于是维特根斯坦在他哲学研究的后期又重新回到“日常语言”这块粗糙不平的地面上来。

现代语言学对两条岔道的研究，出现了这样一种局面：其中一条已经成了宽广坦直、车水马龙的大道通衢；而另一条则荒草丛生、流沙埋径、几乎被人遗忘。

从原始部落中谁也不懂的“歌谣符咒语言”，发展进化到现代科学技术中的“电子计算机语言”，应当说是得力于亚里士多德的“逻辑学”及罗素们的“数理逻辑”的。甚至还可以说，我们目前的人类所能获取的一切现代化的物质享受和一切由科学技术带来的福利条件，都和语言的这一进程有关。

然而，这条宽广大路带给人类的并不全是益处，同时它也带来某些隐患。这些隐患无疑是由这条道路方向性的偏斜造成的，而这种偏斜从伟大的亚里士多德就已经开始了。量子物理学家海森伯（Werner Heisenberg）对此曾经作出过公正的评判：

> 为了获得科学思考的坚实基础，亚里士多德在他的逻辑学中着重分析了语言的形式，分析了与它们的内容无关的判断和推理的形式结构。这样，他所达到的抽象和准确的程度，是希腊哲学在他之前所未曾知道的，因此他对我们思想方法的阐明和建立思想方法的秩序作出了巨大贡献。他实际上创造了科学语言的基础。
>
> 另一方面，语言的这种逻辑分析又包含了过分简化的危险。在逻辑中，注意力只集中于一些很特殊的结构、前提和推理间的无歧义的联系、推理的简单形式，而所有其他语言结构都被忽略了。这些其他的结构可以起因于词的某种意义之间的联系，例如，一个词的次要意义，只是在人

们听到它时模糊地通过人们的心灵，但它却可以对一个句子的内容作出主要的贡献。每个词可以在我们内心引起许多只是半有意识的运动，这个事实能够用到语言中来表示实在的某些部分，并且甚至比用逻辑形式表达得更清楚。①

这位量子物理学家在他的这部著述中还讲到文学、讲到诗歌，说“诗人常常反对在语言和思考中强调逻辑形式”。为此，他还非常在行地摘引了歌德在《浮士德》中利用靡非斯特之口，对“语言结构”和“形式逻辑”的挖苦讽刺。

譬如平常的饮食
本来是一口可以吃完。
但到你研究过逻辑，
那就要分出第一！第二！第三！

海森伯的这段话是写在二十世纪的五十年代，他对这个问题的思考应当说还要靠前一些。

更早一些，哲学人类学家卡西尔也曾经指出过：我们的日常语言不仅仅是一些语义符号，而且还充满着形象和特定的情感，诉诸我们的直觉和想象，“从发生学的观点看，我们必须将人类言语具有的这一想象的和直觉的倾向视为言语的最基本和最重要的特征之一”。“那么另一方面我们就会发现，在语言的进一步发展过程中，这倾向逐渐减弱了”，“人发现了一系列科学语言，在这些科学语言中，每个术语都界定得清晰明白、毫不含糊”，“但人也为这一成果付出了惨重的代价。在接近更高一级的智力目标的同时，人的直接具体的生活经验也在不断消失，两者是成正比的。剩下的只是一个思想符号的世界，而不

---

① ［西德］W. 海森伯：《物理学和哲学》，商务印书馆 1981 年版，第 111 页。

是一个直接经验的世界”。他的结论是:“如果我们还想保存和恢复这种直接地、直觉地把握实在的方法的话,我们就需要一种新的活动和新的努力。”①

令人遗憾的是,卡西尔或海森伯所讲到的人类语言中已经出现的危机,反而被这个时期里研究语言和研究文学的人们忽视了。

由亚里士多德肇始的语言研究中的简化倾向,在这条古老的岔道上越走越远,在二十世纪五十年代,终于被一批结构主义的哲学家、语言学家、美学家、文学评论家推上了顶峰。

1.2 一步跨过大西洋

结构主义作为世界的一种解释力量,是建筑在现代语言学的模型之上的。

这种语言学模型的设计者,主要是瑞士语言学家索绪尔。

索绪尔对于语言学研究的“革命性”贡献是,他否定了“语言是实体”的观点,提出了“语言是关系”的观点。人类的语言是“建立在各种关系之上的”,各种语言要素都只有在一定的关系中才有意义。语言自己是一种完整的形式,一个统一的领域,一个自足的系统,与有限的历史无关,与言语的主体无关。语言系统的存在是自在的、自为的、至高无上的,人的具体的言语活动,都将被置于语言的普遍关系与普遍法则之下,就像每个象棋棋子的活动,都注定要受到象棋棋盘和法则的制约一样。不同的只是:在象棋游戏中,人们是明确总的法则后才玩起来的,而在言语活动中,人已经“玩”了千年万年,却还不知道这盘棋的总的格局和法则。现代语言学家的任务,就是要找出那些在冥冥中支配着人类言语行为的结构模式和关系准则。

索绪尔的“革命”,得出了“语言是结构、关系、形式”这一结论。

---

① [德] 恩斯特·卡西尔:《语言与神话》,三联书店 1988 年版,第 164、165 页。

这一“革命成果”被后来的崇拜者无边无际地扩大了。

因为语言是人类文化的“全权代表”，那么，所谓人类文化只不过是一种“巨型语言”。而文化又是全部人类活动的有效积淀，那么人类的存在也不过就是一系列的语言表达。语言的结构就是人类的结构，语言的结构模式必然也是人类现实存在结构方式。

语言联结起了人类和人类的世界。

不，语言就是人类和人类的世界。

特伦斯·霍克斯(Terence Hawkes)在他的《结构主义和符号学》一书中形象地指出：由语言学迈向人类学，看起来只不过是小小的一步，然而“这一步却使我们跨过了大西洋”①，语言学的方法被引进一片漫无边际的人类活动领域中。语言学的方法合乎逻辑地成了解释人类自身存在及人类社会存在的方法。

在这场“横跨大西洋”的竞技表演中，灵活多变、爱赶时髦的法国人夺得了数量最多的金牌。曾经佩带过“结构主义”徽章的著名法国学者，就有列维-斯特劳斯、巴尔特、阿尔都塞、福柯、拉康、德里达、格雷马斯等人。此外，还有美国的乔姆斯基和瑞士的皮亚杰。

在二十世纪中叶的二三十年里，结构主义铺天盖地而来，它的影响波及语言学、人类学、社会学、心理学等许多重要的学术领域。

而文学，恰恰是“语言”“社会”“人生”“人心”的交汇点，于是，文学批评和文学理论便自然地成了结构主义者施展他们的勇气和能耐的竞技场。

1.3 大鱼骨头

为了对人类、人类的世界作出客观的、确切的、科学的说明，结构主义者辛

① ［英］特伦斯·霍克斯：《结构主义和符号学》，上海译文出版社1987年版，第20页。

勤地、精心地编织了一张庞大的理论之网。

确切地说，是三张网：(1) 语言结构主义，(2) 人类学结构主义，(3) 文学结构主义。由于文学与语言的关系较之人类学与语言的关系更为直接，文学便成了结构主义者纷至沓来的海上渔猎场。

结构主义文学批评的创建者们大多是一些严肃的语言学家和哲学家，他们的智商和知识水准都很高，是一些真正做学问的人。这样一些人能够在二十世纪中叶的文坛上操执牛耳，实在还和文学批评发展的晚近趋势有关，尽管结构主义的学者们很不愿意谈论历史。

到了十九世纪末和二十世纪初，文学批评理论中以社会生活为对象的"历史批评"和以创作主体为对象的"传记批评"，受到实证主义哲学和精神分析心理学的鼓励和赞助，很快发展到了高峰。于是有人觉察，在文学的王国里，批评恰恰忽略了"文学作品"自身的存在，这是不能容忍的。

首先是在英国，写作考究、工于文体的诗人艾略特(Thomas Stearns Eliot)、理查兹(Ivor Armstrong Richards)率先提出了诗歌文本自身的存在意义，"诗就是诗，而不是任何其他东西"，"诗的形式就是它的内容"，"诚实的批评和真挚的鉴赏都不是指向诗人或指向社会、宗教、伦理、政治，而是指向诗"，于是，"文学作品"被切断了与文学家、与社会、与读者的联系，成了一个封闭的、独立的系统，一个由文字、语词、句法构架而成的系统。批评家只要细读精研这个由语言符号构筑的系统，就可以获得文学中最高意义的发现。

艾略特和理查兹的这些见解，被后来的一些人翻造成文学界的"新批评"，一种形式主义的文学批评。结构主义文学批评就是在"形式主义"之风日盛的情况下应运而生的，它的生命又是寄附在结构主义语言学之中的。

结构主义语言学把人类语言看作一个独立完整、自在自为的系统；结构主义文学批评则把文学作品看作一个独立自足的系统。

结构主义语言学认为语言的本质不是语词的"物质性质"和"历史内容"，而一种抽象的关系系统。语言学研究的对象是"语言的共时性"，只有"共时性”中才可能有“一般的”“规律性”的东西;结构主义文学批评同样把在“空间意义”上寻求“关系”和“模式”,看作自己的神圣使命。

结构主义语言学认为,一个语词的意义并不是自身固有的,而是由它在上下文中的位置决定的,是在它与别的语词的联系和对立中获致的,意义生成于“二元对立”的格局;结构主义文学批评也非常重视从文学作品中寻找、确定这种“二元对立”的关系,并且把这种逻辑关系作为批评得以开展的根基。

结构主义语言学认为,要对语言进行“科学”研究,就不能不实行“简化”原则,索绪尔曾把语言状态中的复杂关系简化为“纵”“横”两轴:纵轴是记忆中的、联想性的,同类词语在言语者头脑中的聚合或库存,在语言过程中,它体现为其他语词的淘汰和对某一语词的择定。横轴是出现在语言成品中的,由不同语词组合成的逻辑序列,体现一个完整句式的生成。语言的意义,即在纵轴的垂直运动和横轴的平行运动中显现。

结构主义文学批评完全照搬了索绪尔的这一座标体系,将纵轴向度上的相似性语词的选择称为“隐喻”,将横轴向度上的相似性语词的组合称为“转喻”,作品的意义也就在“隐喻”“转喻”的交织中生成。在结构主义的文学批评家看来,诗歌中“任何转喻都略具隐喻的特征,任何隐喻又都带有转喻的色彩”,“把等值原则从选择轴弹向组合轴”正是诗歌的基本功能。

结构主义语言学常把语言现象比作“象棋”游戏,棋的下法人各不同,棋局的形态千奇百怪,而下棋的基本规则却是有限的、固定的,语言学的任务是找到这些基本的规则;结构主义批评同样认为,作品的情节、题材可以千变万化,但作品的叙述类型却是有限的、固定的,文学批评的任务即是从文学言语现象中寻找可以称为“基本语法”的东西。

以上,我们从“研究方法的共时性”“研究对象的关系性”“逻辑的二元对立性”“选择与组合的操作性”“基本语法的有限性”五个方面提示了结构主义文学批评对结构主义语言学的趋迎与归顺。

对此，结构主义文学批评家是欣然认可的，正如罗兰·巴尔特（Roland Barthes）所说："结构主义本身是从语言范例中发展起来的，却在文学这个语言的作品中找到了一个亲密无间的对象：两者是同质的。"①

值得人们怀疑的是：

一些语言学家为了科学地阐发人类语言现象而编结的这张庞大的理智之网，是否完全适用于阐发人类的文学现象？

文学等同于语言吗？

文学规律等同于语法规则吗？

我们不妨从结构主义文学批评的一些典型范例中查看一下它的"实效"。

（1）早期的俄国形式主义批评家普洛普（Vladimir Propp）在研究民间文学时发现：童话具有二重性。一方面，它千奇百怪，五彩缤纷，另一方面，它如出一辙，千篇一律。普洛普在得出这一发现后，舍弃了"五彩缤纷""千奇百怪"的一面，去追求"普遍性""共同性""千篇一律"的东西，最后得出的结论是：所有的童话甚至所有的叙事性文学作品都是属于"横向组合、水平结构"这一类型的，由人物的"功能"所决定。人物活动的"范围"有7个，人物的功能不多也不少，足足31种。在结构主义批评家看来，《金鱼和渔夫的故事》和《白雪公主》，《战争与和平》与《约翰·克利斯朵夫的一生》，在本质上是没有什么不同的。

（2）另一位著名的结构主义批评格雷马斯（Algirdas Julien Greimas），走的和普洛普是同一道路，得出的结论并不相同，他根据语言学上二元对立的原则，提出叙事性文学作品中"三组二元对立"的结构关系，31种功能也进一步化为20种功能，任何作品的情节，总是在这些"叙述的组合"中生成的。

（3）茨韦坦·托多罗夫（Tzvetan Todorov）则选取了比附基本语法规则的渠道来解析薄伽丘的巨著《十日谈》。他把小说中的"人物"等同于"名词"，人

① ［法］罗兰·巴尔特：《科学对文学》，见《泰晤士报文学副刊》1967年9月28日。

物的“特征”等同于“形容词”,人物的“行为”等同于“动词”,《十日谈》不过就是这些不同“词类”“陈述”而成的“序列”。他将人物的特征简化为三个“形容词”的范畴：状态、内在性质、外部条件;他将人物的行为简化为三个“动词”的范畴：改变状况、犯罪、惩罚;而陈述的方式则不外乎以下五种：直陈式、命令式、祈使式、条件式、假定式。陈述可以在“时间关系”“空间关系”“逻辑关系”上组成语句的序列。《十日谈》中形形色色的故事,就是如此排列组合起来的。就连赞成结构主义文学批评的霍克斯博士也抱怨说托多罗夫的这一“统计系统”太复杂了,但他仍然说这有好处。好处是什么？据说是可以让人们读小说时明白“小说也不过就是语言的一种特殊用法”,人们大可不必自作多情地陶醉在小说中。可惜的是,读小说的芸芸众生想当结构主义语言学家的人并不是很多。

（4）罗兰·巴尔特解剖的对象是十七世纪后半叶法国古典主义悲剧的代表作家让·拉辛,他在1963年出版了《论拉辛》一书。古典悲剧“三一律”的形式表现并不被巴尔特所关心,他关心的是拉辛悲剧中具有“人类学”意义的内在的关系结构。他在剖析了拉辛所有的剧作之后,认为拉辛剧作中的人物行为总是遵循着这样一个公式:“A对B拥有全权,A爱B,却不为B所爱。”这无疑是一个具有高度抽象意义的结论。

（5）香港中文大学周英雄先生运用结构主义的“二元对立格局”对中国古代诗歌《公无渡河》作了分析。此诗仅十六字,全文如下：

公无渡河
公竟渡河
堕河而死
当奈公何

周英雄先生遵循“二元对立的格局”,洋洋洒洒分析了近万字,并且画了六七幅表格，将这首小诗分别组合为“人—自然”“生命—死亡”“文化—自然”“艺术—自然”等对立关系。在“公”与“河”亦即“生”与“死”之间加上一个“公无渡河”的中间阻滞力量，便形成了一个“力的磁场”，生命的冲突与调谐便在这“磁场”中表现出来。周先生分析得自然是很有道理的。所谓“二元对立”，不过就是“矛盾对立”，早就被规定为世间万物的普遍法则，这首小诗更不能例外。我这里并不想否定“二元对立”可以作为结构主义的准则；只是作为批评文章，我觉得周先生的独到之处并不在“关系”层次上，而仍然是在“语义”层次上，其中也包含有他对这首诗的相当敏锐和丰富的体验。①

先此，还有一位杨牧先生则从字句的排列组合上来阐发这首诗中的悲剧力量的生成。在他看来，第一句里，“公”与“河”一首一尾，对峙相望，而“公”在句首，仍占据主动；第二句中“公”仍占句首，主动施使行为；第三句中，“河”由句尾推上前景，赫然横陈，而“公”却茫然而逝，不见踪影；第四句中，“公”与“河(何)”最终又融合一起，且凌驾于“河”(何，与“河”同音)上，英雄虽死，浩气常存。杨先生从音位学的角度分析汉诗，文章写得很美，而这首诗在字句的排列上竟然为批评家提供了如许的方便，颇有视觉格式塔的味道，也实在令人得意。只是，杨先生恐怕一时忘记了，这首古诗想来本应当是“竖行”排写的。而且恐怕连断句和标点也没有，因此，谁夹在谁之间并不太好说清楚。这里的分析、自然也是融入了批评家自己的情和意的。

(6) 来中国讲学的西方学者詹明信(Fredric R. Jameson，又译杰姆逊)曾试图运用结构主义“两项对立”的法则找出中国古代短篇小说集《聊斋》的“基本语法”来，以证实《聊斋》中的绝大多数故事都不过是一种“叙述语法结构”的不同表达形式而已。他分析的具体过程很复杂，这里我们且不去复述它了。通过分析，他对其中的两篇竟得出了如此的结论：《鸲鹆》，说明了人类如何利

① 见周英雄：《结构主义与中国文学》，东大图书公司1983年版，第53—120页，第211页。

用高度发达的文化武器来返回自然;《画马》,表现了艺术的复制与货币再生产的主题。[1] 这两个结论所表达的纯粹是一个当代西方文化人的观念,如果一定要说与中国清代蒲松龄写下的那部《聊斋》有关系,那也应当属于接受美学的范围,而不是一个结构主义的问题。

以上是我们列举的结构主义文学批评的几个实例。

纯粹的结构主义批评家们的追求目标是,操持"抽象""简化"的方法,从庞杂繁复的文学作品中提取基本的、稳固的、具有普遍意义的重大命题,以揭开文学作品最终的谜底。开始,人们往往会被批评家们严肃的面孔、磅礴的气势、强大的逻辑思辩能力所震慑。然而,人们只要对这类批评稍加反思就会发现,文学作品中凡是打动人心、凡是激起幻想、凡是生气勃勃、凡是新鲜流动、凡是富有独创性的东西都已经荡然无存;而那些稳固而又重大的命题,不是空洞的数字与教条,便是些人尽皆知的道理。正如他们自己说的,他们的努力是要用一种"无信息的规则"来取代作品中那些"无规则的信息"。

在我看来,结构主义批评朝着文学的海洋吃力地撒下一张沉重的网,拖捞上来的仅是一些鱼骨头,一些庞大的鱼的骨架。

看来,对于同一部文学作品的解读,不同的接受者自有不同的读法,无论它们是出自莫泊桑、司汤达之手,还是出自巴尔扎克、托尔斯泰之手,它都可以成为一个活物,或成为一具干尸,甚或只是一张空空的骨架。

萨特(Jean - Paul Sartre)在他的自传体小说《词语》一书中提供了这样的例子,外祖父书架上那一册册文学典籍,在一个天性饱满、童稚混沌的孩子的目光和感受中:"高乃依是一个红脸大汉,皮肤粗糙、脊背上还裹着皮封面,浑身发出一股糨糊味道,这个令人讨厌的家伙神情严肃说着很难懂的话……福楼拜则是一位贴着布封面的小家伙,它没有什么味道,身上长着雀斑似的小斑

---

① 参见[美] 弗雷德里克·杰姆逊:《后现代主义与文化理论》,陕西师范大学出版社 1986 年版,第 112 页,第 117 页。

点。雨果这个繁复的家伙，他同时在所有的搁板上筑巢搭窝。这些还只是他们的肉体，他们的灵魂则纠缠着他们的作品，书页就是窗口。”而这些文学书籍在孩子的那位外祖父——一位知识渊博而又严肃刻板的语言学教授看来，完全是另一番景象。萨特说：“他是靠死人而生活的，他借崇拜他们而把他们拴在他的链条上，并任意把他们切成块以便能更方便地把他们从一种语言转换成另外一种。”而经常被外祖父提在公文包中的那册《高龙巴》已被这位语言学家到处画满了点点、杠杠，写满了德文的注解和分析。在童年的萨特看来，应当有两个高龙巴：一个是野性十足的、朝气蓬勃的真正的高龙巴，一个是空洞干枯的、仅供课堂教学使用的高龙巴。[①] 萨特外祖父公文包里的那个高龙巴就很像是结构主义文学批评家手中的高龙巴。

现象学美学家米盖尔·杜夫海纳曾经对结构主义批评提出过温和而坚决的批评：

> 结构方法大有用处，因为它要发现的意义是一个图式或一个关系网的空意义，而不是一个对象或一个世界的实意义。[②]

他建议，结构主义批评可以利用它的“一大二空”建立两个方面的学问：一、文学类型学；二、想象中的文学博物馆、文学共时性构架的博物馆。

杜夫海纳说，结构主义批评家“把文学作品当作一种代数，其语义完全从属于句法……或者当作一种组字谜，其意义只有靠按某种顺序操纵或玩弄各成分才能出现。”[③]这种枯燥乏味的批评究竟有什么意义呢？

也许，这里面包含有重大的意义。

比如，打官司是热闹的、有趣的，制定法律却是枯燥的、生硬的，但谁能说

---

① ［法］萨特：《词语》，三联书店 1988 年版，第 43—44 页。

② ［法］米盖尔·杜夫海纳：《美学与哲学》，中国社会科学出版社 1985 年版，第 145 页。

③ 同上。

“法律”没有意义呢?

比如,坐在飞机上勘察地形地貌是生动的、有趣的,绘制地图则是机械的、呆板的,谁又能说“地图”没有意义呢?

但是,“法律”和“地图”只是工具和手段,不是目的,结构主义批评如果只停留到这一层次上,就不可能在本体论上获得意义。文学批评就是“制定法律”,就是“绘制地图”吗? 倒是结构主义的文学批评家们自己开始对那种纯粹从“句法”、从“逻辑”、从“技巧”、从“关系”解释文学的做法不满起来。

从我们在上文例举的有些批评实例便可以看出,结构主义批评要想使自己具有生命的活力,要想把握住作品鲜活的机体,它就不得不从单纯的语法范畴走出来而跨入“语义学”的领域。

这一步的跨出,必然会给结构主义文学批评带来数不清的麻烦。

结构主义作为一种观察世界、把握世界的方法,它的优越之处在于具备了科学品格不可缺少的共时性、抽象性、确定性。无可奈何的是,这三方面的优越性却是以牺牲掉历史性、个体性、开放性为代价的。它在获得了理论上的“科学性”的同时,失却了社会、情感、心灵方面的东西。

在我国,正当人们对结构主义的引进纷相效法的时候,也已经有学者从另一方面指出:结构主义对待语言的态度,颇像医生解剖尸体一样,要在分析语言中剥露出语言体系的骨骼,结构主义语言学对于语法、结构、系统的关心,压倒了对语言表现人生意义的关心。特别是个人经验这样一个使语言获得意义的重要因素,被结构主义制造的普遍性结构所扼杀,语言失去了和言语者和生活的直接联系,只剩下一个封闭、固定的语法系统。① 这对于旨在建立模式化的语言学科、人类学学科来说,也许还是可以容忍的,而对于意在追求人的精神创造的丰富性和自由性的文学艺术批评来说,不能说不是一大遗憾。

---

① 参见殷鼎:《理解的命运》,三联书店 1988 年版,第 194—196 页。

关于结构主义的“空洞性”(这里“空洞”一词不含贬义),索绪尔自己是反复论述过的,他说:

> 共时规律只是某一现存秩序的简单的表现,它确认事物的状态,跟确认果园里的树排列成梅花形是同一性质的……总之,如果我们谈到共时态的规律,那就意味着排列,意味着规则性的原理。①

这种研究对象的非实体性、空间序列性,对于索绪尔要建立的语言学体系是必须的。如果研究文学语言,又将是怎样一种情形呢?索绪尔的这本《普通语言学教程》中几乎没有怎么谈到文学,只是在第四编的第二章中谈到广义的文学语言,也是带有几分贬抑性的,他讲的是“文学语言”的自由发展将导致语言的“无限分裂,因此给语言的分析带来更大的复杂性。”②

结构主义文学批评家们试图从“语言”切入文学的内部,意图显然是令人欢欣鼓舞的,只是他们不该过分地信赖索绪尔,不该跟在索绪尔的后边“依葫芦画瓢”。由于对象和目的不同,尽管他们在文学的田园中深挖土地、构筑埂畦、花费许多气力,这田园还将可能变成一块贫瘠、板结的土地。

在结构主义批评家手中,文学作品的语言干涸了。甚至,连批评家自己的语言也干涸了。

1.4 气氛型信息复现

那种认为世间万事万物都依循着“一定”的秩序组合,都依照着“固有”的

---

① [瑞士]费迪南·德·索绪尔:《普通语言学教程》,商务印书馆1980年版,第134页。

② 同上,第273页。

规律运转，人们凭借“逻辑”和“实证”的手段就可以治理世界的一切想法，可能已经属于是十九世纪的世界观。科学家和一部分哲学家利用手中的“逻辑实证”的武器夺取了一个又一个的胜利之后，终于把他们的大军结集在人类“语言”的城堡之下，这可能是他们取得最后胜利的最后一道关口，这也可能是他们的“滑铁卢”。

在这场大进军中充任先锋的是一批才智超群的计算机专家，其中的耶鲁大学教授 R. C. 香克（Roger C. Schank）则又是第四代计算机理论中的一位代表人物，他的目标便是把计算机送进日常生活情景的描述语言中。为了实现这一目标，他发明创造了一种事件描述性语言，设计了大约 11 种初始行为的基本语汇，如：ATRANS（指诸如拥有、所有或控制等抽象关系的转让）；PTRANS（指某人或某物的空间性位移）；INGEST（指某一生物体吸进某物使之进入其内部结构）等。香克以这些程序语言编制出他的第一个由计算机控制的日常生活情景：《进餐馆》，包括“进入餐馆”“找到餐桌”，“走向餐桌”“看菜单”“定菜”“接受食物”“进食”“结帐”“给小费”“付款”“走出餐馆”一个完整的过程。这一程序，就好像是由香克编写、由计算机上演的一个剧本。按照香克的说法：剧本描述的是“日常生活中正常的事物系列，条件完全是先决的，是在概念因果链条上运转的，”每种“初始行为”都代表了在“标准行为集合”中最重要的“元素”，这样的剧本据说他还可以编制出许多，如“生日晚宴”“足球赛”等。

香克的这些设计如果仅只作为“剧本”演一演，那也许不失为一种有趣的电子游戏，遗憾的是香克要解决的是“日常生活中的真实情境”，岂不知“日常”的远不都是“正常”的，而“非正常的”又无疑是“真实”的，而且往往是日常生活中的这些非正常的东西才更具有戏剧性的意义。比如：进餐馆的人并非全都是真的为了填饱肚子，他也可以是借此谈生意、摆阔气；或者是为了搞募捐、拉赞助；或者是为了打电话、换零钱；或者是为了找工作、做临时工；或者是为了看一眼漂亮的女招待；或者竟是恐怖分子为了躲警察、劫人质；或者就像是武松在快活林那样一味寻衅闹事,目的是要把那餐馆砸个稀巴烂。香克为了他的计算机对于“程式化”“标准化”的需求,便不得不把这些日常生活中无穷无尽的“非正常的”“灵活多变的”“意想不到的”情境全部删除掉,从而使“下餐馆”变成一种纯净的、封闭的、自足的世界。

香克企望通过逻辑和技术的手段往人类日常生活的池塘中投放一条“人造鱼”,他这样做了,只是这条“鱼”却仍然不能够游起来。香克面对的是这样一个难关:直到目前为止,计算机工作的一个核心和前提仍是“形式化”,必须先有一套“符号”“意义”“规则”的东西,而这些东西对于计算机来说并不是“本体性的存在”。正常性总是从复杂性中简化而来的,形式化总是从非形式化而来的,计算机不能从非形式化的东西开始,它还只是人及其大脑进行操作的一种手段。在美国,与香克同时代的一位哲学家对他的责难不是没有道理的:

> 这里,香克必须正视一个重要问题:欲望、感情以及一个人对于人的含义的理解,这些东西通过什么方式引起了人类生活无穷无尽的可能性。如果组成我们生活的这些主题被证明是无法编成程序的,那么香克就遇到麻烦了,整个的人工智能都是这样。
>
> ……
>
> 人类思维的一切方面,包括非形式方面如情绪、感觉——运动神经技能、长远意义上的自我解释,都十分紧密地相互联系在一起,人们无法用一种可抽象化的、明晰的信念网来代替我们具体日常实践的整体。①

这位名字叫休伯特·德雷福斯(Hubert Dreyfus)的哲学家对于“人”有着比香克更为深入的了解,他的话与我们脚下的这块“文学艺术”的地面也更接

① [美]休伯特·德雷福斯:《人工智能的极限》,三联书店1986年版,第52页,第62页。

近些。由此看来,科学,哪怕是最先进的科学,要想完全垄断人的世界,是相当不易的。

就在电脑的程序化语言开始走入小学生的课堂的同时,人类语言的一种古老的样式,一种类似宗教仪式的语言,则开始在人们的日常生活中复活,日本学者堺屋太一把它叫做“气氛型综合信息”。这是一种由光线、色彩、声响、言词综合表达出来的感觉和氛围,这是一种不注重文法、不注重逻辑、不注重词语和数据的正确表达的语言,它藐视对于外部世界的具体描绘和如实反映,它更看重的是个人的主观和社会的主观。

这种审美信息的突变,可能是由视觉艺术首先打开局面的。文艺复兴时期以来,绘画、雕塑所遵循的“解剖”“透视”的神圣戒条,从“蒙娜丽莎”长了胡子那一天就失去了大半灵光,从凡·高那迷离的笔触、从高更那性感的色块、从毕加索那紊乱的线条、从达利那梦幻般的变形、从杜尚那胡言乱语的命题中,都传达出更加微妙丰富的心灵体验。

接着是音乐。无标题音乐、无调式音乐、杂乱无章的不协和音、甚至刺耳欲聋的噪音也相继登上乐坛。十九世纪庄严、和谐、静穆、规范的音乐圣坛很快便被疯狂的现代音乐割去大部分地盘。到了二十世纪六十年代,现代派音乐已经成了时代的主潮,仪表堂堂而又狂野奔放、目光清澈而又眼神迷离的“披头士”摇滚歌星们享受到的同代人的景仰与崇拜已超出了巴赫、海顿、贝多芬。《伊甸园之门》的作者、纽约城市大学教授迪克斯坦(Morris Dickstein)这样描绘过著名摇滚歌星迪伦的演唱风格:荧惑的灯光,震耳欲聋的器乐,爆炸的噪音,嘶哑的嗓音,即兴的含糊不清的歌词,造成一个包罗万象的环境,一个完全虚幻的空间。演员与听众之间互相引诱,互相占有,彼此失控,彼此毁灭。人们正常的、清醒的意识被挤走,人的耳膜变得麻木迟钝起来,歌声变成了幻想曲,演唱变成了“巫术”般的仪式,摇滚歌手如同训练低劣的巫医勉强地拖曳着、操纵着自己释放的强大的能量,令人心惊胆战又心旷神怡。演唱中迪伦干脆把大部分歌词唱得含糊不清,其中一些歌词甚至无法辨别,更不用说理解了，他故意让音乐的背景淹没它们，通过"抽空"这首歌曲的内容而使之达到"现代化"，歌曲成了一团纠缠不清的紧张，一团神经过敏的关系，一片寓意无限的气氛。

对于恪守十九世纪科学主义世界观的理智清明的人们来说，这样的审美信息也许是不可思议的，因为它可能是属于又一个时代的。M·迪克斯坦在撰写六十年代的美国文化史时说：摇滚乐以一种与众不同的独特方式代表了六十年代的文化，摇滚乐是六十年代的"集团宗教"，"一种自我表现和精神旅行的仪式"。这样的评价也许有些过分，但是，自六十年代以来，这种摇滚音乐仍然继续向世界各地推行着。报载：1988 年春国际大赦组织举办的以"人权"为主题的世界摇滚旅行演出，五位摇滚歌星行程 35000 英里、观众逾百万人次，唱遍了地球上的五大洲，受到了不同社会制度的国家的政府首脑的接见，受到了不同肤色的人民群众的欢迎。

与美术的"反解剖""反透视"和音乐的"无标题""无调式"进程相呼应，二十世纪的文学也加速了它的"非情节""非写实""非再现"的进程。"意识流小说""黑色幽默小说""荒诞派戏剧""朦胧诗"或"意象诗"，便是这一时代变迁中的产物。在这种眼花缭乱的文学艺术现象后边，也许还有更深的根源。如果说推崇"理智""法则""写实""客观""实证""实用""精确""规范"是以牛顿的物理学为世界观的近代工业社会中的基本观念，那么反叛的艺术代表的可能是一种新时代的世界观。

堺屋太一说："气氛型综合信息即总媒介的流行也是人们的关心从具体向印象、从物质财富向社会主观变化的一个重要证明。气氛型的信息常常为接受者的主观意识留有余地，为了接受它，需要一致同意即使牺牲正确性也要尊重社会主观的共同性"[1]这位日本学者也是把这种"气氛型综合信息"的流通当作人类文化的新流向看待的。

---

① ［日］堺屋太一：《知识价值革命》，三联书店 1987 年版，第 142 页。

我曾经把文学艺术的这一流向叫作“向内转”，向人类内在世界的流转。国内不少人反对我的这一概括，但我仍然坚持认为：美术、音乐和小说、诗歌中出现的这种审美意向的变迁不能小觑，如果承认了由意大利的佛罗伦萨孕育的文艺复兴最终成了近代工业社会的先声，那么在十九世纪末和二十世纪初发生的文学艺术的“现代化运动”则可能是下一个人类历史时代刚刚闪现出来的毫光。凡·高、达利的绘画，德彪西、勋伯格的音乐，卡夫卡、乔伊斯的小说，里尔克、艾略特的诗歌并不只是人类文化史中一些偶然巧合的事件或暂时风行的时尚，甚至也不仅仅是文学艺术变革的“先锋”，或许它们就是人类社会即将发生巨大变化的不自觉的“先驱”，是一些在潜意识中开始突破理性主义的樊篱、跨越工业社会的疆界的“先驱”。只是由于他们起步过早了，由于他们还是在懵懵懂懂中自言自语的，也是由于他们是在准备不足的情况下向坚固的传统发起挑战的，于是便在很长的时间里被看作是一些狂妄的、怪诞的、反常的乃至邪恶的人，他们的作品的价值也因此常被深深误解。

现在的情况当然已经有了很大的转机。但是创作理论的研究时常还是落在创作实践的后边。以分析哲学为指导思想、以语言学为主干的结构主义批评对于新时代的文学创作来说，即使不是一种悖谬的话也是一种错位。时代呼唤新的艺术和新的文学，时代的潮流中已经涌现出新的审美信息，结构主义批评家们手中操持的仍然是旧的工具和武器。气氛型的综合信息是生气灌注的活蹦乱跳的水中游鱼，结构主义批评索要的只是剔剥了血肉的骨架，在它的视区里只有那种“条理型的单一信息”，这种信息可能从来都不曾完全主宰过美的领域。

“信息论”在其发展过程中曾经出现过两种不同的信息观：

一是 N. 维纳（Norbert Wiener）的信息观，认为信息量是由信息诸要素之间的有序性、单一性、确定性、显著性决定的，越是结构单纯、秩序井然的结构，其信息量就越高；

一是 C. 申农（Claude Elwood Shannon）的信息观，认为信息源的组织结构越是不确定、越是无秩序，能够提供的信息就越多。

以绘画艺术而论，西方古典主义的绘画艺术作为信息源传递出的主要是维纳所说的信息；而西方现代派绘画艺术作为信息源能够给人们提供的主要是申农所说的信息。

两种信息观念的对立实际上揭示了信息的二重性：信息作为一种外指向的讯号、借以说明它所指称的某一外在事物时，它是作为“维纳的信息”存在的；当信息作为一种内在的标量、借以表现信息源自身的潜能时，它便是作为“申农的信息”存在着的。艺术作品的存在，是对于客观外部世界的再现呢？还是对于人的主观世界的表现？是对于人以外的世界的认知呢？还是对包含人在内的宇宙一体的体验？是为了展现真实的知识呢？还是交流真诚的情感？在这里，由于人们在艺术观念上的分歧，将迫使人们在“维纳信息”与“申农信息”之间做出抉择。

日本学者川野洋曾把这两种性质不同的信息概念引用到文学语言的研究中来。他说，在文学作品中，语言作为意义的传达者常常用来标示、解说、陈述、阐发他物，是一种确定意义上的信息，即“维纳的信息”，他把它叫做“文学的语义信息”；而语言在文学作品中更经常地用来表现、抒发、咏叹创作主体的心绪、情思、意蕴，语言此时又是作为一种不确定的信息，一种内指向的信息存在着的，属于“申农的信息”，他把它叫做“文学的审美信息”。

在我看来，文学作品中的“语义信息”，是一种较为稳定的语法关系或逻辑关系，是一种语境相对自由的（不计较语境的）符号系列，它所传递的信息多是语言的“词典意义”“语法意义”，是一种“条理性的单一信息”；文学作品中的“审美信息”则是一种个别存在着的受语境制约的符号组合，是一种具体的个人心理状态，它所负载的是文学语言的“情感意义”和“直觉意义”，这是一种“气氛型的综合信息”。对于一部文学作品（尤其是长篇小说之类）的语言应用来说，“语义信息”与“审美信息”是两个必不可缺的层面，而决定文学的“艺术属性”的则应该是语言的“审美信息”，即语言的那种“气氛型综合信息”。

现代人们的文学观念中更看重的也正是这类信息。

中国的孔门弟子可以把《诗经》中优美的抒情诗篇当作万古不变的圣谕去字订句考,“皓首穷经”以追溯那些诗句中的“本事”和“原意”,视其为毕生事业。与此不同,日本小说家川端康成回忆说,他在少年时代读《源氏物语》和《枕草子》这些文学典籍时,“仅仅是念念词句的声调”“读读文章的韵律”,“这样的朗读使少年的我沉浸于淡淡的多愁善感之中”,“意思是读不懂的”,“我是在唱一支不懂得意思的歌曲……不过现在看来它对我的文章产生的影响最大。少年时代唱的歌的旋律,直到今天,每当我提笔写作时,便在心中回荡。我不能辜负那歌声。”①这位后来荣获了诺贝尔文学奖的当代文学大师,他对文学作品的有效阅读是在不经意中接受作品中的“气氛型综合信息”。

遗憾的是,五十年代以来的文学批评以及文学教育常常忽略了文学艺术作品中“气氛型综合信息”的存在。

1.5 反叛结构主义

结构主义阵营中的文学批评家们,普遍感觉到了危机。他们中更为聪明的一些人开始从文学分析中认识到:没有什么确定的“语词”,每一个语词的下边都有一个“意义的深渊”;没有什么不变的句法,每一句话的后边都有一座“语用性质的迷宫”;在措词与意象之间蕴含着“无穷的折射”。

结构主义,此路不通。

一些结构主义的文学批评家幡然大悟,开始举起了“反结构主义”的旗帜。

1968年,尼古拉·吕韦就在他的《诗歌中语言分析的界限》一文中对语词间

① [日本]川端康成:《关于文章》,见《诺贝尔文学奖获奖作家谈创作》,北京大学出版社1987年版,第366页。

的“等值关系”表示了怀疑,他提请人们不要对艺术作品中可以用技术描写的因素评价过高,认为文学艺术对于世界的认识并不属于语言技能范畴的事。①

到了1970年,罗兰·巴尔特也开始对结构主义展开猛烈的抨击,他辛辣地嘲弄道:

> 据说某些佛教徒凭着苦修,终于能在一粒蚕豆里见出一个国家。这正是早期的作品分析家想做的事:在单一的结构里……见出全世界的作品来。他们认为,我们应从每个故事里抽出它的模型,然后从这些模型得出一个宏大的叙述结构。我们(为了验证)再把这个结构应用于任何故事:这真是个令人殚精竭虑的任务……而且最终会叫人生厌,因为作品会因此显不出任何差别。②

德里达(Jacques Derrida)则从“前提的虚拟性”上给结构主义文学批评来了一个“釜底抽薪”,他指责说,结构主义是从假定的前提出发,通过论述解释得到的仍是假定,其出发点是终点,终点也是出发点,这就陷入一种解释的循环。

福柯(Michel Foucault)则努力拆除结构主义批评闭合式的坚固的围墙,他指出:结构主义是以孤立、静止的僵死方法来研究语言系统和本文。而世界实际上并不是一条文本的银河,政治经济力量、意识形态和文化控制着整个意指过程,文学作品的本文不会是社会和历史之外的东西。

结构主义最后的堡垒大约要数列维-斯特劳斯(Claude Levi - Strauss),到了1986年,这位老人也不能不连连发出哀叹:“巴黎的舆论使结构主义这个词成了一只正在燃烧的、或者说正在被砸烂的纸老虎。”③

---

① [荷兰]弗克玛:《法国的结构主义》,冯汉津译,见《外国文学报道》1985年第5期,第63页。

② [法]罗兰·巴尔特:《S/Z》,巴黎1970年版,第9页。

③ 《法国快报》,1986年第1841期。

接着，列维·斯特劳斯又郑重地补充说："结构主义也只是在'极为有限的领域内进行研究'的一种'科学方法'"。

如果承认了结构主义只是一种"方法"，那么结构主义不过是人创造出来借以分析理解对象的工具，只能从属于作为主体的人。方法固然是重要的，然而当方法被哄抬到人之上、被吹胀为人的全部世界时，这种方法同时也就成了桎梏人类手脚的枷锁，人就会被自己发明的方法所异化，人甚至成了自己发明的工具的工具。

对于结构主义思潮在哲学界的统治地位进行了更为沉重打击的是现代阐释学的集大成者伽达默尔和法兰克福学派的创始人马尔库塞。

伽达默尔(Hans－Georg Gadamer)坚决反对把人类语言看作一个自我封闭的系统，他认为人类的语言像人类的历史存在一样，总是处于一种开放状态的。语言的意义，即人对于语言文字的理解，并不像结构主义语言学家所说的，纯粹地存在于法则、结构和关系之中，语言的意义也是人的意义，也是人的历史活动的意义，它总是与个人的生活目的、生活经验、期待视野相关，与个人从社会文化中已经获得的"前理解"相关，与言语活动的具体境况相关。意义是在人的活动中存在着、创生着的，生活中、实践中的个人是语言意义的一个具有无限生命力的源泉。语言的封闭系统一旦被阐释学的哲学家们打破并注入一条人类个体的血脉，语言就不再是"客观的""普遍的"了。结构主义的理论基础受到了无可回避的挑战。阐释学恪守的原则是：理解永远是个人的理解，理解的过程也是创造的过程。不难看出，阐释学对于言语活动中"个人创造性"的张扬，更贴近人类文学艺术活动的特点。

马尔库塞作为存在主义哲学家海德格尔的门生，对于分析哲学和结构主义语言学的批判就更为激烈。摩尔、皮尔士、卡尔纳普、罗素以及前期的维特根斯坦对于语言意义的追求，无不是以"清晰确凿""简约条理""纯粹单一"为最高境界的，马尔库塞却公然宣称："在哲学中，不清晰是一种美德"。就其有机天性来说马尔库塞可能是更倾向于艺术型的，他说："我是一个绝对善良而多愁善感的浪漫的人。”这无疑也影响到他的哲学学说。

在马尔库塞看来，人性深处决定人的存在的“力比多”是人的本质存在，由此升华出的“梦境”“幻相”“神话”“艺术”“诗歌”正是人的生命力、想象力、创造力的集中体现，更切近人的本质。而科学技术的发展却是以牺牲这些东西为代价的，也正是在牺牲了“梦幻”“神话”“艺术”的废墟上才建造起那规则的、条理的、清晰的、确凿的语言。在科学实证主义的哲学家和语言分析哲学家的实验台上，唐璜、哈姆雷特、罗密欧与朱丽叶、堂·吉诃德、浮士德的连珠妙语都成了不可思议的疯话和呓语。

马尔库塞恨恨地说：分析哲学、逻辑实证哲学、结构主义语言学破坏了人的存在的自然性，破坏了人的意识的完整性，成了“科学理性”和“技术理性”对于人性压抑之上的再压抑。他热烈地呼吁一种“艺术理性”的出现，与此相应，他心神向往地呼唤那种“诗的语言”“梦的陈述”“神话式的比喻”“自由真率的言谈”，呼唤那种传递出难以言喻的东西的言语。马尔库塞坚信，随着人类语言的“诗化”和“艺术化”，人类当下生存着的这个沉重、机械、冰冷、窒息、沦落、邪恶的社会才有可能变得富有活力、富有生机、富有美感、富有诗意。

马尔库塞尖刻地嘲笑了甚至包括维特根斯坦在内的一大批逻辑实证主义哲学家，说他们的“语言研究”只不过是在玩弄“文字游戏”，于真实的社会和人生无甚裨益。

补记： 语言学的回归之路

我的专业是文学艺术研究，并不是哲学，遇到哲学问题时我也总是习惯性地以兴趣、意向、感悟、直觉的心态应对。我的所谓治学有时就显得像是“梦游”，跟着感觉走，拉着梦的手。

本书开头一节“古老的岔道”，也是我读杂书读出来的感觉：

古代希腊的一批智者……尤其是……亚里士多德，以其超人的智慧对人类的语言做出了明晰的、连贯的、普遍的、统一的规范……为后世的“逻辑学”铺设下一块最初的坚固的基石。“概念”“思维”“推理”“演绎”“归纳”“分析”开始为人类的语言活动立法，理性的原则、因果的原则、形式的原则开始在原始混沌的语言层面上游离出来。

与此同时，语言中感性色彩、情绪张力、意向驱力开始缩减消退。

语言，在它的发展前途上开始出现了第一次岔道：

一条岔道的路牌上铭刻着“心灵性”“游移性”“模糊性”“直觉性”；另一条岔道的路牌上则标写着“实证性”“稳定性”“确切性”“逻辑性”。

人类之中大多数有才华的学者，都跟随在亚里士多德的身后选择了第二条道路。

西方人的哲学思考，在实证性道路上一直走了两千多年。到了二十世纪初胡塞尔（E. G. A. Husserl）的出现，哲学开始回望人类心灵的那个“原点”，开始发掘生命中遗失了的“原乡”，并试图将分离已久的两股岔道整合起来。

胡塞尔面临的是第一次世界大战之后、第二次世界大战之前欧洲文明遭遇的危机，哲学隔断了与人的鲜活生命的联系，哲学在面对现实世界便显出虚无感与无力感。现代人寄身的科学已经承担不起生活的真实目标，由实证科学制造的人类社会的繁荣景象消解了人生的意义、人性的需求。胡塞尔似乎找到了新的出发点，从科学的世界向“自然的”“素朴的经验世界”回归，直接面对“生活世界”。按照尚杰教授的说法，这个“生活世界”犹如一片原生态的未经开垦的处女地，一种尚未开花的野生状态，没有精神污染的天真、纯洁状态。[1] 是一种“前概念”“前语言”“前叙述”的经验。从胡塞尔到雅斯贝尔斯、

---

① 参见尚杰：《回归之路》，江苏人民出版社 2002 年版，第 23 页。

海德格尔、梅洛-庞蒂、德里达都在朝着这一方向探求行进，这是一条哲学的“回归之路”，对于主流哲学界来说，就有些“倒行逆施”的味道了。

我是在有意无意间走上了现象学哲学的这条林间小路的。尚杰教授在他的书中坦言：现象学特别适合从来没有学习过哲学的人。我的《超越语言》追随杜夫海纳的现象学美学走上回归之路，实在有些懵懵懂懂。

第二章　寻找绿洲

2.1　艰难的转折

用索绪尔的结构主义语言学组建文学批评王国的革命，尽管给人们提供了许多珍贵的启示，但注定已经流产。叛离了结构主义的学者，重新把目光从“语言”转向“言语”。

后期的巴尔特开始对言语作出如下热烈的评价：“言语是蕴涵、效应、反响、迂回曲折的巨大光晕……词不再是像简单的机械一样虚幻地被理解，它们像发射、爆破、振荡、庞大的机器、浓厚的气味一样喷发而来。写作使知识变成为一个盛宴。”[1]

他还毫不留情地说：“语言学有些类似于经济学，正由于分歧而在分化。一方面像计量经济学一样向形式化发展，沿着这个倾向，自身越来越形式。另

① ［法］罗兰·巴尔特：《文学符号学》，见《哲学译丛》1987年第5期。

一方面，它的内容越来越丰富，越来越远离它原来的研究领域……无论是由于过度的禁欲或过度的饥饿，无论病症是枯瘦还是肥胖，语言学正在解体。”新一代的语言学家，应当有人去“收集语言的不纯洁、语言学的渣滓、信息的直接败坏”的东西，这些东西不是别的，恰恰就是“欲望、恐惧、表情、羞涩、过激、温柔、抗议、原谅、侵犯以及由音乐组成的活生生的语言。”①

但是，曾经是那样地钟情于“语言”的巴尔特，尚不愿意把自己的学术重心委身于“言语”，在他看来，“语言学”既然已经证明是无能为力的，与之相对的“言语学”也是难以捉摸的，他说，有人“为了最好的或者最坏的言语这个魔怪奋斗了一生”，结果仍然是空无所获。他希望能有一门新的学科，凌驾于语言和言语之上，既能保留语言学的骨架，又能收容起语言学中失落的东西，他说这门学科就是文学“符号学”。

关于巴尔特的“符号学”理论，我同意我国学者董学文的评判，他认为巴尔特符号学的基本理论框架仍然是凭借结构主义语言学的术语、概念搭设而成的，“通体笼罩着结构主义语言学和语义学的浓厚的雾障”，“带有符号元科学的特色”。② 照此看来，巴尔特在后期提出的“文学符号学”，只是不得不松解一下结构主义语言学机械的框架，以扩充、容纳进文学中远为复杂、生动得多的言语现象。

“符号学”对于审美对象的适用性，照例受到了现象学美学家们的怀疑。杜夫海纳就曾委婉地指出：“符号学可以在何等程度上被运用于审美对象，对此我们不能预言”，③艺术符号学要想对文学艺术的语言研究做出一些贡献，“条件是艺术符号学应与语言学拉开一定的距离，不把它的形式主义作为典范”。④

晚期的巴尔特实际上已经充分注意到了“言语”在文学艺术现象中的显

---

① ［法］罗兰·巴尔特：《文学符号学》，见《哲学译丛》1987年第5期。
② 董学文：《〈符号学美学〉译者前言》，辽宁人民出版社1987年版。
③ ［法］杜夫海纳：《美学与哲学》，中国社会科学出版社1985年版，第115页。
④ 同上，第78页。

突地位，只是不怎么愿意从根本上移动他的立足点。后结构主义行列中另一位较年轻些的学者福柯，同样地看出了“语言”与“言语”之间密不可分的联系，他在自己的理论中已经放弃了“语言”这一支点，选择了另一概念“话语”（Discourse）来建立他的理论体系。按照他的界定，“话语”是人类的重要活动，是一种文化历史现象，它既是一种结构、又是一种功能，既是一种关系，又是一个过程。福柯的这一概念显然是有意地调和“语言”和“言语”的对立，他想把人类的一切社会政治、文化历史活动都纳入“话语”中，在其丰富性上，它已经接近于“言语”，只是在个体性上，它又回避着言语。这对于文学语言来说，仍然不能不算一个问题。

2.2 回到索绪尔的起点

前边我们已经提到，在亚里士多德开辟的这条道路上，索绪尔对于人类语言发展的历史来说是极为重要的一站。这位活着的时候默默无闻，死了以后才由学生们对照课堂笔记为他编纂起第一本书的瑞士教书先生，竟被世界公认为现代语言学创始人，被奉为“现代语言学之父”，他的那部《普通语言学教程》一直被看作结构主义语言学发展的直接源泉。

为了对结构主义文学批评中的语言学观点作出总体的、公正的评判，为了对结构主义语言学给文学批评带来的灾难进行必要的清理，我们将重新审视索绪尔语言学的逻辑起点。

找出这一逻辑起点并不困难。

这个起点就是索绪尔关于“语言”和“言语”这两个概念的界定，及在此基础上关于研究对象的确立。

在《普通语言学教程》一书中，索绪尔首先对“语言”和“言语”这两个概念进行了严格的界定。他的见解集中体现在如下一些论述中：

在我们看来，语言和言语活动不能混为一谈；它只是言语活动的一个确定的部分，而且当然是一个主要的部分。它既是言语机能的社会产物，又是社会集团为了使个人有可能行使这机能所采用的一整套必不可少的规约。整个看来，言语活动是多方面的、性质复杂的，同时跨着物理、生理和心理几个领域，它还属于个人的领域和社会的领域。我们没法把它归入任何一个人文事实的范畴，因为不知道怎样去理出它的统一体。

相反，语言本身就是一个整体、一个分类的原则。我们一旦在言语活动的事实中给以首要的地位，就在一个不容许作其他任何分类的整体中引入一种自然的秩序。

语言不是说话者的一种功能，它是个人被动地记录下来的产物……相反，言语却是个人的意志和智能的行为……

语言是言语活动事实的混杂的总体中一个十分确定的对象……它是言语活动的社会部分，个人以外的东西；个人独自不能创造语言，也不能改变语言；它只凭社会的成员间通过的一种契约而存在。

语言是每个人都具有的东西，同时对任何人又是共同的，而且是在储存人的意志之外的。语言的这种存在方式可表以如下的公式：

1+1+1+……=1（集体模型）

言语中没有任何东西是集体的；它的表现是个人的和暂时的，在这里只有许多特殊情况的总和，其公式如下：

1+1'+1''+1'''……①

① ［瑞士］费迪南·德·索绪尔：《普通语言学教程》，商务印书馆1980年版，第30—42页。

虽然，索绪尔也反复强调了“语言”和“言语”的联系，说“语言和言语是互相依存的，语言既是言语的工具，又是言语的产物”，但他仍然斩钉截铁地说：“这一切并不妨碍它们是两种绝对不同的东西。”①

继索绪尔之后，巴尔特在撰写他的《符号学美学》一书时，也曾首先对“语言”和“言语”进行界说，把“语言”看作是“一种社会习惯”“一种意义系统”，把“言语”看作“一种个人的选择”，“一种现实化的个人规则”。福柯在建立他的“后结构主义理论”时，也曾对“语言”和“言语”进行过清理。这里，我们不准备过多地摘引他们的原话了。因为这必然会给读者带来沉闷、繁琐之感。我们希望在下边的表格中能够一目了然地澄清这两个如此重要的概念。（参见表一）

索绪尔在将人类语言的存在区分为“语言”和“言语”两个部分之后，便坚定不移地把自己的语言学体系建立在“语言”的基石之上。他说“一开始就站在语言的阵地上，把它当作言语活动的其他一切表现的准则。”

索绪尔的语言学后来之所以被称作“结构主义语言学”，正是因为它是建立在他的这一选择之上的。

在《普通语言学教程》一书中，索绪尔看重的是结构、形式、法则、共性、模式、系统；排斥的是主体、内涵、心灵、体验、风格、个性、创造和过程，这对于建立一门精确化的、科学化的语言学可能是便当的，但与生动丰富、不断生长变化着的人类的言语实际却拉大了距离。如果我们承认文学是主体的心灵创造，是言语个体独具风格的创造，承认文学作品的存在是一个社会历史环境中的接受流通过程，那么我们就会看到，索绪尔忽略或排斥的东西正是属于文学的生命之类的东西，也就是我们称作“诗性”“诗意”的东西。

不过，我们认为不能从这个角度来责备索绪尔，因为索绪尔的选择，显然并不是出于文学批评的和审美探求方面的选择。

---

① ［瑞士］费迪南·德·索绪尔：《普通语言学教程》，商务印书馆 1980 年版，第 41 页。

表一 "语言"与"言语"的对照

	语　言	言　语
名称	［德］Sprache	［德］Rede
	［拉丁］Lingua	［拉丁］Sermo
	［法］Langue	［法］Parole
	［英］Language	［英］Parole
属性	共时性的	历时性的
	集体模式	个体行为
	社会惯例	个人选择
	理性的	感性的
	必然的	偶然的
	普遍的	个别的
	抽象的	具体的
	既定的	独创的
	稳固的	自由的
	纯粹的	驳杂的
	封闭的	开放的
	转喻的	隐喻的
范围	人工语言	自然语言
	科学语言	日常语言
	元语言	对象语言

作为一种"科学的语言学",索绪尔的语言学应当有它的崇高的历史地位,而且是完成了相应的历史使命的。一切否定索绪尔的过火的言行,都将表现出否定者自己的浅薄和浮躁。

更多的错误是发生在索绪尔之后。其一,人们不该把结构主义模式的语言学看作是唯一可能存在的语言学;其二,人们不该生硬地把这种语言学的模式照搬到文学批评中来。

语言学,作为完整地阐述人类语言现象的一门学问,在索绪尔的《普通语言学教程》中即使充分地估计,也只能说完成了一半,即关于“语言”(Language)的那一半;另外一半,即关于“言语”(Parole)的一半,他没有能够去加以论证。

而关于“言语”的一半,对于文学批评或文学研究来说,应当是更贴近、更必需、更重要的。

“言语”(Parole)可以作为研究对象吗?围绕着对于“言语”的研究能够形成一门学问吗?

巴尔特说“不能”。

巴尔特还抬出了索绪尔说“不能”:无论如何也不能有一种言语的语言学,至少根据索绪尔语言学理论是这样。①

是的,索绪尔的确讲过:“要用同一个观点把语言和言语联合起来”是不可能的,但他并没有否定建立一门“言语学”的可能,他说应该有两门语言学,一门是“言语的语言学”、一门是“语言的语言学”。他说:“这就是我们在建立言语活动理论时遇到的第一条分叉路(也是一条古老的岔道——引者)。两条路不能同时走。我们必须有所选择;它们应该分开走。”②他说,在这本书里他“将只讨论后一种语言学”③。

索绪尔的两位学生,巴利和薛施蔼,即《普通语学教程》一书的整理者,在该书的头版序言中披露:索绪尔在第三度讲授他的普通语言学时,曾经向他的听众许过愿,他说:关于“言语的语言学”的研究将在他以后的讲坛上“占有一个光荣的地位”,遗憾的是这一诺言最终也没有实现。或者可以说这正是一

① [法]罗兰·巴尔特:《符号学美学》,辽宁人民出版社1987年版,第10页。

② [瑞士]费迪南·德·索绪尔:《普通语言学教程》,商务印书馆1980年版,第42页。

③ 同上。

个留待后人解决的问题。

我写作此书的初衷,原本有意继承索绪尔的遗愿"接着说"下去,丝毫没有否定这位结构主义语言学大师的意思。或许,我也并不具备在语言学领域"接着说"的资格,但作为一位文学、诗歌终生爱好者,从文学语言、诗歌语言的角度向大师提出自己的疑问与思考,总该是允许的吧?

2.3 理解的门槛

从文学批评和文学理论研究的特殊情况出发,我们倒是对索绪尔在语言学中排除掉的"言语"十分感兴趣。"言语"应当有资格作为独立研究的对象,如果能建立一门"言语学",从而补上索绪尔遗漏下的一课,该是有意义的。

这一工作不妨从对于文学语言现象的研究开始做起。

首先一个问题是:所谓"文学语言"究竟是怎么回事?它有无作为独立研究对象的可能?它是一种"语言"呢,还是一种"言语"。

在这个事关重大的问题前面,我们并非置身荒原,在我们的视野中已经留下不少探求者的足迹。

这里我们首先要提到的是施莱尔马赫(F. D. E. Schleiermacher),他曾经指出:语言有两个要素,"音乐的"和"逻辑的",诗人应使用前者并迫使后者导引出个体性的形象来。思辩和诗尽管都使用语言,但两者的倾向是对立的,前者企图使语言靠近数学定理,后者却靠近意象。

这里,我们还将怀着近乎感激的心情追溯到与黑格尔同时代的那位德国人:著名哲学家、美学家、语言学家、诗人洪堡特,在他的丰厚的著述中蕴藏有许多关于文学语言的见解,这些见解足以增进我们筹划"文学言语学"的信念。他说:

> 不要把语言视为死的产品,而应视为创造……,在语言的现实里,语言在每一时刻都是某种继续的、暂时的东西。即使通过文字的保存也是像木乃伊一样的不完善的保存,在这里,它必须使活的讲话成为易感受的。①

在洪堡特看来,“语言不是作品,而是活动”,“是心灵的工作”,语言的内部形式“既非逻辑的概念,也非身体的声音,而是人们对事物的主观见解,是幻想和情感的产品,是概念的个体化”,“把语言破碎成词和规则的是科学分析的人为的死亡”,只有诗人才是“语言的完善者”。

克罗齐(Benedetto Croce)曾以赞赏的口吻讲到洪堡特的这些思想,同时他还严厉地批评了在洪堡特之后把语言学研究当作“自然科学”研究的倾向,批评了构造主义心理学家冯特忽略“幻想”的作用把语言当作“规范科学”研究的倾向,指责他“没有能力驾驭语言和艺术的问题”,断定相对洪堡特的研究这些机械化的语言研究是一种“语言学的退步”。

在当代,我们发现特别关注到文学言语现象的还有法国著名哲学家保罗·利科(Paul Ricoeur),这位于1913年出生于瓦朗斯的哲学家,在江河横溢的西方当代哲学界,以坚实沉稳、富于独立精神而著称。英国当代哲学家约翰·汤普森在专门介绍他的思想的文章中说:利科的哲学是真正开放的哲学,他的思想没有形成一个封闭的体系,他的思想不受某种正统观念或某些时新学派的限制,在他的著作里包含了许多人类思维传统的积极成果,从解释学和现象学到分析哲学、结构主义和批判理论,他都能把它们融进他那富有创见的思考中,近年来,他的注意力更直接地转向语言问题,在许多令人吃惊的课题上写出了富有权威性的著作。②

---

① [德] 洪堡特:《论人类语言结构的差异》,第54页,转引自克罗齐:《美学的历史》,中国社会科学出版社1984年版,第168页。

② 引自利科《解释学与人文科学》一书的英文版编译者导言,剑桥大学1981年出版。

这里,使我们受到鼓舞的是他发表在美国《今日哲学》1985 年春季号的一篇论文,标题是:《言语的力量:科学与诗歌》①

首先,他把言语看作是人类的力量,他说:“我要赞美言语的力量,也就是语言赋予人类的那种力量。”

利科在语言问题上也可能是受到了谢林的影响。谢林曾说:语言是先人类意识的创造物,人类语言是“从有限中的无限那里导向自我的魔鬼的暗示”,这种导向自我的语言应当是言语,是语言的无限。在利科看来,言语的力量就是“有限工具的无限运用。”

有限的工具:包括固定的“音素”“词汇”“语法规则”,即“语言”;

无限的运用:包括人们在共同的语言习惯用法内已经说出的和可能说出的所有“话语”;

由此,便形成了两门学问:“语言的语言学”和“话语的语言学”。

前者研究“音位”“词汇”“句法”的有限结构,后者研究语言在句子基础上的无限运用。

利科的这篇文章主要是探讨后一类语言学,即实践意义上的、应用意义上的、操作意义上的语言学——“话语的语言学”。

他认为从话语学的意义上来讲,人类在语言运用中采取了两种互不相同的基本策略,即“科学语言”的操作和“诗歌语言”的操作。

如果我们接过来这个话题推演一下,或许可以得出这样的结论,围绕人类语言的这样两种运用的方式,存在着两门实际的语用学:“科学话语学”和“文学话语学”,考虑到文学创作和文学鉴赏、文学批评的个体化色彩,我们也可以在一个更专门的意义上叫它作“文学言语学”。

利科当然没有建立什么“文学言语学”的打算,但是他仍然从“话语语言学”的角度分析了“科学语言”与“诗性语言”不同的特点。

---

① [法] 利科:《言语的力量:科学与诗歌》,收录于《哲学译丛》1986 年第 6 期,朱国均译文。

他是从对待“一词多义”的态度着手进行分析的。

“一词多义”是人类话语的一个根本属性，比如，汉语中的“花”，其原义或基本语义是指“种子植物的有性繁殖器官”，但在实际的语言交际中，“花”却获得了数十种乃至上百种意义上的用法。“花”可以泛指各种花朵、花卉，又可以专指“棉花”，而战士负伤称“挂花”，小孩出痘称“出花”，老人视力减退则称“眼花”，这与“花”的原意已相去甚远。大约还因为“花”是植物的繁殖器官，与孕育、生殖相关，“花”在实际运用中便与女性发生了更为密切的关系，“黄花”不仅是“黄颜色的花”，也成了“处女”的代称；“采花”不仅是“攀折花朵”，也成了“搞女人”的又一说法；“花瓶”也不只是“用来插花的容器”，“花瓶”也指谓仅凭姿色谋得职位的“女秘书”。至于用“花大姐”“花媳妇”来称呼一种学名为“二十八星瓢虫”的昆虫，更有些像是童话或者诗歌的语言了。

在具体的言语过程中，“一词多义”表现出积极和消极的两个方面。积极的一面是：由于一词具有多种含义，因而用一定数量的词汇就可以表述人类极为丰富的经验，这是一种“节约”的原则；消极的方面是：一词多义将会带来歧义的危险，给交流带来“误解”。

科学语言和诗歌语言恰恰处于“一词多义”这一难题的两个极端。

科学语言要做的工作是通过“定义”来消除“歧义性”，然后将“纯净”的定义组成理论系统，进而把这个系统加以抽象——更高意义上的纯粹性——最后达到一种数学的精确性。这种语言科学化的进程在莱布尼茨、罗素、维特根斯坦一行人的努力下，取得了很大的成功。但是一旦有人企图用这种语言去网络人类的全部生存空间和生命活动时，注定要坠入某一陷阱，因为他们干预了不属于“科学”范畴内的事情。

不可忽视的是：歧义性还有另一方面的功能，歧义性可以使语言用来表达罕见的、新颖的、独特的、完全属于个体方面的经验和体验，而且只有在这种不确定性的精神状态中才可能产生出人的创造性。

诗性的语言要做的工作恰恰是通过“一词多义”来制造话语的“歧义性”。

诗歌不是消除歧义性，而要时常求助于歧义性，流行歌曲中的“路边野花不要采”，并不是不让男主人攀折野地里开出的花朵，“野花”在这里指的是“情人”，即法定配偶之外的有情女子，“野花”已经被赋予了如此生动的新的含义。

如何“制造”话语的“歧义性”？在利科看来诗人也像科学家那样有自己的一套程序。在这篇文章中他援引了雅各布森（Roman Jakobson）的隐喻理论来帮他的忙，他以“时间是个乞丐”为例，说明意义如何在“时间”和“乞丐”的组合中产生，而在这一新的结合体中，“时间”和“乞丐”两词都在瞬间增殖了新的含义。这些增殖的含义又是不确定的，具有多种解释的可能。一种隐喻就是一首小型的诗歌，而一部长诗就是一个巨大的、连续的、持久的隐喻网络。人们就在话语的这种多层次的网络中，展现心灵的自由性和创造性。

我的手头有一本《曾卓抒情诗选》，是老诗人亲手赠送的，随手打开哪一页，几乎都可以看到这样的句子：“忧郁像一只小虫，静静地蹲在我的心峰”“一簇簇喑哑的丛林，守寡的枯涸的池沼”“扶起这一片呓语的草原”，“希望的顶点是含笑的坟”……诗人牛汉在评论曾卓的这些诗句时说：这些都是从他骚动的灵魂中辐射出来的光焰，是一种天高地厚的情感。如果从文学言语学的意义上看，这些“光焰”与“情感”不也正是凭借人类语言的“歧义性”表达出来的么！

利科在论述诗歌语言时，还特别提到了人的感情。他说：通过语言，诗歌和音乐一样表达了感情。感情也就是心灵的骚动。感情就是你对自己在生活中所处位置的感受。一首诗改变了我们的感情，也就“更新了我们脚下的地平线”。至此，利科已经把“诗歌语言”提高到“本体论”的高度来谈论。最后，利科谦逊地表示，关于“诗歌语言”，应该还有更深刻丰富的乃至近乎神秘的东西，对于诗歌来说，“语言可能是赞美和歌唱的仪式”。然而，作为一个哲学家，他无法进入诗的内部，他说诗人会替代他充满激情地谈论诗歌，“哲学家不必去冒充诗人。哲学家分析和创造理解，创造理解就是引向诗歌的门槛。一旦到达了这一门槛，哲学家向欢迎他的诗人表示敬意——然后就不再说什么了”。

如果说文学批评真的像有些人说的那样，是位于哲学和艺术之间的一个行当，如果文学批评家的天性真的像有人指出的那样，既具有哲学家的睿智，又怀着诗人的激情，那么他也许就会在跨过“理解的门槛”之后，对整个文学中的言语现象乃至从文学言语中表现出人性和诗性做出更多一些的审美意义上的描述和思辩。

也许，人们将会在文学与诗歌的国土上为现代社会中干渴已久的言语者寻觅到一块芳草萋萋的绿洲，寻找到一泓长流不息的甘泉。

2.4　文学言语学

我们希望诞生一门“文学言语学”，一个近迫、直接的目的就是要给语言分析学家蒸晒干涸了的土地灌溉泉水，就是要给结构主义者剔剥干净的“大鱼骨架”复活生命。虽然，我们并不一概否定结构主义语言学和结构主义批评得出的那些结论。文学的语言，不但在文学创作家那里、在文学作品的鉴赏者那里应当是绿意葱茏、生长旺盛的，在文学批评家那里也应当是富有活力和生命的。

我们首先面临的是一个措词问题，或者说是确定概念的问题，即“文学言语学”中的“言语”的涵义究竟是什么？

从国外晚近的语言学研究看，经常并置地出现这样三个概念：Language，Discourse，Parole，在我们国内一般把它们翻译为“语言”，“话语”，“言语”。在汉语中这三个词汇的字符相似，语义的区别也不很明显，而在英语中它们的词根却是不同的，其用法也有着细致的差别。“Language”是指与“语言学”或“语言教学”有关的、专业的、系统的语言知识、语言理论；“Parole”指口头言讲的行为.而且是非正式的、不正规的,侧重于个人方面的、较为灵活自由的。“Discourse”指演讲、会谈、论证、对话,在其固有用法中还含有推理的意思。关于Language与Parole在现代语言学中被索绪尔、巴尔特赋予的理论涵义,前边(见表一)我们已经谈到,关于“Discourse”的理论涵义,利科在《结构·词语·事件》一文中把它概括为这样几个方面:“它是一种表现事件的行为方式,是一个选择的过程,它具有创造性的本质,它是开放的、与语境有关的。”显然,作为语言学的概念,“Discourse”与“Parole”很是相近,而与“Language”相去较远。细审汉语中的“话语”与“言语”,其关系也是更为接近的,“Discourse”有时也译作“谈话”,那么它和“言语”都是可以用作动词而表达过程的,而“语言”只能是名词。这本书中我们选中了“言语”这个词,只是觉得在语感上它更突出了个体性的色彩,我们并不排斥它有时也含有“Discourse”(话语、谈话)的意思。这样做是否合适,好在我们只是“刍议”,尚有待于公论的出现。

被卡西尔称为“语言批判哲学鼻祖”的洪堡特曾告诫人们,不能将语言视为某种产物而应视为某种活动,不能以某种纯粹静止的方式将语言界定为一套固定语法形式或逻辑形式语言,在言语行为中应注意到人的全部精神生活和人的个体的生活,如果忽略了这些,那么一切语言学的研究多半是有缺陷的。洪堡特在论及语言在精神创造活动过程中的作用时指出:

> 有许多东西是语言无法直接包括的,而要由精神在语言的激励之下予以补充;人必须有一种本能,促使他努力把心灵所感知的一切再与语音连接起来。这种感觉和本能同人的一种生动的意识有关。人的本质决定了他能够潜在地意识到一个既超越语言、又受到语言限制的领域的存在……①

---

① [德] 威廉·洪堡特:《论人类语言结构的差异及其对人类精神发展的影响》,商务印书馆1999年版,第209页。

洪堡特常常是站在美学的立场上来观照语言学的,他的这些见解非常适宜我们的文学言语研究。

在我看来,“文学言语学”中的“言语”,绝不能仅仅局限于作品的“文本”中,它是文学创作和文学鉴赏、文学交流中的一种活动,一种过程。这是一个开放的系统,我们的研究将会注意到从言语在作家心灵深处的“孕育”和“萌发”,到言语通过写作在文本上的“定形”,到鉴赏者在历史的长河中接受性的阅读和理解这样一个曲折漫长的过程,一个充满了个体创造精神的过程。

在这个广阔的研究范围内,从文学艺术的审美特性出发,我们将特别关心文学言语的“个体性”“创化性”“心灵性”“流变性”。

个体性 言语,总归是人的活动,是人的本质力量的体现,是个体真实的物理、生理、意识、情感活动,它具有真实的物质或精神方面的对象,它拥有或强或弱的动机或动力,它追求或隐或显的价值和目的。施莱尔马赫指出过,即使是语言的理解活动,也总是要在语言的两个层面上进行的,一个是语法的层面,一个是言语者个人的生活过程。言语活动是言语者个人生活的一部分,言语者一方面在使用着语言,一方面又在用自己个人的生活经验介入语言,改变语言,从而给他使用着的语言注入个性的色彩。如果没有个人对于语言的使用,语言就会丧失被理解的功能,乃至最终失去生命。而且,哪怕是个人对于语言的曲解或误解,在一定情况下也仍然可以表现为个人历史存在的必然性和独特性。况且,何是“曲解”,何是“直解”,何是“误解”,何是“正解”,有时并不是容易得到确证的。

对于文学言语来说尤其如此。这里,请允许我举一个新近遇到的例子:美国摄制的获奥斯卡金奖的影片《末代皇帝》在中国放映后引起舆论界很大的轰动,其中有这样一个细节:故事即将结束时,年迈的溥仪在故宫中看到一只苍老的、浑身乌黑的“蝈蝈”,在历经半个多世纪的沧桑之变后从皇帝的宝座里蹒跚爬出。我没有料到,对于这个“蝈蝈”的解读竟出现了如此大的分歧意见:有人说“蝈蝈”是一个象征,溥仪童年时代养下的这只“蝈蝈”象征了人的

"自然天性","蝈蝈"的复出,则象征了"人性"的复苏:有人说"蝈蝈"是一个"荒诞",人间折腾六十年而一只蝈蝈刚刚睡醒,它寓意了"人生如梦、世事如烟";有人说"蝈蝈"是一个"隐喻",蝈蝈的"万寿无疆"暗示了在中国六十年代的国土上,皇帝的幽灵并未消失;还有一位香港的著名导演说"蝈蝈"是一个"败笔",理由是任何品种的蝈蝈都不可能活这么多年……电影的编剧或导演可能自有他的"原意",查一查辞典中"蝈蝈"条目,无疑会有着科学的说明,然而,谁又能摒除人们对于这个"蝈蝈"做出如此不相通融的理解呢?而且,只有白痴作家才会期望读者或观众对自己的作品做出千篇一律的解读!

我们不能不承认:语言的理解过程、文本的解读过程同时也是个体言语者的创造过程。大约正是由于这个原因,像施莱尔马赫、狄尔泰、伽达默尔、利科等现代阐释学大师们在强调人类言语活动的个体性时,都非常喜欢把"语言的理解"与"艺术的创造"相比并。

在语言学家的实验室里可能有纯而又纯、虚而又虚的、不沾人间烟火的"语言",但在我们这类文学批评家的园地里,决不会有游离于人之外的"言语"。我们不追求纯粹的"要素",我们甚至还特别偏爱那些带着个体的面容,带着个体的体温,带着个体肌肤的气息、甚至带着自己的血型,带着自己的遗传基因的言语。基于这样一种看法,"文学言语学"自然会从一些"实践哲学""主体哲学""生命哲学"中吸取精神上的营养以补益自己。

创化性　所谓"上帝的创造",其实都是人赋予的,是凭借人的手和脑完成的。创化性创造,是人类独具的特权,人的创造性在美的领域和艺术的天地中得到集中的表现。文学,属于美的领域,属于艺术的天地,文学是创造,文学是凭借着语言的材料在言语活动中的创造。

在伽达默尔一派的哲学家看来,语言的富有个性特色的运用,就已经含有创造的因素在里面,不论是作家写作或是常人阅读皆是如此。在格式塔一派的心理学家看来,在一部用文字符号写下的文学作品中,字与字、词与词、句子与句子、片断与片断、章节与章节之间的拼接和组合也会创生出一种新的产物，一种本来并不曾具备的新质。诗人、作家凭借着他自己独特的感觉和体验对他手中的字词语句进行天才的选择和组合，创造化生出宇宙间从来没有过的声响、光线、色彩、温度，创造化生出宇宙间从来没有过的境界、氛围、人物、故事。英国启蒙主义时期的感伤诗人爱德华·扬格曾在他的《论独创性作品》一文中写道："独创性作家的笔，像阿米达的魔杖，在贫瘠的荒地里呼唤出百花盛开的春天。天才和智慧者的差异正像魔术师和建筑师的差异一样，一个用不可见的方式竖起自己的建筑物，另一个靠熟悉运用普通工具建造自己的建筑。"文学的语言不应当是这种"普通的工具"，而应当是一支点石成金的魔杖。在文学中，真相是有那么一种言语，喊一声"芝麻、芝麻"，就訇然打开一座洞天仙府；念一句"嗡嘛呢叭咪吽"就顿时招来神童、仙姬、鱼龙、鬼狐。鉴此，"文学言语学"将从中外古今的美学理论与艺术创造理论中撷取与文学语言相关的部分来充实自己。

心灵性　中国古代医学中讲"舌为心之苗"；中国古代文论中讲"言为心之声"。两个比喻都很形象生动。在西方也早就有人讲，语言的特征"不应与逻辑学而应与心理学有关"。人类心理是人类语言得以发生的基础，个体的言语又是个体心理活动的重要表现形式。人们实际进行着的言语活动，绝不是被动地遵照某种语言学法规条令的机械运转，在人类的言语活动中总是容纳了言语个体丰富的心理活动，甚至负载着人类集体的精神活动的。在现代心理学中，"言语"一直是心理学家们关注的一个课题，不少杰出的心理学家都曾经试图从"言语"的方面打开心理学的突破口，进入人类心灵活动的神秘王国。遗憾的是语言学家们长期对心理学抱有偏见和戒心，仿佛心理一旦介入，就必然破坏语言学研究的确定性和纯粹性。"文学言语学"不但没有这方面的禁忌，反而宣布要和现代心理学结为紧密的联盟。心理学中有关言语方面经实证或内省得来的成果，将被"文学言语学"拿来作为自己理论的有机组成部分。

瑞士心理学家皮亚杰对于人类言语活动的心理机制的研究是做出巨大贡

献的，他有时也被称作“结构主义”者，但却时常发表一些不同于正宗结构主义语言学家的独特见解。他曾说过：“言语的创造性主要表现在话语（与语言相对而言）的领域里面，也就是在心理语言学的领域里面。事实上语言学在对心理学采取怀疑态度几十年之后，心理学又重新建起了桥梁。”[①]他还提到布龙菲尔德早先的一种设想：把人类言语活动的数学的、逻辑的一面归结到“语言学”中，把其心理活动的一面归结到“话语学”中去。他还提到了乔姆斯基、拉康对于沟通语言学和心理学的积极尝试，虽然在基本出发点上他和他们有着不小的分歧。

流变性　在索绪尔的语言学中，没有“时间”的地位，索绪尔曾经解释说，时间对于语言的稳定的结构，就像“时间”对于恒星的位移一样，是可以忽略不计的。

“言语”却不是这样，言语体现为一种过程，言语是多变的，在时间的横轴上，在个体的意识中、在社会的文化历史沿革中流动变幻。存在主义的哲学家们也总是强调“言语”或“言谈”的时间性，海德格尔就反复讲过，“由领会、现身情态与沉沦组建而成的完整的此之展开状态通过言谈得以勾连”，“言谈就其本身而言就是时间性的”。[②]

结合文学创作的情况，我们并不难理解语言在时间中的流变。且不必说原始部落中人们的言语与发达社会的人们的言语在表达方式和使用的功能上有多么大的不同，即如中国古代小说家曹雪芹和当代小说家韩少功吧，说的是相同的“语言”，却是不同的“言语”；而《红楼梦》的文学言语历经二百多年后进入当代人的阅读领受中，也已经不是曹雪芹写作时的言语，其内涵在交流中已发生很大的变化；再说韩少功吧，他写《飞过蓝天》时和写《爸爸爸》时用的是同一种“语言”，但作为“文学言语”，其间已发生沧桑之变。这恰如现代阐

① ［瑞士］皮亚杰：《结构主义》，商务印书馆1984年版，第57页。
② ［德］海德格尔：《存在与时间》，三联书店1988年版，第413页。

释学所认可的：人们对于语言的每一次使用，都是对于“稳定的语言结构”的一次威胁性挑战。

语言在使用过程中获得的新意，始终在反抗着似乎已经定型的语词涵义、句法结构、文本秩序。在一个时代的文学变革时期，言语使用者与固有语言的矛盾往往显得更加尖锐激烈，有时甚至会激烈到“血战到底、誓不两立”的地步，这需要双方经过很长时间的调谐、退让，才会渐渐平息。实际上，语言在使用中遇到的这种冲突，恰恰使语言能够不断地生长发育着、不断地更新自己、超越自己。由于“文学言语”的这种非稳固性和在历史进程中的流变性，因此我们对于二十世纪以来新兴的文化人类学、现象学、阐释学、接受美学就特别感兴趣。

在对于“文学言语”的考察中，我将会刻意突出文学言语的“个体性”“心灵性”“创化性”“流变性”，一方面是因为这比较符合文学作品的特性，同时也是为了与结构主义语言学坚持“语言”的“先验性”“逻辑性”“规范性”“固定性”相对照，形成一种鲜明的对比。

这样，“文学言语学”研究在某些方面，就可能要回到传统的一些问题上。当然，不会完全回到“结构主义语言学”之前的文学语言研究的路子上去。

公正地讲：在结构主义语言学和结构主义文学批评之前，文学的语言意义上的研究是十分薄弱和粗浅的，在一些作家、诗人、批评家的言论里虽不乏真知灼见，但做为一门学科几乎是不存在的（中国意义上的诗律学可能是一个例外）。相比之下，结构主义文学理论对于语言的阐述要重视得多。

例如，由陈荒煤任顾问、中国高等院校广为使用的《文学理论基础》一书（上海文艺出版社 1981 年版），“文学作品的语言”只是全书十二章中第四章里面第三节的一个问题，在全书 426 页中占不足 9 页，是全书的五十分之一；而由韦勒克、沃伦编著的《文学理论》一书（三联书店 1984 年版），文学语言研究在全书十九章中最少占据六章，就数量而言几乎占据全书 313 页的一半，几乎可以称作“文学语言学”的专著。结构主义文学批评的一个了不起的历史功绩，就是把研究文学的目光牵引到文学的语言构架——文本上来。结构主义对于“文本”的封闭性的强化研究，毕竟还是为我们留下了许多可资借鉴的东西，“文学言语学”的研究也将欣然地把结构主义语言学和结构主义文学批评当作过去的传统，在与它们保持对立的同时，也将与它渗透、融汇，有效地继承这份遗产。

就“文学言语学”的对象和任务而言，它还将与一些新兴的语言学科，如“社会语言学”“心理语言学”“生态语言学”建立更密切的关系。

言语活动是由“对象—发话者—符号—听话者”构成的一个四项循环系统。这个四项循环系统与阿布拉姆斯（Meyer Howard Abrams）在《镜与灯》中描述的文学的四项循环系统“社会—作家—文本—读者”是一致的。文学批评要从语言的角度考察文学，就不能不系统地研究言语活动的这一“四项循环系统”，或者说这一螺旋状的“言语链”。其中，符号自身的关系和法则，是句法学和文本学的范围，结构主义对此已做出了自己的贡献；符号与言语者的关系是语用学研究的范围，符号和言语对象的关系是语义学研究的范围，这两个范围又直接联系着心理学和社会学，是言语活动的重要环节。在文学的四项循环系统中，“创作论”“鉴赏论”属于“语用学”的范畴，“作家论”和“价值论”属于“语义学”的范畴。由此看来。“文学言语学”不只是研究文学语言技巧的学问，它多少已经具备了“文学整体论”“文学系统论”“文学通论”的性质，只不过它的基础是建立在“言语”理论之上的。

2.5 操斧伐柯

文学的系统研究，是可以选取不同的立足点、不同的渠道、不同的坐标系统进行的，如“社会的”“传记的”“历史的”“审美的”等等。从“文学言语”的角度进行研究，应该说是更为切近一些的，而实际上则又更困难。

这一方面固然是因为语言学远不是一门成熟的学科。在有关语言的一些重大问题上还未得出一致意见。在“语言学”内部，各个门类间的发展还不平衡，这无疑会给文学的研究造成一道道障碍和陷阱，许多优秀文学家、美学家、文学批评家，如苏珊·朗格、柯林伍德、阿恩海姆、阿瑞提，甚至还包括巴尔特，一旦奋力冲进文学语言的魔阵之中，无一能摆脱那种惶惑、焦虑的心情。

索绪尔一开始就认识到了“言语活动”的超复杂性，他说：

> 整个来看，言语活动是多方面的、性质复杂的，同时跨着物理、生理和心理几个领域和社会的领域。我们没法把它归入任何一个人文事实的范畴，因为不知道怎样去理出它的统一体。①

索绪尔的《普通语言学教程》尽管已经涉及人类语言现象中许多艰奥的理论问题，但由于他在这本书中回避了“言语活动”，所以我总觉得他有些“避重就轻”。

除了对于“言语活动”认识上的困难之外，也还有一个同样艰难的表述问题。研究言语活动的人，自己的言语表述总是要绊倒在言语研究悖论的顽石上，摔得鼻青脸肿，在众人面前尴尬地破损自己的形象。

比如：日本的一些禅学大师在累累著作中大谈禅道，似乎他胸中的禅学已经精乎其精，然而，禅道核心精义，不就是“一切全在不言中”吗？铃木大拙谈到最后，就很尴尬，他后来在给我们的胡适博士的通信中就十分懊恼，他承认：在达摩祖师面前，我是有罪的。

作为语言学家，维特根斯坦主张对不可言说的东西保持沉默，而罗素在为《逻辑哲学论》一书撰写的《序言》中说，“维特根斯坦先生终于还是说出了一

① ［瑞士］费迪南·德·索绪尔：《普通语言学教程》，商务印书馆 1980 年版，第 30 页。

大堆不能说出的东西”,“我承认这使我有某种理智上不快的感觉”。[1] 维特根斯坦听到罗素的不快之言后,自己也感到十分不快,抱怨罗素误解了他的原意,宁可搁置书的出版,也不肯接受这篇序言。

结构人类学家列维·斯特劳斯在他的《野性的思维》一书中,费尽周折、殚思竭虑地论述了“野蛮人”的语言,认为“野蛮人”的语言中有着美妙的意象,丰富的想象,充沛的悟性,迷人的魅力,总之,“野蛮人的语言更符合人性”。然而列维-斯特劳斯先生自己说话与写作时决不用那种“野蛮人”的言语,他仍然不得不使用那种丧失了部分人性的、逻辑的、抽象的、干枯了的话语体系。这就叫做“操斧伐柯”,取则虽然不远,要做得漂亮真是不容易。

德国文学批评家 P. K. 库尔茨在谈到结构主义的文本批评时曾指出过这样一种窘迫的现状:文学在竭力抵御着人类理智与感性的分裂,而批评却在以理智与感性分裂的方式接近文学,文学批评努力去做的,正是文学创作要批评的,这简直就是一幅生动的漫画。这种困窘远不只降临在结构主义文学理论家的头上,几乎任何想使文学现象科学化、系统化的理论都是这样,“一种既要在科学上尽可能满足精确科学的要求,又要在社会上不脱离多元社会的意识形态的基础的综合性理论,艰难地在文学理论和大学教育的背景的净火中大声叫喊。”[2]

“文学言语学”能够逃脱这炼狱之火的熬煎吗?我们知道不能。我们要做的依然是一种“难以选择中的选择”,我们选择的道路并不一定就比别人的好,唯一的理由很可能只是这样一句孩子们说的话:“因为我喜欢。”

比如在思维方式上,尽管许多同仁大声疾呼中国人历来缺少“逻辑思维”“抽象思维”“科学思维”的能力,中国人的当务之急是补上这一课;尽管许多更年轻些的朋友愤激地斥责中国传统的思维方式缺乏条理,缺乏概念,缺乏模

① 见[英] 维特根斯坦:《逻辑哲学论》,导论,商务印书馆 1983 年版,第 16 页。

② [德] 库尔茨:《联邦德国文学批评方法和文学理论》,译文见《外国文学报道》1985 年第 1 期。

式,缺乏思辨,是“水墨一团”,是“混沌一片”,甚至是“牛屎一摊”,在着手创建“文学言语学”时,我们还是决心把对文学言语现象的感觉、体验、直觉、领悟放在重要的位置上,在研究中始终不准备放弃文学和语言的感性经验方面的东西。我们也决不淡化我们对于我们的研究对象的好奇心、求知欲、神秘感和亲切感。当然,我们不会一概拒绝前人凭藉理性和智慧累积下的知识和理论、范畴和概念、规则与定律,只是我们仍然认为,这些东西对于文学批评家来说,总不如对于数学家、物理学家更为重要。

又如,在研究的方法上,我们也不能不反对那种一味“简约化”“法则化”的研究方法,文学言语学更着重对于具体文学言语现象,甚至对文学言语个体进行观察、分析、描述,在描述中渗入我们自己的感受和体验,渗入代当人的感受和体验,使我们的研究对象更加充盈,更加丰满。

对于科学来说,个别的、具体的、特殊的、偶然的可能是没有意义的,或者是没有多大意义;然而在文学和艺术领域,这正是人的生命在文学艺术中的真实体现。文艺学毕竟是一门人文学科,我们不能为了那个“科学”,把文学批评和文学理论弄得一点人味都没有。也许有人会说,那么就不该把你们的研究称作《文学言语学》。也罢,比如,称作《文学言语现象研究》也可以。

那位固执而又好斗的结构主义语言学家乔姆斯基(Avram Noam Chomsky)并不待见洪堡特充满感性与温情的“语言哲学”,他还曾经傲慢地嘲弄著名的社会语言学家戴尔·海姆斯(D. H. Hymes),说他从事的“语言交际能力”研究工作不是研究,不过是“采集蝴蝶标本”。他说:“你要是喜欢蝴蝶标本,那也无损大雅。但是这样的工作不宜和研究工作混为一谈。”照这类严肃冷漠的科学家看来,如果我们的工作连“研究”也提不上,那么就算是一种充满了个人兴趣的现象描述吧!这也无伤大雅,像“天文学”“化学”这样正经八百的科学,还不是从“占星术”“炼丹术”的迷离的梦幻中演化过来的吗?

在即将结束这一章时,我们必须声明,这本小册子显然并不就是《文学言语学》,它只是关于“文学言语学”的。在这本书中,一方面我们想为建立“文学言语学”清理一下场地。另一方面，也准备在这块地面上钻几个洞，查勘一下有无大兴土木的可能。

可能，或者不可能。

补记：索绪尔与巴赫金

如何看待索绪尔，是《超越语言》一书的逻辑起点。

惹起国内语言学专家怒火燃烧的，是我对待索绪尔语言学的态度。

时为北京师范大学教授、《国外语言学》杂志主编的伍铁平先生接连发表长篇论文对我的这本书展开尖锐的批评。

伍文的立足点是：语言学是一门严谨的科学，他竭力要捍卫的是语言的共同性、确定性、科学性、可分析性、可论证性，而这些都是由索绪尔的《普通语言学教程》一书奠定基础的。他认定：语言学根本不研究人生意义、心灵体验、个性创造等。这些内容分别是哲学、伦理学、社会学、心理学、文艺理论等学科的研究对象，同语言学很少相关，以此指责索绪尔和其他结构主义语言学家，是牛头不对马嘴。①

而我却认为，主体内涵、心灵体验、个人风格、创造过程，也应该纳入语言学研究，结构主义语言学的研究范围应当有所突破，将言语主体活动的内涵与过程扩展进来，这就是“超越”的本义。

客观地说，伍先生在整体上的立论以及对我的严厉批评都是有的放矢，站在他的立场上也都顺理成章。然而，他说我“对索绪尔持轻蔑态度”，则是冤枉了我。我在书中已经清楚地说明：索绪尔本人并不拒绝这些研究，他希望在“语言的语言学”之后再创立一门“言语的语言学”，我尽管能力有限，还是希

① 伍铁平、孙逊：《评鲁枢元著〈超越语言〉中的若干语言学观点》，《外语学刊》1993 年第 2 期。

望自己能够接着索绪尔未竟的事业做下去。伍铁平先生却认为只存在一种“共同的语言学”,决不存在另一种语言学。

> 鲁君说:“文学家认同的语言似乎是另一种语言,一种超脱出语言学研究范围的另一种语言。比如诗人、艺术家津津乐道的‘情绪’、‘冲动’、‘手势语言’、‘氛围’、‘神韵’以及种种‘可以意会不可言传’的东西,常常被语言学家斥为‘非语言现象’,摒弃在语言学研究之外”,这说法不对。每个民族都只有一种共同的语言,根本不存在什么超脱语言学研究范围,仅文学家认同的语言。文学语言也是语言学的重要研究对象。鲁君所说的“情绪”“冲动”“意味”“氛围”“神韵”不仅不是语言学研究的语言,也不是文学家认同的语言。
>
> 诗人、艺术家津津乐道的东西不等于语言。鲁君显然将人们用语言所谈论的事情同语言本身混为一谈了。[①]

伍先生对语言学研究划出的铁定的界线,即使文学、诗歌也是不能超越的,这就是我们之间的分歧之所在。不是我轻视索绪尔,而是伍先生局限、固化了索绪尔。

如今再看一看我的书与伍先生的文章,会发现有一个共同的遗漏:我们在讨论“超越语言”时,都没有提到那位创立了“超越语言学”的大师米哈伊尔·巴赫金。

我没有提到巴赫金,应该说是出于“无知”。我的《超越语言》一书完稿于1988年,那时国内关注巴赫金的人很少,虽说钱中文先生在1983年就已经发表了关于巴赫金“复调小说理论”的研究文章,而国内关于巴赫金语言学研究的文章多是在1988年之后发表的,《巴赫金全集》则是在1998年出版的。我

---

① 伍铁平:《要运用语言学理论必须首先掌握语言学理论》,《北方论坛》1996年第5期。

外文能力很差,涉足语言学只能算是“客串”,我在写作《超越语言》时对巴赫金尚一无所知。

伍先生是语言学专家,懂多国语言,更是精通俄语,他的文章里可以征引列宁、斯大林的语言学思想,却绝口不提巴赫金,显然不是因为不知道,多半是因为不喜欢。因为在苏联,巴赫金的语言学说长期以来是被视为异端,受到主流语言学界反对与批判的。

据国内巴赫金研究领域的学者指出:“巴赫金着重批判了抽象客观主义流派把生动的语言概念化、使之变成了抽象的概念系统,即用静态的和抽象古代观点看待语言,却忽视了语言的变异性和具体多样性。”“巴赫金对语言的研究则是动态的、充满生机和活力的。在巴赫金看来,语言哲学研究的课题,只能是具有社会性的、个人的言语活动。”[①]

> 巴赫金语言哲学实质上是一种“超语言学”方法论。“超语言学”是巴赫金在20世纪20年代首先提出的一种独特的哲学-语言学研究方法。他不同于传统的语言学研究,不是把“死”的语言体系,而是把“活的语言中超出语言学范围的那些方面”作为自己的研究对象,走的完全是一条超越语言学规则和语言学体系的道路,因而具有十分重要的学术创新意义。[②]

这里讲到的“死的”“活的”,也正是我在《超越语言》一书中议及的“鱼的骨架”与“活鱼”的比喻。我主张将言语主体的“情绪”“冲动”“欲望”“意向”及文学写作过程中的“氛围”“神韵”“不言之言”“言外之意”引进语言学中来,下意识里是希望为干涸的语言学研究的池塘里注入一脉活水。

---

① 萧净宇:《超越语言学——巴赫金语言哲学研究》,上海人民出版社2007年版,第46页。

② 同上,第52页。

我在回答伍铁平先生的质疑文章时曾经说“咱们不是一股道跑的车”，看来并非强词夺理。我的“车”竟然在浑然不知的情况下“跑到了巴赫金的轨道上”！

我的《超越语言》与巴赫金的《超越语言学》当然不能相提并论，至于二者之间为何会有某些交集，后来我才发现这可能与我对洪堡特、卡西尔的阅读有关，因为他们二位的语言学观念也是巴赫金的“超越语言学”思想资源的重要组成部分。

第三章　沉寂的钟声

3.1　风格的零点

一种在西方流行了许多年至今已经不再流行、而在当下中国仍然十分新鲜的语言学理论，具有这么两个固定的立脚点：

(1) 存在着一种纯净的语言，即不含任何个性的语言；

(2) 存在着一种自在的语言，即没有主体存在的语言。

前一种观点的集中代表人物是乔姆斯基，他说："语言学理论所要关心的是一个拟想中的说话人兼听话人，他所处的社团的言语是纯而又纯的，他对这一社团的语言的了解是熟之又熟的，他在把语言知识施之于实际运用时，不受记忆力限制的影响，也不被注意力分散，不受兴趣的转移和语言错误等情况的影响……"①

① 见 Noam Chomsky：《Aspects of Theory of Syntax》，P. 8.

乔姆斯基这样做，只是一种理论的"假设"，因为世界上根本不存在这么一个"纯之又纯""熟之又熟"的言语社团，这种"纯净的语言"只是他虚拟的一种设想，显然不是为了别的，而是为了给他的规范化的语言研究创造比较方便的前提条件。

这种作法，有点像卓别林表演的一幕喜剧：卓别林要出远门了，慌慌张张把衬衫、衬裤、围巾、外套塞进手提箱里，扣上箱盖后不少衣服的边角还露在外边。很不好看。怎么办？卓别林找一把剪刀把露在外边的部分统统剪掉，便心安理得地扬长而去。

不久，在美国就有语言学家出来批评乔姆斯基的"纯语主义"的论调，社会语言学家威廉·拉波夫(W. Labov)说："任何语言集团里都存在着语言变异和不纯一的语言结构，这是已经被事实证明了的。至于是否存在一种没有变异的纯一的语言集团，倒是值得怀疑的。可是在语言学家之中有一种神话，认为等待他们去研究的是一种纯净的，真正说同一种语言的语言集团。语言学家往往认为他自己所属的那个语言集团离开了规范，变糟了。"①

"纯粹的语言"只是某些语言学家一手造出来的神话，接着他们又去虔诚地维护这种"纯洁的语言"，痛心疾首地斥责那些破坏了语言"纯洁性"的语言。此类与风车作战的绅士堂·吉诃德，西方有，中国也时有所见。

"翻译机器"，该是遵照规范化语言学家们的心愿造出来的"乖孩子"，不料乖孩子有时也会跳出来捣乱。美国航空航天局的一台"翻译机"竟然把工程学术语"喷射造型法"译作"尖叫着射出精液"，真有点走火入魔了。

第二种观点的一个极端代表人物，该是拉康(Jacques Lacan)。一位苏联学者曾经十分恼火地指责拉康在取消主体、排除主观因素方面表现得最为充分。拉康试图将结构主义语言学的理论移接到精神分析心理学中来，试图用

① ［美］W·拉波夫：《在社会环境里研究语言》(1970)见《语言学译丛》第1辑第32页，中国社会科学出版社1979年版。

结构主义语言学的理论对人的深层心理中的潜意识——个体潜意识、集体潜意识作出解释。在他看来,人的潜意识中也存在着结构,存在着普遍的法则,存在着先验的语言模式,所谓主体,是没有意义的,充其量不过是一个载体。他把有关主体的一切理论都说成是“直觉主义”和“心理主义”而加以攻击。

康德说过,有两种东西使心灵充满了始终新鲜的惊异和崇敬,这就是头上的星空和心中的道德。而拉康却奚落他说,心灵中的这两种东西都不如“小小的字母”更为可靠。拉康兢兢业业的努力,是要把人的主体存在简化为“形式化的符号系统”。他自称以发展弗洛伊德(Sigmund Freud)和荣格(Carl Gustav Jung)的精神分析心理学为己任,而弗洛伊德和荣格学说中可贵的人文精神在他这里被割舍了。

拉康所以备受他的结构主义伙伴们的推重,是因为他把结构主义的原则从现实世界和宏观世界又导向微观世界,试图让结构主义占据人在自身精神深处的立足之地。

语言能够脱离开主体自行其是吗?

有这样一个例子:加利福尼亚州雅那语(yana)的雅西方言(yahi)在1916年3月25日那一天消亡了,因为就在那一天的清晨说这种语言的最后一个人死去了。

皮亚杰作为一个有结构主义倾向的心理学家,却从来不否定“主体”在世界中的作用。在他看来,关于人的一切,包括语言的生成,都不是被动接受下来的,总有主体在发生作用,没有任何一个结构是先于人的,而总是由主体参与的情况下生成的。婴儿总是把他能抓到的一切都抓到身边来,并且往自己嘴里放,这是一个以主体为中心的世界。

索绪尔在他的著作中再三表明自己追求的是那些稳固的、普遍的、法则性的东西,但同时他又再三解释,说这些东西只是存在于具体的、个别的、实际的言语活动中,就像辩证法中讲的“共性存在于个性之中”一样。索绪尔并没有否定复杂性、偶然性、个体性在整体语言研究中的存在。索绪尔曾经那样亲切地谈到言语的风格认为“风格即是个人对于语言的使用”。

只是到了索绪尔的后继者那里，人类语言现象中偶然性、主体性的方向才遭到了坚决的排斥，语言被看作是一种凌驾于人类之上的全智全能的东西，一种绝对存在，唯一存在，像上帝一样的东西。人在语言的偶像面前萎缩了，消失了，个性的特征在语言学研究中完全失去了意义。

语言研究否定了“个人特征”的存在，对于以个人的自由创造为灵魂的文学来说，无疑是一个致命的打击，然而这种有严重缺陷的语言学理论，却被极力渲染着套用到文学批评理论中来，在文学受刑一般的痛苦呻吟中，理论家们弹冠相庆，祝贺着自己事业的成功。其实，从文学批评的情况看，就在那些“语言沙文主义”者的大话后面，我们不是可以清楚地看到一个狂妄自大的批评家的面孔吗？

罗兰·巴尔特毕竟是聪明的，甚至是有点伟大的。他的聪明和伟大就在于他并不那么迷信他自己一手编织起来的结构主义的那张网，反而不时地撕开那张网，以避免自己落入网中。巴尔特更倾向于把写作看作“个人的冒险”，他从来就不是一个纯正的结构主义者，尽管他时而说一些极端结构主义的话。

早年，巴尔特在他的《写作的零度》一书中曾经说过这样的话：写作即风格，文体即风格的表现，风格的零点是不存在的，“文体是属于作家的‘东西’，是他的光辉，也是他的桎梏，是他的幽僻所在”，“它是惯例的隐私部分，产生于作家的神秘的深沉处，展延于它的责任之外”，“它的秘密是封闭作家躯体内的一种记忆”，“是一种凝结作家气质和他的语言的必然”。①

文学创作中不可能完全清除掉属于作家个人的东西，如果有人要用人类迄今为止归纳出来的所有卓有成效的艺术真理（其中自然也包括结构主义的某些理论）来除某位优秀作家的文学创作，那一定是除不尽的，剩下的余数，对于文学来说则可能是最可珍贵的。因为它是由这位作家独创的。

---

① 见［法］罗兰·巴尔特：《符号学美学》附录，辽宁人民出版社1987年版，第148—149页。

文学风格与创作个性，是文学理论中一个十分古老的问题，以至于有人提到这个字眼都要感到厌倦了，然而人们仍然在不停地谈论着它，而且差不多都要把这个问题与语言问题同时提出，下边我们来提供一些作家、理论家的具体论述。

别林斯基在讲到莱蒙托夫时说：

和一切伟大的才能一样，莱蒙托夫高度地具有所谓"文体"，文体绝不单纯是写得流畅，文理通达，文法无误的一种能力。在"文体"一词下，我们指的是作家的这样一种直接的天赋才能……按下自己的个性和精神的独创性的印记。

《当代英雄》，1840

别林斯基讲到果戈理时说：

的确，果戈理的文字没有被僵死的规律所钳制，他是很容易受到学究和校对员的攻击的，后者认为语言和文体就是一回事情，从来没有想到在语言和文体之间，就像在庸庸碌碌的匠徒的正确而呆板的绘画和天才画家的灵活而独创的风格之间，是有着不可测量的距离。

《文学和杂志短评》，1842

弗吉尼亚·伍尔夫谈哈代的语言个性时说：

哈代凭借的睿智机敏和不妥协的真诚去探索寻求他所需要的字句，而往往带有令人难忘的辛辣感。如果找不到这样的字句，他会将就使用任何平凡、笨拙或老式的语言，有时极其生硬粗糙，有时带有一种书生气的推敲斟酌……他的散文从这呆板、生硬的成分中熔筹出一种宏伟的气势,一种拉丁化的响亮的声调,像他自己稀薄的短髭一样具有扎实的、非常匀称的形态。

《论托马斯·哈代的小说》,1982

列夫·托尔斯泰对自己的语言风格解释说:

我得知,任何人永远也说不出我要说的东西,这不是因为我要说的东西对人类非常重要,而是因为,生活的某些方面,对于旁人是微不足道的,只有我一个人,由于自己的经历和性格特点,觉得十分重要。

《战争与和平》序言草稿,1869

中国现代文学家老舍说:

风格不是由字句的堆砌而来的,它是心灵的音乐。叔本华说:形容词是名词的仇敌。是的,好的文字是由心中炼出来的。

《老舍论文学》,1984

美国现代派小说家、荣获1976年诺贝尔文学奖的索尔·贝娄,他在谈到作家的自由风格时说:

一个作家在自己天然的、深不可测的直觉大门打开时,就上了正确的路子,你写出的句子不是来自那个源泉,你就不能运用它。

《作家应追求自由的风格》,1982

卡西尔曾借用莱辛在《汉堡剧评》中的话说:

要偷窃莎士比亚的诗句就像偷赫丘利的神棒一样不可能，莎士比亚的每一诗句都有其心灵的印记，它不能外借，也不能被其他诗人挪用。

《语言与艺术》，1925

从上面我们引征的这些材料可以看出，所谓文学的风格，就是文学家言语活动中的主体精神，它可以是作家的天赋、才能、人格、性情，可以是作家的灵感、直觉。总之，这种属于言语主体心灵方面的东西，正是语言中活的生命。

一些结构主义理论家喜欢说：人的世界就是语言的世界。是的，语言已经现实地为人构成了一个世界，但这又是个不断向外扩张着的世界，它的地平线是不时推移着的，正是人的本始的生命力在充当着拓展推移的动力。

一些结构主义的批评家喜欢说：文学是通向外部世界的一个窗口，但这个窗子却是用“语言”这块带有彩色花纹的玻璃制成的，人们不要指望透过它可以观望到外部空间，你看到的仍然不过是这张窗子的玻璃。在这里，语言又成了将人与世界隔离开的壁障。是的，通常的语言在很大程度上已经成了遮掩真实的障碍，而文学语言恰恰要借助文学家的心灵之光穿透壁障去领悟那彼岸的世界。

正因为如此，真正的文学家在现实生活中才显示出如此强大的生命活力。他们高扬主体精神，他们藐视一切法则，这固然表现在他们与现实世界的关系中，同时更突出地表现在他们与语言世界的关系中。表现在他们对于语言的竭力据为己有，表现在他们对于语言法则的艰难的对抗和搏斗。

杰出的诗人、小说家在语言的法则和习惯面前差不多总是桀骜不驯的。

有人指责莎士比亚的作品中常有不合文法之处。

有人议论巴尔扎克的文字不合语法规范。

福楼拜却为之辩护说：“对于最伟大的作家，我们不该指望从他们那里找到只有二流作家才会有的那种一本正经的规范。”

左拉说：为了作品自己的生命和独特的味道，即使牺牲语言的正确性也是值得的。

伏尔泰写他的悲剧和诗歌时，还要一边查阅着语法书和词典，为的是不放过语言上最细微的瑕疵，他嘲笑莎士比亚在文字上是一个“野蛮人”，自命为语言规范的毫不通融的守卫者。对此，拉法格（Paul Lafargue）评述说：“伏尔泰的精确的语言，无力表达法国大革命时期那些崭新的趣味和激情。”伏尔泰作为哲学家和历史学家可以说是杰出的，而作为文学家则只能说是第二流的。

中国的文论家袁宏道把这个道理讲得似乎更为清楚明白一些，他说的是他的兄弟袁中道的诗作：“独抒性灵，不拘格套，非从自己胸臆流出，不肯下笔。有时情与境会，顷刻千言，如水东流，令人夺魂。其间有佳处，亦有疵处，佳处自不必言，即疵处亦多本色独造语。”

好一个“疵处亦多本色独造语”！如此看来，在独创性的诗人、小说家那里，所谓“语言的错误”不但不是错误，甚至还是应该得到点赞的出于“本色”的“独造语”。

语言学家对此多半是通不过的。

语言的“私有性”曾被语言学家们认为绝对不可能的。叶圣陶老先生就强调过：“语言好比通货，通货不能各人发各人的，必须是大家公认的通货才有价值。”这话起码道出了一半真理。的确，语言只要一旦付诸流通，就无法保持自己的“私性”，可以称得上“私性”的东西只能存在于语言之外，存在于沉默不言中，只是一些“不可言说的东西”。

维特根斯坦在他的《逻辑哲学论》末尾一句说：“不可言说的东西，我们必须在沉默中忽略。”这时的维特根斯坦仍然是站在一个纯语主义的立场上说话的。如果把语言的系统松散开来，把语言看作一个绵延无尽的言语活动过程，那么个体私有的东西真的就不存在于这一过程中吗？

现代解释学在面对人类语言时特别看重个体经验、个人的具体的生命活动在言语活动中的作用，承认人对语言的主动性，共同的理解只是各自的私有性在交流的瞬间达成或创生的，没有“私有性”（包括个人的偏见或误解）就不会有意义的生成，尤其不会有新的意义的生成。只是在意义生成之后，“私有”才变为“共有”或“公有”的了，但其中仍然会保留着某些“私有”的痕迹，我们可以把它叫做言语活动的“个性”。

语言在流通中获得个性，言语者赋予语言以个性，对于文学艺术创作来说这是具有无比重大意义的。叶圣陶老人在强调“语言是通货”时可能忽略了“文学是奇货”，只有“奇”才能成为卓越的有独创性的文学。大约正因为如此，于是连为人老成的杜甫竟也写出了“红稻啄余鹦鹉粒，碧梧栖老凤凰枝”这样刁钻古怪、半通不通的句子来。

不管是写作还是阅读，对于一个创造性的活跃着的心灵来说，文学言语只能是个体一次性使用的。你可以反复阅读一部作品，但真正的文学性阅读，每次都不雷同。文学语言注定是一种主体性的、个体性的言语，它没有风格的零点，它也不需要这样的零点，文学言语注定要和文学家的独特的心灵相沟通，注定要和文学家的血肉之躯紧密相连。

3.2 在言语的下边

“在言语的下边，是语言的结构”，这句话不能说是错的，但它并非是人类言语现象研究的理论终结点。

皮亚杰是心理学中的结构主义者，认为人的心理活动，都是有一定“图式”的。一定的图式对人的行为起一定的制约、规定、导向作用，给人的活动划出一定的空间，从这个意义上也可以说图式就是人的世界。但是皮亚杰在论述他的结构主义时，又十分强调“时间”这一概念，认为“结构”只不过是一种动态中的平衡，是有历史的。所谓固定的“结构”只不过是研究过程中的一个人为的“定格”。皮亚杰的结构主义与他的发生认识论是一致的，这便使他对乔姆斯基那带有“先验论”“天赋论”“机械论”的结构主义时而流露出强烈的不满。他说：

> 一切反历史的或反发生论的结构主义，它们没有明说出来的希望，就是要把结构最后建立在如同数理逻辑体系的结构那样的非时间性的基础上面（而在这一方面，乔姆斯基的天赋论还伴随着要把他的句法归结为一种“单子”式的形式结构）。不过，如果人们要着手建立一个有关各种结构的普遍理论，这个普遍理论必须符合跨学科的科学认识论的要求，那么，除非一下子就躺进先验论的天国里去，否则在非时间性的转换体系面前，如“群”结构或“部分”的集合（ensemble des parties）的网结构等，就不大可能不问一下，结构是怎么得来的。[1]

“结构是怎么得来的？”为了回答这个问题，皮亚杰提出了“同化”与“顺应”的理论，试图从主体的实践，主体与环境的相互作用，个体心灵的不断完善的角度作出回答。他认为，结构下边还应当有更深层次的东西。

法国著名遗传学家、1965年诺贝尔奖的获得者雅克·莫诺（Jacpues Lucien Monod）十分重视乔姆斯基的研究成果，对结构主义语言学的思想作了充分的肯定，他说：

> 乔姆斯基及其学派认为，深入的语言学分析揭示出了：在语言的无限多样性的底下，有一个所有人类语言共有的基本“形式”。因此，乔姆斯基认为，这种形式应看作是人种的天性和特性。有些哲学家和人种学家对这种说法都有反感，因为他们看出这是回到了笛卡儿的形而上学。可

---

① ［瑞士］皮亚杰：《结构主义》，商务印书馆1984年版，第7—8页。

是，倘若只接受这种说法所包含的生物学内容，我看这并没有错。[1]

雅克·莫诺试图从人类生物性的遗传机制中，为人类语言的基本结构模式找到证据，这种努力至今没有得到确切的证实，但以后很有可能得到证实。

即使如此，在莫诺看来，语言中的"结构"也仍然是"生成"的东西，属于历史的范畴，在"语言的结构"的下边，是"人类祖先200万年中积累的艰辛的经验"，是比语言古老得多的"记忆能力""回忆能力""联想能力""模仿能力"和"选择的压力"的产物。同时，语言的出现则又加速了人类在体质和观念上的进化，以至形成今天的这种情景。

不难看出，决定人类语言发生发展的更为基本的因素，是人类的生命意志和生命活力。

莫诺认为，在具有高度科学文化知识的现代人身上，"自然选择"已经失去意义，人类真正的进化（遗传学上的进化）已经停止。他说这对于包括生物学在内的科学来说是一个十分棘手的问题。[2]

十九世纪末和二十世纪初的一些哲学家，如叔本华、尼采、柏格森、海德格尔以及后来的马尔库塞，则希望从语言的深厚的淤积层下面重新挖掘出人类鲜活的生命，或者挖掘出那烈火般的人类生命意志的冲动，或者挖掘出那生命的本真澄明之境。与此同时，他们无一例外地把目光投注到人类的艺术活动中，渴望在诗、在艺术、在审美中拯救濒于干涸的心灵和渐趋式微的人性。

任何对于人类有着深厚意义和重大价值的言语活动，不管它体现为哲学、宗教的著述，或是文学创作，除了它必然具有的人类语言的结构之外，在它的下边还必然潜存着言语者独特的心灵世界和完整的有机天性。从人类语言的发生史来看，这是语言起源的原始土壤；从个人言语的表达来看，这是言语生

---

① ［法］雅克·莫诺：《偶然性和必然性——略论现代生物学的自然哲学》，上海人民出版社1977年版，第101页。

② 同上，第121—122页。

成的内涵和底蕴。

现代的语言学家们却认为,语言的法则是至高无上的,不是言语者在思索,而是语言在替代言语者思索。

现代的逻辑学家认为,唯有逻辑才是真实的,逻辑学家在逻辑面前也是无能为力的。

结构主义理论家认为,结构是永恒的,人是有限的,被动的。在纯正的结构主义者那里,结构长存,人已经死掉。

而逻辑实证主义的哲学家和语言分析的哲学家们则认为:哲学的唯一对象,不是世界,不是人,不是人对世界的认识,而是“意义”,意义仅存在于“逻辑”和“语言”中。以前的哲学都是虚妄和混乱的,新哲学最好的方式是数理逻辑。

为什么会有这样一些学说?为什么会有这样古怪的逻辑,为什么会有那样一些艰涩难读的语言?是逻辑和语言自己在思索、自己在创造吗?还是在语言和逻辑的背后,有更深邃、更丰富、更生动的世界。“思想本身不是从别的思想中产生出来的……思想的背后就是激情和意志的倾向,言语活动的这个动机作用方面就形成了言语的潜台词。”前苏联杰出的心理学家维戈茨基(Lev Vygotsky)早年的这一论断,至今看来并不是没有意义的。

下边,我们来举一个例子。

这例子是存在心理学家阿尔弗雷德·阿德勒(Alfred Adler)对逻辑实证哲学家、语言分析哲学家路德维希·维特根斯坦做出的心理分析。[①]

阿德勒首先指出维特根斯坦对心理学,尤其是对心理学分析存在有强烈的戒心。1945年,维特根斯坦在给他的朋友马尔科姆的信中说:“心理分析是一种危险而又荒谬的方法,它有说不尽的弊病,而好处极少(如果你思考一下

① [德]阿尔弗雷德·阿德勒:《路德维希·维特根斯坦——从存在方面对他的阐述》,1976年慕尼黑版,译文参见《现代外国哲学》第6辑。

我是个老光棍——请反复思考）。当然，说这些决不是对弗洛伊德卓越科学成就的诽谤，只是说，这卓越的科学成就一直有这样一个弊病，即被用来破坏人的存在（人的肉体、精神或智慧）。”他警告朋友说：在弗洛伊德的学说面前不要失去理智。

阿德勒对此评述说，维特根斯坦对于弗洛伊德的指责，实则是出于对弗洛伊德由恐惧而引起的抗拒。在精神分析学看来，患者的抗拒，恰恰意味着治疗对于病源的接近。

维特根斯坦的传记作者 H. V. 拉特就说：“他可能真正地近乎患有精神病，他的一生都没有摆脱被驱逐的恐惧”。

维特根斯坦有一个痛苦而悲惨的童年，他的四个哥哥中有三个人自杀，他从小受着孤独与寂寞的熬煎，他也不断想到过自杀，他总认为世界对于他来说是多余的，他对世界充满了绝望之感，他本来是应当自杀的，然而他却怯懦地苟活着，为此他深感内疚和羞愧。

维特根斯坦又是一个封闭自私、猜忌多疑、刻薄无情的人。由于对世界的怀疑和绝望，他几乎不信任任何人，他说他小时候算过命，命中注定没有朋友。他的最好的朋友马尔科姆回忆说：“每次在同他度过几个小时后，我便感到心力衰竭，神经支持不住，那时我突出的感觉就是几天内再不要见着他。”

维特根斯坦就是在如此痛苦而封闭的心理基础上开始了他的哲学思索。对他来说，哲学的思索也是一种苦难。有人说看他拼力搏击一个哲学问题时，就如目睹一场酷刑；而他认为能够忍受酷刑的人，才是一个伟大的人。维特根斯坦在哲学的刑场上忍受着折磨，实现着自己，哲学成了他得以存在的理由。在第一次世界大战中他自愿应召入伍，当过榴弹炮手、机关枪手，据说作战还很勇敢。但在炮火纷飞的战场上，在意大利痛苦屈辱的战俘营中，他依然能够安心来写他的《逻辑哲学论》。书成之后，他把它献给了一个死人，献给了不久前阵亡了的大卫·品森特。

阿德勒解释说：维特根斯坦在孤寂中写下的这部书，其中“所构想的非人化世界不仅仅是维特根斯坦同外部世界隔绝的映象,而且是对他自少年时便在其中生活的那个孤独的世界的摹写”。

对世界的悲观、对生命的失望,滋生出他对以往一切哲学的破坏心理。在他看来,以往的哲学只是对人类精神的一种迷惑,哲学史只是延续下来的人类幻想的疾病史。他在他的《逻辑哲学论》中破坏了以前的一切哲学,而他自己则又确立了一种哲学,他后期的《哲学研究》又破坏了他的前期的哲学。他辛苦恣睢地为所有哲学家掘好了墓坑,他自己也清醒地步入死亡,他认为死亡对于他和所有其他哲学家都是无法逃脱的。对此,阿德勒分析说,维特根斯坦在很多方面害怕生活,恐惧最终充满了他的一生,唯有死亡却不使他感到恐惧。

在漫长的、苦役般的人生道路上,哲学是他忠实不渝的伴侣。尽管维特根斯坦对哲学进行了百般蹂躏,而哲学则始终庇护着支撑着他。对于维特根斯坦来说,哲学的自杀替代了生命的自杀,“自杀”本身也成了哲学,维特根斯坦把自己奉献给这种自杀的哲学,对于这种哲学,维特根斯坦既感到沮丧,又感到喜悦。沮丧的是他始终不能和自己的哲学达成谅解,喜悦的是他从对于哲学的不断破坏中体验到了乐趣,一种任性的孩子敲碎玩具时的乐趣。他无力破坏他所厌恶的那个世界,他只能破坏关于那个世界的哲学,包括他自己在这个世界上建立起来的哲学。哲学,在这个神经质的奥地利人手中受尽了折磨。

一般人读维特根斯坦的书,几乎也总是一种折磨。

不少人说他的哲学难以理解;

不少人说他这个人难以理解。

有一点可以理解的是:他的书像他的人一样难以理解。

维特根斯坦曾经在他的《哲学研究》中说过:哲学的目的在于“给关在玻璃柜中的苍蝇找一条出路”。阿德勒分析说:这个人所以能说出这样的话,就因为说话人自己是这样的一只苍蝇。

自称“扼杀了逻辑实证主义”的哲学家卡尔·波普尔(Karl Popper)曾经重提这个“苍蝇”话题:“维特根斯坦在其后期著作中并没有让苍蝇看到从瓶中飞出去的途径。相反,我倒在无法从瓶中脱身的苍蝇身上看到了维特根斯坦的生动自画像,维特根斯坦是维特根斯坦学说的一个实例,正如弗洛伊德是弗洛伊德学说的一个实例一样。”

阿德勒作为精神分析心理学家,他的这番言谈可能多了一点职业特点,但有一点是毋庸置疑的:在那些以言语活动为职业的杰出人物那里,在他们显赫于世的语言成果下边,都有一个隐蔽更深的生活世界和生命世界。维特根斯坦后期的语言哲学似乎也认同了这一点,他认为即使把言语活动看作一种“游戏”,那么“在任何游戏之深处,都是生活的形式”。

我们不难看出,在那语言的下边,弗洛伊德的是一个“冲突的世界”,海德格尔的是一个“虚无的世界”,萨特的是一个“厌恶的世界”,加缪的是一个“荒谬的世界”。在维特根斯坦那半是数学公式、半是上帝神谕的文体下边,是一个“荒漠的世界”,一个一切全都废弃了的世界。

这个隐蔽更深的生活世界和生命世界,不但饱含着个体对于生命历程的感受和体验,同时它还是一条通向人类历史深渊的甬道。对于文学家来说,这个潜隐于心灵深处的世界,更是他们的文学言语赖以生发形成,赖以喷涌流淌的源泉。

3.3 生命与语言

在心理学研究中,“内省法”一直承受着人们的抨击,遭遇到人们的遗弃,然而在具体的研究过程中人们又总是很难彻底地摆脱它。在文艺心理学研究中“内省法”简直就像澳大利亚原住民手中的“飞去来器”,总是在被使劲儿扔出去之后,又飘飘摇摇地飞转回来。这大约是因为有一些深层细微的心理体验，总是属于个人的、私人的，自己不说出来别人就无论如何不会知道。但是，自己说出来的东西还会是那深埋在心底的东西吗？这的确又是很值得怀疑的。

尽管如此，下边我还是想说出我自己的两次体验，来考查一下心理深处的东西是如何变为言语的。我不是诗人，也不是小说家，我只能从我当时的手记中摘下两段零星的片断，我的生命的体验肯定已经在这样粗疏的文字中大量流失和散逸。但是我已经没有别的办法，我只能将它们以这样的方式抄写下来。

> 深秋，树上的叶子全都脱落。卧病已经三天。又到了傍晚。太阳悬在后窗上，窗外纵横交织的树枝密密匝匝像一张网，然而终于网不住太阳。夕阳一点点下沉，心也一点点随着往下坠落、坠落，跌下悬崖、陷落深谷。悲哀。室内终于昏暗下来，阴凉从窗外袭入，一股股鬼气。临河的坡地上就有着一丛丛荒冢，坡地上也是一片静寂。荒冢里的男人女人是什么情状什么滋味一定也是幽暗阴凉的那还不如我父亲他是在我们眼泪未干的时候我们看着他已经化为一缕轻烟从那高高的烟囱里袅袅升起蓝蓝的淡淡的远远的飘散卷曲的云絮一只悠扬的鸽哨从空中久久地掠过。床头的箱子里还锁着父亲留下的声音，讲述的是古城胡同里小巷里零落的陈年旧事：副官的大氅、夏姨太埋在地下的金银首饰、关帝庙的白花蛇、洧川的干娘、杨老大的皮老虎。那故事很好听但我害怕那已经嘶哑的声音嘶哑的嗓音里面有肺癌细胞有遗传的癌细胞有剁了头还在血滩里扭动的乌龟刚刚剥下皮的癞蛤蟆的皮疙疙瘩瘩的皮上渗出白花花的汁液污泥合着冰片的气息。

现在看来，我这段病中的文字与我当时的情绪密切相关，当时由于害病，由于孤独，于是便想到死，而且产生了对死的畏惧乃至厌恶，大约我还很有一些事情没有做完，还不想这样就死。当然，那时害的也并不是要死的病，但我却想到了死，真切地对死亡也是对生命进行了一番观照，这竟使我在病愈之后又怅怅许多日子。假如我是一个诗人的话，那可能会写一首很好的诗，我也将因了这诗从那团鬼气中脱身出来，然而我不能够。有一段时间躺在床上就总觉得从窗口袭来外面荒冢里的那股鬼气。

偶然一个机会，朋友送我一件禹县神垕镇烧制的高约尺半的钧瓷大瓶，它的正式名字叫“虎头樽”，其釉色是颇有名气的“雨后天晴”，红中泛紫、紫中透蓝，斑斓夺目，通体流光溢彩。我很珍重它，将它置放在窗前的茶几上。说来也怪，自从窗口放了这座“虎头樽”之后，窗外的“鬼气”就再也进不来，即使有些许逸入的“鬼气”，似乎也被这“樽”吸了进去，室内只留下一片温馨洁净。我曾想到这是一只“宝樽”，古代神仙传说中不时常讲到过“宝瓶”“宝葫芦”吗？我自信还不至于如此信神信鬼，但这只钧瓷虎头尊的确瓦解了那时时向我袭来的阴森之气。这或许仍然不过是一种心理作用：那瓷瓶丰盈的体态、流动的曲线、饱满的球面、细腻的光泽与青春健美的人体是“同构”的，它通体灌注着生气，同时也呼唤出我体内的生命之气，生气克制了死气。那座虎头樽至今仍然静静地站立在窗前的高几上，它实在地沉默着，又神秘地言语着。我想，它也就是一首诗，一首用神垕的陶土和着烈焰写成的诗。

下边记录的是我在武汉讲学时和朋友萌萌交谈时的情景：

武昌东湖畔。湖水湛蓝、湛蓝，落叶杉凝重成绛紫一片：路很平坦，上坡。M女士正在写一本题为《在逻辑与想象背后》的书，构思得很苦，希望与我交换些意见。“你说的那个情感我以为不应是这样的，情感算什么算得了什么有多少哲学意义有什么了不起……我说的是情绪，最要紧的是情绪，最抽象最具体最游移最漫无边际的是情绪，也直观，也感性。谁说不是现象学的直观？你的情感是笼统，没有分析就不具备意义。本体论性质。是利科还是斯托曼？展现于时间中的在世结构……你这个人你这个人你这个人你这个你这你这么糟糕……”

M女士气得杏眼圆睁，我更加无所适从。看来我实在不是一个谈哲学的对手，尤其是和一位女士谈哲学。

沉默了大约三百五十米，阳光始终铺在石子路上，有些耀眼。话题终于转换：读书人求生不易，官倒、私倒、开饭馆、开酒吧、修车补鞋全干不来。只是在汉川接受“再教育”时挖过河、挖过一年多，还可以当民工挖河去，一月挖十天，养活剩下的二十天，剩下二十天读书写书，写卖不上钱的书。M女士说挖河她可以算一份儿，那时她在鄂西乡下“劳动改造”，多年挖河泥，资历高深。我说我可以三锹下去托起一块光溜溜、滑腻腻、齐整整的重达十多公斤的河泥，然后就势由下往上由着劲儿猛地一甩——M女士抢过话说：那泥巴块就沿着一条45°的弧线像一匹大鸟般倏地飞去，这全凭腿脚的稳实，凭大臂、小臂、肩关节、肘关节、腕关节灵巧的配合。当沉重的泥块轻巧地飞离锹面的一刹那间，就像是一箭射中靶心、一枪打中十环，就像少年时坐上了滑梯、站上了秋千，心都有点微微发颤，那简直就是一次美的体验、美的享受……路下坡了，阳光更加灿烂，石子路面荡漾起来，变得波光粼粼。

我们研究的课题很接近，并且已经通了一些信，这次会面两人都有深入交流的愿望，但在交谈时彼此都发现沟通很困难。我们谈哲学、谈逻辑、谈思维、谈构思总难以合契，也许话题本身太艰涩，也许各自的期待值过高，也许时间紧迫心境不能宽松。总之，形不成对话。

万万没有料到，我们的交谈在“甩泥巴”上找到了融会之点。“甩泥巴”，那曾经是我们各自在“劳动改造”时度过的一段艰难岁月，“甩泥巴”是我们各自用青春的活力换得的一种生命体验，那体验作为一种与血肉相关的感觉、情绪、心向、心境、意象、意念已深深地潴留积贮在我们各自心灵的底层，成为我们各自心灵的隐秘和私有(private),它已经“刻骨铭心”,成了我们各自生命的一部分。通过对于“甩泥巴”体验的共同占有,我们沟通了我们生命的潜流,“甩泥巴”不是哲学、不是逻辑、不是思维、不是语言,甚至也不是想象,它只是一种生命的搏动、一种求生的意愿、一种浑沦的情绪、一种朦胧的体验,它就潜隐在逻辑、思维、语言、想象的后面,支撑并规约着我们的逻辑、思维、语言、想象。后来,我和M女士又谈到文学批评文体的创新,谈到中国当代文化心理史的撰写,遂发现在我们之间已经有了更多的语言。“甩泥巴”竟还是我们语言的渊薮。

3.4 沉寂的钟声

诗人、作家们自己早已经看到了文学语言下边另一世界的存在。在他们看来,诗人的首要任务是感觉到语词与心态的神秘结合,诗句的生成取决于文学艺术家的内心状态。对于诗歌与小说这是一种更深潜、更幽晦、更难以把握的东西。

连后来的巴尔特也不得不承认:

文学语言是一种“没有底的语言”。

所谓“没有底”,是说“底很深”“深不见底”,在文学语句的表现样式下边还有一个深不可测的“无底洞”。

用巴尔特的话说,在文学语言中,“能指”下边并不是一层固定而确切的“所指结构”,而是一系列由“虚设的意义”所支撑的“纯粹的暧昧”。

这种“纯粹的暧昧”,无疑也是一种内心状态。从心理学的角度来看,这应当是一种“无意识的心态”,其中包括与个人经验密切相关的个体无意识以及与人类生命进化史相关的集体无意识。

言语活动中的这种“无意识心态”,福柯则把它称作言语者的“时代的文化档案”。这是一部年代悠久、字迹模糊的档案,福柯说:一个人永远也无法知道自己时代的文化档案是什么,因为它是我们说话时的“无意识”。

在人类的言语活动中,这种“无意识的心态”是人类精神系统发生的参天大树,具体的言语只是这树上刚刚绽出的一片绿叶;这种被称作“纯粹暧昧”“文化档案”的东西是浩瀚的人类精神文明史的海洋,甚至是宇宙历史的汪洋大海,每一位文学家具体说出的言语只是受这海水挤压,在礁岸上激起的一串浪花。

真正的文学语言,就应当是这样一种“有根”的语言,有着深厚底蕴的语言。洪堡特说:“只有当精神活动协同语言一道向前发展的时候,语言的作品才可能发展起来。精神的这种活动以千差万别的形式表现出来,但归根结底总是从天性出发努力建立起与世界的重要联系,尽管个人对此往往无所识察。如果一个民族在智力方面走上了下坡路,其语言脱离了精神、即脱离了它的强大力量和旺盛生命的唯一源泉,那就决不可能创造出任何出色的散文。”①

海德格尔把人类语言划分为两类:“世俗语言”和“诗歌语言”。

世俗语言是一种普遍化、工具化的语言,一种公共通用的、习常流行的言谈。它服从于现实生活中既定的权威和准则,它立身于个人的利益和安全,它缺乏生命所必须的进取意志和创造力,这是一种磨损殆尽的语言,一种寡淡麻木的语言,这种语言在人们的日常生活中大量存在着,更在许多官场讲话、官样文章里泛滥着。

而诗歌的语言不是这样,这是一种从人的天性中生发出的语言,一种本真的语言。它萌生在人性的深渊,存活在人的精神的家园,它是生命对于世界的勇敢抗争,是生命在生存过程中的自由创造,是人对于澄明之境的纯真体验,

① [德] 威廉·洪堡特:《论人类语言结构的差异及其对人类精神发展的影响》,商务印书馆 1999 年版,第 237 页。

是诗人对于自然人生的诗意的表现。海德格尔所说的诗歌语言也是一种有着深厚底蕴的语言，他认为，对于诗歌的语言来说，重要的不是语言的表层的法则和结构，而是它下面蕴含的精神能量，这种精神的能量是一种“寂静的钟声”，一种“无声的宏响”。“静之声，即语言之言说”，诗歌语言本质上是一种“言外之言”“无言之言”，是诗人心中那棵盘根错节的大树，是诗人心中那片烟波浩茫的大海。

海德格尔明确地把“沉默”看作言语的可能性的本质，他说比起口若悬河的人，沉默的人可能拥有更为深刻丰富的语言，在交谈时，沉默寡言的人可能产生更有意义的交谈。漫无边际的夸夸其谈有时反而是为了掩饰言谈者内心的空虚，这样的言谈总是距离诗意更远。当然，海德格尔这里所说的“沉默”并不就是“喑哑”，生理上的那些“哑巴”差不多都是“多言”的，“哑巴”反倒有一种喋喋不休的倾向。沉默只能是在特定时刻的沉默，真正的“沉默”是“此时无声胜有声”，是“于无声处听惊雷”，真正的沉默只能存在于真实的言谈中，只能存在于博大丰厚的心胸中。用海德格尔的话说，真正的沉默必须有“此在”“本身的真正而丰富的展开状态可供使用。”

与此相对，海德格尔又把言语的“无根基状态”称作“闲聊”，他轻蔑地把闲聊称作“鹦鹉学舌”“人云亦云”。在闲聊中，语言是一种磨损殆尽的语言，它只能孳生出“从众意识”和“庸众心态”，从而泯灭了人类心灵的创造之光。

海德格尔在《诗·语言·思》一书中也曾列举一个“内省”的例子，即他自己对凡·高的《农妇的草鞋》的体验：

从这双穿旧的农鞋里边那累年累月磨损出的黑魆魆的洞口，可以直窥到农人劳苦步履的艰辛。在这双破旧农鞋的粗陋不堪窒息生命的沉重里，凝聚着那遗落在阴风猖獗、广漠无垠、单调永恒的旷野与田垄上的足印的坚韧和滞缓，残旧的鞋皮上，黏满了湿润而肥沃的泥土，夜幕垂临，荒野小径的孤独寂寞，在这鞋底之下消然流逝。这双鞋啊！在颤栗中激荡着大地恒寂的呼唤，显现着成熟谷物的无言馈赠，也散发着笼罩在冬闲休耕、荒芜凄凉的田野上的默默惜别之情，这双鞋啊！浸透了农人渴求温饱无怨无艾的惆怅，和战胜困境苦难的无言无语的内心喜悦；同时也隐含了分娩阵痛时的颤抖与死亡威胁中的恐怖。这样的器具属于大地，它在农妇的世界里得以保存。①

凡·高画面上的"草鞋"是沉默的，沉默中却沉潜着农人艰辛的岁月，轰鸣着凡·高激荡不已的心声，海德格尔从沉默中倾听到了这"寂静的钟声"。通常，这并不是每个人都能轻易做到的，凡·高和海德格尔的交流，更多的是凭借着他们对于生命和存在的深沉的体验。只是在有了这些潜在体验之后，"草鞋"在凡·高笔下才成了艺术的语言，在海德格尔笔下，才成了充满诗性与诗意的语言。

海德格尔的这类语言观念倒像是获得了东方哲学家老子和庄子的真传。老子曰："大音希声。"庄子曰："真悲无声而哀，真怒未发而威，真亲未笑而和。真在内者，神动于外，是所以贵真也。"（《庄子·渔父篇》）庄子所看重者，也是言语内部、言语下边那种真实的心理状态、那种深邃的精神对于世界、生命对于存在的体验。

七十年代末，中国新时期文学中涌现的一批颇有争议的"朦胧诗"，不能说是诗歌的唯一的完美的表现形式，但就其"诗的音响"而言，它们要比中国"文化大革命"中那些炮声隆隆、锣鼓喧天的豪言壮语浑重恢宏得多，原因是年轻的诗人在诗中写出了他们对于人性与人类历史的更为深邃真切的体验。这些诗歌的声响不是在字面上，而是在文字下边的深不可测的底层，那里有一个强烈激荡着的"震源"。当然，欣赏这类诗歌也需要有一双能够

① ［德］海德格尔：《诗·语言·思》，张月、石向骞、曹元勇译，黄河文艺出版社 1989 年版，第 41—42 页。参见《海德格尔选集》上卷，孙周兴译，上海三联书店 1996 年版，第 254 页。

“倾听”的耳朵，从朦胧诗那扑朔迷离的语词后边触碰到诗人深层心理中的对应物。

正如有的批评家曾经指出过的，“海”在北岛的诗里经常出现，每次出现都充满了郁郁勃勃的生气，都骚动着生命的活力和青春的气息，海是诗人苦苦追求而又难以实现的理想，海是诗人念兹在兹、心神向往的梦幻，海在北岛的诗中总是给人以新鲜而又神秘的感觉。在关于海的意象里，不仅有着北岛自己的经验，其中还应该含蕴着人类关于“大海”的原始意象。个体的人对于“大海”、对于“星空”、对于“森林”、对于“雷电”似乎生来就具有某种强烈的感应能力，诗人就是要把这些生命的原生感受付诸诗的语言。批评家认为，在诗人杨炼晚近的作品中，语言揭示给读者的意境则更为悠远：他并不满足于既有诗作对生命的发现和表现，他要挖掘生命更辉煌、更广阔的空间，他试图从东方哲学意义和东方文化艺术中去重新认识生命真正的存在价值。他一步步走向深邃、走向空灵、走向虚无、走向生命的最初的栖息地，走向没有文化、没有历史、没有记忆的浑然抱一的境界，以此来显示生命的饱满与永恒。

《周易》中关于人类的言语活动提出了“意”“言”“书”三个概念，“意”作为心理的内涵，显然是先于“言”（语言）、“书”（文字），且处于“言”“书”底层的东西。

杨雄的《法言》中讲到“言为心声，书为心画”。“心声”也是一种“沉寂的钟声”，是言语活动的心灵形式，是言语活动的心灵基础。

沈约在《答陆厥书》中说：“天机启则律吕自调，六情滞则音律顿舛”，也是讲歌诗的，“宫商角徵、黄钟大吕”也要靠“天机”和“六情”去振响、去调谐。

在现代西方，法国哲学家利科在谈到诗歌语言时再次强调“感情”这个古老的命题，他说，感情不仅是心灵的骚动，感情也是“一个确立自己在世界中的位置问题”，“没有什么比感情更具有本体论性质”。在诗歌中，感情就是真理，诗歌所维护的“仍然是令人惊异的事物，仍然是天赋的东西”，语言，只是“赞美和歌唱的仪式”。[①]

在言语的下边，尤其是在文学言语的下边，有一个深厚丰蕴的心理世界，几乎是不用怀疑的了。

问题在于，这种言语下边的东西，与言语究竟有什么关系？它们具有语言的性质吗？它们应该被长期的关闭在语言研究之外吗？这是我们在讨论文学言语时无法回避的一个问题。

这是一个边缘十分模糊的问题。

理智清明、方正不苟的语言学家一旦触及这个问题，他们的双脚立时就会陷入潭底那松软的淤泥中。

美国人类学兼语言学家爱德华·萨丕尔（Edward Sapir）在《语言论》中谈到了这个问题，他看到了这个问题的复杂性，他的态度是相当谨慎的。他说，在文学语言中有着两个不同的层面：一是文学家的艺术精神，表现为主体的直觉和天才；一是语言的质地的特色，表现为文字的技巧和格局。前者属于人类的经验范畴，位于文学活动的下层，是语言的潜在内容；后者属于语言的表述方式，位于文学活动的表层。有的文学家致力于下层的创作活动，他们的作品多能体现人类精神的伟大，这样的作品较易于翻译；有的文学家致力于上层的创造活动，他们的作品是一种“独特的、技术性的艺术织物”，一种语言的升华物，这样的作品很难改由另一种媒介表述。

萨丕尔说：“这两类文学表达都可能是伟大的，也都可能是平凡的。”[②]但就他自己的文学趣味来看，他显然更为欣赏前者。他举的例子是莎士比亚、惠特曼、海涅、勃朗宁，认为他们的作品与其说是艺术的巧妙，不如说是精神的伟大，“最伟大的（不如说最叫人满意的）文学家……下意识地懂得如何把深藏

---

① ［法］利科：《言语的力量：科学与诗歌》，载《哲学译丛》1986 年第 6 期，朱国均译文。

② ［美］爱德华·萨丕尔：《语言论》，商务印书馆 1985 年版，第 200 页。

的直觉剪裁得适合日常言语的本地格调,他们一点也不勉强,直觉的绝对艺术和语言的媒介内在的特殊艺术完美地综合起来,这是他们个性的‘直觉’的表现。”①

他说,读了海涅,会有一种幻觉,整个宇宙都是说德语的。这就是说,在海涅美妙绝伦的诗歌中语言的差异消失了,语言消失了,只剩下了飞扬着的诗的精神。相对地,他把那些致力于从语言内在组织中去创造美的文学家称作“纤巧的小诗人”,说他们的作品是用“精神化了的物质造成的”。而“不是用精神造成的”。

在萨丕尔谈论“语言与文学”的这章书中,关于文学,他重视的是一种“人类精神”;关于语言,他看重的是“语言的基本形式格局”和“语种的自然形态”。

他说:一些伟大艺术家的精神活动大部分是在非语言的平面上进行的;

然而,他又说:真正伟大的风格绝不会严重违反语言的基本形式格局,风格只是语言本身在天然的河道里流淌。

萨丕尔显然低估了文学活动中语言的创造活力。

在这部书中萨丕尔为语言和文学唱出了真诚的赞歌:“语言是我们所知的最硕大、最广博的艺术,是世世代代无意识地创造出来的、无名氏的作品,像山岳一样伟大。”②然而,他还是在一定程度上削弱了语言在文学创造中的意义。这仍然是一种“逻辑至上”的思想限制了他。在他看来,语言是人类经验的最高抽象物,是思维的基本框架,是逻辑的基本法则,是媒介,是外衣,是容器,是工具,是一种纯粹的形式,全世界的语言都趋向于大致类似的形式,不同的只是表述的具体内容和表现的具体样式。既定的语言形式不再和种族、文化、民族的集体心理有什么直接的联系,与人们精神生活的情绪方面更少有什么联系。

---

① [美] 爱德华·萨丕尔:《语言论》,商务印书馆 1985 年版,第 201 页。

② 同上,第 197 页。

虽然在发生学的意义上萨丕尔认可了语言和人类精神的联系,但在对于语言的具体研究和具体运用时,他仍然把语言封闭孤立起来。这大约是正统的语言学家们所患的一个通病。从研究文学的角度来看,萨丕尔在众多语言学家中还应当说是较好的一位。

按照正统语言学家们的理论,诸如海德格尔所推重的那种"无言的言语""沉寂的钟声",那些尚在日常语言水平之下挣扎涌动于人的心理底层的精神方面的东西,就永远也进入不到语言学研究的领域中去,而这个层次的内容对于文学创造来说无疑是非常重要的。

为了文学,语言学研究的范围应当进一步扩大。

文学语言的灵芝仙草,正是在这一心灵的深邃湿润的地层中生长出来的。

那么,这是怎样一个心灵的底层呢?

3.5 论"细缊"

中国古代身兼哲学家、文学理论家的王夫之(1619—1692)曾以"细缊"一词来描述宇宙万物初始发生时的状态,认为大至天地、风雷、水火、山泽,细至草木、牲灵、蝼蚁、孑孓,无不由"细缊以成化"(《周易内传》·卷四)。

"细缊"一词,首出《易系辞》,原作"壹壼",曰:"天地壹壼"。《说文》云:"壹壼也。从凶、从壶,壶不得泄也。"段玉裁注曰:吉凶壶中,元气浑然,乃会意字。一些古书中又写作"烟煴""氤氲"。"烟煴""氤氲""细缊"三种写法分别从"火"、从"气"、从"系"(细微),显示出后人对"壹壼"性质的理解。以此观之,将宇宙起源归结为"壹壼",倒是与现代天体物理学家,1978 年度诺贝尔奖获得者彭齐亚斯(Arno Penzias)、威尔逊(Robert Woodrow Wilson)的理论很接近。他们也认为,宇宙在创生初期是一个由"氢""氦"等气体在高温下形成的火球,这就为稍后的"宇宙大爆炸"理论奠定了基础。

在西方古代也曾经出现过类似于“絪缊以成化”的宇宙观念。有人考证出古希腊哲学核心的“逻各斯”最初的意思并不是“理性”和“言说”，而是“积聚”，也是一种“壶不得渫”的状态。赫拉克利特（Herakleitus）曾解释说这是一种“从自身出发向着自身集聚”的状态，这是一团不分过去、现在、未来的永恒的活火，火焰中生与死、昼与夜、冬与夏、战与和、盈与亏、醒与梦、光与暗、升腾与坠落同在，混同于唯一的智慧：一。

在中国古代，“一”作为至高无上的存在被称为“泰一”，又作“太一”。《礼记·礼运》中讲：“是故夫礼，必本于太一”，孔颖达注曰：太一者，“谓天地未分，混沌之元气也”。这仍然是说秩序生于无序、浑沦先于条理、先于结构。

在老子的教诲里，处在絪缊态的“一”竟成了如此好的东西：“天得一以清，地得一以宁，神得一以灵，谷得一以生，侯王得一以为天下正”，“一”成了老子哲学中的最高理想，“一”是太极，太极也是无极，太极和无极其实都遥远而不可企及，但又正因为不可企及，它才又成了永恒的向往和永恒的追忆，成了人们生存的最高意义和最后的目的。

在中国本土的神话中，“泰一”是一位最尊贵的神祇，一位二仪未分，日月未具时的大神，被誉为“元始天尊”。无独有偶，在西方也曾广为流传着一种“瞬息神”，他出现在众多的“专职神”和“人格神”之先，是象征着混沌未辟的大神，是西方的“元始天尊”。

为什么在数千年前的古代，在地球上完全隔离的两侧会同时产生如此相似的观念，至今恐怕也还是一个难解之谜。这里，我无力去探明其中的底蕴，我感兴趣的只是中国古代哲学家们对宇宙的这种初始状态，或曰“隐态”的描述。

在王夫之的哲学论著中，“絪缊”具有这样一些属性：

（一）“絪缊”乃是“阴阳未分，二气合一”的浑沦状态。

（二）“絪缊”，“非目力所及，不可得而见”，是感官难觉察的潜隐状态。

（三）“絪缊”，“不可以迹求，不可以情辨，不可以用分，不可以名纪”，是一种非逻辑、非规则、难以分解、无以名状的状态。

（四）"细缊"，乃"二气交相入而包孕以运动之貌"，是一种内在的自我运动状态。

（五）"细缊"，乃"气之母"、乃"太和之真体"，"太极本然之体"，它像"种子"一样，包孕着生命的一切要素、包孕着创造的无限生机，日后的芽叶、枝茎、萼蕊、果实都已经浑沦潜隐地规定在它的内部了。

王夫之一旦以"细缊化生"这一哲学原理解释人性、人情、人之精神活动，便得出了这样的结论："唯喜怒哀乐之未发者即中，发而中节者即和，而天下之大本达道即此而在。"在他看来，人之性情的表达流露过程，也是细缊由"未发"到"发"、由"潜隐"到"显著"的过程。[①]

这个道理运用到文学创作中来，"情动于中而形于外"，《雅》《颂》之声，皆发于词，本于情。诗歌中外显的妙语佳句不过是诗人心性中处于细缊状态的情意的感遇摩荡、萌发化生的结果。所以，王夫之在实际的文学批评活动中，总是把主体的气质、心性、情意作为根本的出发点："总以灵府为逵径，绝不从文字问津渡"（《古诗评选》），"含情而能达，会景而生心，体物而得神，则自有灵通之句，参化工之妙"（《姜斋诗话》），"胸中无丘壑，眼底无性情，虽读过天下书，不能道一句"。王夫之坚决反对"意不逮词""气不充体"、雕刻辞句、故造险韵的文风，韩愈、黄庭坚、米元章的一些诗作都曾受到他的奚落。

舌为心之苗，言为心之声。文学言语枝叶花萼的长势优劣，关键在于言语者心中的那个意识的团块，亦即那片潜隐密集、混沌涌动的"细缊"。

言语下边难道不是确定的语法构架吗？言语下边真的有这么一种混沌不清的内在心理实体吗？

索绪尔并不否认这一点，他在《普通语言学教程》中讲到：

① 以上论述参见肖汉明：《船山易学研究》，华夏出版社1987年版，第113—123页。

> 从心理方面看，思想离开了词的表达，只是一团没有定形的、模糊不清的浑然之物。哲学家和语言学家常一致承认，没有符号的帮助，我们就没法清楚地、坚实地区分两个观念。思想本身好像一团星云，其中没有必然划定的界限。预先确定的观念是没有的。在语言出现之前，一切都是模糊不清的。①

这段话已经显示出：索绪尔对语言下边的那一“没有定形、模糊不清”犹如“一团星云”的心理团块看得很清楚。只是在他职业“语言学”家的眼光看来，这“团块”是没有任何价值和意义的。有价值和意义的是语言。正是语言使这团“浑然之物”变得“清楚”“坚实”起来，变得可以分析、界定、把握、实用起来。

对于一个过去了的语言学家我们可以不作什么苛求；对于一个文学理论家来说，却不应该将这团心理中的浑然之物轻率地抛开。事实上，这团浑然之物恰恰是诗人、作家们扎根、立足的生境。

法国象征主义诗人和散文家斯特凡·马拉美（Stéphane Mallarmé）就曾指出：诗歌语言应当脱离其普通的用途，并因此被置于振聋发聩的混沌之上。②

英国女作家维吉尼亚·伍尔夫（Adeline Virginia Woolf）也曾经说过：“有趣的东西常常存在于心理的阴暗角落里。”

另一位女性作家、法国的娜塔丽·萨洛特（Nathalie Sarraute）坚信文学的价值和意义在于描写人的“潜世界”。不过，作为一个五十年代的作家，她已经不再满足于乔伊斯和普鲁斯特的小说的写法，她更关注的是“隐藏在内心独白后边的那些东西”，她说：

---

① ［瑞士］费迪南·德·索绪尔：《普通语言学教程》，商务印书馆 1980 年版，第 157 页。
② 参见［法］让·雅克·莱维柯：《高更的故事》，上海书画出版社 2021 年版，第 140 页。

那是一团数不尽的感觉、形象、感情、回忆、冲动、任何内心语言也表达不了的潜伏的小动作，它们拥挤在意识的门口组成了一个个密集的群体，突然冒出来，又立即解体，以另一种方式组合起来，以另一种形式再度出现，而同时，词语的不间断的河流继续在我们身上流动，仿佛纸带从电传打字机的开口处哗哗地出来一样。①

在萨洛特看来，这团拥挤在意识门外的心理群体，正是言语生成的基础，在文学作品中，这种潜隐的心理状态则只有在具体的言语活动中才能显露出来。文学作品中好的言语，应该能够通过多种表现手段显示出来这些潜在的心理状态。

美国当代文艺心理学家西尔瓦诺·阿瑞提（Silvano Arieti）也注意到了语言下边的这种"絪缊"的心理状态，他为它起了一个很蹩脚的名字，叫"无定形认识"（amorphous cognition），说这是"一种非表现性的认识"，"不能用形象、词语、思维或任何动作表达出来的一种认识"，"非言语的、词语、思维或任何动作表达出来的一种认识"，一种"非言语的、无意识的或前意识的认识"，一种"体验"一种"意向"。②

后来，他干脆把它叫作"内觉"（endocept），他进一步解释说：

内觉是对过去的事物与运动所产生的经验、知觉、记忆和意象的一种原始的组织，这些先前的经验受到了抑制而不能达于意识，但继续产生着间接的影响……它不能导致直接的行动，不能转化为语词的表达而停留在前语词的水平。

……

① 见《文艺理论译丛》，中国文艺联合出版公司1983年版，第330页。

② ［美］S. 阿瑞提：《创造的秘密》，辽宁人民出版社1987年版，第68—69页。

我们可以把它看作一种在简单的心理活动受到抑制之后所体现出来的情感倾向、行为倾向、思维倾向。

……

有时候内觉似乎完全不能被意识到，有的时候一个人会把内觉当成是感受到了一种气氛、一种意象、一种不可分解或不能用语词表达的“整体”体验——相似于弗洛伊德所说的“无边无际”感受。有的时候，内觉这种还未达到意识水平的阈下体验和那种模糊的、原始的情感之间没有什么明显的界线，而有时内觉伴随着强烈的但不能用言语表达的情绪感受。①

阿瑞提在这里所描绘的“内觉”，显然也是言语下边的一种心态。这是心潮的无形的骚动，这是心音的无声的轰鸣，它的内容绝不是“认识”所能涵盖的。

阿瑞提是心理学家，而且是临床的精神分析医生，他深知此种“内觉”中的潜意识内容，其中既有失落的记忆，有压抑的欲望，有远古的梦幻，也有遗忘的经验，有飘忽不定的直觉，有延宕弥漫的情绪。

也许，这就是柏拉图所讲的人类对于“天国”的那团模糊的记忆？从现代心理学家的观点看，这是主体心理中知觉、体验、情绪、意象的一种自然存在状态，而这状态又很有点像《周易》中说的“壹壸”：阴阳吉凶全在壶中拥塞而不泄，不泄而待泄。

由此看来，阿瑞提的“内觉”就是一种期待着流露、急切于表达的心理状态。

阿瑞提是清醒的，他知道表现“内觉”是困难的。

他说，最切近内觉心灵状态的艺术表现形式是音乐和绘画，这些艺术形式

① ［美］S. 阿瑞提：《创造的秘密》，辽宁人民出版社 1987 年版，第 69—70 页。

本身就是情绪的心灵的，因此容易和主体内觉的状态对应起来；而对于内觉最不利的表现方式则是文学。在阿瑞提看来，文学的传达媒介是语言、是概念，它们和内觉中的那些微妙朦胧的东西几乎总是对立的，就像一个人总不能够完好地复述他的梦幻，总不能够充分地言讲他的情爱一样，语言也总是难于表达主体心理中郁结的那团“内觉”，文学的工作于是显得特别艰难起来。而且愈是内心世界丰富而充实的作家，他的语言表现就愈难，所谓“语言的痛苦”就愈强烈。

为了挽救这种缺憾，阿瑞提提出了一个“将概念具体化、知觉化”的方案，主张充分发挥文学语言中象征、隐喻的功能，为此他讲了许多，但给人的感觉则太工艺化了。而且语言是否就是概念也是很值得怀疑的。

西方文学理论的传统观念总是认为文学是一种叙述性的艺术表达方式，而叙述则务求清楚、明晰、确定。他们的创作目的是变细缊混沌为确切明白。这种文学传统的形成应当说是基于他们的语言观念之上的，即语言总是表义的、指事的、叙述的、逻辑的。西方文学史中“神话”“史诗”“戏剧”“小说”诸文学样式的兴盛，与这种文学观和语言观的浸淫是分不开的。古典主义戏剧和十九世纪批判现实主义小说无不表现出明显的教谕和讽喻倾向，理性主义是贯穿始终的一条红线。

这当然是有着它的历史的光辉业绩的。

理性，是一口网，是人类用语言逻辑的线索编织成的网，是人类手中一件得力的工具。人们凭借理性从外部世界的浩瀚大海中捕捞到知识的财宝；遗憾的是仍然有许多东西从这口网下遗漏，尤其是属于人类内部世界、精神世界、心理世界、情感世界的那些东西。

法国当代美学家莫里斯·贝姆尔严肃地指出：

> 精神的深层的实在，精神的内在的隐秘系统，精神的原始的和自发的活动，精神的真正的确切的属性，是看不见，听不到，摸不着的。运用发音

清晰的语言作为手段，我们在何种程度上能够表达出那种开始时似乎是不可表达的事物呢？这是一个既无法回避又无法解决的问题。①

贝姆尔提出，“用形象的方法表达精神生活”可能是解决这一难题的唯一途径。这当然不是一个很新的建议。

不过，在贝姆尔这里，“形象”已经不再是对于物象的模仿和再现，它被赋予了浓厚的心理学意味：形象存在于精神之中，是一种“心理的形象”。他认为，“心理形象构成了诗学、文学和美学中的一个头等重要的问题，同时它也是心理学和哲学中具有重大意义的一个问题……在心理形象的奇妙的王国里，哲学家们与诗人们相遇了”。贝姆尔还精辟地指出，一些哲学家和心理学家们总想运用一些确切的概念和严格的术语把人们对人类内部世界的直接知觉表述出来，如“驱力”“自我”“人格”“积淀”等，其实这些所谓的确切严格的概念术语中仍然保留有暗示和想象的痕迹，每一个词的存在，总是以一个原始的形象作基础的。

不过，所谓“原始形象”或“原生意象”，无疑又属于一种更深层的东西，贝姆尔的理论是不“彻底”的，也是不可能“一彻到底”的。

贝姆尔对于“心理形象”的推重，毕竟表达了他对传统语言、文学观念中理性主义的怀疑，对于知性分析和语言逻辑的非难，使他的理论趋于向东方古老的思维方式靠拢。

按照宗白华先生的说法，中国哲学的精义是就“生命本身”体悟“道”的节奏。宗先生在一篇阐发中国艺术意境的文章中曾经引述了《庄子·天地篇》中一则富有哲理的寓言故事：

① ［法］莫里斯·贝姆尔：《精神的形象再现和对不可表达之物的表达》，载《美学杂志》1962 年第 2 期；参见孙非译文，载《美学译文》第 2 辑。

> 黄帝游乎赤水之北，登乎昆仑之丘而南望，还归，遗其玄珠。使“知”索之而不得，使“离朱”索之而不得，使“喫诟”索之而不得也。乃使“象罔”，“象罔”得之，黄帝曰：异哉！象罔乃可以得之乎？

人类的祖先黄帝将“玄珠”（宇宙人生中的真义）遗落在昆仑的山壑之中了，他派“知”（理智）、“离朱”（视觉）、“喫诟”（言辩）分别去寻找它，都无法得到，最后派了“象罔”去寻找，“象罔”则把它寻到了，黄帝感到很惊奇，说“象罔”竟这么了不起。

“象罔”是什么呢？宗先生引吕惠卿的注释说，这是一种“非无非有，不皦不昧”的东西。“象罔”也是一种“心理现象”，是“实境”与“造境”合而为一的“心境”，是一片同时涵容了“宇宙”和“人生”的“葱茏絪缊”。[①]

“象罔”的属性确定后，我们便会发现，如实模拟外物声音、色彩的语言，与概念的逻辑的语言，同样都不是网罗那颗“玄珠”的最好的手段。

要表现人的心理深处那片絪缊混沌，那种潜意识的团块，那一决定了人的本性的原生体验，看来也是需要一种非无非有，不皦不昧，亦虚亦实的东西，需要更为自由灵活的音乐，更加抽象写意的绘画，更加心理化、情绪化的语言。

西方文艺复兴以来的文学艺术创作，强调通过某种技艺、技巧将主体心理深处的意愿清晰缜密地编织在作品中，力求以主体的意志去支配、改造客体，创作的目标是作品的意义；而中国古代的文学艺术创作，则更多地强调以主体的精神去拥抱客体，以直觉、感悟去导引、化解创作心理中的那一无意识团块，并将它升华，接引到作品中来，成为经过主体心灵熔冶、炼制后的意境。

西方传统艺术追求的是理性的高蹈；中国古代艺术追求的是神韵的飞扬。

西方传统艺术作品讲求的是主题明确、结构缜密、意义重大；中国古代艺术作品讲求的是意味隽永、神遇无迹、意境悠远。

---

① 参见宗白华：《中国艺术意境之诞生》一文，载《美学散步》，上海人民出版社 1981 年版。

亚里士多德在他的《诗学》中力求证明的是诗与真实的关系，是诗的“普遍意义”，是诗的“求知功能”，是诗的法度规则，是语言的明白确切；贺拉斯在《诗艺》中则明确提出：“要写作成功，判断力是开端和源泉”。此外他讲得最多的是“诗句搭配的考究”“篇章首尾的一致”“材料的真实合理”，以及“左右读者心灵的能力。”

中国古代的诗论远不如西方诗论实在，总是显得很玄虚。

司空图在《诗品》中列在首位的是“雄浑”，“雄”讲的是力度，“浑”讲的是气势，“雄”则横抱太空，“浑”则气塞天地，元气未分方为“雄浑”。“荒荒油云，浑沦一气；寥寥长风，鼓荡无边”，讲的全是诗歌自身意蕴的丰厚充盈与意境的深邃旷远。

至于如何方能达到“雄浑”，曰“积健为雄，返虚为浑”，学养心胸方能超然象外，讲的仍然是修身养性、人与自然的交接吐纳。王夫之论前人诗至上乘，往往下如此评语：“一片神光，更无形迹”“物外传心，空中造色”“一片心理就空明中纵横灿烂”，“字如片云，因日成彩。光不在内，亦不在外，即无轮廓，亦无系理”等等。如此评论，常常叫人难以捉摸。其实此等评论正是为了“大捉摸”，即试图以此捉到或扪住宇宙人生中的大道与精义，应当说这也是人类把握世界的一种心理模式，主要是东方式的。

也有例外，十九世纪德国文学批评家施莱格尔（Karl Wilhelm Friedrich Schlegel）就曾说过：诗歌就是要取消按照推理程序进行的理性的规则和方法，并且使我们再次投身于令人陶醉的幻想的混乱状态，投身于人类本性的原始浑沦中去。不过此时的施莱格尔已经是作为反叛传统现实主义的先锋在发声，他和他的兄弟掀起的“浪漫主义诗歌运动”，最终启迪了二十世纪的现代派文学运动。

看来，中国文学艺术创作中一个重要的审美原则是：从絪缊到絪缊。由创作始发之际主体心理中的那团潜意识中的混沌到作品中弥漫于尺幅篇章中的葱笼蓊郁的生气及凌空蹈虚的神韵。意蕴在心在胸为一絪缊，气韵在纸在言为又一细缊，以文中之细缊涵容心中之细缊，宇宙人生之“玄珠”庶几可以得之。明朝末年画家石涛著有画论《画语录》，其中《细缊章第七》曰：“笔与墨会，是为细缊。细缊不分，是为混沌。辟混沌者舍一画而谁耶？……自一以分万，自万以治一，化一而成细缊，天下之能事毕矣”。石涛和尚讲的虽说是绘画，却也体现了一般的中国艺术精神。

这种艺术精神朗照文学，则必然确立一种新的语言观念，一种与深蕴心理密切相关的语言学。

补记：语言与生态

《超越语言》1990年出版之前，我的主要精力仍然是放在文艺心理学研究领域，“生态”观念有时也会闪现在某些场合，而这本书中几乎没有明确出现“生态”字眼。

然而，以现在的眼光看来，由于这本书中谈论的核心问题是“生命”“个体生命”，是语言作为一种历史文化现象与生命、个体生命的关系，所以它注定将会与生态批评发生联系。本章第2节“在语言的下边”中，我曾写下：

> 在“语言的结构”的下边，是“人类祖先200万年中积累的艰辛经验”，是比语言古老得多的“记忆能力”“回忆能力”“联想能力”“模仿能力”和“选择的压力”的产物。语言的深厚的淤积层下面是人类鲜活的生命，是言语者独特、完整的有机天性，是那烈火般的人类生命意志的冲动，是那生命的本真澄明之境。决定人类语言发生发展的更为基本的因素，是人类的生命意志和生命活力。从人类语言的发生史来看，这是语言起源的原始土壤；从个人言语的表达来看，这是言语生成的内涵和底蕴。

我在书中还通过“甩泥巴”实例，说明我和友人各自用青春的活力换得的生命体验，作为隐秘的、私有的、被遮蔽的、不在场的“异乡”存在，如何浮现在“澄明”之中。

2003年，在“首届中国修辞学多学科高级论坛”我曾就当代语言学与生态批评的关系发表了自己的补充意见：

《剑桥语言百科全书》中指出：“语言是什么”这个问题可以与“生存是什么”相比，在深奥的程度上，前者绝不低于后者，而生存的定义是界定和统一生物科学的先决条件。

语言，是地球上人类这一物种的显著标志之一，人正是因为有了语言，才清楚地与其他生物划清了界限。但人类毕竟仍然是地球生态系统中的一种生物，人类语言毕竟还是“自然选择”的产物，它不仅与人类清明的理性密切相关，还始终与人类的身体、情感、意志、意向密切相关，与人类种族进化史中全部生物性、心理性、文化性、社会性的积淀、记忆密切相关，甚至还与人类生活其中的地域、天候等自然环境密切相关。

为“人性”所规定的人类生存本来是具有两重性的：一方面人类是万物之灵，拥有认识、改造自然的理性和手段；另一方面，人类又是自然界众多物种中的一种，是地球生态系统中的一个有机组成部分，人类与自然依然骨肉相依、血脉相连。但在工业社会持续发展的300多年中，人类被征服自然的节节胜利冲昏了头脑，人们只记住了第一点而忘记了第二点。于是，被人类当作万能工具的科学技术在为人类谋取众多福利的同时，也在人与自然的血肉关系中砍下深深的一刀，乃至酿下了今天的令人触目惊心的生态灾难。

二次世界大战之后，在关于“现代性”的反思中，长期以来备受推崇的“理性”“科学”“技术”受到重新的审视和批判。二十世纪六十年代以来迅速崛起的生态运动，进一步教会人们摆脱“二元对立”的思维方式，运用一种整体观的、有机论的眼光看待自然和世界以及自然、世界和人的关系。这种时代的视野,无疑也会扩展到语言学研究中来。一些敏感的语言学家开始面对人的整体生存,关注到"科学主义""技术理性"之外的语言学研究空间,人类语言再度与人类整体存在相提并论。

真正的艺术精神是工具理性极端化、人性异化、生态恶化的解毒剂。当代语言学向着艺术空间的开放,其意义也许还不仅在于语言学和文艺学,可能还会涉及后工业社会中精神生态的平衡与健全。

新世纪的修辞学如果能够拓展到人类生态学的领域中来,那将有利于当代社会中精神生态的平衡与健康发展。①

在我开始从事生态批评时,中国社会科学院研究员宋祖良的著作《拯救地球与人类未来——海德格尔的后期思想》给了我许多启示。有人说他对海德格尔的理解太浅显,但他的书写风格我喜欢,艰深的海德格尔也保不住在大是大非面前犯浑,浅显又有什么不好。只是不知道有什么想不开的事,这本书出版不久,他就果决地告别了人世。祖良先生与我同岁,我虽然没有见过他,却至今仍然会想到他。关于语言与自然的关系,他指出海德格尔认为自然中有一种"无声的说",人必须与之相符,把这无声的说变成有声的语言。"人的语言应该听从和符合自然的语言","人的语言是从属于大地的。"我这里复述他书中的一段话,作为对他的怀念:

德国早期浪漫派和海德格尔所谓自然有语言的说法,看起来似乎很荒谬,其实并非完全如此。在 20 世纪快结束时,全球性的生态危机使人们预言,在新的 21 世纪中,人所面临的新的重大课题是人与自然的新对

① 鲁枢元:《修辞学与人类生态观念——在"首届中国修辞学多学科高级论坛"会议上的发言》,载《福建师范大学学报》2004 年第 3 期。

话。如果自然没有语言，人如何能与自然对话？所以，"人与自然的新对话"这种说法也已假定了自然是有语言的。人与自然的对话，实际上就是说人要尊重和保护自然，把自然看成平等的伙伴，甚至看成人类的朋友，而不是把自然看成利用和剥削的对象。自然有语言这种说法，用拟人的手法提高了自然的地位，但同时又要免除人对自然的乱加干涉，免除人在自然上随意加上人的意志的烙印。这是在特定历史条件下人尊重和保护自然的表现。①

"感时花溅泪，恨别鸟惊心。"站在诗歌的立场上，我是更加相信自然有语言、自然能言说的。祖良先生这段话的意思是：人类最初的语言产生于自然之中，是用来与自然的语言对话的，人与自然是亲人；后来，人类语言凌驾在了自然之上，成了利用和剥削自然的工具，人与自然成了对手。

西方科学之父亚里士多德的逻辑学著作又叫《工具论》，欧洲工业时代的思想先驱弗朗西斯·培根把他的逻辑学著作命名为《新工具论》，在他们这里语言就已经被逻辑化、工具化了，科学成了征服自然、利用自然的工具，而语言则变成了工具的工具。语言的工具化，应该是现代工业社会生态灾难生成的原因之一。

① 宋祖良：《拯救地球和人类未来——海德格尔的后期思想》，中国社会科学出版社1993年版，第265页。

第四章　裸体语言

4.1　重提言语起源

语言的起源,曾经是一个热闹的研究课题。由于终究没有得出什么公允的结论,于是便渐渐冷落下来,一度甚至成了语言研究中的一个禁忌,遇之则退避三舍。在本世纪初,巴黎语言学会就曾明文规定,在它所举办的一切会议上,拒绝接受谈语言起源的论文。后来,仍有一些语言学家坚决否定语言起源研究的一切可能性,以此来维护语言学的纯洁性。

人类文化哲学家恩斯特·卡西尔并没有顺从这种学术的专断,但他显然充分意识到了这个问题的困难性。他说:"语言起源问题,即使对于那些最深刻地探索这一问题、最艰苦地与之搏斗的思想家来说,也总是趋于成为一株名副其实的'猴迷树'。在这个问题上花费的全部精神似乎只会引着我们绕圈子,最后又把我们甩在我们由此出发的那个点上。""然而,这样一些基本问题的性质又迫使心智永远不得对它们完全置之不理,尽管它早已对最终解决这些问题感到绝望。”①

二十世纪六十年代，曾在语言学界发动了一场革命的乔姆斯基，在语言起源问题上却持一种相当保守机械的观点：天赋观。他断言，人类先天就具备了学习某些种类语言的能力，实际存在的语言就是儿童生来可以学习的语言。人类的言语能力是一种本能。比起其他生物种类，人类先天地具备习得某种语言的机制，人类语言发展的过程是由遗传基因决定的。

在现代人类的大脑中存在着掌管言语活动的神经中枢，已经为生理学、心理学上的无数实验所证实。但这只能证实人类的言语活动有其相应的生理基础，并不能证实人类的言语能力从一开始就是“天赋”的，对此，雅克·莫诺曾指出：

> 现代语言学家在详细论述人类的符号语言时，认为它同动物所用的通讯方法（听、触、视等）是处在两个完全不同的水平上的。毫无疑义，这是正确的。可是，如果由此得出结论说这种现象证实了在进化的连续性上有了一条绝对的鸿沟，就是说，人类语言哪怕在萌芽状态时，也同类人猿彼此间的各种呼唤示警系统是毫无关系的，那么，我对此是很难理解的。②

作为一个语言学家，或许是可以在一个现存的固定的语言状态中研究语言的构成的；作为一个哲学人类学家或文化人类学家如卡西尔者，就不再能满足这一点；作为一个心理学家，尤其是作为一个发生认识论的心理学家，就更不能满足于这一点，他不得不更深一层地关注着人类语言的起源，皮亚杰就是在对乔姆斯基的批评中进一步阐发了自己的语言起源观念的。在皮亚杰看

① ［德］恩斯特·卡西尔：《语言与神话》，三联书店 1988 年版，第 58 页。

② ［法］雅克·莫诺：《偶然性和必然性》，上海人民出版社 1977 年版，第 96 页。

来，乔姆斯基那种“语法植根于理性之中，并且是植根在某种‘天赋’的理性之中的思想”，恰恰是把他导向“彻底固定论”的，这证明他遵循的仍然是笛卡尔的那条古老的思想道路。

皮亚杰孜孜不倦地探讨：语言是如何在人类个体活动过程中发生的。在他看来，不管是人类或是人类的某一个体，在其发展过程中都存在一个“前语言”阶段。在这个阶段中，语言还没有出现，但一些与语言相近、相似、相同的符号系统已经出现，如以姿态模仿为主要标志的“象征性或想象性的游戏”，基于对某种情景回忆的“延宕性的模仿”，由“内化了的模仿”而产生的“心理影像”，以及以“梦”的方式表达出来的更为复杂的心理活动方式，按照皮亚杰的说法，这些都是“个人的认识与情感再现的根源”。①

这里，起作用的是主体的活动，主体的感知活动，主体在一定欲望、情绪、意志支配下的感知活动，为言语活动所必须的智力和逻辑都已经包蕴在这种感知活动中，这种活动来自生命自身的调节，从本质上来讲，它是一种“功能”，而不是什么先验的结构。

皮亚杰说：“主体的本性就是构成一个功能作用的中心。而不是一座先验的完成了的建筑物的所在地；而且如果有人把社会、人类、生命界、甚至全宇宙来代替这个主体，所得的结果还是一样的。”②在皮亚杰晚年写下的这本《结构主义》小册子中，皮亚杰谈的是“结构”而他更感兴趣的仍然是“功能”。结尾我们所看到的是，作者只打算把“结构主义”看作是一种方法，它不是哲学，而只是众多方法中的一种。而且他还强调，结构主义只有采取开放的态度，只有把事物的结构和事物的来源结合起来，“把结构重新放进它们的来源中去”，研究才可能深入下去。③

为了填补结构主义语言学留下的缺遗，为了全面地认识文学言语的属性

---

① 参见皮亚杰：《儿童的心理发展》，山东教育出版社 1982 年版，第 114—116 页。

② ［瑞士］皮亚杰：《结构主义》，商务印书馆 1984 年版，第 102 页。

③ 同上，第 103 页。

和特征，重提人类言语的起源是必要的。

但是，迄今为止，人们所能考察到的古代语言，严格说来只能是一些用刻痕、记号、符号、文字记录下来的语言，这些语言只有五千年左右的历史。实际上人类语言要比这早得多，从“逻辑”上推断该是从人类出现就已经具有了人类的语言，距今怕不止数百万年。由于没有留下任何声音或符号方面的根据，要彻底弄清初期人类语言是什么样子的，几乎是不可能的了，有人称语言起源学是一门“绝学”。

十九世纪以来，不少人试图从“动物言语”“原始部落语言”“幼儿语言”几个方面来推测人类原始语言的发生。这当中固然有不少生硬的比附和富于想象的揣度，但其中有一些推论，仍然是值得我们重视的。完全排斥这些渠道的研究，是没有道理的。

伟大的生物学家达尔文在论述动物语言时，过分地强调了人和动物之间的共同点，认为狗可以跟人进行语词级的交流，鹦鹉也能够掌握许多人类语言中的概念。他的论述非常粗糙，缺乏可信度。

后来的一些法国学者走上了另一个极端。认为动物没有语言，动物发出的任何声音都没有实际的内容，只不过是本能欲望和情绪的宣泄。

一种比较折中的意见是，动物的确并不具备现代人类那种成熟的语言形式，但动物之间在进行情绪活动、智力活动、交往活动时是存在着一种“信号”或“符号”的表达与交流的，这可以视为动物的语言。这种动物的语言，可以是声音的，也可以是面部表情、肢体动作姿态的，动物语言主要是一种在内在动机驱使下带着饱满情绪色彩的声音和动作。

比如，当代比较心理学家们发现，蜜蜂传递信息的语言是一整套飞舞的动作，其中“圆圈舞”表示发现了蜜源，舞的越起劲，说明蜜源越多越甜；“摇尾舞”则能对目的地的方向和距离作出精确的描述。蜜蜂的语言是一种“舞蹈语言”。

某些鸟类拥有的“语言”则主要是一种“歌唱语言”，它们通过不同音色与调门的鸣啼交流各种信息。甚至还有“方言”，不同地区的夜莺会发出不同旋律的鸣叫。

公鸡和母鸡之间可以用不同的叫声和形体动作表达近三十种“语汇”。动物园里的猴子会通过不同的“手势”表示“招呼”“威胁”“指点”“亲近”“许诺”“拒绝”“好奇”“怀疑”“祈求”“愤怒”等不同的心理状态和行为状态。在心理学家实验室中经过训练的黑猩猩甚至可以掌握多达数百手语单词与人进行有意义的对话。

(就当我写到这里时，楼下邻居家的那匹大黑猫正在花圃里发出“呜嗷——呜嗷——”的怪叫，那叫声充满了愤懑、怨恨，又带几分刁蛮沮丧，像是在抗议，又像是在求告。问及它的女主人，原来是它偷来的一只小鸡被主人截获了。)

自然环境中的动物的“语言”当然并不具备人类成熟思维的特点和人类交往的精神属性。不过，动物用以发出联络信号的手段，或者是借助于语言分析器和听觉分析器的“叫声”，或者是借助动觉分析器和视觉分析器的“表情”“手势”，这也是人类用以交流信息的主要渠道，诸如“脸色”“眼神”“表情”“手势”“体态”“声息”这些更富有生物学意味的交流方式，至今也仍然作为现代人语言交际的辅助性手段必不可缺地被运用着。

如果考虑到人是从其他动物进化而来的这一基本前提，我们完全可以推断，最初的人类语言必将带有这些“动物性语言”的色彩。

人类进入文明时代以后，地球上仍然残留着一些尚处于原始社会生活状态的部落人群，这些原始部落还被隔绝在人类文明社会之外，在他们身上保留着更多的原始人类的特点，恩格斯称他们为人类社会生活的“活化石”。这些原始部落中的人群固然并不就是几十万年以前的原始人类，他们语言也并不能等同于人类最初的语言，但是应当承认，比起文明社会中的人的语言来说，他们的语言中还是较多地保留了原始语言的一些特点。

大量资料已经说明，原始语言是一种建立在原始人的情绪体验和运动知觉之上的直观的“集体表象”。列维-布留尔指出:“在(原始人的)集体表象中,客体的形象与情感和运动因素水乳交融”。[①] 这种语言是密切地按照事物和行动显现在视觉和听觉里的那种形式来表现关于它们的“概念”的。它具有绘声绘色的倾向,竭力表现那些留在视觉记忆、听觉记忆、动觉记忆和一切情绪的、形象的记忆中的东西。从表现形式来看,这种语言是一种富有高度“实践性”与“情景性”的语言,是一种“有声语言”与“手势语言”的糅合体。在这种语言中,语词的抽象的、普遍的意义尚未和它所指代的个体事物的具象性完全剥离,还是一个混沌的统一体。列维-布留尔把它称作“声音图画”,显著的“具象性”“意动性”是原始语言的一些突出特点。原始人说到的一定是他看到的、感觉到的、体验到的、并且是从根本上占有的。语言在原始人那里具有更强烈的感性的、驱使性的力量,一种巫术的力量,这从原始巫术中“符咒”的大量运用可以看出。

原始人类语言的这些特点,我们还可以从语言的个体发生过程中得到证明。虽然个体语言的发生发展过程并不能与人类语言的起源等量齐观,但总有某些相通之处。皮亚杰对于幼儿心理发生过程的大量艰苦的追踪研究证明,幼儿的言语活动也总是与幼儿自己的感觉行为,以及说话时的实践活动、具体情景紧紧地贴在一起的。并且在很大程度上依赖说话人的声调、表情、手势、体态,以弥补语词的不足、语法的欠缺。

现实生活中一个具体真实的幼儿所能学得的语言,并不像乔姆斯基语言学理论的例证中那样标准、规范,那样的符合逻辑,那样结构完整,而总是有些松散、驳杂、甚至混乱的。有许多“非语言”的东西在发挥语言的作用,如前文所提到的“象征性游戏”和“延宕性的模仿”。皮亚杰从对自己的孩子的观察中得出,幼儿总是用自己的“行为”“姿态”“表情”再现着个人的认识和情思。儿童在行为中比在语言中更富有表现力,也更具有逻辑性,这是一种“没有语

① [法]列维-布留尔:《原始思维》,商务印书馆1986年版,第456页。

言的语言”,一种列维-布留尔称作“声音图画”的东西,也可以说是一种广义的语言,一种“次语言”。一种较为原始的语言。

对于这种鸿蒙未开的童稚语言,小说家雨果曾在他的作品中情不自禁地发出如此精彩的赞叹:

> 孩子的咿呀声,既是语言,又不是语言;不是音符,却是诗歌;不是字母,却是话语;这种喃喃学语是在天上开始的,到了人世间也不会终结;那是诞生以前就开始的,现在还在继续,是连续不断的。这种含糊的话语包括孩子过去做天使时所说过的话,和他成年以后所要说的话,摇篮有“昨天”,正如坟墓也有“明天”;这个明天和这个昨天的双重神秘在这种不可解的孩子歌声里混合起来了;没有什么别的东西比这个鲜花似的灵魂里的巨大暗影更能证明上帝、永恒、责任和命运的二元了。[①]

这几乎已经不是小说家对故事中的情境作具体描写了,倒更像一位文学大师在酣畅淋漓地阐发他的文学言语观!

无独有偶,中国作家冰心也曾在《繁星》中这样评价婴儿的呢喃:“婴儿,是伟大的诗人,在不完全的言语中,吐出最完美的诗句!”

恩斯特·卡西尔对于语言起源的论述总是显得有些游移不定,他还是坚持在人与动物之间画上一条隔离线。他说即使在文化的最低级阶段,人也不曾处在单纯的情感语言或手势语言中。也没有任何心理学的实验可以证明,动物可以越过情感语言达到命题语言。所谓“动物的语言”总是全然主观的,它只能表达各种各样的情感状态。他在书中写道:“语言的客观‘陈述’特征是人类语言的最显著的特征,在动物的发生中永远没有这种东西。”[②]判定“动

---

① [法] 雨果:《九三年》,人民文学出版社1957年版,第306页。

② [德] 恩斯特·卡西尔:《语言与神话》,三联书店1988年版,第131页。

物的语言没有陈述能力”，无疑也有些武断了。

但是，在《人论》一书中，卡西尔还是承认人类是曾经拥有更为原始状态的语言的。他曾谈到婴儿，婴儿会以自己的哭叫声向母亲提出自己的要求。儿童在前语言期的交流活动总是处于一种“单纯情感态度”和“较为主观的状态”，处于一种“含混模糊、波动不定的知觉及朦胧的情绪”之中。这与原始人最初的语言相似。对于婴儿、原始人来说，自然与社会是一个混沌的整体，“没有什么泾渭分明的界线可以把这两个领域分离开来。”①人类本来就是从自然界、动物界走出来的，在语言问题上，人与动物也应该有共同的根源，这不是什么高深的道理。只是卡西尔自己的理论兴趣在于“语言学研究不变的结构联系”，在于发现“人类知识的首要原则逻各斯”，他追求的是明晰、条理、有序的形式。在他看来，这些处于“细缊”状态的主体心理方面的东西，是不可能进行“语言分析”的，即使明明看到它们的存在，也不肯给它们以更高的估价。

一部分心理学家却与此相反，他们毕其一生致力探索的正是人类心理深处这种细缊不明的东西。弗洛伊德主要是从人的生物属性上来探讨这些东西，认为它主要是潜在的性欲冲动，以及这些冲动因受环境和社会的压抑而隐埋下的种种情结；荣格则主要是从人的社会性上来进行探究，认为它主要是勃勃向上的生命力，以及在生命前进的历程中积淀下来的种种原始的意象。心理情结也好，原始意象也好，都是些混沌不清、捉摸不定的东西。弗洛伊德和荣格自己也难以将它们阐述得十分清楚明白，因而便总是受到他们的反对者的无情的攻讦。

精神分析心理学营垒中一位后起者 J·拉康向结构主义打开营垒的大门，从结构主义那里借取来语言分析的武器，企图运用结构主义语言学与某些数学模式把个人的或集体的无意识心理翻译成社会化的有意识的言语，进而将无意识结构化、形式化。拉康的理论有一个前提：语言是同无意识同时出现

① ［德］恩斯特·卡西尔：《语言与神话》，三联书店 1988 年版，第 154 页。

的。这并不完全符合人类心理活动的实际，无意识中会有一部分语言活动，但语言并不能涵盖人的全部无意识。拉康的理论不可能是彻底的，而且，拉康对一些文学作品所进行的分析，只是在于证明精神分析心理学在新的历史条件下的适应性，文学作品的审美价值则从他的手中大量流失了。

从实际发生的情况来看，艺术的发生很可能是要早于语言的，艺术不是从语言活动中诞生的，恰恰相反，艺术倒是语言发生的母体。在没有语言之前，人类先有了"音乐"和"舞蹈"；在没有文字之前，人类先有了"绘画"和"雕刻"；甚至，在语言还没有完全形成的时候，人类则先有了"神话"和"诗歌"。

黑格尔（G. W. F. Hegel）在谈到诗歌的语言时，就曾说过一句颇有些古怪的话：

> 诗的用语产生于一个民族的早期，当时的语言还没有形成，正是要通过诗才能获得真正的发展。①

就常识而言，诗歌是由语言生成的。在具体论述中我们看出，黑格尔在这里是把"原始诗歌"放在原始人的"心理意象"的平面上加以考察的。在他看来，最初的诗就是一种"具象性"与"普遍性"未曾分裂的"原始统一体"，原始语言就是在这个"原始统一体"中生成的。而这种"原始统一体"，其实也就是列维-布留尔讲的那种以"声音图画"为表现形态的"混沌的统一体"。

维柯（Giovanni Battista Vico），在更早的一些年代里就注意到最初的诗与原始人类的旺盛的生命力，即感觉能力、想象能力的直接联系。在他看来，"诗是人类生而就有的一种功能"，"正是人类推理能力的欠缺才产生了崇高的诗"。②

---

① ［德］黑格尔：《美学》第三卷下册，商务印书馆 1981 年版，第 65 页。

② ［意］维科：《新科学》，人民文学出版社 1987 年版，第 162 页，第 167 页。

与此相似的话，后来的卢梭（Jean - Jacques Rousseau）也说过："原始人的语言不像人们通常想的是几何学家的语言，而是诗人的语言"，"最初的语言是充满热情的歌唱的语言。"

柯林伍德（Robin George Collingwood）也曾经说过：最初的语言"不过是情感的身体表现"，"手势"在最初的语言形式中起着重大作用，"舞蹈是一切语言之母"。

前苏联语言学家阿·斯皮尔金（Alexander Spirkin）在论及语言的起源时曾谈到"原始图画"与语言的关系，他说："原始图画"不是语言，而是对知觉和表象，对情景整体的生动再现，然而这种原始图画，却是孕育人类语言的母体。

艺术先于语言，诗是人类的母语，人类语言总是植根于人类生命的诗性、人类生活的诗意之中的。

4.2 文学的原始细胞

如果说在语言的领域里，人和动物之间还有一条较为明显的界线的话，那么这界线在艺术的领域就更为模糊了。动物在求偶过程中常常以各种复杂的方式卖弄歌喉，炫耀色相，与人类生活中大量存在着的"情爱艺术"是相通的。一些高级哺乳动物在性交之前甚至还具备了近似于"礼仪性歌舞"的倾向。美国社会生物学家威尔逊（Edward O. Wilson）则肯定地说："艺术的冲动决不限于人类"，黑猩猩之类的灵长动物的确具有绘画的兴趣和能力，有一位人类学家豢养的黑猩猩在"画画"中自得其乐，竟到了废寝忘食的地步。

艺术活动较之言语活动显然更古老一些，从下面的一些证据中不难看出这一点：

儿童的艺术创造能力与生俱来。从事艺术创造的人都特别注重保存自己的那颗“童心”。甚至一些成了名的画家、书法家还要有意地模仿儿童的创作，以求取艺术的灵动、艺术的自然。音乐、绘画、甚至诗歌方面的才能，总是在一个人的生命早期便显现出来，而这一时期儿童的语言能力尚且很不健全。在今天的地球上我们仍然可以看到：一些语言文化处于“低级阶段”的民族，往往“能歌善舞”，而在文化高度发达的民族中，“艺术”却成了少数“天才”的专利。

世界上各个民族，在语言文字不甚发达，科学技术还处于沉睡状态的情况下，都曾留下自己优美生动的雕刻、岩画、史诗和神话。从考古学的实绩来看，最早的绘画是法国西南部的拉斯科岩洞壁画，距今已经二万多年。这些壁画所画的牛雄健骏迈，长达五米；所画奔马、野羊、鸟头人亦形态生动、色彩明快，已经达到很高水平，今天仍能够给人以无限的美感。在中国舞阳县距今7000多年的裴李岗文化遗址中，曾出土16只鹤类胫骨制作的竖笛，形制固定，制作规范，证实早在文字出现之前，音乐艺术就已经相当成熟。而目前发现的最早的文字“甲骨文”“埃及象形文字”，距今才不过五千多年，而且那文字实在不过是简化了的绘画。

这里，如果我们适当将“艺术”的概念扩展开一些，把艺术看作是生命的有机体借以表达自己某些感受和体验的方式，看作是含蕴着某些知觉、情绪、意象的信息代码（或声响、或手势、或图画、或形体），那么，在言语活动出现之前的艺术活动中显然是包孕着言语发生的契机的。

语言起源于艺术，起源于一种宽泛意义上艺术。H·维尔纳在《抒情诗的起源》一书中曾做出这样的推断：

> 原始民族最早的抒情歌谣，总是和手势与音响分不开的。它们都是些没有意义的语言，纯粹的废话，在部落的舞会上吟唱，以宣泄由于饱餐一顿或狩猎成功而得到的狂欢。
>
> 就在抒情的叫喊声中，在对饥渴的痛苦的呼唤声中，后来在对燃烧的

性欲赤裸裸的表示中，以及在对死亡无可奈何的悲叹中，我们发现了一切高级形式的抒情诗的萌芽。①

最早的歌谣是有情无理、有声无义、有节奏旋律而无语词逻辑的。即使在后世民歌中，我们也还会听到类似"呼儿嗨哟""哈依赫里拉""齐哩哩哩察啦啦啦索罗索罗得"之类的"有声无义的喊叫"。从心理发生的意义上看，这些"没有意义"的音节比那些有明确意义的歌词历史更古老，也更贴近人和艺术的本性，只是很久以来人类都不愿意这么认为了。

这里，让我们先看一看下边的三段文字：

一段是生物学家达尔文（C. R. Darwin）在《人与动物的表情》一书中的论述——动物的表情运动，作为某种情感的结果，是与动物的一定动作：攻击、自卫、性交等等联系着的。比如狮子当它进入强烈的感情冲动状态时，便呼吸急促、心跳强快、血压升高、肌肉组织紧张、毛发竖起、嘴唇张开、咬牙切齿等等。

一段是心理学家威廉·詹姆斯（William James）对于审美体验的描述：当美激动我们的瞬息之间，我们可以感到胸部的一种灼热，一种剧痛，呼吸的一种颤动，一种饱满，心脏的一种翼动，沿背部的一种摇震，眼睛的一种湿润，小腹的一种骚动，以及除此而外的千百种不可名状的征兆。

一段是对于美术家保罗·塞尚（Paul Cézanne）创作心境的展示：他紧张到了痛苦的程度，满脸祈求的神情，想象着从自己的灵魂里取出些什么来，把它放到画里。他全身发抖，犹豫不决，前额充血，佝偻着上身，缩着颈脖，耸着两肩，抖着双手，终于下笔时，他才变得坚强有力，挥动自如了。

这三段话中的相似点是很显然的。然而，把动物和人、和艺术家相提并论，往往会引起人们的不满，甚至厌恶和愤怒。

---

① 转引自邓福星：《艺术前的艺术》，山东文艺出版社 1986 年版，第 11 页。

卡尔·R·波普尔就指出过，语言有四种功能：表现、交往、描述、论证。前两种是低级功能，为人和动物所具有；后两种是高级功能，只有人类才具备。波普尔在论及“客观知识”时曾确定不移地说：“我们应该把我们的人类、我们的理性归功于语言高级功能的这种发展。”“集中于‘表现’和‘交往’（这些低级功能）的所有人类语言的理论是无效的。”①

波普尔说出这样的话来是不奇怪的，因为他是站在科学的立场上来说话的，他的立场是：“所有的科学工作都是旨在发展科学知识。我们是发展客观知识的工人，正如建造教堂的工匠一样。”②

但是，从文学言语学的立场出发，我们却不能轻易错过生命体这一“表现”与“交往”的层面。从价值观念上看，文学与科学不同，科学的价值在于最后的结果，将某些“知识”砌进那一客观的、普遍的大厦中；文学的价值就在于创造的本身，在于创造过程中，始终都应当是主体对于过程的体验。欲望、知觉、情感、体验、思维、想象等心灵活动对于文学来说，不仅具有发生学的意义，也具有本体论的意义。而且，唯有文学艺术才能有效地保护心灵的存在，而心灵的存在正是人性的起点。

人类社会自进入文明时代以来，在“语言”和“科学”的支撑下，的确已经有了很大的发展。科学技术的发展，使人类已经在物质享受和智力训练方面都提升到了一个空前的高度，而同时也使人远远地离开了人性的坚实的地面。稳坐在华尔街摩天大厦中的 CEO，比起他们骑在马背上在西部荒野淘金的先辈们，距离人类的天性也许已经更远。而忙碌在北京三十层高楼上写字间里的白领，比起他们那些曾经生活在黄土高坡上的父辈们，精神上和感情上也许已经有了更多的失落。连波普尔也已经在为科学的非人性化、甚至人文学科的非人性化感到不安，以至有人幽默地说，从精神的和情感的尺度来说，我们

---

① ［英］波普尔：《科学知识进化论》，三联书店 1987 年版，第 324 页。

② 同上，第 325 页。

可能是“倒着走进了未来。”

我们寄希望于文学艺术的是能够竭力去维护人性的健全与丰富。

重要的是，文学艺术家永远不能抛弃人性扎根的那一初始的地面。

前边我们提到的威廉·詹姆斯的审美体验和保罗·塞尚的创作心境，就基于这一地面之上。遗憾的是这类心境和体验在现代人身上正日益枯竭着。虽然这种体验和心境是“低级”的，甚至是接近于动物层面的。但它同时又是真正属于人的，属于自然的人的。没有了它，人将不成其为人，人就会异化为物，异化为机器，异化为数字。在中国，《黄土地》《红高粱》的出现而且一反常态地受到赞扬，或许正是与已经加剧进展着的人性异化的对抗。

较之普通人来说，文学艺术家则具有一种特质。正如诗人艾略特所说："艺术家比其同时代人更为原始，也更为文明”；亦如心理分析学家恩斯特·克里斯(Ernst Kris)说的：“艺术家可以使自己的头脑退回原始状态而又不失去控制。”西方当代一些文学家的态度还要偏激一些：“随着逻辑与抽象思维的发展，语言逐渐失去了它的情感职责，它的凝聚作用日趋没落，日益走向科学化。这个剥夺过程，使语言只剩下一具无血无肉的骨架子。只在一个领域，语言仍然保留着‘生活的丰满性’——艺术表现。对于被文明发展搞的头脑极其精确化的现代人来说也是如此。在艺术表现中，语言的原始创造力不但保存着，而且还不断创新。”①

那么，我们还能够从现代人的文学艺术创造活动中找到那些最初的原始细胞吗？让我们试一试看。

“手势语言”。

这曾经是原始初民们一种相当重要的言语形态，有专家统计说，人的大臂、前臂、手掌、手指、手指的各个关节如果组合运用的话，可以做出70万个不

---

① ［美］W. K. 维姆萨特，K. 布鲁克斯：《文学批评简史》第三十一章“神话与原型”。转引自《百家》杂志，1987年第1期。

同的动作，比现代英语或汉语的常用词汇还要多。所以，直到今天，澳大利亚的一些土著部落，南美玻利维亚西部丛林地带的印第安人以及天主教特拉普修士团的修士们都仍然在使用着手势语言。手势语言在文明社会的聋哑人士中也被广泛使用着。

我们这里讲的“手势语言”还不仅仅是指手的姿势动作，它实际上包括了原始语言在“共实践性”基础上一切富有体验色彩的身体反应，包括面部的、四肢的、躯体的甚至内脏的应对性反应，心理学上也把它们叫做“行为语言”。

在现代人的文学创作活动中这类“手势语言”还存在吗？我们并没有看到有哪位作家比比划划、手舞足蹈地写作他的作品，但这并不排除他们在写作时伴随着笔下的言语活动在内心产生相应的“动觉”，一种基于“内模仿”的动觉。不少作家都承认，这种内心的动觉在创造性的文学言语活动中总是异常活跃的。前苏联作家帕乌斯托夫斯基（Konstantin Paustovsky）在《金蔷薇》中讲，当他写完一辆胜利牌大卡车费力地爬上陡峭的山坡时，自己累得几乎散了架。被誉为俄罗斯文学语言大师的阿·托尔斯泰（Alexei Nikolayevich Tolstoy），还曾经生动地描绘过原始人用“手势”思维的情景：原始人面对着篝火蹲在画满壁画的岩洞中，作出各种各样的手势动作，透过烟雾的岩壁上就闪现出种种奇妙的幻象，他认为文学创作也需要这种“手势语言”，他把它说成是一种“金钢石”般可贵的文学语言。

原始语言的“图画”因素。

这是基于原始语言的“共情景性”之中的，原始人总是能够“看到”他说的一切。他在“说”的同时也是在“看”。如果一定要说“说”是逻辑的，“看”是直观的，那么在原始人那里就存在着一种“逻辑直观”。神话、隐喻都是一些“逻辑直观”，也是一些最初的艺术。后代的文明人在愈来愈崇拜“说”的时代精神中强化了“逻辑”，而渐渐失去了感受、体验和直观的能力，以至于后期的维特根斯坦焦急地喊出：“Don’t think，but look！”（不要想，但要看！），这种“看”的能力即直观、直觉、顿悟的能力。

这种能力非常侥幸地在文学艺术家身上较多地保留下来，在文学创造活动中，诗人、作家始终没有放弃自己的“看”，没有放弃语言的这一原始特点。莎士比亚在《仲夏夜之梦》第五幕第一场中，借着剧中人物的口说道：“疯子看见的魔鬼，比广大的地狱里所能容纳的还多。情人和疯子一样癫狂，他从一个埃及人的脸上会看到海伦的美。诗人转动着眼睛，眼睛里带着精妙的疯狂，从天上看到地下，地下看到天上。他的想象为从来没人知道的东西构成形体，他笔下又描出它们的状貌，使虚无杳渺的东西有了确切的寄寓的名目。”

文学创造是一种“情景”中的言语活动，文学言语也是建立在“内心视觉”基础上的。许多作家说过，他能够“看到”他写的一切，他就是“看着写的”。他们看见的，当然是沉积在他们“情绪记忆”和“形象记忆”中的东西，也许是些已经在知觉和记忆过程中变了形的东西。

“喊叫”。

这是原始语言中另一个不可或缺的因素。许多语言学家不得不承认这一点，但他们同时又以“喊叫”不具陈述或指导意义而否定把“喊叫”看作语言。岂不知“喊叫”总是与强烈的情感活动直接相关，在表现主观的情绪和情感时，“喊叫”往往是优于语言的。且不说后世的抒情诗中多么经常地使用“啊”“呀”“吧”“啦”这些感叹词，君不见诸如“嚎叫”“呐喊”“咆哮”“呻吟”“呜咽”“叹息”这些“非语言性”的东西在现代流行乐、摇滚乐中已经扮演了多么重要的角色吗？

但是，作家们在写作时大多都是默默无声的。但这并不等于就没有“喊叫”的愿望。作家们，尤其是诗人们，当他们的创作冲动来潮时，似乎一腔子的话语都在喉头拥挤着，要喊、要叫、要嚷。也有竟然打破沉默的，据说巴尔扎克和果戈理在写作时就喜欢叫着嚷着，以至于外人走过时怀疑房间里有人吵架。中国明代的李卓吾在创作时也往往“发狂大叫，流涕恸哭，不能自止”。此时，内在“呼喊”的欲望成了文学语言发生的情感助力。

上述三个方面乃人类语言中最为显著的三种“原始细胞”。后世的文学创作活动在保留了人类言语活动最初的、最基本的生命细胞的同时，仍然受到了语言抽象化、逻辑化、规则化、科学化的牵制与规约，原始语言那种细缊浑沦的初始状态毕竟一去不返了。这也许是人类在谋取社会进步时必须付出的代价，但这毕竟给后世的诗人、小说家们带来了言语的困难。

4.3 从司汤达到布勒东

在原始时代，在图腾、神话、巫术还充塞着人类的语言领域的时候，人类的语言在“逻辑”和“直观”“理智”和“情感”“形式”和“内涵”“心灵”和“手段”诸对立的方面可能出现过最初的统一，即那种“低层次”上的有机统一。但随着人类语言成为一个独立自主的体系，随着语词概念的明晰，随着语法规则的确立，随着文字书写的定形，随着印刷成为专门的科学技术，语言文字朝着更为钟爱理智与逻辑的方向发展，语言与心灵的统一便出现了难以填补的裂隙。

从此后以操弄语言为职业的文学家便开始蒙受“语言的痛苦”，在心灵与语言的断层之间痛苦地彷徨、盘桓。

在中国，从《周易》的时代就开始了“书不尽言，言不尽意”的叹息。

直到当代，荣获诺贝尔文学奖的小说家斯坦贝克（John Steinbeck）还曾经向人们诉说：为了每一种神思妙想，就会有一页文稿变成一条“湿淋淋的生了疥癣的杂种狗”。

于是，文学家们无不幻想着一种更能贴近人的心灵的语言，一种精神的语言，一种充盈着生命的新鲜汁液的语言。

以前的语言学教科书中，总是把“文学语言”命名为一种最符合语言学法则的“标准语言”，这实在是一场误解。文学的语言，就其实质上来讲，不应当是一种常规状态下的语言。或者说，常规状态下的语言并不总是一种好的文学语言。“普遍化”“工具化”已经被海德格尔认为是对于人类语言的最大威胁。对于文学语言、诗的语言来说，当然就是一种更大的危险。而且，一般的“篇章学”“修辞学”也不能帮助文学家闯过语言的难关，我们的确也没有见过，有哪位文学家是在读了“修辞学”后才去写自己的小说的。中国现代作家沈从文的文学语言充满诗意，拥有自己独特的风格。然而，沈从文自己却说，他不懂语法，没有学过语言学，甚至连标点符号也用不好。

那么，文学语言的奥秘究竟在哪里呢？这或许还得从文学家言语活动的心理发生过程中寻找答案。

文学家们自己是曾经自觉不自觉地做了许多尝试的，一个比较一致的倾向是：如何把作家心理深处那团丰富饱满而又细缊浑沦的原生状态的东西尽量自然地、鲜活地、生动地、充沛地形诸语言。

十九世纪以来的现实主义文学家们以对现实生活的叙述描写为主要创作方式，他们看重的是日常语言的有效应用。他们的小说语言并没有过多的背离日常生活普适性的语言规范，就像他们的小说一般说来也比较符合当时社会的伦理道德规范一样。语言对于他们来说主要是一种容器，被用来盛放小说中的人物、背景、事件。写作，只是一种立意之后的语言操作，可以从容不迫地进行。

诗人、作家一旦企望能够更真切、更直接地表现心灵世界的流动变幻，就不得不冲决日常语言规范的界限，就不得不打破有条不紊的创作心态。这并不是一切现实主义作家能够接受的。

早在十九世纪初，司汤达小说的风格就曾引起巴尔扎克的不满（注意：这时的巴尔扎克是以“批评家”的身份出现的）。他说司汤达的小说文法错误太多，长句造得不好，短句也欠圆润，让人像坐在一辆本身没有搁好的马车上奔波。司汤达却拒不接受这种意见，并且反唇相讥道：风格不会太明白清楚，词句的美丽、圆润、和谐，我经常认为是一种缺点，我不想修改我的小说，我恨不得照草样付印才好，这样我就更真实、更自然，更配在1880年为人阅读了！

显然，司汤达与巴尔扎克走的不是一条路，他更看重的是语言的原生态，是内心话语在稿纸上诞生的刹那间。

波德莱尔显然是站在司汤达一边的，因为他曾告诉过大画家德拉克洛瓦(Eugène Delacroix)："文学是一种转瞬即逝的东西，因此，我不主张修改，修改把思想的镜子弄得模糊不清"；他还非常坦率地批评巴尔扎克：

> 巴尔扎克的手稿和清样总是改得稀奇古怪，乱糟糟一片。这样一来，小说就有了一系列的起因，不但句子的完整性分散了，整个作品的完整性也分散了。多半是这种坏方法使它的文笔有一种说不出的冗长、纷繁和混乱，这是这位伟大的历史家的唯一缺点。①

波德莱尔主张高扬人的感觉、直觉和想象，呼唤诗人要敢于"深入渊底"，要敢于"翱翔于人世之上"，求索于地狱与天堂间，"到未知的世界的底层发现奇迹"。

到了瓦莱里的时代，法国文坛上对于文学语言的这种追求开始迈出更大的步伐。保尔·瓦莱里(Paul Valery)坚信，诗人的任务就是发现并传递出语词与心灵间的那种奇迹般的结合，诗人和作家都具有一种特殊的精神力量，这种心灵里边积聚的精神力量在某些"具有无限价值的时刻"向他呈现出来，他自己尚未能透彻地理解，然而却迅速地用诗的语言表现出来，因而他的作品所表现的要大于他所理解的，他的作品因而超越了他自己。如果他是在理解了它、雕饰了它之后再写出了它，那么它就一定会变得干缩、疲软了。他赞赏这样的写作风格：一气呵成，如谵妄者说话，灵感之风吹得很快很猛。他相信感觉和印象胜似相信智力与思索。他认为，除了一种"延续修辞学"之外，还应当有一种"瞬间修辞学"。

瓦莱里的文学言语观念后来被他的法国同胞们发展到了极端。一些年轻

① 参见《波德莱尔美学论文选》，人民文学出版社1987年版，第17页。

的、张扬着"超现实主义"旗号的诗人、小说家、理论家,在创作活动中表现出对于传统文学语言最为强烈的反叛。

这个运动的发起人安德烈·布勒东(André Breton)曾经为"超现实主义"如此"正名":"超现实主义。阳性名词。纯粹的精神的自动性。人们打算通过它,以口头、书面或任何其他的形式表达思想的真正的活动。它是思想的照实记录,没有丝毫理智的控制,摆脱了任何美学或伦理的成见。"布勒东还曾为"超现实主义"文学规定了这样的任务:在不受任何理性和任何意识形态控制的情况下写出人的"纯粹的精神的无意识活动"。

"超现实主义"的矛头首先指向了现实主义的文学传统,认为它已经是凝滞的、僵化的创作方法,已经成了落入俗套的表现形式,认为它束缚了人的感觉和精神的自由,是粗俗的、低劣的、枯燥的、浮浅的、平庸的。与此同时,"超现实主义"还把它的矛头指向那个时代的理智和逻辑,决心把文学的语言从理智和逻辑的牢笼中解放出来。在他们看来,"理智"与"逻辑"只是人们自己制造出来的东西,因而不应成为人的偶像和戒条,唯一真实的是人的"纯粹的精神的无意识活动",是感觉,是直觉,是知觉,是错觉,是梦幻,是性欲,是疯狂,是心灵底层那"生与死、现实与想象、过去与未来,可言传的与不可言传的、高与低"同时并在的"点",这个点的存在就是"绝对的现实",而"绝对的现实"即"超现实"。

布勒东的这些理论显然是狂热的、偏执的,连他自己也说是"可望而不可即",他还说他时刻准备为了他的这些理论而粉身碎骨。但我们仍然可以体谅,他的这些努力显然也是要在文学创作活动中用语言尽力表现出人的心灵深处那种絪缊浑沦的东西。

"超现实主义"理论的一个心理学方面的源泉是弗洛伊德的精神分析学。布勒东是在二十年代初读到弗洛伊德的著作的,几乎是一拍即合。1922 年,布勒东还亲自跑到维也纳去朝拜了弗洛伊德。到了三十年代,布勒东还曾兴高采烈地宣称:"弗洛伊德已指导超现实主义者走上了心理上战无不胜的道路"。

为了去实现“超现实主义”的目标，布勒东和他的伙伴们注定要在文学创作活动中掀起一场“言语革命”。在他们看来，文学要表现人的“绝对现实”的存在，常规的言语方式是不行的。布勒东说，在日常言谈中，或在以往的文学写作中，人们总是在几乎难以觉察的情况下修改、矫正、文饰、调和着即将涌出口外、涌向纸上的那种真实的言语形态，他认为这很危险——心灵在转换成文学言语的关键时刻“遭到了鱼雷的袭击和破坏”，潜在心灵中的意蕴受到了常规意识的监测、阻拦、截击。在它涌现出来之前就已经散了架、完了蛋。布勒东说，他们的超现实主义就是希望把文学家的写作活动变成——“幻觉的、鬼怪的船”，能够躲过“鱼雷”的袭击，能够把那些丰富的、宝贵的心灵彼岸的秘藏成功地偷渡到现实生活的此岸来。

超现实主义的文学家们提出的具体创作方法主要有两个：自动写作与记述梦幻。

关于“自动写作”，布勒东在他的《超现实主义和绘画》中作出了这样的解说：

> 在思想最易集中的地方坐定后，叫人把文具拿来，尽量使自己的心情处于被动的、接纳的状态，不要去想自己的天资和才华，也不要去想别人的天资和才华。一遍又一遍地对自己说，文学确是一条通向四面八方的最不足取的道路。事先不去选择任何主题，要提起笔来疾书，速度之快应使自己无暇细想也无暇重看写下来的文字。开头第一句会自动跃到纸上；不言而喻会这样，因为下意识的思想活动所产生的句子无时无刻不在力图表达出来。接下来一句就较难写了。因为这无疑会接受我们意识活动的影响；如果我们承认第一句的写作受到过哪怕是最小限度的自觉意识的影响，那么其他句子也不好写。但这些毕竟无关紧要，因为运用超现实主义的最大兴味正在于此。当然，标点肯定会阻挡我们心中的一直不断的意识之流。但是我们应该特别提防轻声的提白。如果出了疏忽之类

的小小的差错，预先警觉到沉寂将来临，那就要立刻结束已经变得过分明析的文字。在那个来源可疑的词后面，应该写上一个字母——任何字母都可以，比如I，但以后遇到这种情况就一律写I；把这个字母用作下面那个词的首字母，借以恢复随心所欲的意识之流。[①]

布勒东认为，这样写出来的语言，就是一种没有任何模式，没有任何界限，没有任何成见，具有无限可能性和自由性的语言。这种语言超越了日常的现实，而与人的心理生活中更深层的现实联系在一起，因而是一种最纯正、最生动的表现形式。这种“自动写作法”显然是建立在弗洛伊德精神分析心理学中的“自由联想”的基础上的。他自己也承认，“自动写作”不是他发明的，在超现实主义文学诞生之前，一些心理分析医生就用这样的方法来对病人进行诊断。

布勒东甚至还毫不隐讳地说过：“自动性是从巫师们那里传下来的。”（这种自动写作的巫术或许就是中国民间曾经流行的“扶乩”）布勒东们所要做的，显然是希望用文学创作中的那股“言语流”来导引出文学家心中的那股“意识流”。“意识流”的首倡者威廉·詹姆斯曾经断言：心理中的那股意识之流是无法把握的，它犹如空中的“飞箭”或“飞鸟”，你将它把握在手中，它就不成为“飞”的“箭”或“鸟”了，也就是说，被中止下来加以静观的意识，已经不是原来的那种意识状态。詹姆斯的话当然是有理的。但布勒东们想出的主意是让“主体”也随着“对象”“飞”起来，让作家的言语活动随着作家飞速运转的心理活动一道飞起来。若是仅仅从逻辑上讲，布勒东不是没有道理的。

虽然同是基于意识流的心理学原理，同是基于对现实的一种反叛意识，同是为了从理性和逻辑的专制中解救人类的语言，布勒东仍然声称，他的“自动写作”与乔伊斯、伍尔夫提倡的“内心独白”是不同的。而且这不同是由于“世

① 译文见伍蠡甫主编《现代西方文论选》，上海译文出版社1983年版，第170页。

界观”的不同造成的。意识流小说家们努力去做的仍然是“最近似的模仿生活”(包括模仿内心生活),而超现实主义文学艺术家们更看重的是生活中源源不绝的创造,是生活的自然流势。

布勒东的表白有些矫情。作为意识流小说创作主要表现技巧的“内心独白”,目的是用最简单的句式和直截了当的语汇表达距离无意识范畴最近的心理奥秘,表达那些语言前的意识和语言外的意识,这种技法与“自动写作”在本质上具有更多的相似之处。不同的只是意识流小说家更强调“写的技巧性”,超现实主义的诗人更强调“写的自动性”。

“自动写作”说穿了也并不神秘。布勒东说,“自动写作法”又可以叫做“初稿定稿法”,如果是这样的话。这种超现实主义的写作方法在前文我们讲到的司汤达那里,就已经跃跃欲试了。而在布勒东去世之后,美国的现代派诗人艾伦·金斯堡(I. A. Ginsberg)又承袭了自动写作的衣钵,并形象地把它叫作“心理速写”,认为“在脑中进行速写构思,使用迥然不同的意象去捕捉掠过心头的闪电般的思绪,是诗歌写作的基本方法。”因此,在迪克斯坦的《伊甸园之门》一书中,金斯堡又被称作“新超现实主义者”。

关于“记述梦幻”写法,超现实主义的理论是这样的:梦幻是沉睡与清醒之间的一个奇妙的地段。由于意识监督作用的松弛,主体潜意识中积淀的许多无法预测的东西都在梦境中浮现出来。梦幻,是心灵深处的东西经由无意识深渊溢向日常生活地面的一条通道。文学家如果能如实地记录下梦中的情境,那语言就一定是更贴近人的心灵真实的语言。因此在超现实主义的诗人、作家、艺术家那里,梦幻就成了最受欢迎的题材。其中记述梦幻最为成功的一位“超现实主义者”,是画家萨尔瓦多·达利(Salvador Dalí)。

布勒东和他的伙伴们还发明了诸多“文学游戏”,试图使语词在不受意识操纵的情况下自由拼接组合,从而创生出不可预料的言语效果,以证明语言在无意识的构建中能够产生多么奇特的、绝妙的、富于启迪的魔力。

其中有一种是被称作“奇妙的僵尸”的文学游戏:由几个参加者依次写下

他们此时此刻涌动在心中的一个语词，彼此之间并不交谈，也不知道别人写下的是什么，然后将得到的几个语词依照顺序联在一起，得出一段完全出于偶然的、无意识的语句。据说首次游戏得到的句子是“绝妙的|僵尸|将喝|新酒”。这当然肯定是一种更加“非理性”的语言了。这样的“语言”有什么心灵的内涵呢？超现实主义者解释说，内涵可能是两方面的，一是参加游戏的人们在无意识层面上的心灵感应。一是在无意识、无目的、无理智操作情况下构成的“语句”，可以被意识赋予新的意义，一种“绝妙的”、非常识所能表达出来的意义，一种“言外之意”，或一种“意外之意”。这种愿望，不能说是不好的。布勒东们努力要解决的，也正是中国古代文论中要解决的“意”与“言”的辩证统一的问题。

应当说，超现实主义的倡导者们无论在创作理论、创作方法或者创作实践方面都是动了脑筋，下了气力的。它把文学写作的道路支架在意识与无意识交接的边缘上，从理论上讲的确不无警策之处。

然而，这条道路简直就是一条渺无形迹的游丝，真正要在上面行走起来比上天都难。加之它的理论又常常走上极端，这就使它的适用范围更加受到了严重的局限。它所推崇的这种类乎精神病患者和梦游症患者的谵言妄语的文学语言，对于某些抒写内心朦胧意绪的诗歌来说或许已经取得了某种程度上的成功。而对于内容更为复杂的小说，这无疑是一道“断崖”。布勒东自己也说：超现实主义中自动写作的历史就是一连串厄运的历史。

障碍是一重又一重的。

一是，即要完全排除写作中意识的介入，又要求助于意识来时时监测着无意识的进行，这可能吗？其“自动”的纯粹性、持续性都是值得怀疑的。一个片断或许可以，一部长篇如果不弄虚作假的话，如果不在许多时候背叛“自动”的原则的话，如何一气呵成呢？超现实主义派的中坚阿拉贡（Louis Aragon），在后来写他的小说时也并不是“全自动”的。倒是真有几位诗人决心整天浸沉在幻觉和梦境中的，不幸的是很快便陷入精神失常，有的要上吊自杀，有的则要发疯杀人,写作也就无法进行下去。

二是,自动写作,记述梦幻,以及"绝妙僵尸"之类的文字游戏,其目的都在于交流人们心灵深处那些秘而不宣的内容,那些无比丰富的内容。至于写作从无意识的源泉中吸取上来些什么,据说是具有"无限可能性"的,即什么都可能出来;而读者的接受也无法正常地按理性和常识去理解,也只能用自己的那个"秘而不宣""无比丰富"的潜在心灵去承接,这也是具有"无限可能性"的,即怎么理解都行。遗憾的是,这两个"无限可能性"加在一起。其结果可能等于一个"没有可能性"。当道路无限多的时候,不就等于没有道路吗?这就是说,超现实主义的文学创作与超现实主义的作品的欣赏,超现实主义的作家与超现实主义作品的读者,在绝对自由的言语活动中,几乎是无法沟通的。

布勒东对于自由的强调有些过了头,文学创作完全成了"天马行空",文学在傍无依托的虚空中显得有些"失重"。

有趣的是,就在布勒东张扬他们的"自动写作"时,在东方的中国,一位刚由美国学习"塞尚""马蒂斯""西涅克"归来的画家闻一多,却改行写诗,并提倡诗人们应当学会"戴着镣铐跳舞",要在讲求诗歌语言的音节和谐、词藻优美、章句匀称的基础上,努力创造诗歌语言的音乐美、绘画美、建筑美,从而营造诗学的新格律,他当然也是做出了一番成绩的。

能否在信马由缰的"自动写作"与"戴着镣铐跳舞"之间为文学言语的生成选择一个更好的通道呢。

好的文学语言,应当是能够真切地再现"心灵中感应到的气氛"的语言,应当是能够更多地捕捉到"潜意识里的喧嚣与骚动"的语言,应当是一种能够自由地、豁畅地言说着的语言,应当是一种永远创造着、常青不凋的语言。它既不是一团漫漶无章的谵言妄语,又不是一篇巧为编织的佳词丽句;它既不是一个虚幻缥渺的幽灵,又不是一套镶金裹银的服饰,它本身就应当是一个鲜活的生命躯体,一位天生丽质可视、可亲的妙龄女郎。

也许,这就是一种"裸体语言"。

4.4 袒露内部语言

对于这种语言的追求,必将使我们回溯至言语发生的源头,回溯到那"弓之满月""苞之含露"、将发而未发、即现而未现的刹那间,回溯到"日出东海""胎儿临盆"那吞吐欲出的刹那间。

前苏联一些杰出的心理学家对于"内部言语"的研究成果,为解决文学的这一难题提供了诸多启示。

上世纪七十年代,苏联神经心理学家 A. R. 鲁利亚(Alexander Romanovich Luria)从大量临床观测入手,对于人的大脑中言语形成与言语感知的真实过程的研究做出了突出贡献。他继承了他的老师维戈茨基在《思维和言语》(1934)一书中的思路,提出了"内部言语"的概念。

以往,在英美语言学界,关于"内部语言"的解释是很简陋的,认为它只是一种不出声的自言自语,一种默读,在语言学研究中并不具备重要意义。鲁利亚则赋予了这一概念以新的、丰富的内涵。

鲁利亚认为,"内部言语"是主观心理意蕴与外在言语表现之间一个十分重要的中间环节,具有这样两个特点:

(一) 功能上的述谓性。即内部言语总是与言语者欲望、需求、动作、行为、知觉、情绪的表达密切相关,动词、形容词占较大的比例。

(二) 形态上凝缩性。没有完整的语法形态,即句法关系较为松散,缺少应有的关联词,只有一些按大体顺序堆置起来的中心词语,所含意蕴是密集的。

在鲁利亚看来,内部语言是一种体现着言语主体强烈的欲望和需求,充满了言语者浓厚的情绪和情感,黏附着言语者丰富的心理表象和意象,蕴涵着语言的充沛的生殖力的言语活动阶段。鲁利亚还强调指出,内部语言因此而具有突出的“主观性”,内部语言是言语者“个人涵义”上的语言,属于“个人”的语言。这种语言显然与司汤达、波德莱尔、瓦莱里、布勒东追求的文学语言有很多相似之处。鲁利亚在从事他的神经心理语言学研究时似乎并未专门议及文学言语,然而在我们看来他关于内部语言的论述很有可能打通文学言语生成过程中的难关。

在鲁利亚看来,言语,包括内部言语,决不仅仅是思想的表现形式,它同时还是思想的生产方式;不仅仅是思想的物质外壳,还是构成思想的操作手段。在他看来,由内心意蕴到外部言语的基本过程是这样的:

(一)起始于某种表达或交流的动机、欲望、总的意向;

(二)经过内部言语阶段,此阶段以“语义表象”的格式及其潜在联系为基础;

(三)形成深层句法结构;

(四)扩展为以表层句法结构为基础的外部语言。①

显然,鲁利亚还是吸收了乔姆斯基的某些思想的,与乔姆斯基那种封闭的结构主义研究路线不同,他作为一位心理学家,更注重言语的交流和运用,更强调言语的本体性、情景性。

鲁利亚的一些后继者还进一步从大脑生理解剖的角度来印证他的理论。认为思维并不仅仅是通过语言代码进行的,不只是在大脑皮层上进行的,作为第二信号的语言仍然与动物所共有的第一信号系统的生理感知机制保持着复杂的联系。大脑皮层下司管形象记忆和情绪记忆的诸多更为原始的大脑部位也在参与语言的活动和思维的活动。这就是说现代人类使用的“高级语言”,它的生命的根须依然是深扎在原始的生命体验机能之上的。内部语言恰恰是“原生意象”和“语法规则”这两个极端之间的一个融合地段,是言语在生成过程中一个最生动、最丰富、最美妙、最具张力的瞬间。

---

① [苏] A. R. 鲁利亚:《神经语言学》,北京大学出版社 1987 年版,第 37—38 页。

在文学创作中，如果诗人、小说家能设法及时地捕捉到这种“内部语言”，如果他们肯把这种“内部语言”直接袒露到稿纸上，那么大约就会得到一种保存有原生状态的、饱满自然的语言。这语言将像清新健康的裸体一样，富有生命自身的力度和美感。

从中国新时期头十年（1979—1989）文学创作的实际情况看，诗人小说家的言语操作明显呈现出“向内转”的趋势：由外指向的语言转换为内指向的语言，由以语法、逻辑为准则的外部语言转化为以语词、意象为重心的内部语言。这种文学言语的整体位移可能在诗歌创作中表现得最为突出；就小说创作而言，这种转换应该说是以王蒙为首倡的。从韩少功、郑万龙、陈村、李锐、李佩甫等小说家在1985年之前与之后的作品中，我们可以明显地看出文学言语形态的转变，这几乎可以说是一种“突变”，就像刚刚翻过一架山一样，山这边和山那边完全是两种不同的风景。一篇题为《陈村近作中的“变体”现象》的评论文章曾经谈到：陈村的小说语言在近年里发生了一种“创造性的变换”，这是一种“随着语言机制的放松而自由感觉的流泻”。对于另外一些小说家来说，他们的创作天性里原本就更多地具备了言语的心理内向性，如张承志、莫言、残雪。他们的言语风格，其中特别是莫言，我总觉得是闻一多与布勒东的媾合。莫言在《欢乐》中写下的这段文字更加坚定了我的这种判断：

> 跳蚤在黑暗中像子弹般射来射去，像鬼火般闪烁着的是老鼠的眼睛，它们把家里除了瓷器和铁器外的家什全都咬过了。一个老鼠从母亲肚腹上爬去，母亲浑然不觉，老鼠无动于衷。我仿佛觉得母亲变成了一具木乃伊，没有生命，没有感觉，没有一点水分。窗外雨脚如麻，东倒西歪，田野里蛙声如潮，此起彼伏。在蛙声和雨声混合成的浪潮中，我昏昏欲睡，冰凉的潮气搀杂着青蛙肚皮下的腥味和泥水的腥味涌进屋子，我的头脑灼热身体却在颤抖，跳蚤的身体灼热头脑冷静，它们的身体在冷热不均匀的气团中膨胀变大，芝麻、黄豆、枣核，膨胀到枣核大时便定形，跳跃，而且嚎

叫，叫声很尖厉，酷似阳春三月儿童们口中的柳笛和芦哨。……老鼠像丘陵上的一片黑色的森林，跳蚤像森林中成千上万只飞鸟。跳蚤像弹丸般射来射去，射到老鼠上，射到老鼠下；射到老鼠前，射到老鼠后；射到老鼠左，射到老鼠右。跳蚤在母亲的紫色的肚皮上爬，爬！在母亲积满污垢的肚脐眼里爬，爬！在母亲的泄了气的破皮球一样的乳房上爬，爬！在母亲弓一样的肋条上爬，爬！在母亲的瘦脖子上爬，爬！在母亲的尖下巴上、破烂不堪的嘴上爬，爬！母亲嘴里吹出来的绿色气流使爬行的跳蚤站立不稳，脚步趔趄，步伐踉跄；使飞行中的跳蚤仄着翅膀，翻着筋斗，有的偏离飞行方向，有的像飞机跌入气涡，进入螺旋。跳蚤在母亲的金红色的阴毛中爬，爬！——不是我亵渎母亲的神圣，是你们这些跳蚤爬，爬！跳蚤不但在母亲阴毛中爬，跳蚤还在母亲的生殖器官上爬，我毫不怀疑有几只跳蚤钻进了母亲的阴道，母亲的阴道是我用头颅走过的最早的、最坦荡最曲折、最痛苦也最欢乐的漫长又短暂的道路。不是我亵渎母亲！不是我亵渎母亲！！不是我亵渎母亲！！！是你们，你们这些跳蚤亵渎了我的母亲也侮辱了我，我痛恨人类般跳蚤！写到这里，你浑身哆嗦像寒风中的枯叶，你的心胡乱跳动，笔尖在纸上胡乱划动，纸上留下了奇形怪状的线条，极像你的心灵运动的轨迹。战抖过后，你感到全身疲惫，腹中十分饥饿，嘴里洋溢着一股金子般的滋味。你又拿起了笔。我听到了涨水的墨水河发出狮子吼叫般的声音，我闻到了水蛇和燕子的腥气，并为田野的野兔子、田鼠、刺猬、獾、狐狸担忧。写到这里时，你被一声沉闷的响声惊起，握着笔，你思索片刻，心绪平静如初，便又伏下身去……①

莫言的这段文字曾经招致不少批评，批评者的着眼点往往只是小说家字面上的“猥亵”，而没有注意到小说家文学言语的审美特质，其实这段文字的后

① 见《人民文学》1987年第1、2期合刊，第13—14页。

一部分已经讲述了小说家写作这段文字时近乎迷狂的心境，这文字正是一颗癫狂心灵的内分泌。鲁迅在《野草》中写下的也是这类文字，莫言的感觉、感情可能比鲁迅还要更狂放些，只是他的文化积淀尚不及鲁迅，达不到“秋夜”“复仇”“死火”“墓碣文”“颓败线的颤动”诸篇在文学言语方面的犀利与精准。此外，还有许多已经做出了很多成绩的小说家，也正在挣扎着进行文学言语形态的转换，他们以往的成就往往使他们目前的转换变得非常困难。

当然，袒露内部语言也是袒露自己，这既需要人的格调也需要写的勇气。正如海德格尔说的，只有那敢于潜入深渊并体验着深渊的人，才能够把握并领悟诗性的语言。这里我还希望加上一句：只有那些敢于潜入深渊、并体验着深渊而终于能够浮升到深渊之上的人，才能够言讲出这种真正富有文学魅力的语言。

洪堡特在讲到“内在语言”时说：“语言的内部规律实际上正是语言创造过程中精神活动所遵循的轨迹，心灵的所有力量都投入了语言的创造活动；人的内心世界中再精深广博的东西，也都可以转化为语言，在语言中得到表现。”“才华横溢的作家使词语获得了这种崇高的内容，而一个活泼的、敏于接受的民族会采纳这一内容，并把它传递给后人。”①

袒露内部语言实际上也是袒露作家自己的心灵，其中肯定有比技巧更为重要也更为困难的东西。首先是有没有一个丰厚蕴藉的心灵；其次是如何将它付诸言语的呈现。

文学家独自丰厚蕴藉的心灵往往就是他(她)在罕无人迹的原野里孤寂地守护着的一片黑夜。心灵的丰富经常需要的是心灵的封闭和孤独，而文学的创造又催促着作家心灵的敞开与袒露，真正的写作是将作家钉上心灵拷问的十字架，是崇高，也是酷刑。

---

① ［德］威廉·洪堡特：《论人类语言结构的差异及其对人类精神发展的影响》，商务印书馆 1999 年版，第 102 页，第 110 页。

就在我撰写此书的时候,我读到王安忆的《流水三十章》,关于这部长篇小说我们曾有过几次通信。在一封信中王安忆曾如此沉重地写道:

> 我既要将心的底层中的黑暗的东西真实地挖掘出来,又要艰苦地与它保持批评的审美的距离,激情与理性总是在作战,写完之后我感到心力交瘁,这时候再回想以往轻松地写下了那么多东西,便有些悲哀地发现,那一个快乐的年岁是过去了,自己已经是人到中年,而这时候才真正地投下了文学这一个地狱,搞文学是一桩多么不幸的事啊。

王安忆的追求和追求中的苦难感,在我看来是与司汤达、波德莱尔、瓦莱里、布勒东,与一切执着于文学创造的圣徒们一脉相连着的。

4.5 潜修辞

前边曾提到,瓦莱里把作家的写作风格区分为这样两种:一种"延续修辞",一是"瞬间修辞"。

一般人在写作时,或一般的写作教科书在指导人们写作时,总是遵循这样一个过程:列提纲,打草稿,反复推敲斟酌,修改,誊清。写作时要处处考虑到字眼的选择,词句的配搭,上下文的衔接,以及语法逻辑的合法合理,写作在持续的比较、分析、构思、综合中进行,写作有时就像一个苦修苦炼的和尚:"吟安一个字,捻断数茎须""二字三年得,一吟双泪流",这该是典型的"延续性修辞"了。这种写作方法在很多情况下总是很有用的,即使大作家、大诗人也不能全然舍弃掉这种方法。

但在文学创作中还时常会看到这样的情形:写作时言语自动地、不可遏止地在笔下喷涌,妙语警句如同打开了闸门的流水一样倾泻而出。具体写什么，落笔前还不是很清楚，甚至写到了纸上也仍然不是很清楚。① 灵感之风吹得正猛，连翻一下稿纸都怕阻塞了文气的贯通，都怕耽搁了文字的行程。作家似乎不是在用言词语句建造他的作品，而是作品已经完成了（何时完成的他自己也不清楚），犹如胎儿已经在母腹中躁动，宫颈已开，羊水已破，快，快！只须把带着格子的产褥铺下，孩子就要哭喊着降临到世界上来。文学的成果诞生在瞬间，文学的修辞是在瞬间完成的。对于长期搞文学的人来说，这种创作心境不可多得，总是被人们当作天籁和神迹，因而也总是被人们当作最好的创作心境，多年前我曾在《论创作心境》一文中讲到这一点，并猜测着这里可能隐匿有文学言语的重大奥秘。

现在看来，"延续修辞"与"瞬间修辞"在写作心理上的一个最大的不同是：前者是在意识和理智的指导下进行的，逻辑和法则起着决定作用；后者是在情绪饱满、意识朦胧中进行的，潜意识和潜操作发挥着巨大作用。前者的言语基础是社会的文化共同性，后者则是个体心灵的独特性。前者的言语成果容易为公众认可并接受，后者往往只能在一部分人中发生共鸣，开始时尤其如此。如果说"延续性修辞"偏重于技巧和制作的话，那么"瞬间性修辞"则是更多地借助天性、直觉和灵感。

"瞬间修辞"可以看作"言语在潜意识中完成的创造"。创造是瞬间呈现出来的——这仅仅只是现象，还应当看到在此瞬间呈现之前，这种言语的创造也还有一个过程，甚至有一个漫长的过程。

至于潜意识在文学艺术创造中的作用，早在弗洛伊德之前就已经为许多诗人、作家所珍重。

比如，席勒在和歌德的通信中就曾反复讲到这些："经验证明，诗人在无意识之中获得唯一的出发点……如果没有一个类似于此的完整、模糊而有

① 前边我们曾引过莫言的一段文学作品，这里我们再来引他一段创作谈："写作开头的时候，我常常并不清楚自己究竟要写些什么，等到快一半时，眼前才会一下子豁然开朗。噢，知道大概要写什么了。"文章见《文艺报》1987年1月10日。

力的观念，如果这一观念不是产生在技术能力之前，要想产生诗歌是不可能的。”

歌德在回信中则说：“你在上二封信中所提出的观点，与我的看法完全一致。我走得甚至比你更远。我认为，只有进入无意识中，天才方成其为天才。天才的人可以像其他人一样，按照理论行动，他可以经过深思熟虑并且充满自信地去行动，但这些可以说是附带的。”

如果套用一下歌德的话，我们也许可以这样说：文学上的“天才”在创作中当然也要使用凭借智慧和技巧的“延续修辞法”，然而这只能是“附带”的，他之所以被称为“天才”，是因为他能够进行“瞬间修辞”，能够时常行走出入于无意识之中。

后来，接受过弗洛伊德精神分析心理学洗礼的文艺理论家们，对于潜意识在文学艺术创造中的作用更是做了大量详细的论述。像《艺术的潜在次序》一文的作者A·埃伦茨韦格就断言：伟大艺术的不朽，是因为它是在心理的深邃的、散乱的、无意识的底层获得营养的，同时也是因为其原有的表层意识不可避免的丧失而形成的。我国学者吕俊华在《艺术创作与变态心理》一书中也曾对潜意识的创造力有过专门的论述。①

那么，对于文学的创造来说，那些光辉不朽的文学言语究竟是如何在潜意识的地层中生成的呢？在文学家的潜意识心理中，文学言语的修辞是可能的吗？

已经有了不少经验和实践证明，人类的言语活动，包括外国语的学习，都是可以在潜意识中，在睡眠或催眠状态中进行的。弗洛伊德关于“语误”的详细研究可以作为这方面的一个例证。又如，1979年联合国教科文组织在索菲亚举行的“教学暗示法国际会议”上提供的资料证明，一些毫无英语知识的人

① 吕俊华：《艺术创作与变态心理》，第5章：“潜意识的创造功能”，三联书店1987年版。本节采用了该章提供的一些资料和数据。

经过三天在催眠、半睡眠状态下的暗示教学，已经可以比较自由地使用相当数量的英语词汇，在意识清醒时需要 289 个学时完成的教学内容，在催眠状态下 160 个学时即可完成。还有一位从未学过英语的女医生，经过 28 个晚上的催眠学习，便初步掌握了英语会话，顺利通过了英语专业一年级的考试。这些例子也都证明了人在潜意识或意识朦胧不清的状态中是可以进行复杂的言语活动的，而且在这种心理状态里，言语活动的效率甚至还更高些。

那么，文学创作能否在睡眠或催眠中、在无意识或梦境中进行呢？没有见到过此类实验的正式报告，但在历来文学家的创作实践中我们可以发现许多这样的例子。在中国古代，有“李白梦笔生花而才思益进”“江淹梦得五彩笔而文章大成”，似乎都是从梦中获得文学言语的，这些传说，姑且不论。谢灵运、苏东坡、刘克庄都曾记述过自己在“寤寐间成佳句”“梦中有作”“梦中赋诗”的经历。曹雪芹在《红楼梦》中活灵活现地描写了香菱在梦中学习做诗的全过程，想来他自己也该是有这方面的经验的。

后来，还有人把在无意识状态中从事艺术创造总结出成套的方法来。布勒东的“自动写作法”算是失败的教训，而超现实主义的大画家达利，在充分利于睡眠从事绘画方面却是获得很大成功。他曾这样介绍过他的经验：“我尽力使自己在入睡之际仍旧盯着画架，以便在睡眠中仍保持着对图画的印象。有时候我半夜爬起来，就着月光端详一阵图画；有时一觉睡醒之后，我开了电灯凝视着这幅从未离开过我的画……当画面上确实出现了想象出来的形象之后，我就趁热打铁，立刻把它画下来。”

这里说的虽然是绘画，其实不少从事文学创作的人也是这样：晚上，他带着一团剪不断、理还乱的意绪睡去，五更天醒来，当周围还是一片静寂的时候，脑海里的诗句或文句却像鱼儿一般在水面浮起，它们游动着、唼喋着、泼喇喇地跳跃着，清新极了，生动极了，美妙极了。马雅可夫斯基说，每遇到这种情况他就轻轻地爬下床来，连鞋子也顾不上穿，灯也不敢打开，摸索到纸笔后便在昏暗中把这些零散的文句记下来。有些作家照常在枕边放着纸、笔，以便在睡梦醒来及时记录下梦中的情境。睡觉对于诗人和作家来说是如此重要，以至法国诗人圣-波尔·卢每天在就寝的时间里反倒要在他的别墅大门上挂一块“诗人正辛勤劳作”的牌子。

例子不用再一一枚举了。问题在于如何对潜意识中进行着的文学言语活动作出理论上的解释。下边我们试图提出以下几点：

（一）成功的文学作品总应当是一个有机的整体，一个絪缊浑沦的整体，中国古代文论中称之为“浑然一体，天衣无缝”，依照现代的说法该属于“气氛型综合信息”。对于这样的对象的把握，单纯依靠理解、逻辑、技巧是不够的。有意识的注意是条理的也是单一的，是准确的也是狭窄的，犹如透镜的“焦点”，可能非常有用，然而并不能从整体上把握文学要表现的对象。整体把握往往是直觉的把握，这倒需要把意识的焦点扩大为一种“弥漫性的散视”，也就是说放松一下意识的控制，模糊一下注意的焦点，这样才能把对象整体涵泳在自己的心灵之中，才能使创造主体与要表现的对象沟通、融浑起来。奥地利艺术理论家埃伦茨韦格（Anton Ehrenzweig）说：“在创造性的头脑中，无意识的散漫的意象以及它的梦幻似的弥散目光被利用来进行高度技术性的工作，协助建立艺术的复杂次序。”看来，作家为了建立起作品的文本这一超级复杂的艺术秩序，就必须从意识的焦点后移，移到一个意识之光更为弥散、朦胧的地段上，那么，睡眠和梦境也就理所当然地成了潜修辞的一块活动基地了。

（二）由于有意注意的退隐，创造主体言语机制中原本石块般结实的概念、铁链般牢固的逻辑、钢筋般坚硬的语法规则便开始“软化”和“松动”，语词的选择和置换、句段拼接和组合都出现了更大的可能性。就像一个人在白天清醒的意识中从不会在悬崖上飞奔、在水面上疾走、与街上的狗对话、与死去的人打架，而在梦中却会非常真切地出现一样。这种置换与组合的灵活性、生动性常常给文学言语的修辞带来出人意外的独特和新奇。

（三）由于在弥散性意识中主体知解力的下降，言语活动的意象性、情绪性增强，语词的意象化、情绪化使语词更加显现出个人的风格和色彩。

或许,意识的放松不只是睡眠和梦境。

马雅可夫斯基在一次从萨拉托夫回莫斯科的火车上与一位同座的姑娘谈天,为了证明他对她没有邪念,他脱口说出:"我不是男子,而是穿裤子的云",当时他自己也为这优美的句子惊呆了,后来他以此为题写下了那首著名的长诗《穿裤子的云》。这种情形大约就是我国清代诗人袁枚所说的"凡有著作,特寡思功,须其自来,不以力称"了。或许应当说,在潜修辞的过程中,比起知解活动来说,情绪活动要发挥着更大的作用。

我的一位正在研究情绪问题的朋友坚持认为"情绪"与"情感"不同,"情绪"是一个"超心理学"的问题,它是前逻辑的,前语言的,前理解结构的,属于"潜意识"的范畴,情绪一旦进入意识,一旦对象化,它便不再是"情绪",于是就成了现世生活中实在的"情感"。我并不同意她对心理学的偏见,但把"情绪"看作人的心理纵深处潜意识的活动状态,我是完全同意的。而且,对于诗人、小说家来说,这种潜态中的情绪活动,正是支配着他们进行言语操作的内驱力。

小说家沈从文深知此中三昧,他谐趣地把这个由情绪到言语、到文字的操演过程叫作"情绪体操"。他说,"情绪的体操",实则是"一种使情感'凝聚成为渊潭,平铺成为湖泊'的体操,一种'扭曲文字试验它的韧性,摔打文字试验它的硬性'的体操。"①当一个作家光是"读书求解"不行,还要把这"情绪的体操"作为自己必修的主功课。要作到像服侍自己热恋的女人那样来服侍你笔下即将诞生的文字,这样的文字才会回报你以温馨、活力、爱意和激情。马雅可夫斯基乘火车时在那位女郎面前显得那样才华横溢,或许他已经先为那位姑娘的风韵所打动,已经在内心操练着他的"情绪体操",于是,美妙的辞句也就随着这情意的河流从心灵的峡谷中倏忽漂来。

关于"瞬间修辞"的心理机制,以上讲了许多,但这仅仅也只是讲了问题的

---

① 《沈从文文集》,第 11 卷,三联香港分店 1984 年版,第 328 页。

一个方面：言语活动主体的心理状态对言语活动的支配作用，即言语如何在言语者的心理流中涌动和浮现的，这可以说是“言随意转”的一面。还有问题的另一面，即言语自身的关联性、系统性、生成性在“瞬间修辞”中的作用。

前边，我在批评结构主义语言学时，反对它把语言只看作一种关系、一种系统、一种结构，但是我们并不拒绝承认语言中存在着系统的关系与结构，进而还倾向于认为这是一种超级复杂的关系、结构、系统，它不是固定的而是流动的、它不是封闭的而是开放的，对于人和人的世界来说，它几乎是趋于无限开放和永恒流动的。

美国语言学家富兰克林·福尔索姆(Franklin Folsom)说，从语言产生以来人们总共已经说了大约一亿亿个词，各个民族目前正在使用的词汇量也是一个很大的数字，而词与词的组合更具有广泛的可能性。有人断言，任你随便说出两个多么不相干的词，他在三句话内都可以合情入理地把它们组合在一起。试验的结果，此人竟总是成功。

语言自身的这种粘连性为瞬间修辞的出奇制胜提供了可能，如果把写作时的遣词造句比作钓鱼的话，作家一竿子钓上来的往往不只是一条鱼，而是一串，有时甚至还不仅是一串鱼虾，甚至连水中的阳光、水鸟的倒影也一并钓了上来。

由于人类语言自身组织上的这种粘连性，人的言语活动即使不从心理学的角度看而单从语言学的意义上来讲，也是具备了流动性的。文学创作，其实就是作家自由地在“心理流”“言语流”汇流中漂浮前进。[①]“瞬间修辞”，有时体现为文学言语在潜意识中的“优化组合”，有时体现为文学言语在语义圈中的自动选择加工以及由此引起的连锁反应。倘若要再严格地区分一下，前者或许应当称作作家在无意识中的“内修辞”或“潜修辞”，后者方可称作确切意义上的“瞬间修辞”。

---

① ［苏］A. R. 鲁利亚：《神经语言学》，北京大学出版社 1987 年版，第 33 页。

文学创作中的“内修辞”“潜修辞”“瞬间修辞”是世界现代派文学运动中谈得最多的一个话题，意识流小说的“内心独白”，达达主义的“打烂逻辑”，超现实主义的“自动写作”，“垮掉的一代”的“心理速写”，无不与此有关联。

而在中国，对这些话题谈得最多的则是在古代，前边我们已经讲到一些例子，而对这个问题谈得最好的应数西晋时代的陆机（公元 261 年—303 年）的《文赋》。且看下边谈文学创作之始的一段妙文：

> 其始也，皆收视反听，耽思傍讯，精骛八极，心游万仞。其致也，情曈昽而弥鲜，物昭晰而互进。倾群言之沥液，漱六艺之芳润。浮天渊以安流，濯下泉而潜浸。于是沈辞怫悦，若游鱼衔钩，而出重渊之深；浮藻联翩，若翰鸟缨缴，而坠曾云之峻。收百世之阙文，采千载之遗韵。谢朝华于已披，启夕秀于未振。观古今于须臾，抚四海于一瞬。

这段话集中描述了文学创作中“意”与“辞”，亦即“心理”与“言语”之间的复杂关系，在我看来，上述“内修辞”“潜修辞”“瞬间修辞”的精神已经包含在其中了。这里，我们撷取历代学者对此的一些注释稍加说明：①

（1）“收视反听，耽思傍讯”即是指为文之始，切断外向的视觉、听觉，令其收返向内，亦虚亦静，如佛家闭目冥坐。这实际上是说创作的前提是从有意注意退回意识的弥散状态，把物理的时空转换为心理的时空。

（2）“情曈昽而弥鲜，物昭晰而互进”，讲的是充满情绪和表象的文思由朦胧模糊渐至清晰明彻。

（3）“浮天渊以安流，濯下泉而潜浸”，讲的是“词藻之来也，有时如春潮暴涨，安然顺流”“更如下濯于泉水，晴暗浸入，无微不至焉”，这该是说言语在心理流中的升潜浮沉。

---

① 参见张少康编著：《文赋集释》，上海古籍出版社 1984 年版。

(4)“于是沈辞怫悦,若游鱼衔钩而出重渊之深;浮藻联翩,若翰鸟缨缴而坠曾云之峻”,这是说创作进入真境之后,笔下的词句便会像鱼儿一般在作家的心理流中吞吐跳跃,便会像鸟儿一般在作家的言语场中飞绕盘旋,并终于被创作家在弹指间捕获。

(5)“谢朝华于已披,启夕秀于未振”,是讲由此写下的文学言词总是新鲜的,独创的,像含露待放的花苞。

(6)“观古今于须臾,抚四海于一瞬”,再次强调文学言语诞生在“须臾”和“瞬间”。

古今中外文学家们尝试并总结出的这些“潜修辞”“内修辞”“瞬间修辞”的方法,在我们看来,也是袒露内部语言、呈现裸体语言的重要手段。“裸体语言”看上去是不假雕饰的、未经修辞的,然而却生动鲜明、流畅自然。它可能经过了作家在无意识中的“内部修辞”,意象的拼接、语词的搭配、句式的组合可能已经在不经意间完成,临到写作时只需将它们轻轻吐出即可,写作变得和“呼吸”一样自然。

“裸体语言”的呈现似乎与作家创作时的生态活动也有着更多的联系,作家笔下的择字、选词、造句、谋篇与作家体内的呼吸、心跳,与作家情感的起伏、张弛直接相关。生理的节奏、心理的节奏同时也成了“文理”的节奏,于是创作达到一种巧夺天工的浑然。早在1927年泰戈尔和罗兰的一次谈话中就说过,诗、绘画或音乐这些艺术的起点是呼吸,即人体内固有的节奏。我们不妨进一步推测,中国古代文论中讲的“行气如空”“行神如虹”,是否也和文学家的“呼吸”或“运气”有关呢?当然,这样的文学语言,靠的是文学家多年修炼的“内功”。

正因为“裸体语言”是在各自母体的丰厚蕴藉的心胸中孕育而成的,所以它总是表现出诗人、作家们各自强烈的独特的个性。正如人们穿着的服饰可以成批生产,而人们各自的肌肤容颜却永远只能属于个人一样。

“裸体语言”是最有个性的语言,最有风格的语言。退一步说,即使大家都

“裸体”，各人的肌理、形貌、气质、风韵也仍然不会雷同，其个性特色要比人人打领带、抹口红鲜明得多。

补记：莫言与裸语言

本章第四节“袒露内部语言”，将莫言小说《欢乐》中的一段文字作为“裸语言”“潜修辞”即袒露内部语言的一个案例。当时，莫言的不同寻常的小说语言受到评论界的热议，反对的声音很有些刺耳。出于我自己的话语理论，我对莫言的这种如同山洪暴发的言语发自内心地赞赏。特意将其写进书中，也是在表示我对莫言文学创新的声援。

有趣的是，在我最后修订《超越语言》的书稿时，我和莫言有过一次意外的交集。下边的文字摘自我的 1989 年 12 月 15 日日记：

> 于鲁院招待所房间修订《超》书稿。冬日阳光由窗外射至书桌上，屋内温暖如春。掩卷而坐，万念俱寂，不知日之西斜也。
>
> 黄昏陈丹晨率众人至朝阳门北小街 96 号访王蒙。此乃四合院，王蒙与夫人崔瑞芳热情款待。返鲁院，已近十一时。
>
> 得知莫言来访不遇，遂回访之。谈及莫言语言，《超越语言》书中有一段将莫言与布勒东、闻一多、鲁迅相比较，莫言连称有愧。余曰，文学家中皆兄弟，无辈分。别，莫言赠书二册，一为《十三步》，一为《欢乐十三章》，余以《文艺心理阐释》回赠。夜深，招待所大门紧锁，无奈，借宿他处。

日记是简略的，所谈当然不止这些。这时的莫言正处于创作的亢奋状态，有时一天可以写下上万字，有时又踟蹰徘徊滞涩不前，语言的狂欢夹杂着语言的痛苦，与十九世纪以来许多文学大师的话语经历相仿佛，也与我书中力挺的文学创作心态相吻合。文学家独自丰厚蕴藉的心灵，就是他在罕无人到的原野里孤寂地守护着的那片黑夜。只有敢于潜入深渊并体验着深渊的人，才能够袒露那诗性的语言。

十多年过后，2005年莫言在创作他的惊世名作《生死疲劳》时，仍然保持着这种饱满而又狂放的创作心态。43天时间里写下55万字，写尽生生死死的六道轮回，写尽50年中国乡土的风云流变。可以想象，莫言内心的感觉、直觉、意识、情绪夹杂着电闪雷鸣般的灵光、顿悟，几如爆发的山洪直接由心头涌向笔端、漫灌到稿纸上。大气磅礴、荒诞怪异、不拘一格、非同凡响；或曰超验想象，或曰顺口开河；或曰自由叙事，或曰口无遮拦；话语的激浪裹挟着倾诉的狂欢，此时诞生的便是从心灵的深潜处跃出水面的原生态语言，裸语言。

那次会见后，我和莫言都在忙自己的事几乎没有什么交往。直到2010年他的长篇小说《蛙》在上海文艺出版社出版，责任编辑曹元勇博士送我一册，扉页有莫言的题词：

枢元先生正我。

多年前在鲁院相见，当时情景犹如眼前。

庚寅9月，莫言于京

他竟然还记得20年前的那个漆黑的夜晚！这让我很感动。我读完他的《蛙》后，心情久久不能平静，便给元勇博士写了一封电子邮件：

元勇：

我离开北京在郑州逗留数日后，又到南京开会，方才回到苏州。

莫言送我的《蛙》，我已经读完，这是我多年来很少一字一句阅读的小说。我很喜欢这部小说，篇幅不大，内蕴却堪称浩瀚；说的是“计生”，却映照出中国近60年的历史缩影。我对这部小说的偏爱已经达到这种程度，在北京、南京我都曾对一些评论家讲：仅凭此书，当获诺贝尔奖无愧。我没有获得更多的响应，但人们也承认，莫言作为一个世界级小说家的形象已渐渐清晰。

我对这本书的偏爱，可能还由于我最近关于中国当代文化的思考，此前我已经写进我的一篇文章里：60年的新中国文化，前半是“政治革命”，后半是“经济市场”，前半是“真诚的残酷”，后半是“丧心的癫狂”，两种文化的无缝对接，便是种种怪相迭出的潜在推手。而60年来，最可怜的还是中国农民，一再被剥夺、被戏弄，在今天的“城市化”运动中，以往作为“革命主力”的农民，这次就要被彻底革命了！

莫言的书使我更自信于这一判断，你一定要代我谢谢莫言！

祝好！

枢元，2010－10－29　11：39：54

莫言当即就给了我回信：

枢元教授吾兄：

看到了高足曹元勇转来的邮件。

您对《蛙》的表扬让我汗颜，出版后，还是感觉到有很多缺憾。

二十多年前，在鲁迅文学院，见过您一面，后来再也无缘相见。但与您的几位高足：何向阳、曹元勇、曲春景等，倒是时常见面，并建立了深厚的友谊。学生是老师的镜子，从他们身上，可以看到您的人格影响。

我1997年离开军队后，在检察日报社干了十年，07年又调到中国艺术研究院工作。

您现在在苏州大学？明年当去拜访求教。

致礼！

莫言，2010－10－29　17：23：46

好的作品有未来，好的作家有未来，历经久远的好作家应该有光辉的未来。也还是让我说着了！就在《蛙》出版两年后，莫言踏上了瑞典国王在斯德哥尔摩为他准备的红地毯。莫言的名字终于与福楼拜、司汤达、布勒东、马尔克斯、鲁迅、闻一多……排在了一起。

第五章　精神的升腾

5.1　突破与超越

对于人类来说，语言真是一个好东西，也真是一个坏东西：它给人类的存在确立了疆界，也使人类画地为牢遭到了囚禁；它给人类一条广阔的地平线，又以这条线遮住了人的视野，它给人类提供了一柄开天辟地的利斧，却又从此分裂了人类那原始的质朴和浑沦的本真；它给人类佩戴上金光闪闪的项链手镯，也给人类披挂上沉重的镣铐枷锁。

矛盾是从很早很早的"命名"活动就已经开始了的。

动物学家说，猫儿、狗儿把照料豢养它们的主人看作自己的"妈妈"，猫儿、狗儿没有命名能力，它们的"猫妈"或"狗妈"的涵义是模糊的，是泛化的，因此它们也不接受哪一个"猫妈"或"狗妈"的专制。在一个不会说话的幼儿眼里，一切向他走来的成年男子都可能成为他的"爸爸"，这和"猫儿""狗儿"的情形原本是差不多的。但不久他便被人教会了"命名"，只有"这一个"才是他的

“爸爸”,“爸爸”就是和妈妈一起生出他的人,他是属于“爸爸”的,“爸爸”就是家长,就是大人,就是权威。“爸爸”就是“父亲”——父命不可违的“父”,天地君亲师的“亲”。还有,爷爷就是“爸爸”的“父亲”,爷爷自己也还有父亲……孩子随着语言的长进终于知道了“爸爸”的既有的语义,于是孩子也就完全置身于“爸爸”语义的笼罩和覆盖之下,他必须在“父亲”一词所规定的意义上对待那一个成年的男人。

人掌握了语言,语言也掌握了人,人于是永远地成了一个在“大人”支配统治下的“小人”(你看《二十四孝》中的那个摇着“拨浪鼓”的老莱子就是这样一个典型)。

“命名”打破了宇宙之初人与自然的和谐。“命名”就是“定义”“概念”,就是“确定”“判断”,就是“区别”“知解”,这固然由此生出许多“圣贤”和“智慧”,但这却是以人的本真之性的分裂为代价的。当万物诸种纷纷降临人间的时候,万神之母的“瞬息神”便永远地失去;当诸种机械涌入人的世界时,人自己也变成了齿轮和螺丝钉;当计算机、电脑给人带来从未有过的便利时,人自己也变成了数字、代码、符号、信息。语言带给人们很多很多,语言也从人这里取走很多很多。无怪乎马尔库塞连连惊呼:人在语言的“暴力统治”下已经沦落为一种“单面的畸形人”。

在目前中国大地上已经掀起的“性启蒙”浪潮中,语言显然是起了推波助澜的作用的。不用去详细地统计,仅看看各都市、城镇、村集大小书店、大小书摊,以及各自家中或多或少的藏书,你大约就会承认诸如《性知识手册》《新婚之夜大全》《女人,一本写给男人的书》《男人,一本写给女人的书》,其印数之多恐怕已大大超过“文革”中的雄文四卷。

在这之前,成千上万对的中国夫妇都还在暗夜的床上怀着忐忑不安,怀着惊悸战栗,怀着渴求焦虑,怀着窒闷恐惧,怀着压抑的狂醉,怀着陶醉的痴迷,摸索着,探寻着,犹如踟蹰在一座黑沉沉的未知的大森林里。现在的青年夫妇们大约已经躺在华丽的灯光下,遵循着《手册》或《大全》上的文字和条例,准确无误地、有条不紊地去做那些事情，就像跟随一位称职的导游去逛故宫，就像追随着蜂拥的人群去游长城，性的交接中多了几分理智的清明，却少了几分体验的神秘，多了几分技术性的操作，少了几分生命本体的冲动。后来的人们也许会重新算一算这笔账的。

中国古代的老子坚决地主张“绝圣弃智”，主张摒弃语言，要求返回原古，要求返回往昔那个混沌细缊的“一”：“天得一以清，地得一以宁”。否则，“天无以清将恐裂，地无以宁将恐发，神无以灵将恐歇，谷无以盈将恐竭，万物无以生将恐灭，侯王无以为贞将恐蹶”。老子的这些担忧几乎就是目前西方后工业社会一些最有思想、最有远见的哲学家、科学家、社会学家、人类学家的担忧。

老子的思想往往被现代中国人视为“反动”。其实，如果不是从狭隘的社会功利观念看老子，如果从语言哲学的意义上看老子，老子何尝不是对人在语言中的异化表示愤慨。

老子哲学中的“一”，就是“道”，就是“万物之母”，就是“众妙之门”，就是古希腊人的“逻各斯”，就是古印度人的“梵天”，就是古罗马人的“上帝”，就是弗洛伊德的“本我”，就是海德格尔的“在”。当人们强烈地寻觅呼唤着那个“一”，那个“道”，那个“梵天”，那个“上帝”，那个“在”时，它们已经成为绝响和余韵了。

卡西尔说：“‘上帝’并没有卷入属性和专有名称那一团纷乱之中，并没有进入现象那快活的万花筒中去，相反，他作为一种无属性的东西而与这个世界分隔开了。因任何一种单纯的‘属性’都会限制到它的纯粹性质；一切规定即是否定(Omnis determinatio est negatio)。”①

但是，人类并不情愿接受命运的安排，不同肤色、不同民族的人们，千百年来始终不停地呼唤着他们名称不一的“上帝”或“梵天”，寻求着在很早以前遗失的“神性”。不管是老子或是达摩，不管是赫拉克利特还是海德格尔，他们无

① ［德］恩斯特·卡西尔：《语言与神话》，三联书店1988年版，第93页。

不痛苦地感到，正是语言成了横在“天国”前的一道栅栏，寻觅那失去的“神性”，就必须“超越语言”。

语言对于人类的专制也许并不是一道铁幕，语言也许只是一道“栅栏”，栅栏中间是留下了空隙的。

遭到语言的阻隔与肢解的人类仍然在竭力追求着心灵的统一和圆满。为此，人们沉迷于“潜意识”，人们追慕着“艺术”，人们求助于介于二者之间的“梦幻”。正如人在意识中还存在着“弑父冲动”一样，人在潜意识中颠覆着语言的专制；正如人在如痴如狂、如梦如烟的歌舞中达成了“自我”与“自然”的化境一样，人在艺术中也抗拒着语言的支离与割裂。“潜意识”与“艺术”漫溢出语言的栅栏，也超越了语言的栅栏。

那么，诗呢？文学呢？诗和文学的处境在于，它们的突破和超越都注定仍然不得不立足于“语言”这块踏板上，因而，诗人和文学家的起跳就更加艰难。但诗人和作家的超越并非是不可能的，依据有两个：一是人的生命力的存在，一是言语潜力的存在。人的生命冲动、生命意志的存在使人永远地不安于现状，永远地憧憬着未来，维特根斯坦说“人总是感到不可遏止地要冲破语言的界限”；言语潜在力量的存在使人类言语活动具备了变通和再生的无限空间，卡西尔说“语言的精神深度和力量惊人地表现在这个事实中：言语本身为它超越自身这最终的一步铺平了道路。”①

在这样两条“力臂”的协调作用下，我们看到的人类对于语言的突破与超越将首先发生在以下几个方面：

（一）语言观念上的突破

语言在其本质意义上并不是工具，更不是客观的工具；语言也不只是人类的操作手段，语言是人类存在的“家”，是人类经验的“库房”，是人的生命活动的体现，它就是人的精神世界，它的涵义远远大于工具、大于手段。语言的超

---

① ［德］恩斯特·卡西尔：《语言与神话》，三联书店 1988 年版，第 93 页。

越,首先是对于传统的“语言”观念的超越。

（二）语言学研究范围的破壳

语言学不只是以往学院派语言学家们剥裂离析出来的一段“骨架”,也不只是一条人为的固定封闭的跑道,而是一个基于人的生理活动、心理活动、生命活动、精神活动之上的无始无终的过程。超越语言也是对于传统语言学研究的破壳而出。

（三）言语主体的介入

生命的不安分为言语活动造下如此局面：语言的“代码”企图约束言语者,而言语者总是要挣脱“代码”的约束。生命在坚守疆土的同时也在开拓疆土,哪里有生命个体的创造性活动,那里注定就有语言的突破和超越,语言的超越成为个体的人对于现实生活的超越。

（四）言语在知觉中整合

言语的传递有赖于言语者的心理知觉,而知觉总是个体心理定势中的知觉。一切心理知觉都是在具体言语者心理结构之上的“统觉”,这是一种新的意义上的整合,一种言语的“格式塔”。语言在特殊语境中的“优化组织”,将创生出语言的新质,这就是言语的创造,也是言语在人的心灵活动中对自身的超越。超越语言的同时也是对于感觉和经验的超越。

（五）言语在理解中绵延

理解,在现代阐释学的词典中已经不再是对于身外之物的认同,理解成了人类自身存在的一面镜子,成了人的存在展示的过程,成了人的历史存在的方式。而人与历史的结合又不得不主要依赖“语言”这个第三者。这是一个奇特的第三者,它既是人类的“当家人”又是历史的“看家婆”,历史和人在它的守护与牵引下不断地生出新的“理解”,而它自己也就在理解的过程中绵延着、生长着、更新着、超越着。在这里,语言的超越也就成了历史的超越。

以上五点,大致也可以看作我们对于《超越语言》一书的题解。

5.2 三分法

人类在对自己的这个世界努力做出解释的时候，很多情况是自觉不自觉地采取了“三分法”的。

在古代亚洲地区广为流传的原始宗教“萨满教”认为，宇宙有三个不同的层次，人类有三个不同的灵魂。宇宙的三个层次是“下界”“中界”“上界”，分别为“魔鬼”“生人”“神灵”居住的地方；人类的三个灵魂是“生命之魂”“思想之魂”“转生之魂”。

佛教也把有情众生的生存境界一分为三：“欲界”“色界”“无色界”。“欲界”以食欲、性欲等生物性本能为内涵，是低境界；“色界”，以物质、交往等世俗生活为内涵，是中境界；“无色界”又称“空界”，无色就是没有滞碍，即超越了物质世界的束缚达到的自由状态，是一种虚静澄明的高境界。

西方的基督教对于冥界的区划也是运用的三分法：“地狱”“净界”“天堂”。地狱是罪恶的渊薮，是人性的沉沦之所，幽深而又凄惨；净界又称作“炼狱”，是涤罪自新的“劳教场”，是人性的挣扎之所；天堂则高高在上、无限光明，是人性的升华完善之所。

后来，弗洛伊德的精神分析心理学在解释人类的精神现象时仍然运用了类似上述宗教教义的三分法。在他看来，人的心理结构是由“本我”“自我”“超我”三个不同层面组成的。“本我”属于人的生物本能层面，“自我”属于人的现实生活层面，“超我”属于人的道德伦理层面。“本我”是人性的地狱，“自我”是人性的日常，“超我”是人性的天国。“本我”的主要内涵是“生物性”的，“自我”的主要内涵是“心理性”的，“超我”的主要内涵则是“精神性”的。

在当代，“三分法”的一个最突出的例子，是波普尔对人类世界的解释。

波普尔说:“世界至少包括三个在本体论上泾渭分明的亚世界,或者如我要说的,存在着三个世界。第一个是物理世界或物理状态的世界;第二个是精神世界或精神状态的世界;第三个是可理解物即客观意义的观念的世界——这是可能的思想客体的世界:自在的理论及其逻辑关系的世界,自在的论据的世界,自在的问题情境的世界。”①

简言之,波普尔的三个世界应分别为:物理世界;心理世界;知识世界。三个世界都是实在的,具有本体论性质,他分别称它们为“世界Ⅰ”“世界Ⅱ”“世界Ⅲ”。

具体地说,世界Ⅰ包括了从星云、基本粒子、引力场到生物以及人类机体的生理活动等;世界Ⅱ则包括了人的心理状态和生理过程,包括人的感觉、知觉、直觉、思维、想象、意向、情感等;世界Ⅲ主要是“思想的客观内容”,“客观意义的观念”,“思想的客体”以及“语言文字”。这是一个“科学思想,诗的思想和艺术作品的世界”。②

三个世界之间是什么关系?波普尔说:从发生学的意义上讲,是因果关系,先有世界Ⅰ,由世界Ⅰ产生出世界Ⅱ,由世界Ⅱ产生出世界Ⅲ,其中世界Ⅱ是关键的中介;从功能学意义上讲,是相互作用的,世界Ⅰ与世界Ⅱ相互作用,世界Ⅱ与世界Ⅲ相互作用,世界Ⅲ通过世界Ⅱ与世界Ⅰ相互作用。同时波普尔又时刻提醒人们注意,三个世界又是相对独立自主的。

波普尔谈到的三个世界与我们这里讨论的主体心理、文学艺术、语言文字是有着密切关系的。

从波普尔科学哲学模式中很容易推导出这样两条我们乐于接受的法则:

(一)由语言文字构成的文学艺术作品作为世界Ⅲ的存在物,是由世界Ⅱ,即诗人、作家的心灵创造出来的,它是一种主体精神的创造物;

---

① [英]波普尔:《科学知识进化论》,生活·读书·新知三联书店1987年版,第364页,第309页。

② 同上。

（二）这一创造物一旦诞生，便取得了相对独立的地位，从某种意义上已经超越了曾经创造出它的主体。波普尔非常爱举这样一个例子：人创造了自然数，从1—10，然而自然数从此便无限制地发展起来，它要延续到何时，拓展到哪里，人类已经无法控制。文学作品也是这样，它一旦从主体笔下诞生，便将在阅读接受、鉴赏解释的循环中走向“无极”。

然而，在这本书中，我们又不能不对波普尔的某些看法表示异议：

（一）从文学艺术的角度来看，世界Ⅲ就不应该只是一个纯粹客观的、自在的世界。文学艺术作品的存在，总是离不开阅读、鉴赏、评论、阐释它的主体。自然数也许可以脱离开具体运算者的感受体验，一首诗歌却不能够。除非像严格的结构主义那样，把一首诗看作是一个抽象的、固定的构架。而我们又不想顺从那样一种观点。

（二）前边我们曾经讲到过，波普尔将语言的功能一刀斩为两截：一半是语言的情绪表现与欲望交流功能，它被说成是低级的、人与动物共有的，基于生物本能基础之上的，不能进入世界Ⅱ；另一半是语言对于外部世界的描述及对于事物内在逻辑关系的批判和论证，波普尔说这才是人类所特具的、达到理性高度的语言，“语言高级功能的自主世界成为科学世界”，这样的语言才能进入世界Ⅱ。而在我们看来，语言的“低级功能”对于文学艺术语言的构成来说如果不是一些更为重要的因素的话，起码也是一些非常重要的因素，这些因素(包括我们前边讲到的“手势”“画面”“喊叫”等)无疑也应当随着文学艺术作品一道进入波普尔的“世界Ⅲ”——这是波普尔不会同意的。

看来，作为科学哲学家的波普尔，他的世界Ⅲ主要是一个“科学知识”的世界，这样的世界并不是非常适宜文学艺术立身谋生的。而我们对于文学言语的解释也就不可能完全囿于波普尔的模式之中了。尽管我们可以从这个模式中得到许多有益的启示。

在构建我们的“文学言语学”的基本框架时，我们也希望能够提出一个

“三分法”,将人类言语现象划分为三个相互区别而又相互关联的层面:

语言Ⅰ:位于常规语言水准之下,或者作为常规语言辅助性因素潜在的语言形态,包括“表情”“手势”“体态”“感叹”等表现形式。神智不清时的谵语、妄语、梦话也可以纳入这个范围。语言Ⅰ的特点是,与主体个人方面的本能、欲望、冲动、激情、感觉以及由欲望激发的心理意向、由感觉产生的心理表象有着直接的联系。也有人把它称作“前语言”或“次语言”。

语言Ⅱ:是规范性的语言。它有着完整的语法规则,有着确定的语词概念,有着切实的修辞手段。大量科学性、知识性论著中的语言,某些人工语言,以及被用来研究语言现象的元语言、纯理语言,都属于这个范围。它的特点是与人的逻辑性思维、与人的普遍性认识活动、与人的日常交往行为密切相关。它总是追求一种普遍、稳定、纯正的标准,或者可以相对地把它叫做“常规语言”“常语言”。

语言Ⅲ:位于常规语言水准之上,是一种言语活动二度创生出来的“语言”或“语言效果”,它可以体现为一种氛围,一种趣味、一种意象、一种境界、一种风格、一种神韵、一种“语义场”、一种“格式塔”、一种“言外之意”、一种“不言之言”。它具有“形而上”的品格,是人类精神活动的高度升华物,是主体个性与创造性的呈现,它更经常地与人的直觉、想象、灵感、高峰体验等精神活动联系在一起,可以把它叫做“超语言”。

很久以来,人们在自己的言语活动中,在语言学家的专业研究活动乃至某些文学创作活动中,都过于钟情那种处于中间地段的常规语言,即“常语言”;而冷落了乃至抹掉了“次语言”的一端与“超语言”的一端,或者轻率地、轻蔑地把它们视为“非语言”。

人类语言,本来是一匹无始无终的绸缎,却被它的使用者、研究者拦腰截下那么窄窄的一段,并且仅只用这一段,给自己缝制了一件外套。

阿瑞提遗憾地说,这是“一件紧身的外套”。

5.3 “超语言学”

在前边的两章中,我们主要是对“次语言”——或者说“语言Ⅰ”的一端进行了论述,这对于语言学家试管里的“纯语言”来说无疑是倒进一盆“浑水”;对于结构主义语言学的那件“紧身外套”来说无疑是一种“胀破”。我们自己则倾向于认为,把那些“次语言”的东西引进文学言语学的研究领域中来,是对于传统“语言”观念的一次超越,一种逆向超越。

其实,标准语言的局限性已经为当代物理学的发展证实了,标准语言的权威地位也已经被当代物理学的发展打破。

换一个参照系来观照人类语言,几乎被神圣化了的规范语言就会显得十分虚弱、十分蹩脚。旧体系中近乎神圣的规则在新的体系中反倒成了累赘。量子物理学家海森伯指出:常规的物理学语言,只有把“光速”看作无限大,把“普朗克常数”看作无限小时才适用,而一旦被观察的物理现象接近这两个限度时,原来被认为非常精确的语言就变得非常不精确了。这时,“物理学家们宁可使用一种含糊的语言,而不使用一种无歧义的语言”,这是语言在“日常生活或诗歌中的类似用法”。①

新的物理学家们也像现代派诗人那样企盼着一种“新的语言”诞生:

> 这不是人们可以使用普通逻辑形式的那种准确语言;而是在我们内心引起图像的那种语言,但在引起图像的同时,还引起这样一种想法,就是图像和实在只有模糊的联系,它们只代表一种朝向实在的倾向。②

---

① [西德] W.海森伯:《物理学和哲学》,商务印书馆1980年版,第118页。

② 同上,第119页。

爱因斯坦谈到过，在他的研究工作中他早已经在使用这种语言了。

物理学家们改造语言的愿望得到了心理学家的赞赏。大卫·克雷奇(David Krech)在他的《心理学纲要》一书中写道：正如物理学家应该发展新的语言来表述他们的研究对象一样，精神空间的探索者也需要发展新的符号系统来表示那些变化迅速、微妙的主观现象，对于这些现象，常规的语言只是一种迟钝的工具。[①]

文学艺术家，作为"人类精神空间的探索者"，义不容辞地肩负着超越语言的重托。在这一章中，我们将把目光放在对于"超语言"的一端，即语言Ⅲ的观照上，这对于实行语言的生成、对于文学艺术作品的创造来说，将具有更为重大的意义。

首先，让我们来分析一下法国巴黎大学教授，著名现象学美学家米盖尔·杜夫海纳关于"语言"和"艺术"的看法。

在《美学与哲学》一书的第二部分，杜夫海纳这样谈到人类符号系统内部的分类和构成：

分类的中央是语言的领域。

在中央之外，有两个极端：

一端是次语言学领域，它包括所有尚未具有意义的系统，其中当然有能指、指号或信号，但它们还有待于分辨，而不太有待于理解；有代码，但没有信息；意义被还原为消息(information)。

另一端是超语言学领域，在这个领域里，系统是超意义的，它们能使我们传达信息，但没有代码，或者说代码越是不严格，信息就越是含糊不清，意义于是成为表现。

---

① 参见[美] 克雷奇等著：《心理学纲要》下册，文化教育出版社1980年版，第498页。

在我们看来,**艺术似乎是超语言的最佳代表**。[1]

杜夫海纳对于人类符号系统的"三个领域"的划分,以及他对于艺术作品"超语言学"属性的肯定,我们非常赞同。

但是,在这样一些问题上我们将重申我们自己的意见:语言学不是一个封闭的领域,它与"次语言学领域""超语言学领域"是一脉相连的,正如杜夫海纳也说过的"同一个意义整体可以伸展到这三个层次"。[2] 对于人类语言的研究应该在这个统一的系统中进行,而不应囿于结构主义语言学家的成见。

一部完整的人类语言学应当包括以上三个层面的综合研究,文学言语的研究应该最能够证明这一点。

杜夫海纳说"艺术是超越语言"的,又说"艺术的语言并不真正是语言"。[3] 杜夫海纳恐怕还是受到了传统语言观念的牵制,尽管他像克雷洛夫寓言中那只天鹅一样,一心想把车子拉向天空去。我们认为他这里说的"语言",只是我们说的"语言Ⅱ"。艺术还应该是"语言",一种内涵更为深厚广阔的语言,一种超越了"语言"的"语言"。

对于"诗"这一艺术门类来说,更是必然如此。

在这个问题上,我们拿不准杜夫海纳是否还受到了卡西尔的影响。卡西尔在批评马克斯·米勒(Marcus Miller)的宗教研究时也曾谈到"言语"表达中存在"下限"和"上限","下限"是指"低于语言的固定的"区域;"上限"是"高于任何精确的语言"的区域。二者的性质不同,前者是属于感觉而有限的,其特点是"不确定";后者是属于精神而无限的,其特点是"无界限"。"因而,在神话和宗教概念的领域里存在着属于不同秩序的'不可言传之物',其一是表象着言语表达的下限,另一种则表象言语表达的上限,但在言语表达之本性所

① 参见[法] 米盖尔·杜夫海纳:《美学与哲学》,中国社会科学出版社 1985 年版,第 79 页。
② 同上。
③ 同上,第 106 页。

划出的这两道界限之间，语言却能够完全自由地活动，充分地展现其创造力的全部丰富性和具体例示性。”[①]卡西尔对米勒的批评可能是有道理的，但是我们很怀疑他能够确切地指出“上限”“下限”的这些“限”究竟在哪里？这里的“限”只能理解为“极限”而不能当真认为实存那么一条线。

人的自由的、创造的言语活动会甘愿拘囿在两“线”之间吗？从文学心理学的立场出发，我们不愿意这么看。

从具体论述来看，杜夫海纳认为艺术不是语言，而是“超语言的最佳代表”，他主要是从以下三个方面把艺术与语言加以比较的：

一方面是创造主体性的差异。杜夫海纳说，语言是由“说话的大众”给予权力的，它过的是集体性生活，“个人的创造”在语言学中占据的位置一点也不重要；而艺术总是各个单独创造者的结果，创造性的实践活动总是处于“无政府状态”的，艺术家虽然也是一群人，但这却是一群“唯恐失去自己个性的人”。拥有灵感的艺术家“创造自己的语法”。

另一方面表现在创造的自由性上。在杜夫海纳看来，语言总是有一个相对固定的语义系统，而艺术却总是违反这种语义系统，艺术是自由的，审美几乎总是与“语义系统的缺陷相关”。在艺术中，“没有普遍的语义学，没有完全相对等的翻译”，在艺术中绝没有元语言。任何一件优秀的艺术作品差不多总是在“离经叛道”中完成的，“每一件伟大作品在继承过去的同时，则又取消过去，开辟未来”。罗曼·雅各布森（Roman Jakobson）曾经说过：语言学的单元组合有着越来越大的灵活度。杜夫海纳接过这句话说：“艺术作品就位于这个等级表的顶端。”[②]

还有一方面是，杜夫海纳特别强调“审美形式”总是富有感性的这一特点。他说，与语言的“逻辑形式”不同，艺术的形式总是感性的，“是完全融进质料

① ［德］恩斯特·卡西尔：《语言与神话》，三联书店1988年版，第99页。
② ［法］米盖尔·杜夫海纳：《美学与哲学》，中国社会科学出版社1985年版，第107页。

之中并与背景相结合的，所以，意义是另一种性质：它是表现。”杜夫海纳坚信：想象，是人的一切思维形式的（包括直觉的和概念的）深远的根源。结构主义者在进行他们的逻辑形式分析时，不可能完全排斥掉内容以及其他感性的东西，结构主义人类学家列维·斯特劳斯在利用神话进行人类学的结构分析时清楚地知道：上和下、天和地、小鸟和野牛在被嵌入形式主义的网眼之前，就已是富有意义的感性的对象了。

在反复论述了艺术的“主体性”“个体性”“创造性”“自由性”“感性”之后，杜夫海纳断定艺术不是语言。如果把这里的“语言”理解为我们在前边划分出的“语言Ⅱ”，杜夫海纳的立论是无懈可击的。如果是泛指一切意义上的语言，那么，杜夫海纳的立论对于音乐、绘画、舞蹈、雕塑、建筑设计或许仍然是可以成立的。但是，文学呢？人们显然不能够同意，说文学不是语言。杜夫海纳在这个问题上倒是有所保留的，他说：

> 当语言在创造行为中被使用时，它已不再是语言或者还不是语言。因为，在艺术中，创造就是话语。
>
> 艺术是言语，不是语言。①

他又说：

> 因而，艺术确实是言语，不过，在艺术领域是自然在说话，就像有时自然通过某些自然物说话一样。②

杜夫海纳说“艺术是言语”，艺术自己作为一个独立的主体在说话。这里

---

① ［法］米盖尔·杜夫海纳：《美学与哲学》，中国社会科学出版社1985年版，第109页。

② 同上，第116页。

的“艺术”包含着“艺术家”和“艺术作品”双重意义。杜夫海纳肯定了艺术不是“语言”,等于排除了艺术是逻辑;而当他在肯定艺术是“言语”时,他又指出言语并不是“闲聊”,不是一般的说话。

逻辑是思维着的,但会导致意义的空洞;闲聊是感受着的,则又会导致思想的流失。唯独在艺术的创造过程中,感性和意义、思维和精神才会取得完满的统一。文学尤其这样。用杜夫海纳的话来说:“在诗歌中,词用自己光彩夺目的身体找到了自己的深奥意义。”①

杜夫海纳无外乎是说:文学的创作就是由“次语言”一极向“超语言”一极的飞跃,就是由语言的深渊向语言的峰巅的飞跃。

艺术——这里当然也包括了文学,尤其是诗歌——其本质上都应该是超越语言的。

进而,如果我们无法确定这两“极”的极限,那么我们就必须承认语言学研究的开放和超越将也是无止境的。

5.4 英伽登的天空

在杜夫海纳之前,西方就还有一位学者已经看出了文学的“超语言”性质,这就是波兰的哲学家罗曼·英伽登(Roman Ingarden)。

英伽登曾经从语言学的角度将文学作品的构成划分为四个层次:(1)语言层次;(2)意义单位;(3)系统方向;(4)被展现的客体世界。英伽登的这一理论贡献,曾经被新批评派的理论家及结构主义的评论家视为奠基之石,似乎只要站立在这块基石之上,一切文学艺术作品都成了一个可实证、可把握、可解析、可构成的实体,文学批评从此便可以纳入科学化的坦途,文学批评家

① [法]米盖尔·杜夫海纳:《美学与哲学》,中国社会科学出版社1985年版,第117页。

从此便可跻身于科学家的行列之中了。雷纳·威莱克(R. Willek)在为英伽登撰写的介绍文章中就无限崇仰地说:“在许多问题上,我向他所学的比向其他任何人学到的更多”,“在我所知道的美学家中,谁也比不上他阐述得清楚而且精确”。①

遗憾的是,在英伽登的层次理论中竟然还有一个非常“不清楚”“不精确”的“第五层次”。他说:在某些很伟大的艺术作品中,有这样一个可以称为“形而上的品质”的层次,这一层可以体现出“崇高”“光明”“宁静”“神圣”“超凡”“悲伤”“恐怖”“妩媚”“迷人”等莫名其妙、难以言传的东西,一种洞然大开而又捉摸不定的东西。英伽登说,这些东西并不是“对象物的特性、品性或精神状态”,它只是在“环境和事件中表现出它们的存在”,是伟大作品创生出的一种东西。这就很有些像是中国古代文论中说的“意趣”“意味”“意境”“境界”“气韵”“风韵”“神韵”,一种言外之意、弦外之音的东西。英伽登也承认,对于文学作品来说,这是弥可珍贵而又难以确定的一个层次,是文学艺术领域中变化无定的“天空”。

如果连同这一层次也算上去,英伽登关于文学作品构成的五层次说,随着层次的递升,其确定性愈来愈松动。

简而言之:第一层,文字,是完全确定的;第二层,语词,较为确定但会有歧义出现。第三层,句段,结合上有更大的自由度,但仍有着系统的方向;第四层,文本的客观世界,很大程度上只是一个“空框结构”,要靠读者的经验和心境去填充,但总还有一个“框”的结构。至于第五层次,则完全是由作家构思写作过程中、读者阅读欣赏过程中生成的东西,一种可遇而不可求的东西。这是一种“细缊混沌”的气象,一种“如空如虹”的神韵,一种“可望而不可置于眉睫之前”的镜花水月、玉烟珠泪,这是一片风云舒卷、虹霓幻化的天空。

英伽登以他的慧眼看到了文学艺术的这个神妙的天空。

---

① [美] 雷纳·威莱克:《西方四大批评家》,复旦大学出版社 1983 年版,第 97 页。

遗憾的是追求确定性的时代风潮裹挟了他，他终于还是丢弃了他发现的这个艺术的天空，埋下头去一心一意追求他的确定性了。我国也已经有学者指出：对于那些可意得而难以言宣、可神会而不可形求的东西，英伽登已无法抓住确定性了，于是干脆一脚将之踢出作品的基本层次之外。

威莱克是注意到英伽登指出的这一层次的，并且认为不仅“伟大的作品”具备这个层次，一般的文学作品，只要不是太差的文学作品，也都会具有这个层次。威莱克这样说是对的，在我看来，凡是文学作品都应当具备这一“形而上”的层次。

但是，威莱克对这一层次做出的解释，却是我不能够接受的。他说，英伽登的这一概念，只不过“是象征这个语词的变异。”[①]而“象征”是什么呢？威莱克解释说，象征诸多用法中的一个“共同的取义部分”是“某一事物代表、表示别的事物”，是“转喻”“隐喻”，是“甲事物暗示了乙事物，但甲事物本身作为一种表现手段，也要求给予充分的注意。”[②]

作为新批评学派带头人的威莱克太实际了，他像一只辛勤的母鸡一样只注意到眼下的那些金黄的稻粒，而无暇看一眼天上灿烂的云霓。

在对待英伽登的“形而上层次”的分析研究中，我国学者张法的看法在我看来要更适宜些。他认为被英伽登视为弥足珍贵的文学作品的“形而上品质”，就是中国古代文论中赞为极致的“境外之境”“味外之味”“弦外之响”“意外之意”。[③] 这显然是具有文学本体论意义的。

我曾经在《文艺报》上写过一篇不是很长的文章，从本体论意义上强调了文学作品的形而上层次，把文学比作“天上的云霓”。[④] 为此，在一年多的时间里我受尽了一些理论家的奚落和嘲弄。对于那些一直在张扬“经济决定论”的

---

① ［美］雷纳·威莱克：《西方四大批评家》，复旦大学出版社1983年版，第110页。

② ［美］雷纳·威莱克、［美］沃伦：《文学理论》，三联书店1984年版，第204页。

③ 见《文学研究参考》（北京），1987年第3期。

④ 鲁枢元：《大地和云霓》，发表于1987年7月11日《文艺报》。

评论家来说,我几乎成了一个罪在不赦的逆种。

然而,我仍然坚定地认为,作为一个文学理论家,他的双脚固然必须(实际上也是不得不)跋涉在社会生活的崎岖道路上,而他的双眼却不能不注视着人类精神的空间,而那又是一个流动的、自由的、创造着的、变幻着的空间。

尼采说,它"高出了人类和时间6千英尺"。[①]

在国外,五十年代被威莱克等新批评家们抛弃掉的东西,到了七十年代又在现象学美学家杜夫海纳那里受到垂青。

杜夫海纳在讲到英伽登时说,英伽登认为文学作品是"他律性的"(注意,而不是威莱克说的是"自律性的"),文学作品的四个层次(杜夫海纳把它归纳为"物质指号""字面意义""代表的对象""想象的目标")只有在阅读过程中才能成为"一个审美对象","一种活意识的关联",正是阅读"把作品提升到了它的真正存在"。他针对这种文学的本体现象进一步分析说:在文学的阅读中,"词摆脱了常用规则,互相结合起来,组成最意想不到的形式。同时,意义也变了,它不再是通过词让人理解的东西,而是在词上形成的东西,就像在刚被触动过的水面上所形成的波纹一样。这是一种不确定的而又急迫的意义。人们不能掌握它,但可以感受到它的丰富性。它与其说引人思考。不如说让人感觉……它增添了一个新的维度:在再现上增添了表现。"[②](重点号为原著者所加)

杜夫海纳几乎也像东方人一样,把文学的本体看作一个捉摸不定的"精灵"。而且他是那么兴致盎然地注意到,文学的精义并不在语词中,而是"在词上形成的",如同风行水上,自然成文,是一种创造与生成。

杜夫海纳说的"风行水上",与我讲过的"云行空中",无外乎都是说文学的实质是一种超然飞腾于有形者之上的东西。英伽登说它是"形而上层次",

---

① [德]尼采:《瞧,这个人》,科利版《尼采著作全集》第6卷,第335页。

② [法]米盖尔·杜夫海纳:《美学与哲学》,中国社会科学出版社1985年版,第158页。

杜夫海纳说它是“超语言的最佳代表”，中国古书《淮南子》中把它叫作“君形者”，司空图则称之为“不著一字，尽得风流”，其指向都在于对诗意心灵与艺术精灵的捕捉。

补记：铜山西崩，洛钟东应

在“精神的升腾”这一章中涉及两个关键词：一是“三分法”，一是“超语言学”。

关于“三分法”，近年来受到学界关注的是我对地球生态系统划分的三个层面：自然生态、社会生态、精神生态。不久前有人发现，法国哲学家加塔利（Félix Guattari）在1989年出版的《三重生态学》（*The Three Ecology*）同样也是从自然生态、社会生态、精神生态的生态三重性立论的。但我并没有看过加塔利的书，甚至，当时并不知道他这个人。[①] 我曾解释说，我之所以选择“三分法”，除了扎根于本土传统文化之外，是受益于另一位法国人，即法国现象学美学创始人米盖尔·杜夫海纳，他的《美学与哲学》是我写作《超越语言》一书的“圣经”，就是凭他的一句话——“当语言在创造行为中被使用时，它已不再是语言或还不是语言，艺术似乎是超语言学的最佳代表”，启发我用“三分法”建构起全书的框架，也启发我以“超越语言”为此书命名。

有学者曾就“三分法”比较了我与加塔利的异同：

> 加塔利和鲁枢元经历了几乎相似的思想路径。加塔利：解构结构主

① 此前，我一直认定“我没有看过加塔利的书，甚至当时并不知道他这个人”，现在要做一点修正了：日前翻检家里的藏书，发现一本苏联女学者波波娃（N. G. Popova）的《法国的后弗洛伊德主义》，从书中留下的笔迹看我是读过的。该书第五章讲到加塔利，只是翻译成了“居塔里”，这么说那时我已经遇到过加塔利了，只是没有留下一点印象。波波娃的书俄文版是1986年，中文版是1988年，加塔利的《三重生态学》应该尚未面世。

> 义语言学——走向主体性生产，创造“横贯主体性”——走向新的伦理美学范式——走向多元化、异质化的存在之域；鲁枢元：解构结构主义语言学——超越语言，走向文学言语，创造“生气灌注”的主体性——走向“审美形式”的感性特征——走向诗意之域和存在之家。加塔利致力于打破结构主义的“是”，走向坚实的存在（consist）——知是守存；鲁枢元致力于打破结构主义的理性、清晰，走向海德格尔诗意化的存在——知白守黑。①

照此看来，我的关于生态批评的“三分法”，与现代语言学的嬗变还是密切相关的。拉康将弗洛伊德的无意识图像作了语言学的阐释，将人的心理内涵划分为“现实界”“想象界”“象征界”三个方面。罗兰·巴尔特将“结构”化为“构成”，突破传统语言学研究的桎梏，跨入“前语言”（pre-langage）、“后语言”（post-langage）、“超语言”（super-langage）三个不同空间，将语言运作引进自由创造的领域。拉康、巴尔特、加塔利、杜夫海纳都是同时代的法国人，他们涉及语言研究时都不约而同地采用了“三分法”的思维模式。在欧洲，法国人的思维方式与中国人似乎更容易沟通。

在中国古代，一分为三的观念贯穿于中国传统文化的各种典籍中，《老子》中讲“道生一，一生二，二生三，三生万物”；《易经》视“天、地、人”为“三才”，法天象地，人居其中。

多年来，无论是从事语言批评还是生态批评，我除了在中国古老的文化土壤汲取营养，就是较多地接受了法国当代人文主义的哲学思想。

就是在这一章中，我提出了“超语言”的说法，我的立论是建立在杜夫海纳对于人类符号系统“三个领域”划分的基础之上的，并期望将这一分析运用到艺术作品语言属性的研究中。《超越语言》一书出版面世后，我甚至还雄心勃

① 胡艳秋：《三重生态学及其精神之维——F·加塔利与鲁枢元之生态智慧的比较陈述》，《当代文坛》2021年第1期。

勃地试图筹划一门超越正统语言学藩篱的《文学言语学》，书的宗旨与大纲已经设计完毕，却最终没有实施。

宗旨：

以二十世纪“语言学转向”的背景为参照，从汉语言的实际出发，着眼于“语言”“个体生命”“文学”的交互关系，通过对“语言”“话语”“言语”等概念的分析界定，建立起全书的逻辑起点。将在对结构主义、解构主义西方学术遗产进行清理的基础上拓展与当代世界的对话语境。在本书的主干部分，分别对人类言语的发生、创造性言语的生成，文学的言语操作过程进行颇具实证色彩的论述，并具体地考察文学“话语形态”与“文体形态”的存在方式及意义。本书还将通过对主体论哲学的历史性扬弃，在诗学范畴内重建主体，并深入探讨文学言语的文化功能、价值取向，对其在人类精神创生、发展中的作用作出评估。将密切联系文学创作、文学作品、文学鉴赏、文学家与读者的实际，以丰富的知识、创新的观念、灵活的方法为汉语言文学教学输入新鲜血液。

大纲：

绪论：文学与言语

第一章：文本自足的神话

第二章：故事与符号的秩序

第三章：从结构到解构

第四章：意义世界的层次

第五章：人类言语的母体

第六章：创造性言语的生成

第七章：文学的言语操作

第八章：文学的话语形态

第九章：文学的文体形态

第十章：亚文学形式写作

第十一章：文学阅读的绵延

第十二章：重建文学言语主体

第十三章：言语与人：走向彼岸

《文学言语学》全书计40万字，预计1992年8月31日前完稿。

当时还在台湾政治大学任教的哥伦比亚大学东亚语言文化学博士唐翼明先生在来信中对我建立"文学言语学"的想法，直率地泼了一瓢冷水："你要道非常之道，名非常之名，谈没有规律的规律，这种知其不可为而为之的勇气诚然可佩，但能否办得到则不能不令人怀疑。"（见本书附录）翼明先生一言中的，"文学言语学"之议也就由此偃旗息鼓。

在这一章的第3节，我使用了"超语言学"的标题。

现在学界使用的"超语言学"概念出自巴赫金的《陀思妥耶夫斯基诗学问题》。这本书在中国出版是在1988年，那时我的《超越语言》一书的初稿（油印本）已经完成，那年11月我应王先霈先生邀请在华中师范大学中文系为研究生班讲授《超越语言》，用的就是这部初稿。而直到这时，我对巴赫金尚且浑然无知，我是从杜夫海纳的现象学美学中领悟到"超越语言"的旨趣的。

国内巴赫金研究专家曾指出：巴赫金的"超语言学"超越了以索绪尔为代表的传统语言学所确立的语言学研究范围，不再把语言当成一种抽象的概念体系和形式体系；不再把"死"的语言体系作为自己的研究对象，而是主张研究具体语境中活生生的对话人的语言特征。他从而选择一条超越语言学规则和语言学体系的道路，使语言得以阐释更为丰富多彩的言语现象。巴赫金自己认为他的超语言学：

指的是活生生的具体的言语整体，而不是作为语言学专门研究对象的语言。后者是把活生生具体语言的某些方面排除之后所得的结果，这种抽象的研究当然是正当和必要的。但是,语言学从活的语言中清除掉的这些东西,对于我们的研究目的来说,恰恰具有头等的意义。因此,我们在下面所作的的分析,可以归之于"超语言学";这里的超语言学,研究的是活的语言中超出语言学范围的那些方面(说它超出了语言学范围,是完全恰当的),而这种研究尚未形成特定的独立学科。当然,超语言学的研究,不能忽视语言学,而应该运用语言学的成果。无论语言学还是超语言学,研究的方面不同,研究的角度不同。它们两者应相互补充,却不该混同起来。[①]

尽管我的语言学知识贫乏,尽管我对巴赫金如此隔膜,对照上述说法,读者或许不难看出我的"超越语言"与巴赫金的"超越语言学"总还是能够呼应起来的。

这再次印证"铜山西崩,洛钟东应"中国这句老话。无论是东方还是西方,我们毕竟是生活在同一个地球的生命共同体之中,面对的是同一些问题。

① 巴赫金:《陀思妥耶夫斯基诗学问题》,白春仁、顾亚铃译,生活·读书·新知三联书店1988年版,第250页。

第六章　场型语言

6.1　线·面·场

文学作品中存在着这样三种类型的语言：线型语言、面型语言、场型语言。

线型语言是一种陈述性的语言，它遵循着因果关系和逻辑法则，在文学作品中用来叙述情节的发展、交待事件的过程。

面型语言是一种描绘性的语言，它凭依着作家对于写作对象的观察和感受，在文学作品中用以对人物、景物、场面的刻画、描摹。

场型语言主要地是一种建构性的语言，一种立体的、空间的语言，它依赖于表象和意象的自由拼接，它作用于作家和读者的直觉与顿悟，从而创生出审美的新质，创生出文学作品的境界、氛围、气韵、格调、情致。

三种语言对于文学整体来说都是必不可少的。但在不同种类、不同风格、不同流派的文学作品中占据的地位和比重却是不同的。比如，在司各特、狄更斯的小说中,或者在中国明清以来的“公案小说”“谴责小说”中,在时下盛行的“传奇文学”和“纪实文学”中,线型语言和面型语言发挥着主要作用。而在中国古代诗词中,在里尔克、庞德、艾略特、北岛的诗歌中和福克纳、西蒙、沈从文、莫言的小说中,场型语言占主导地位。

问题可能远不像我们这里写下的这么简单。正如在绘画艺术领域中,“线条”也可以体现出深沉细腻的情感,“平面”也可以表现出悠远奇妙的透视一样,线型语言也可以叙述得跌宕起伏、虬枝盘旋,面型语言也可以铺展得斑驳陆离、流光溢彩。但在我们看来,场型语言仍然是文学言语活动中一个更高级的阶段,一种更复杂的形式,一种“全息的”语言,一种更富有创造活力的语言。

线型语言和面型语言主要是一种外指向的语言,即指向陈述或描述对象的语言,而场型语言则是一种内指向的语言,指向言语活动内部,指向言语活动参与者的内心。

在第一章中我们曾经提到申农与维纳的信息论原理,将言语信息的交流区分为“语义信息”与“审美信息”。语义信息是解说他物的信息,是一种确定意义上的信息,如西方古典主义的绘画;审美信息是表现自我的信息,是一种不确定意义上的信息,如西方现代派绘画。前者主要是说明外物的,后者主要是表现主体的。对于文学来说,线型语言和面型语言主要传达的是“语义信息”,主要是在“词典意义”和“语法意义”上运用着语言;而场型语言则主要是在“直觉意义”和“情感意义”上运用着语言的。以前者为主的文学作品往往具有较强的“可读性”,以后者为主的文学作品则具有更多的“可感悟性”和“可阐释性”。对于文学创造来说,二者显然是缺一不可的。在场型语言中,文学的形而上层面得到了更为充分的展现。

因此,如何超越语言的线性局限,如何使语言获得立体的、空间的属性也就成了许多诗人、小说家苦心追求的目标。

索绪尔清楚地看到,严格意义上的语言(即本书所说的语言Ⅱ)就其传递媒介的物理性质而言,是音响的,只在时间上展开,“它体现一个长度”,“这长度只能在一个向度上测定：它是一条线”。[1] 然而，在对具体语言状态研究时，索绪尔除了提出一种线性的组合与粘连性的“句段关系”外，还提出了一种被称为“联想关系”的向度，[2]它不在言语的“现场”出现，而在言语的线性活动之外，在言语主体的记忆、联想、选择中存在着，是一个心理性很强的言语活动向度。这意味着索绍尔在共时性上发现了语言存在的空间意义。

形式主义批评家雅各布森接过索绪尔的这一思想，把心理内涵的“联想关系”作为选择轴，把现场呈现的“句段关系”作为组合轴，二者相交叉构成一个言语活动的坐标图。他进而认为，选择轴遵循的是相似性原则，表现为“隐喻”模式；组合轴遵循的是相近性原则，表现为“转喻”模式。在他看来，散文的语言，一般叙事达义的语言是平稳地沿着句段关系的“组合轴”行进的，而诗歌却不是这样，“诗歌功能把等值原则从选择轴弹向组合轴”。[3] 比如当叙述“我的汽车在行驶”一事时，言语活动是在组合轴上进行的；当我说“我的汽车像甲壳虫般地行驶”时，我便从我的记忆仓库中众多可以比较、可以选择的词语中——如：“像箭一样行驶”“像流星一样行驶”“像乌龟一样行驶”“像耗子一样行驶”“像没头苍蝇一样行驶”中挑出了“像甲壳虫一般行驶”，然后使汽车与甲壳虫两个很少连在一起的语词组合起来，使这句话具备了隐喻的性质，亦即具备了“文学的意味”，具备了“诗性品格”。雅各布森还由此得出结论说：在叙事性的、现实主义的文学作品中，句段关系占据优势，而在浪漫主义的、象征主义的文学作品中，联想关系占据优势。

雅各布森相当严谨的推理为文学语言在语言学研究中夺得了一个不可否认的席位。同时他也就打破了“线型语言”的一统天下。“联想关系”与“选择轴”的引进，个体心理因素的引进，个人的经验、知觉、情绪和意向的引进使“一

---

① ［瑞士］费迪南·德·索绪尔：《普通语言学教程》，商务印书馆1980年版，第106页。

② 同上。

③ ［丹麦］罗曼·雅各布森：《结束语：语言学和诗学》，见［美］托马斯·塞比奥克编辑的《语言风格》，麻省理工学院出版社1960年版，第358页。

条线”变成了“两条交叉的线”,变成了一个言语活动的扇面,相对地扩大了言语的活动空间,这是雅各布森的卓越贡献。

同时在欧洲和拉丁美洲一些诗人的小圈子中出现的所谓“具象诗派”。也在从事着超脱语言线性制约的另一种尝试。他们主要致力于作品文字的排列组合上,企望把文学的意蕴通过可视的空间形象表现出来。

比如,瑞士的具象派诗人 E. 戈姆林格(Eugen Gomringer),将“沉默”一词组合成一间封闭的囚室,便成了一首题为《沉默》的诗歌;墨西哥的答乌拉达在创作一首题为《红鞋跟》的诗时,便把诗句排列成“靴子”的形状,创作一首歌颂失恋的诗歌《匕首》时,便把诗句排列成“短剑”的模样。智利诗人乌依多布罗写给大画家毕加索的一首诗《风景》,则更是煞费心思地将诗中的字句排列成“高山”“流水”“树木”“太阳”“草地”的形状。

类似的作法在中国是古来就有的,严羽的《沧浪诗话》中讲到的“苏伯玉之妻”写在盘子上、“屈曲成文”的回文诗和“窦滔之妻”织在彩绵中、“其图如璇玑”的回文诗,形式上大约都是与其“闺中思夫、九曲其肠”的内容相对应的,已经含有具象的性质。传说中由苏轼发明的“神智体”诗,诗中文字的书写有长、有短、有横、有侧、有反、有倒,并且笔划有粗有细,以与诗中“晚间眺望”的意象相映成趣。这些东西在中国古代多视为“笔墨之戏”“文字游戏”,严羽曾谓其“不关诗之轻重”。

而在西方,至今也还有人非常认真地继续探索着、实践着。那一年我随中国作家代表团访问意大利,在罗马会见一位魔幻现实主义小说家,名叫斯达里斯拉奥·尼耶伏(Stanislao Nievo),他主要写小说,小说写得很好,刚刚荣获1987年度的斯特雷加文学奖。他说他除了写小说,也写诗,说着便拿出一本诗集来,诗集是尼耶伏自己印制装订的,集子中便全是这类具象诗。我不懂意大利文,但也分明能辨出哪首写的是“流水”“春风”,哪首写的是“高塔”“爆炸”,尼耶夫很兴奋,同时又抱怨出版社不愿接受他的这本诗集。

中国近年来书法艺术界追求的现代风格之一,也是要打破文字的线型排列方式而谋求空间性的效果，是字句还是画面已分不很清楚。

应当承认，书写或者印刷中词句排列格式的不同，是会在阅读中产生不同心理效应的。一个很有名的例子是美国作家威廉斯的“便条诗”，本来是一张随手写下的留言的便条，经作家重新断行按诗的格式排列后，读起来似乎真的成了一首诗（当然，细审起来，这张“便条”本身毕竟还是有一点诗意的）。[①] 这个例子反过来也可以证明，诗歌对于空间性语言的企盼和追求。我国当代小说文体中越来越多的出现的“频繁跳行”或“一词一句”的现象，显然也表现了小说语言在追求空间效果方面的努力。

在中国现代文学史上，闻一多在诗歌理论方面的贡献最为突出，他在构建他的诗歌形式理论时已经特别注意到文学语言的空间性，他曾反复强调过：“文学本是占时间又占空间的一种艺术”。他在继承中国古代谢赫、袁枚等人画论、诗论与借鉴西方美学理论的基础上提出了诗歌创作的“三美”说：“音乐美”是线型的，“绘画美”是面型的，“建筑美”是立体的、空间的。这也可以看作是从“线、面、场”三个维度立论的。只是在谈论诗的“建筑美”时，闻一多受中国古代诗词（尤其是唐诗）传统的影响太深，过于强调诗句的均齐、篇章的均称，而对于诗歌语言内在的构成与创生着力不足。虽然他也指出过这种均齐是“和而不同”，但终是着眼外观过多，致使后学者纷纷滑向机械呆板的境地。

文学语言、诗歌语言如果仅只在字句的排列、组合方面制造空间效果、立体效果，那只不过是一种直观的、表浅层次上的效果，运用失当时还会弄巧成拙。

如何才能更好地实现语言的空间效果呢？在文学创作中有没有超越语言的更为理想的言语效果呢？

---

① 这首“便条诗”的文字如下：“我吃了／放在／冰箱里的／梅子／它们／大概是你／留着／早餐吃的／请原谅／它们太可口了／那么甜／那么凉。”

6.2 说“神韵”

且看王夫之的数则诗歌评论。

一是评崔颢《长干曲》:“墨气四射,四表无穷,无字处皆其意也。”

一是评王俭《春诗》:“二十字如一片云,因日成彩,光不在内,亦不在外,既无轮廓,亦无系理。”

一是评李白《采莲曲》:“诗文至此,只存一片神光,更无形迹矣。”

一是评曹植《七哀诗》:“物外传心,空中造色。”

王夫之的这几则诗评,用语玄虚,具有中国古代文论那种特有的模糊性,但有一点,却是清楚明白的,即这些诗歌都实现了对于线型、面型语言文字的超越,从而赢得了文学的形而上的层次,这种形而上的层次在中国古代文论中常常被称为作品的神韵。

那么,作为文学形而上层次的“神韵”又是什么东西?它和我们提出的“场型语言”有什么关系呢?近年来,我一直在尝试着用现代心理学和语言学方面的知识去解开这一个谜。

从中国历代文艺家对于“神韵”的论述中,我们大约可以发现“神韵”具备以下一些特性:

神韵与形质对立,是一种形而外、形而上的无形之物。

中国古代“神韵说”中“重神轻形”“神在形外”的思想最终要在道家的美学思想中寻找它的根源。在庄子看来,形色声音属“物之粗者”,只是构成艺术本体较低级的层次;而形色声音之外的那种东西,才是“物之精者”,才是艺术本体中至高无上的东西。因其外于形质,故又可踞于形质之上,成为一种形而上的、君临于形的东西。这便导致翁方纲得出了“神韵者,是乃所以君形者”的结论。

神韵与语言文字对立，是一种语言活动之外的生成物。

“神韵说”的另一个理论依据，是老子的“无言之美”、庄子的“得意忘言”，亦即《周易》中讲的“书不尽言，言不尽意。”这种在西方古代文学理论中十分罕见的理论，在中国的古代文学理论界，从刘勰的“义生文外”、钟嵘的“文已尽而意有余”、皎然的“但见情性、不睹文字”、司空图的“不著一字、尽得风流”，一直到苏轼的“欲得诗语妙，无厌空且静”、姜夔的“句中有余味，篇中有余意”、严羽的“言有尽而意无穷”，一脉相承，不绝如缕。在王士祯、翁方纲等人的著作中，更是不断地重复着这些话语。相反，我们在朗加努斯的《论崇高》中找到的，是“美的词文就是思想的光辉”这样的话。

在这些中国古代文学理论家们看来，美的言词决不是审美的目的，能否在语言文字消失之后捕捉到言外之意，才是能否进入到审美领域的一个标志。

值得注意的是，在二十世纪西方一些学者的著作中已经开始论及“语言在言谈中消失”的现象。利科说：“谈话是一种这样的行为，通过它，语言超越作为符号的自身，走向它的参照物，走向语言所能接触的东西。语言在寻求消失，它寻求作一个对象(object)而死去。”①这等于承认了在“语言之外”还有某种东西存在着，至于这“东西”是什么？是意图？是效果？利科没有明确指出，但对于文学来说，它应该是“意象”、是“意境”，是一种言语的精神效应。

卡西尔则具体指出：语词在诗的世界中将抛弃全部的实在性和实效性，“它们变作一道光，一团明亮的以太气，精神在其中无拘无束、无牵无挂地活动着。”②卡西尔的关于文学言语的这些描述已经颇有些东方色彩了，这与王夫之的“墨气四射”“一片神光”“一团既无轮廓，又无系理的云”很有些相似了。

---

① 转引自殷鼎：《理解的命运》，三联书店 1988 年版，第 188 页。

② ［德］恩斯特·卡西尔：《语言与神话》，三联书店 1988 年版，第 115 页。

神韵是一种具有双重意义的无限,它的存在方式与观照主体相关。

文学作品的神韵,既“不著一字”,又“尽得风流”,既“空无一有”,又“涵盖万有”,它同时包含了两种意义上的无限:有的无限与无的无限。

《管子·内业》中讲:“灵气在心,一来一逝;其细无内,其大无外”“彻上彻下,无所不该”,它既是无限小,又是无限大,这种凭人的日常经验和日常语言无法理解和把握的东西,在文学艺术的审美观照中却可以领会其玄妙。这就是说,理解和把握它需要主体身心的介入,能否理解与把握它还和主体心理活动的方式密切相关,即所谓“心能执静,道将自定”。“神韵”并不是一种绝对的客观存在,也不是绝对的主观派生物,它是主体与客体相互纽结的网络中的一种状态,是一种非心非物、亦心亦物的现象形态。

中国古代文论中对于神韵属性的解释大略如此。但是在力主“神韵说”的人中,对于神韵在文学创作和文学作品中的地位,见解又很不相同。

王士祯主要是把神韵当作一种“含蓄”“冲和”“恬淡”“飘逸”的艺术风格来看待的,神韵只存在于某一些作家的作品中,如陶渊明、谢灵运、王维、孟浩然等人的作品。对另外一些“阳刚”“沈著”“质朴”“率直”的文学作品,他认为没有神韵的存在。

翁方纲则把神韵看作文学作品的一种质、一种形而上的质,放在文学作品本体论的地位上加以考察。在他看来,神韵乃“诗中所自具”,是一种“彻上彻下”“涵盖万有”的“道”。

站在语言超越性的立场,我赞成翁氏的立论。

季羡林先生的一篇谈神韵的文章也曾指出王士祯以偏概全、曲解神韵的错误,同时他还以他丰厚的印度文学理论知识对比论述了“神韵”与印度九世纪时的文艺理论家欢增(Anandavardhana)提出的“韵”的理论。季先生指出“神韵”和“韵”的本质是超越了诗歌语言的“字面义”“引申义”之上的“领会义”,这正是诗歌艺术的灵魂。季先生的这些论证抓住了问题的实质,只是他把“神韵”或“韵”的阐释仅放在“暗示”这一修辞学范畴里进行,让人还有些不能满足。[①]

我们仍然期望从文学作品本体论的意义上对“神韵”作出解释。

把“神韵”看作一种构成文学艺术作品本体的“精气”或“元气”，是道家“气生万物”的观点。

“气”这一概念，始为老庄一派的哲学家们使用，后来被广泛地运用到我国古代的天文学、物理学、化学、医学等方面，又被运用到美学、文艺学中来。

那么“气”又是一种什么东西呢？近年来，国内外的科学界、哲学界倾向于对“气”作出一种新的解释，认为中国古代，哲学和科学中所讲的“气”近似于现代科学中所说的“场”(fields)。

“场”具有波粒二象性。它具有一定的结构，具有一定的能、量，它又是一种“若有若无”“亦虚亦实”“边界模糊”“如云似雾(电子云)”的东西，是一般经验和常规语言难以状述的。“场”作为一种“物之精者”，也是一种言而外的东西。

“场”是一种连续性的物质存在方式，一种运动着的无限。

“场”不是一种“刚体性”的物质，它有时表现为“真空”，即所谓的“无”。然而，“真空”并不空，它只是物质的一种“潜存状态”，是无数粒子不时地产生与湮灭的脉动。这种“真空”也像是道家哲学讲的“太虚”，是一种“空无一有而涵盖万有”的东西。

“场”不是一种孤立的存在，而是一种由各种关系形成的网络，这种关系的网络甚至也包括观察者在内。在原子世界内部，人不再能够绝对客观地描述自然，任何一种描述，都和描述者与被描述对象之间的关系密切相关。即翁方纲所云：“置身题上者，必先身入题中也。”

这里，我们把中国古代文学理论中的“神韵”与西万现代物理学中的“场”相提并论，并不是以此标新立异。我们只是希望通过这种比较，确定神韵在文

---

① 季羡林：《关于神韵》，见《文艺研究》(北京)1989年第1期。

学作品本体论中的地位。神韵不只是作品的风格，也不是写作的方法和技巧，神韵是一切文学作品中整体笼罩的“精神的空气”（卡西尔语），是一切文学作品中通体灌注的生命的气息。

6.3 言语格式塔

不过，现代物理学中的“场”毕竟还是指的物质存在方式，而中国古代文论中“神韵”则是一种人类精神现象。它们之间虽然有许多相似之处，却并不在同一个研究的层面上。要将二者沟通，中间还应当有一架桥梁，这架桥梁无疑应当是生物学的，心理学的。在现代心理学中，格式塔心理学是唯一以“场”的理论来论证人的心理结构与心理活动的学派，他们为架设这一桥梁做出了有益的尝试。

格式塔心理学是一种侧重于研究经验现象中的形式与关系的心理学，它赖以立足的一个基本原理是：整体大于局部之和，形式与关系可以生成一种新的质，即“格式塔质”。这是一种突现的、新生的质，这是一种经由人的大脑整合的生成物，一种由对象的结构和大脑的直觉共同创化出来的东西。这种新质并不属于具体的任何部分，却可以统领涵盖各个部分，各个部分也因此被赋予了新的涵义。

由于格式塔心理学研究的对象是生成着的有组织的整体，这便使它很自然地关注到物理学中的“场”。对此，E. G. 波林（Edwin Garrigues Boring）在《实验心理学史》一书中指出：

> 由于格式塔心理学倾向于研究整体，因而，它本身经常关心场（fields）和场论（field theory）。一个场乃是一个动力的整体，也便是一个系统，其中任何一部分影响着所有其他各部分。一个接通一伏电压的电

网就是一个场。在一些视觉场内，你能看到任何一部分的显著变化引起波及全场的变化。某些视觉即可以用心理场的动力学予以解释。这种动力学对待视觉场就仿佛后者是相互作用着的力的场所。因为知觉经常遵循着物理动力学的法则，于是苛勒乃假设存在着一些脑的神经场，它们构成知觉现象中所表现的动力学的基础，并能说明其原因。考夫卡曾经设想，你必须根据一种行为场来理解人的行动，这种行为场所包括的不是刺激物和物理环境，而是行动者所感知和料想到的外部世界及其对象。勒温已建立了一个有如动力场的生活空间、人即在此空间中生活着和奋斗着。①

在格式塔心理学家们看来，一个由三条直线构成的三角形，是一个“场”，一个由七个音符交错组合而成的乐谱，也是一个“场”。甚至一个孩子想去参加一场郊游而受到家长的阻挡，这种常见的“生活情景”也是一个“场”……场，不仅是一个结构，也是一种能量，一个充满张力的“紧张系统”。与物理学中的场不同，在心理场中，人总是作为一个主体性的因素存在着，主体的意图、主体的心理定势总是在心理场中发挥着能动作用。

那么，人类的言语活动呢？人们在文学创作中的言语活动呢？是否也存在着一个这样的“场”呢？

作家张承志曾经这样剖白过他所认定的文学语言：

也许一篇小说应该是这样的：句子和段落构成了多层多角的空间。在支架上和空白间潜隐着作者的感受和认识、勇敢和回避、呐喊和难言，旗帜般的象征，心血斑斑的披沥。它精致、宏大、机警的安排和失控的倾

① ［美］E. G. 波林：《实验心理学史》，商务印书馆1981年版，第674页。

诉堆于一纸，在深刻和真情的支柱下跳动着一个活着的灵魂。[1]

这段剖白中不就显然有一种“格式塔”的意味吗？那由言辞构成的“多层多角的空间”不就是一种“言语场”吗？那其间涌动的人的情感和冲动，不就是弥漫于“场”之中的张力和能量吗？在这里，文学语言的空间要比雅各布森在两个轴上的弹跳复杂得多，也自由得多。在这里，文学言语像一曲声部繁多、配器复杂的交响乐，在一座恢宏无比的教堂中奏响；在这里，文学言语像一幅色彩斑斓、相互辉映的图画，一下子映入人的视野。写作，变得有点像是作曲和绘画一样，必须同时兼顾到上下前后、四面八方的声响与声响的协同或对峙、色块与色块的呼应或跳跃。而那音乐由此产生的旋律，那绘画由此产生的主调，就是文学作品的神韵。

在格式塔一派的心理学家中，柯勒（Wolfgang Kohler）更为关注的是客体对象的“有组织的结构”，而勒温（Kurt Lewin）更为关注的是主体在“心理生活空间”中所占据的地位。应当说格式塔心理学中同时包含了“结构主义”与“现象学”两种哲学思潮，而这两种几乎总是对立的哲学思潮在格式塔心理学中有时则会互助互补地携起手来。尤其是在对文学艺术现象作出解释时，格式塔心理学更是不得不这样做，其中做得最好的是鲁道夫·阿恩海姆（Rudolf Arnheim）。

对于文学语言，阿恩海姆一方面强调了结构的整体性，一方面又非常强调语词的意象性、可知觉性，认为构成文学语言整体的并不是理性的概念和逻辑的推导，而是主体直觉中的“心理意象”。在他看来，在文学作品中，一个词就是一个意象，甚至那些关联词语也不例外，也是可以直接感知到它的分量和意味的。在文学作品中，一句话就是一个“意象群”；一段话就是由“意象”和“意象群”构筑起来的一个“文学格式塔”，一种“墨气四射”“一片神光”“充满了

---

① 张承志：《美文的沙漠》，见《文学评论》1985年第5期。

艺术张力"的文学言语场。

这种以格式塔原理为依据的场型语言，很容易为诗歌语言所证实。八十年代初我国诗坛上涌现的第一批"朦胧诗人"都非常注重意象的剪接、组合、跳跃、转换、变形。已有评论家指出，杨炼由于受了艾略特、埃利蒂斯等人的影响，"更注重意象与意象跨度之间的张力。他是按照'结构—空间'的审美艺术原则去精心寻找组合意象的最佳方式"的，这就使杨炼的诗明显地具备了一种"格式塔质"，因而改变了语言因线性流动带来的平面感。至于多多，由于他对老庄哲学推崇备至，一贯强调作为母语的汉语写作的重要性，他的诗歌创作几乎是出于本能地呈现出中国古代传统诗歌的境界与神韵，并因此在西方诗歌界享有崇高的声誉。

这里，将格式塔心理学拉进现象学美学关于语言的研究领域，是否有僭越之嫌呢？别忘了，现象学的"祖师爷"胡塞尔在青年时代还是心理学家 F. 布伦塔诺（F. C. Brentano）的学生呢！

那么，"场型语言"是否只能在诗歌中出现呢？我认为并不是的。

著名美学家苏珊·朗格（Susanne K. Langer）说过："一切艺术都应该是诗的。"那么，"文学性"也应当属于"诗性"，文学家族中的小说、散文其精神和灵魂也应当是"诗"的；小说，散文中语言的精华，也应当是"场型"的。是以活的"心理意象"为单元多方位构建而成的整体空间。

果真是这样吗？请看下边引证的文字。

会馆里的破屋
寂静、空虚
她，逃出这寂静和空虚
已经满一年了
依然是这样的破窗
这样的半枯的槐树

和老紫藤
这样的窗前的方桌
这样的败壁
这样的靠壁的板床
深夜
独自躺在床上
如同我从未曾和她同居
过去一年中的时光
全被消灭。

大约没有人会怀疑这是一首诗，一首哀婉伤感、悔恨缠绵的爱情诗歌。然而，它却是小说，是鲁迅小说《伤逝》中开头的一节，只不过被我稍稍删略了几个连结性的词语又分行加以排列而已。

让我再举鲁迅小说《故乡》中的一节：

渐近故乡时/天气又阴晦了/冷风吹进船舱中/呜呜的响/从蓬隙向外一望/苍黄的天底下/远近横着几个萧索的荒村/没有一些活气/我的心禁不住悲凉起来了。

这是一字不易地从鲁迅小说《故乡》中摘下的一段文字，而且采取了"线型"的排列，但谁又能说这不是诗的语言呢？

读鲁迅写下的文字，与其说是看着鲁迅在一张洁白的宣纸上为我们"白描"出一幅画图（"白描"！"白描"！为了突出民族的鲁迅而一味强调的"白描"！）不如说是一位高明的电影摄影师正在为我们映出他以推、拉、摇、移、俯、仰等方式拍下的连续的镜头："陈旧的会馆""半枯的槐树""苍老的紫藤""子君的幻影""空荡荡的板床""深沉的夜色"，以及"阴晦的天穹""水面的乌篷船”“萧索的荒村”“忧伤的游子”等等,这些“心理意象”,这些富有特色的画面,经过“蒙太奇”式的拼接,遂成就一片艺术境界,收到了“物外传心,空中造色”“无字处皆其意”的诗的效果。

对于《伤逝》中的一段引文来说,依诗行的方式排列,可能加强了诗的效果。但从“场型语言”的实质来看,形式上如何排列并不是最重要的,重要的是小说家有没有那种诗境一般的意象,有没有对于语词丰富、生动、真切的语感,有没有将这些意象牵引、组装在一起的气势和心力。如果有了这些,即使采取“线型”的排列方式,依然无妨它“场型语言”的本质。

另外,从阅读的一方看来,言语的线性原则也并不是那么绝对的。对于有些人、有些情况下的阅读来说,阅读常是要一字一句、循序渐进地读下去的。一个词只和它邻近的前后两个词发生联系,就像抽丝那样一直抽下去,不管你把文本排成一直线、一方块、甚至一个圆圈,他都要这样读下去。但许多时候,阅读并不尽是这样。阅读一旦成了习惯,许多人可以一目数行的,他用目光在书页上“扫描”,只消捕捉到几个关键的词语或短句,就可以把它们连缀拼接起来,从而领悟到书中的大意。心理学中许多关于人类知觉的实验都证实了:从整体上把握对象是人的自然天性,对于解决某些问题来说,这种“整体感知”要比线性的推理有效得多。这样的阅读方式显然不是“线型”的而是更接近“场型”的了,这种阅读状态在文学作品的阅读活动中几乎是普遍存在的。

而且,在文学作品的阅读中,读者并不是“义无反顾”地照直前进的,读者在阅读中也在广泛地张开他那张文学接受之网,他会随时把读到的一个“语词”与周围的任何一个方向上的“语词”加以粘连、触碰,对前者发送反馈,从而改变已经读过去的那些“语词”的“心理意象”。比如,“大漠孤烟直,长河落日圆”是要依次读下去的,但只有读完了“长河落日圆”,才会对“大漠孤烟直”有更深切的体会,而且,“圆”不仅是用来“形容”“修饰”“限定”在它之前的“落日”的,它和“直”也相互“呼应”,而且相互“对峙”。同时又相互“映衬”,形成一股心理上的张力,给人以更为惊心动魄的美感。况且,“大漠”也并不只和“孤烟”相关，它也和“落日”相关，同理，“长河”也和“孤烟”相关。鲁迅的《伤逝》中的那段文字也是如此，当你读到“和她同居”时，前边读过去的那“靠壁的板床”，以及那“败壁”“破窗”“老藤”“枯槐”，不都顿时焕发出许多联想，增添了许多色彩吗？而同时，这“同居”不也因了这些“意象”的映照而又生发出许多酸楚、痛苦的滋味吗？可以说这是文学作品中的言语文字在进入文学流通时的一种“瞬间整合”，一种基于言语知觉之上的整合。

正如阿恩海姆指出的：“一种成功的文学意象，则是通过一种可称之为‘在随时修正中的冲击或合生’中获得的。”[①]这种“整合”或“合生”既可能在句子中发生，也可以在篇章中发生，前者或许可以叫做“微观整合”，后者则可以叫做“宏观整合”。甚或，这种“整合”也可以在一部长篇小说的整体结构上进行，如福克纳的《喧哗与骚动》、西蒙的《弗兰德公路》、艾特玛托夫的《死刑台》，昆德拉的《生命不能承受之轻》，在整体结构上都是具有一种明显的“格式塔”倾向，这种空间结构意图几乎成了现代小说的一种特征。

关于“微观整合”，A. R. 鲁利亚则从神经心理学的角度把这种现象称为“在短时记忆基础上的”“共时性综合”。它“不仅能在记忆中保持展开的言语结构的全部成分，而且能同时‘察看’这种结构，把它放入同时知觉的‘意义图式’中去”。[②] 这就为“场型语言”的存在提供了脑神经方面的根据。

至于“宏观整合”如何从脑神经活动中寻得解释，我们还没有找到有充足说服力的证据。也许，它是在阅读者活跃着的“情绪记忆”与“形象记忆”中呈现的。

还有一点尚需指出的是，“场型语言”和“言语场”虽然有着密切的联系，但也并不是一回事，因为好的“线型语言”和“面型语言”拼搭起来同样是可以形成“言语场”的，正如中国的一些传统乐器，如埙、笛、箫，单独演奏可以看作

① ［美］鲁道夫·阿恩海姆：《视觉思维》，光明日报出版社 1986 年版，第 366 页。

② ［苏］A. R. 鲁利亚：《神经心理学原理》，科学出版社 1983 年版，第 295 页。

是线型的，配合演奏也可以获得一种场的效应。总之，文学作品的语言更多地像是一曲交响乐，一幅色彩斑驳的印象派绘画。读者也总是在一种由语词构筑的“多层多角”空间中来欣赏文学作品的。不但诗歌是这样，写得好的小说、散文，读起来也并不全是“线型”的，从审美属性上看它们主要也还应当是“场型”的。

6.4 西蒙的调色盘

1985年的诺贝尔文学奖爆出了冷门，鲜为人知的法国小说家克劳德·西蒙（Claude Simon）攀得蟾宫月桂，舆论一时大哗。西蒙是一位个性独特的创作家，他沉默寡言，不善交际，孤独地笔耕文坛半个世纪，最终还是以自己杰出的作品赢得了人们的认可和尊重。

比起文坛上常常遇到的那些风云人物来说，这是一位沉甸甸的、很有分量的文学家。他对当代文学的一个十分重要的贡献是，他试图把呈线性展开的西方传统文学语言拓展为在空间生成着的场型语言。

文学表现首先是基于文学家对于世界的感受与理解之上的。在西蒙看来，在人的感知世界中发生的一切事物都是充满了偶然性、特殊性，而缺乏连贯性、因果性和规律性，但是传统的文学却一心一意地在那里写情节、写故事、写必然的事件始末，写完美的人物性格，写那些实际上并不存在的东西，因而那些冠以“现实主义”的作品并没有真正地写出真实，因为“真实”只能是“关键时刻在平凡的活动中抓住的那独特的一瞬间”，只能是浮现在作家记忆中的那些“支离破碎”的散片，只能是由这些散片构成的心理空间。而文学要表现这样的对象，传统小说中那种以陈述、描写为基本手法的线型语言就必须突破，而代之以一种新的文学语言。

普鲁斯特和福克纳的小说追求的是真实地再现意识在人的心灵中的流

动，他们选择的是一种“内心独白”式的文学语言，一种“内部言语”的直接倾泻，比如福克纳《喧哗与骚动》中的这段话：

> 您说哪里的话您看上去就像一个小姑娘嘛您比凯丹斯显得嫩相得多啦脸色红红的就像是个豆蔻年华的少女一张谴责的泪涟涟的脸一股樟脑味儿泪水味从灰蒙蒙的门外隐隐约约地不断传来一阵阵嘤嘤的啜泣声也传来灰色的忍冬的香味。把空箱子一只只从阁楼梯上搬下来发出了空隆空隆的声音像是棺材去弗兰区·里克盐渍地没有死人。

这段话写昆丁对凯蒂的感觉：由“嫩相”联想起凯蒂当年失身后那张“泪涟涟的脸”，以及妈妈抹眼泪的带有“樟脑味儿”的手帕，凯蒂出门疗养时的“搬箱倒柜”，由“箱子”而又想到“棺材”，想到“死人”。这段话中虽然也包含有一个个生动的“意象”，但小说家更注重的是意象与意象之间的连缀，遵循的是“内心独白”的线性关系。因为意识流小说家热衷的仍然是小说的时间，在他们的作品中，意识流变成了一条“言语流”。

西蒙也看重回忆，看重联想，但他致力探索的却是回忆与联想中的“空间关系”，他试图以言语文字编织一张“网”，来网取作家对于生活中那瞬间的、独特的真实感受。

西蒙特别提醒人们关注心灵活动的“共时性”，他说，在一个健康人的头脑中，模糊的记忆、朦胧的情绪、无名的冲动、飞湍的神思往往是“同时”涌现的，是“一团混合体”，描写对象的“共时性”与描述活动的“历时性”形成了尖锐的矛盾。在他看来，意识流小说家们并没有很好地解决这一矛盾。

为了解决这一矛盾，西蒙转而求助于现代派绘画，他说：

> 在我看来，问题不在表现时间、时间的持续。而在描绘同时性。在绘画里也是这样，画家把立体的事物变为平面的绘画。在小说作品中，问题

也是在于把一种体积转移到另一体积中，把一些在记忆里同时存在的印象，在时间持续中表现出来。[①]

在现代派画家中，他最喜欢的是前承印象主义、后启表现主义、未来主义的塞尚、凡·高、高更，尤其是塞尚。

西蒙早年曾经师从英国立体派画家安德烈·洛特学习过绘画，他对于色彩极其敏感。

不久前一位曾去拜访过他的中国学者说，在西蒙的书房里，悬挂着一幅"气势磅礴、精美和谐的拼贴画"，"画面上展示着大千世界的各色形相，闪烁着人类文明的奇异色彩"。西蒙的小说的风格也有点像是一幅"拼贴画"，历史、回忆、感觉、想象、幻觉、情绪同时涌现，像由许多彩色玻璃画面构成的"万花筒"。西蒙相信感觉意象和直觉，他喜欢那种"支离破碎"的美，赞美那种由"支离破碎"中产生出的统一与和谐。

这可能吗？

当一位杰出的作曲家被问及用什么来表现"宁静"时，得到的回答是：十二盘定音鼓。

而一位杰出的画家则同样可以用十二种以上的喧闹的色彩来展现这种"宁静"。在一张"30 号"的油画布上，凡·高运用这样一些颜料来画他的《卧室》：

淡紫色的墙壁，
红瓷砖的地板，
奶油黄的木床、木椅，
绯红色的床罩，

① ［法］西蒙：《关于（弗兰德公路）的创作经过》，巴黎《快报》1960 年 11 月 10 日。

香橼色的被单和枕头，
橙色的梳妆台，
绿色的窗户
蓝色的盆子
……
全部画面没有一点白色，而画框是白色的。

凡·高在致高更的信中说，“我想用这些极其多样的调子来表达一种绝对的宁静”。①

这里被音乐或者绘画表现出来的“宁静”，不是对于现实生活中那种“悄然无声”“冷清萧索”的模拟，而是在音响或色彩的关联、对比、呼应、折射、共鸣中创生出来的。

在凡·高看来，映衬在饱满、强烈的蓝色背景上的用各种铬黄、柠檬黄甚至橙黄画出的一头金发，犹如蔚蓝天空深处的一颗星辰，充满了神秘的意味。这意味当然不是蓝色固有的，也不是黄色固有的，而是蓝色和黄色在绘画的空间中结合之后生成的。这也就是作品的意义。所谓意义，就是意识在品尝某些“元素组合”时所感受的一种特殊的味道。我还曾听到几位男士品评一位姑娘的长相，说她的五官没有一样是标致的，但合起来生在她的脸上却显得特别“有味儿”，别有一种说不出的韵味儿。这大约也得之于“意义产生于部分的瞬间整合”。从创作心理学看来，这当然仍是属于“格式塔”性质的。

塞尚一派的画家都把艺术创造看作是“在感觉基础之上的构成”，其中半是天赋——即独立的感受方式；半是劳作——即有益的构成方法。一方面要能够用自己的眼睛观物，一方面又要学会组织表现自己的视觉。

画家们认为，绘画最善于传达这种“瞬间的整合”，音乐次之，文学最差。

---

① ［美］H. B. 奇普编著：《塞尚、梵高、高更书信选》，四川美术出版社 1984 年版，第 48 页。

康定斯基推崇音乐，把绘画排在第二，但仍然把文学排在最末。塞尚就说过：“文学作品是以抽象概念来表现的。”[①]高更也说，“文学是最不完美、最缺乏力量的艺术”，“文学是用词来描述的人类思想”，“任何思想能够详尽阐述，而内心的感觉就不能”，“当你问我描述奥赛罗如何出场、如何由于嫉妒而杀死苔丝德蒙娜时，无论你具有什么样的本领，你在我心中所唤起的印象，决不会比我亲眼看到奥赛罗那预示着风暴的前额更为强烈。”[②]

这些话中显然存在着画家们的职业偏见，以及他们对于文学的片面了解。但这些话对于历来在时间的纵轴上做线性运动的传统文学语言来说，仍然是一种儆戒。西蒙崇敬塞尚，就是决心要从现代绘画艺术那里汲取营养，将语言文字视为文学的调色盘，以改进文学家的工作。

我们不能不叹服画家们，尤其是现代派的画家们对于色彩的超出常人的感觉。康定斯基就曾经这样写下他自己对于色彩的感受和体验——“白色，无阻力的静止，一堵冰冷、坚固、绵延不断的高墙，是孕育着希望的沉寂，是诞生前的虚无，是地球的冰河时期”；“红色，坚定有力，独自成熟地放射着光芒，有效地散发着自己的能量”；“黄色，刺激、骚扰、急躁、粗重、如尖锐刺耳的喇叭，但在有的层次上它也是酸酸的柠檬，娇声款语的金丝雀”；“蓝色，宁静直至超脱人世的悲伤。淡蓝，长笛。天蓝，大提琴。深蓝，倍大提琴。黑蓝，教堂的管风琴”；“绿色，中产阶级，志得意满、不思进取”；“橙色，一位充满自信的人，浑厚的女低音”；“朱红，铜鼓，长号，奔腾的钢水”；“紫色，病态的衰败，仿若炉渣”。康定期基的这些“色感”当然是主观的、属于他自己的。如果说“色感”对于一个画家是至关重要的，那么“语感”也一定是从事文学创造的先决条件。

至于如何在自己的调色盘上调配出这些色彩，康定斯基又说：

---

① ［美］H. B. 奇普编著：《塞尚、梵高、高更书信选》，四川美术出版社 1984 年版，第 48 页。

② 同上。

> 合理的或不合理的色彩结合，对比色的震动，一种颜色覆盖另一种颜色，色彩之间相互穿透的声响，流动的色点被外形中断，轮廓线的扩张以及平面的混合和截然分割，所有这些都为发展纯粹的绘画提供了广阔的前景。①

那么，一个诗人或小说家又将如何在语言的调色盘上调配出自己的色彩、创造出自己的杰作呢？

与塞尚一派的画家们一样，西蒙特别强调作家在写作过程中的“感觉”，其中包括对记忆中的表现对象的感觉，以及对笔下不断弹跳出来的语词的感觉。西蒙指出：作家写作时面对的是一张白纸，而要对付的却是两种事物：一是存在于内心的感情、回忆、表象、意绪的杂乱混合物；一是与此对应的文字、语词、句法。② 写作便是由感觉激发的一种行动，而行动的结果又构成一种新的感觉。所谓作品，便是这种种感觉的“和谐契合”。

对于文学来说，唯有作家的感觉才是最真实的。如何把作家的感觉真实地表现在作品中并尽可能完美地传达给读者，西蒙没有走“具象派”诗人那种极端形式化的路子，也没有满足于结构主义语言学提出的“选择轴”与“组合轴”之间的弹跳，他更热衷于文学作品心理内涵的构成，热衷于文学意象在小说中的拼接与组合，热衷于作品整体的空间关联性，热衷于文学言语视觉的感应性。他倾慕那些画家们左一笔钴蓝、右一笔曙红、上一笔橄榄绿、下一笔柠檬黄的恣意任性的“胡涂乱抹”，甚至他曾经想到过要用各种不同彩色的墨水来写他的长篇小说《弗兰德公路》，让每一种色彩代表一个人物、一种情调、一种意蕴。

中国诗人闻一多曾在西洋学过绘画，受到过印象派的熏陶，他也是能够悟

---

① ［俄］瓦·康定斯基：《论艺术的精神》，中国社科出版社 1987 年版，第 58 页。

② 参见［法］西蒙：《受奖演说》（1985 年 12 月 11 日），译文载《弗兰德公路》附录，漓江出版社 1987 年版，第 261 页。

得此中奥妙的。他在论及温庭筠的诗词时说：

> 温飞卿只把这一个一个的字排在那里，并不依着文法的规程替它们联络起来，好像新印象派的画家，把颜色一点一点的摆在布上，他的工作完了。画家让颜色和颜色自己去互相融洽，互相辉映——诗人也让字和字自己去互相融洽，互相辉映。这样得来的效力准是特别的丰富。[①]

闻一多的评述与西蒙的追求可谓“心有灵犀一点通”。只是闻氏要建制新的格律，因而主张在字句的斟酌推敲上稳实地下功夫，而西蒙则要自由地挥写他内心的瞬间感悟，所以他主张一种“风驰电掣”的写作方式，西蒙更像是“印象派”加“超现实主义”的小说家。

西蒙曾介绍说他的写作并不是事前精心安排而又刻意雕凿的，这一切凭借的全是创作激情涌动中的心向和知觉，那是一种“快速摄影”，一切都像一阵风似地卷地而来，作品就在“写作当时”产生，他在受奖演说中解释说：作品就是“最初模模糊糊的写作计划”与“言语表达”两者之间的密切结合”，这种写作“现时”或“现场”产生出来的小说要比完全按照预定计划写出的小说丰富得多，其间有着言语自身的在写作中的升华创造。这时的语言文字就成了作家在小说中建立起的一块“踏板”，心灵从这块语言的踏板上起跳、高飞。这也是一种历险。在他的笔下，对于历险的叙述，变成了“叙述的历险”。

西蒙为了在创作中达成自己的这种高妙的美学追求，在语言的具体表达形式上也作了许多别出心裁的尝试。比如，常常书写一些山间流水似的千曲百折的长句子，长到三页五页没有一个标点，乃至在一句话中融贯两个不同时间的场景。以此来表达意象与意象之间的拼接、叠印、重影，或意识在心理空间中的涌动；又如，不时在行文中加括号，以披露事物在记忆中的变形；有时他

---

① 闻一多：《英译李太白诗》，原载：《北平晨报》副刊，民国十五年六月三日。

还写一些“半截句子”，或者将一个句子断开，将中间嵌入另一场景，以突出内心景象的片断性。

对于西蒙小说语言的理论探求和创作实践，有人表示欣赏，瑞典皇家学院“颁奖辞”中说他“以诗和画的创造性，深入表现了人类长期置身其中的处境”；但更多的是排斥、反对的意见，就他已经译为中文的《弗兰德公路》一书来看，中国的多数读者恐怕也是很难接受的，而且这丝毫也不能勉强。

对于读者的冷漠，西蒙自己有一种顽强的抗拒心理，他多次为自己申辩道：“请听我说，凡·高和毕加索是否曾思忖过普通人能够毫无困难地鉴赏他们的画：我认为一个作家无需向自己提出这类问题。要是我们力图使自己适合一般读者的理解力，那就完蛋了！”[①]他还充满自信地说：“让我们赞赏这一事实：那些过去在印象派画中只看到不成样子的乱涂乱画（即无法阅读）的人的儿孙们，现在却排长队去‘欣赏’在画展上或艺术博物馆中同样的‘乱涂乱画’的作品。”[②]

西蒙对画家和绘画艺术寄托了如此厚望，他把文字和语词当作自己手中的调色盘，努力在小说中造成“瞬间整合”的审美效果，实际上也是在追求我们在这本书中称作“语言Ⅲ”的那种东西，是在实践着对于西方传统小说语言的超越。无论如何，他对于人类语言无限创造性的探求精神都是应当肯定的。

6.5 开发右脑

前边我们分别从次语言和超语言的意义上谈到“裸体语言”“场型语言”。这里我们希望能够从神经心理学知识中为我们的设想寻找一些依据。

---

① ［法］西蒙：《弗兰德公路》，漓江出版社 1987 年版，第 270 页。

② 同上，第 249 页。

表二　人类大脑左右半球的特性与功能

名　称	左脑半球	右脑半球
特性与功能	语词的 命名能力 概念的 文法结构(线型)的 形式逻辑的 算术的 推理的 智力的 严谨的 进化较晚的	感觉的 知觉能力 图像的 空间结构(场型)的 躯体图式(手势)的 情景的 顿悟的 情绪的 疏落的 古老原始的
障碍性病变	失语症 言语能力递减 自我感觉差、失去自信	失用症 知觉能力递减 (同时可伴生多语、诡辩、空话连篇的症状) 自我感觉好,盲目自信

按照 A. R. 鲁利亚的说法,大约在一百多年前,就有人猜测到大脑左右两半球分工的不同,英国杰出的神经学家 H. 杰克逊在 1874 年曾发表这样的假设:大脑右半球与知觉过程有着直接的关系,是保证与外部世界的更加直接的、直观的关系的器官。[①] 二十世纪五十年代以来,R. E. 迈尔斯、R. W. 斯佩思、M. S. 加扎尼加以及鲁利亚才对这个问题进行了大规模的、艰巨复杂的实验研究,结论并不全都一致,但人类大脑的左、右半球确实存在着不同的分工,发挥着不同的功能,已经没有人怀疑了。这里是我根据国外学者的研究资料列出的一张表。[②] 从这张表中,我们不难看出,右脑半球的特性与功能应当是与人类的艺术活动有着更为密切、更为直接的关系的。

---

① ［苏］ A. R. 鲁利亚:《神经心理学原理》,科学出版社 1983 年版,第 223 页。

② 此表参考的文献有:A. R. 鲁利亚:《神经心理学原理》;M. S. 加扎尼加:《割裂的人脑》;K. W. 沃尔什:《神经心理学》;T. 布莱克斯利:《右脑的奥秘与人的创造力》等。

然而,在两脑半球分工被发现后的很长时间内,右脑半球却被人们不无贬义地唤作“次半球大脑”“非优势半球大脑”,认为它只掌管人类的一些“低级”的心理活动机能。对于右脑半球的这种低评价,与人们,尤其与科学界的人们对于人类艺术活动能力的评价是一致的。像巴甫洛夫(Ivan Petrovich Pavlov)这样杰出的生理学家就说过,“艺术家只限于记录原始性的、动物性的感觉材料”,“能够进行思维活动的是那些更为先进的人类分子”。巴甫洛夫这类科学家的偏见,无外乎又是为工业社会的唯物价值观念所决定的。

近年来的情况已经有了明显的改变,被誉为认知神经科学之父的加扎尼加(Michael S. Gazzaniga)就断定“两个半脑中的每一个分别具有高级的智慧机能”。一项有名的实验证实,仅具左脑的人对于临摹一个正方体一筹莫展,而一个仅具右脑的裂脑人则可以不很费力地把它画出来,对于“空间的视觉性的构造能力”来说,右脑是突出的。

T. 布莱克斯利(Thomas R. Blakeslee)在其《右脑的奥秘与人的创造力》一书中一反过去那种“优势大脑”与“劣势大脑”的称呼,称它们为“逻辑半球”与“直觉半球”。按照通常的看法,科学活动更多地运用左侧的逻辑半脑,艺术活动更多凭借右侧的直觉半脑。布莱克斯利的夫人具有中国血统,他对一句中国古代文论的解释很富有创见:所谓“意会”,实是一种“内感受”(gutfeel),它是右脑半球发挥作用的结果,“言传”则是左脑半球的功能。“只能意会,难以言传”的心境,是当右脑已有感受或反应时,左脑却尚未产生相应反映的一种心理状态。

对文学言语活动进一步考察,我们必将遇到一个无可回避的问题:文学创造与音乐、绘画、雕塑等艺术创造不同,它毕竟是属于人的语言活动领域,而依照“大脑左右半球分工”的基本理论来看,右侧大脑半球却是一个“非言语半球”。鲁利亚就曾说过:“这个半球,尽管它在解剖上与左边的相似,但它与言语活动的组织是没有关系的,它的损伤——有时甚至相当大的——不涉及言语过程。”①

① [苏] A. R. 鲁利亚:《神经心理学原理》,科学出版社 1983 年版,第 221 页。

那么,文学创造会是人类艺术创造中的一个例外吗?它的神经心理机制主要地应该是左侧半脑吗?

问题并非如此单纯。澳大利亚神经心理学家K. W. 沃尔什(K. W. Walsh)在引征1975年的一项研究成果时说:“在我们评论非优势半球的个别机能的论据之前,必须记住尚没有令人信服的证据说明任何复杂的心理过程是为哪一半球所绝对控制。”[①]鲁利亚也注意到:与左脑半球割裂开的右脑,清晰地说出事物的概念是不可能了,然而它还可以保留着直接知觉对象的能力和模糊地辨别词义的能力。[②] 这就是说,人的右脑半球在言语活动方面虽然不占据优势,但并不是完全无能的。英国心理学家彼得·罗赛尔(Peter Russell)的研究成果也在证实着这一点:“作为一个种,人类似乎正朝着在两半球之间建立更密切联系的方向发展。在个体进化的水平上似乎也有同样的现象:人体意识的发展会增加两半球之间的联系。”[③]

后来的研究又有了新的发现,其一是“每一半球语言能力的上限,被试与被试之间是不同的”。右脑言语活动能力相对的强弱也是因人而异的,“一个患者右半球很少甚至没有语言能力”,而“最好的病人显示出甚至能用左手(右脑控制下)把放在桌子上的塑料字母拼成简单的词如‘pie’(馅饼)”。[④] 另一点发现是,左、右半脑的能力是可塑的、可以后天施加影响的。[⑤]

如果临床观测这样证实:一位诗人或小说家的左脑完全损伤后,右脑仍然具有相应于一般左脑损伤者较强的言语能力,那么我们就可以得出“文学言语学”期待的一条定理:较之常人,文学家是一些右脑半球具有更高言语活动指数的人;反之,还可以推论出,他们的左脑半球上也一定更多地具备某些右脑功能。假如一般人是同时交错地运用两个半脑工作的,文学家则可能每个

---

① [澳] K. W. 沃尔什:《神经心理学》,科学出版社1987年版,第260页。

② [苏] A. R. 鲁利亚:《神经心理学原理》,科学出版社1983年版,第221页。

③ [英] 彼得·罗赛尔:《大脑的功能与潜力》,中国人民大学出版社1988年版,第58页。

④ [美] M. S. 加扎尼加:《割裂的人脑》。见R. F. 汤普森编的《生理心理学》,科学出版社1981年版,第39页。

⑤ [澳] K. W. 沃尔什:《神经心理学》,科学出版社1987年版,第275页。

半脑都在发挥着一个脑的作用，画家、雕塑家、作曲家的右脑功能当然应该是发挥很好的，但他们的右脑却并不一定具备更多的言语功能，在他们的艺术思维中可以没有过多的左脑功能的介入。数学家、语言学家、分析哲学家当然要求有更精确的言语活动，但他们的言语活动主要地集中在左脑半球上，而文学家却不是这样，一个杰出的文学家像一位高超绝伦的骑手那样，可以同时跨在两匹奔驰的马上。

可惜，这样的案例我们并没有发现。

但理论上有没有这种可能性呢？

应该说：有的。

目前，有关裂脑人的研究起码还可以给我们这样两点启示：

（一）实验证明，儿童的左、右大脑半球的分工是不很分明的，儿童的左脑半球与成年人不同，它具有相当机动灵活的掌握语言的功能。加扎尼加指出："一般说，成人右半球表现的语言范围，决不能与左半球表现的相比，或者就这一点说，也不能与儿童的右半球所表现的语言范围相比较。种种神经学的观察表明，直到四岁左右，右半球掌握语言还大约像左半球一样熟练。"①只是到了后来，到了个体的"成熟"阶段，"积极形成这种能力的过程和系统不知何故在右半球被抑制和消除了，而只允许存在于优势的左半球"。还有一半意思加扎尼加没有说出，那就是孩子们的左脑在开始的阶段上也可能是富有右脑的那些空间感受性的职能的。这就是说，在一个人的儿童时期，左、右大脑半球的功用还是"混沌"不清的，"语词"和"图像""言语"和"行动""理智"和"情绪"是自然交融着的。儿童的大脑神经活动的这一特点，决定儿童的心理气质都属于"艺术型"的、"诗型"的。反之，艺术家、诗人的心理活动机制应该说是在某种程度或某种意义上保存下了"儿童型"的。在前边"重提言语起源"一节中我们已经谈到了这一点。这也说明，为什么中外文艺创作理论都看重"童

---

① ［美］M. S. 加扎尼加：《割裂的人脑》。见 R. F. 汤普森编的《生理心理学》，科学出版社 1981 年版，第 39 页。

心”的珍贵！

（二）T. 布莱克斯利在《右脑的奥秘与人的创造力》中还讲到这样一个观点：人的左、右脑半球的分工在无意识心理状态中，很容易打破界限，变得相互之间容易通融起来。他说，在常规的思维活动中，由于左右大脑半球的分工，“言语的”和“视觉的”总是“存在着两种分离的过程”，“有意识的思维不可能同时在两个大脑半球中进行”，“然而在不自主的水平上，思维着的脑半球却有可能利用另一脑半球的资源”，这时，人的“说话能力”“并不要求言语意识去积极活动”。[①] 大脑左、右半球在无意识中自然沟通的这种神经活动状态，无疑是特别有利于文学创作的。许多杰出作家说过他们是“看着写”的，脑海里是映现的情景，手腕下是喷涌着的文字，所谓“文章本天成，妙手偶得之”，所谓“尽日觅不得，有时还自来”，所谓“凡有著作，特寡思功，须其自来，不以力称”等等，说的都是文学创作在无意识心理中的“自动性”。心理美学家埃伦茨韦格在《艺术的潜在次序》一文中反复强调“无意识”心态对于创作出“不朽艺术作品”的重要性，我也曾在一篇文章中剖析过文学创造活动中这种独特的心境。[②]

神经心理学对于大脑功能的这些深入的研究，倒是非常有利于我们对文学言语做出如下判断：文学言语是从感性的、次言语的心理状态中发生，经言语主体有意无意间的整理、组织、转换而创造出的新的话语形态。这也是一个由“语言Ⅰ”经“语言Ⅱ”走向“语言Ⅲ”的有机运行过程。

在这个过程中，传统观念意义上的“语言”（即我们说的语言Ⅱ）的作用曾经被过分地强调，分析语言学家、新批评和结构主义批评的一部分人更是着意地将“语言”弄成了一个“封闭的”“自足的”“空洞的”系统。而与此同时，言语活动中“感性的”“情绪的”“直觉的”“个体的”心理因素，却在脑生理学、神

① 见《国外社会科学》（北京），1987年第10期。

② 鲁枢元《创作心理研究》中《论创作心境》一文，黄河文艺出版社1987年版；河南文艺出版社2015年版。

经心理学研究中受到越来越多的重视。以“语言功能”为主要特征的左脑的“优势”受到了挑战,右脑的地位却一步一步地得到提升,而且右脑的功能已经不再被拘囿在艺术创造和文学创造的领域,科学的研究、发现、发明也在更多地求助于右脑。科学问题的创造性解决也总是要依靠对于感性状态的重新组构,左脑与右脑的协同合作才是人类一切创造力的真正的基础。“开发右脑”,在六十年代以来,几乎成了人们一致的呼声。有趣的是在这种呼声里,几百年来一直显得那么“强横有力”“高傲冷漠”的科学,开始变得谦逊柔情起来,开始向着审美的、艺术的领域靠拢。也许,这同时也是一种带有时代色彩的人类主体思潮的流动。

日本医科大学的吕川嘉也教授在其《右脑教育》一书中,从现代社会的特点对左右大脑半球功能作出了这样的评价:电子计算机高效率的工作所能够替代的恰恰只是左脑半球的工作,即推理、运算、记忆、分析,在电子计算机被推广使用的社会里,以往左脑型的办事人员会显得多余起来,在这样的社会里,企业往往更致力于挑选和收买富有创造活力的右脑型人才。这位教授还认为,左脑型人才适用于社会的正常运转期,而右脑型人才有可能成为变革时代的潮头人物。

这里还有一个问题,如果说一个人在四岁之前,右脑尚且具备较为全面完善的功能,后来究竟是什么力量“抑制”甚至“消解”了右脑的功能呢?

经研究发现,这个剥夺了右脑发挥作用的“专制者”竟然是“教育”,是近数百年以来流行于世界各地的教育方式!在这种教育方式下,人们从幼年起在学习中接受的“阅读”“书写”“记忆”“运算”“推理分析”“逻辑论证”都是“左脑”型的,学校中几乎所有的考试、考核也都是强迫人们对于左脑能力的单独使用。在古代希腊和先秦时代的中国曾经占据过主导地位的音乐、美术、文学等课程渐渐地变成了一些可有可无的点缀。

启蒙运动以来的西方现代教育模式重在发展人的“智力”和“理性”,这种“单项发展”则是以毁弃人的自然天性为代价的,即俗谓“聪明反被聪明误”。

人间万事，过犹不及，物极必反，对于左脑的过度开发也是如此。中国的思想家老子是主张绝圣弃智、绝巧弃利的，很早就对人们过度开发利用“人的左脑”有所警觉。人们似乎不怎么听取他的教导，以致今日高智商的“精致的利己主义者”风行于世。

天才的心理学家、教育家威廉·詹姆斯(William James)很早就告谕我们：我们人类的大脑可能还只开发了一半，而且只是一小半。“与我们应该成为的人相比，我们只苏醒了一半。我们的热情受到打击，我们的蓝图没能展开，我们只运用了我们头脑和身体资源中的极小的一部分。”①现在人们终于认可了这些话。

为了文学艺术的创造我们必须开发自己的右脑，这只是问题的一个方面，而且还不能算是一个最重要的方面；另一方面，我们还要在文学艺术活动中健全人类的大脑活动，丰富人类的心灵，涵泳人类的美好的天性。

补记：钱锺书论神韵

《超越语言》第六章中的部分文字曾以《“神韵说”与“文学格式塔”》为题发表在 1987 年第 3 期《文学评论》，大约是因为很少有人用格式塔理论解释“神韵”，文章发表后获得学界不少好评。书出版后，我才看到钱锺书先生《谈艺录》中专论神韵的文章，两相对照，既为我的千虑一得而侥幸，又深为锺书先生的博大精深、洞幽烛微所折服。兹摘录于下，以弥补我在论述中的不足。

神韵，为诗歌的基本属性，并非某种风格，一切好诗均应具备，“实无不该之所”，“神韵非诗品中之一品，而为各品之恰到好处，至善尽美。”

神韵，为诗性的最高境界：“诗之极致有一：曰入神。诗而入神，至矣，尽

---

① ［美］弗兰克·戈布尔：《第三思潮，马斯洛心理学》，上海译文出版社 1987 年版，第 58 页。

矣，蔑以加矣。”

神韵，在有限无限之间，终归无限。“常留无尽，寄趣在有无之间。”“有于高古浑朴见神韵者，有于风致见神韵者，有在实际见神韵者，亦有虚处见神韵者，神韵实无不该之所。”

神韵，在有形无形之间，终归无形，“譬如镜花水月：体格声调，水与镜也；兴象风神，月与花也。”

神韵，作为诗之“无形”的精魄，须凭借“有形”方能生成，“有形”“无形”相辅相成：“神理、气味者，文之精也；格律、声色，文之粗也。然，苟舍其粗，则精神亦胡以寓焉？”①

钱锺书先生在历数《庄子》《论衡》《诗品》《沧浪诗话》《诗薮》《渔洋诗话》《复初斋文集》中关于“神韵”的论述后，写下自己的判断：

> 诗者，艺之取资于文字者也。文字有声，诗得之为调为律；文字有义，诗得之以侔色揣称者，为象为藻；以写意宣志者，为意为情。及夫调有弦外之遗音，语有言表之余味，则神韵盎然出焉。②

在我看来，这就是说神韵乃有声有色的语言文字操作过程中的一种生成物，所谓“遗音”“余味”，无外乎说神韵是文字、语汇之外生成的一种形而上的诗的境界。这又是所有好诗都注定拥有的：“自运谋篇，倘成佳构，无不格调、辞藻、情意、风神，兼具各备；虽轻重多寡，配比之分量不同，而缺一不可。”

在这一节文字的后半部分，博学多闻的钱锺书先生又援引西方哲学、心理学的知识，对“神韵”这一中国古代诗学范畴加以阐释：

---

① 以上参见钱锺书：《谈艺录·之六》，中华书局1984年版，第40—42页。

② 钱锺书：《谈艺录·之六》，中华书局1984年版，第42页。

Boethius 于知觉（Sensus，imaginatio）、理智（Ratio）外，另举神识（Intelligentia）。见 *Consolationes philosophiae*，德国哲学家自 Wolff 以下，莫不以悟性（Verstand）别出于理性（Vernunft），谓所造尤超卓；Jacobi 之说，更隐于近人 Bergson 语相发。Bergson 亦于知觉与理智之外，别标直觉（Intuition）；其认识之简捷，与知觉相同，而境谛之深妙，则并在理智之表。此皆以人之灵明，分而为三（trichotomy）。《文子·道德篇》云："上学以神听之，中学以心听之，下学以耳听之。"晁文元《法藏碎金录》卷三亦谓："觉有三说，随浅深而分。一者觉触之觉，谓一切含灵，凡有自身之所触，无不知也。"按：即文子所谓"下学"。二者觉悟之觉，谓一切明哲，凡有事之所悟，无不辨也。按：即中学。三者觉照之觉，谓一切大圣，凡有性之所至，无不通也。"按：即上学。皆与西说吻契。文子曰"耳"者，举闻根以概其他六识，即知觉是，亦即"养神"之"神"，神之第一义也。谈艺者所谓"神韵""诗成有神""神来之笔"，皆指上学之"神"，即神之第二义，Pater 与 Brémond 论文所谓神是也。①

在这里，钱锺书先生引证欧洲中世纪哲学家贝提乌斯（Boethius）关于"知觉""理智""神识"三种不同层次的心理活动与中国春秋时期思想家文子的"三听说"、明代学者晁瑮的"三觉说"相比照，遂得出"神韵"乃 Boethius 所说"神识"（Intelligentia）、"悟性"（Verstand）、"直觉"（Intuition）；相当于文子所谓"上学之神听"、晁瑮所谓"大圣之觉照"。钱锺书先生熔中西文化于一炉的治学风格，在对于"神韵"的阐述中华丽现身！

① 钱锺书：《谈艺录·之六》，中华书局 1984 年版，第 44 页。文中提到的 Boethius，应为罗马帝国著名哲学家贝提乌斯（Anicius Manlius Severinus Boethius，480—524），又译波爱修斯，一位罕见的百科全书式思想家，精通文学与音乐。有著作《哲学的慰藉》（the consolation of Philosophy）存世。常被引用的名言：Si tacuisses，philosophus mansisses（你若能三缄其口，则不失为一位哲人。）

第七章　诗性的天国

7.1　言语的天地

在语言的天地里，下边，是人类经验积聚的幽深湖水；上边，是人类憧憬编织的苍茫云天；在它的四周，是间阻着已知与未知、有限与无限的森林和雪山。

人就生活在这样一个天地中。

人总是热烈地企盼着超越自己生存的天地，人也总是热烈地企盼着超越自己的语言。

他要超越语言，但他又不得不像一个经验不足的跳水选手那样，忐忑不安地站在日常语言这块厚重陈旧的踏板上。

我们就是站在这块厚重陈旧的踏板上，怀着忐忑不安的心情向着那烟波浩渺的深潭沉潜，潜入言语主体那幽晦不明、䌷缊浑沦的心灵深处，我们从中看到隐态的言语在塞闭中涌流，在无序中碰撞，在沉默中喧哗，在静寂中骚动。为了文学我们渴求从这深潭中导引出一种原生状态的语言，我们把它命名为

“裸体语言”。

我们就是站在这块厚重陈旧的踏板上，怀着战战兢兢的心情向着那旷远高古的苍穹腾飞，飞上人类言语那日月交辉、星光灿烂的精神上空，我们看到升华了的语言在有序中消泯，在虚无中创生，在瞬息间不朽，在永恒中流变。为了文学，我们又期望着从这变幻无定的云天中捕捉住一种精神化生的语言，我们把它叫做“场型语言”。

在威严板正的语言学家面前，我们不得不审慎地把前者称作“次语言”，把后者称作“超语言”；在细心较真的心理学家面前，我们又愿意顺从地把前者叫作“言语流”，把后者叫作“言语场”。

读者可能已经窥视到了此处的纰漏，竟然忽略了人类言语活动中那块最显明、最突出、最坚实、最稳固、最实用、最清楚、最科学、最普遍的地段：规范化的、逻辑化的语言。这是人类言语活动的显在地段，它的理想形态是“纯语言”，它的结构模式是“言语链”。

大约是“过正”以“矫枉”吧，我们这本书的重点放在了人类言语活动的上下两端，放在了为正统的语言学家长期无视的两端。我们并没有藐视言语活动那段中间地带的意思，我们把它看作人类言语活动的坚实的地面，再看一看我们“上下求索”时写下的这些文字，不就说明我们始终又离不开脚下的这块地面吗？当然，这不是一块孤立的地面，这不是一块封闭的地面，在它的下边和上边有着言语者自己的深层空间和高层空间。

从下边的这个表格中，大致可以见出我们对于文学言语活动的整体性思考。

关于这张表格，我们还需要做出这样两点说明：

一、在“次语言”“常语言”“超语言”之间其实并不存在一条截然相隔的界线，那只是一种浸润性、渗透性的过渡，我们划下的这些线只是人为的假设，只表示一种模糊的判断。

表三　言语的天地

称谓		言语学内涵	心理内涵	可操作性	呈现方式	存在形态
语言Ⅲ（超语言）	一片神光 瞬间伊甸园 高峰体验 君形者 象罔	神韵 气韵 氛围 意味 境界 意象 形象	幻想 憧憬 想象 感悟 直觉	弱	场型语言（言语场）	（精神的天空） 诗 音乐 哲学 宗教 美术
语言Ⅱ（常语言）	文本篇章 语义系统 句法结构 论证 陈述 闲聊	修辞 逻辑 语法 概念 语词 字符	理解 思维 认知 习惯 注意 记忆 感觉	强	逻辑语语（言语链）	（现实的地面） 伦理 政治 经济 科学 法律 技术
语言Ⅰ（次语言）	无定形认识 情绪的团块 纯粹的暧昧 寂静的钟声 浑沦的绸缎	内部言语 潜修辞 心境 意向 内觉 情绪 欲望	心绪 意向 情绪 冲动 本能	弱	裸体语言（言语流）	（生命的深渊） 巫术 魔法 神话 游戏 劳动 梦幻

二、这里我们不得不把“言语的天地”画成平面上的表格，其实它不该是平面的，也许它应当像银河系那样是一个螺旋状态的圆环，“次语言”最底层的存在物与“超语言”最上层的生成物是密切相关的，这又有点像太极图中的“阴阳二鱼”，是首尾相连的、是永恒运转的。老子曰“前后相随”“高下相倾”；赫拉克利特说“上坡路和下坡路是同一条路”，人性的深渊与诗歌的峰巅原本也是一张纸的这一面和那一面。

我们贸贸然闯入了人类言语的天地，开挖那浑沦的细缊，探测那神秘的天光,寻求那跳跃着的“裸语言”和闪烁着的“场语言”,这一切难道仅仅只是为了文学、为了诗歌? 而文学和诗歌又是为了什么呢?

存在主义的哲学家们反对把语言简单地看作“交际工具”,而把它提升到人类生命本体的意义上加以观照。

“语言是存在的家”,这里说的“语言”,不是语言学家和逻辑学家们认可的那种狭义的语言,而是一种包容了人的整体言语活动全过程的广义的语言;而这里的“存在”,则是人的生命底层的蕴含,是“烦”,是“畏”,是“良心”,是“决断”,是“生的意识”和“死的意识”,是人的心灵深处的种种活动状态。

“语言是存在的家”,等于说“在语言中栖居着真实的人的生命活动和心灵活动”。语言是人类生命活动与心灵活动的窠穴,语言的天地中包笼着人性的沉沦晦蔽和精神的澄明敞亮。而诗则是存在的神思,是由沉沦晦蔽升往澄明敞亮的甬道,也是由浑沦䌷缊的深渊升入天光四射的峰巅的阶梯。

语言、生命、诗原本是三位一体的东西、真正的语言是诗的语言,真正的诗性是人的本性,人类将在语言的虹桥上走进诗意的人生。

7.2 灿烂的感性

意大利伟大的思想家维柯(Giovanni Battista Vico)说过: 诗性即人性。

那么,诗的语言、文学的言语就是一座朝向人性完善与完美的“通天塔”。这座塔的塔基深扎在生命元初的古老地层里,而塔的宝顶却依稀辉耀在人类精神的无限的太空中。它的每一块砖石都显现着赤裸的感性,它的每一级台阶都闪烁着精神的灵光。人,就在这座高塔上不懈地攀登着。

文学的创化也是人性的创化,生命的历程同时也是艺术的历程。

如何挽救消费时代诗性的流失,如何才能疗救科学时代语言的干涸,如何才能防止信息时代人类生命的枯萎,如何才能给结构主义的“大鱼骨头”灌注进生命的气息？如果说有一掬仙水的话，那也许就是“感性”。

前边我们讲“裸体语言”，也正是要恢复文学言语中那发散着躯体温暖和肌肤芬芳的感性。

> “美是感性的完善”。
>
> “美只出现在感性的客体之中，内在于感性。”
>
> “审美对象的意义就是感性的组织、感性的统一原则。”
>
> “感性是美的标准的唯一判官。”
>
> “艺术的特点就在于把它的意义全投入感性之中。”
>
> “审美对象不是别的，只是灿烂的感性。”

感性、感性、感性……当代人为何如此焦急地呼唤着“感性”，那是因为当代人在日常生活中失去了太多的“感性”。

科学技术的发明创造固然给人们带来许多生理方面、感官方面的物质享受，但同时它又剥夺去人们心理和精神方面许多丰富细微的体验，而且是那种自然的、发自人的本性的体验。科学技术给人们带来一个机器、仪表、数字和代码的世界，计算机、网络、电脑代替了人的活动和感觉，种种意想不到的问题正在纷至沓来：一个现代人如果只是依赖机器行动，只靠电脑获得感觉，只靠荧屏丰富感情，他可能就会永远失去自己与自然相亲近的机会，失去与他人相交往的能力。失去“自己的”感觉和感情，也就失去了自己作为人的意义。

已经有人发出警告；电脑将使一代人的感情冷漠，电视机将造就一代白痴。早在十八世纪末，席勒惊呼的“人性的分裂”，两个世纪过后仍在与日俱增。如何疗救这种工业时代的社会病呢？药方似乎还是席勒曾经使用过的：人的审美活动和艺术活动。稍有不同的是，现代的思想家们更强调人在艺术活动和审美活动中天然的、直觉的、个体密切介入并直接参与的感性活动。

马尔库塞在席勒的美学理想中注入了弗洛伊德的精神分析，从而将席勒的美学中心涵义阐释为“解放在文明中被压抑的感性”。他号召审美活动和艺术活动加紧对“理性专制”的反抗,并着手创造一种与“科学理性”“技术理性”相对峙的“艺术理性”。他认为,艺术理性是人的想象、幻想、激情、冲动闪射的光芒,艺术理性是一种生长在感性之中不脱离感性、与感性血肉同躯的理性。

审美活动和艺术活动的表现与传达,必须借助主体的感受、知觉、体验活动,这似乎是一切美学理论和艺术理论中一个不证自明的公理。戏剧表演艺术理论家斯坦尼斯拉夫斯基(K. S. Stanislavski)在培训演员时,曾让一位演员把“今天晚上”这普普通通的半句道白念出40种不同的语调,以表达各不相同的寓意与动机。结果证明,在这一语言的表达活动中,言说者的语调、口气、表情、手势、姿态所传达的信息发挥了多半作用。

但是,这些有关言语感性表达的美学法则常常被语言学家拒之门外,最严厉的、也是最纯粹的语言学家只承认语言是抽象的符号系统,抽象的概念和法则,并不关注语言的感性内容。作为一种还报,美学、文艺学也就毫不留情地把这种语言学关闭在大门外边。

与以往不同,结构主义批评继承了上述语言学家的衣钵,却又希望它能够解释文学艺术的创造、欣赏活动:这就无可避免地要面对“语言的感性”这一问题。文学作品中强大的艺术感召力迫使结构主义批评家不得不在文学语言中松开了“能指”与“所指”之间机械的对应关系,使一个“语符”面对的不再是一个固定的概念,而是拥有了选择和搭配的多种可能。“能指”在同一“所指”中表现出丰富的多元性,这被当作文学语言审美功能的基础。正如罗兰·巴尔特表述的,诗是词语对于自身枷锁的打破,诗使词语摆脱实用目的的羁绊而闪烁出无限自由的光芒。文学创作中,不断增殖的繁多信息被含糊而又精心地组织起来,便是文学言语的生成。

其实,结构主义批评的前辈、俄国形式主义批评就曾强调过语言的可感性。著名的“陌生化”原则就是这样提出来的。诗歌语言的“陌生化”理论要颠覆语言的习惯用法,要创造性地破坏习以为常的言语法则,要瓦解人们对某个语句的“常备不懈”的反应，要创造出一种“升华了的意识”，要重构人们熟知的对于现实的某些感觉。

一句话：增大语言在文学中的可感性。

关键在于句段的“装配”。一个装配得宜的句子就是一个独立的世界。为了实现语言的陌生感，他们建议在“装配”中故意给言语的接受设置障碍。比如，选字的冷僻、修辞的奇谲、组句的怪异、谋篇的悖谬，使读者在这重重的言语屏障面前不得不瞪大眼睛、搅动脑汁，这样便增大了感受的时间和感受力度。

显然，这只不过是一种“言语策略”。这种策略往往是有效的，在中国的唐代，韩愈、李贺、李商隐都很会来这一手。老成的杜甫时而也会试一下，像前边我们举的那个“稻粒啄鹦鹉”的句子。钱锺书先生在其《谈艺录》一书中也曾指出：“律诗有对仗，乃撮合语言，配成眷属。愈能使不类为类，愈见诗人心手之妙”，这里也含有“陌生化”的意思。叶嘉莹先生评及南宋吴梦窗的“飞红若到西湖底，搅翠澜，总是愁鱼”“箭径酸风射眼，腻水染花腥”等诗句，对其中“愁鱼”“酸风”“花腥”的用法赞不绝口，认为这种背弃传统理性、纯以感性修辞的方法，走的也是“陌生化”的路子，“正大有合于现代化之写作途径”。

但是，“陌生化”的韬略并不总是很牢靠，因为文学语言总是要和读者交流、共鸣的，你设置的语言障碍如果太困难了，别人就会绕道而去，不再理睬你的“陌生化”。还是吴梦窗的那些诗句，古人就曾有过不少诸如“用事下语太晦处，人不可晓”的贬词，并非没有道理。

更令人遗憾的是，形式主义的这种理论一方面在力求增大文学语言的可感性，另一方面又声称这种可感性与言语的内涵无关，将言语活动中主体的心理定势、阅读的心境以及文学交流中的社会文化历史属性全都割舍去了。甚至，文学语言的可感性也不涉及心理意象的存在。这种理论关注的只是：“组织”“形式”和“关系”。这种“可感性”实际上又是“抽象的”“空洞的”。貌似高深的“陌生化”，作为一种理论它可能是“高深的”，对于文学的实际来说却是"浮浅的"。如果说这也是一种"感性"的话,对于语言的审美来说这只是一种单薄、贫弱的感性。

与此相反,阿恩海姆更强调言语活动中的心理意象。他承认语言本身是很少具有"感性"内容的,语言只是一种由声音或符号组成的媒介,"语言只有同另一种知觉媒介即作为思维之主要工具的意象相互作用时,才不至于沦为思想成形之后为它追加的标签或标记。"[①]有趣的是当阿恩海姆按照传统的说法给"语言"界定了这样一个保守的定义后,便开始贬抑它,同时大力宣传自己的言语知觉理论。他充满贬义地说,在人的思维活动中,"语言"甚至连工具也算不上,"语言只不过是思维的主要工具(意象)的辅助者",[②]即"工具的工具"。

细审之,阿恩海姆在《视觉思维》一书中关于语言一章的论述有不少自相矛盾的地方:他在提出问题时,总是力图将语词与语词的意象剥离开来,而在具体论述时,又常常把二者混同起来,认为意象也是语词的有机组成部分。一方面,从语言的传统观念出发,他似乎倾向于认可一种"纯粹的语言",一种不含有感性内容的语言,这种语言的思维是"不能生育的",它只能"原封不动地恢复某种关系",而缺乏创造性。另一方面他又在赞美那种不纯的语言,认为只有那些不纯的、含蕴着感性意象的语言,才会"对创造性思维有所帮助"。[③]尽管阿恩海姆在这章书中尖锐地批评了卡西尔的符号学理论,但他又不能完全摆脱把语言当作一个封闭的符号系统的思想。

"语感""言语知觉""意象""境界"之类的术语是否要永远地被关在语言学研究的大门之外呢?这已是迫切需要回答的问题。"心理语言学""文学言语学"注定要把它们纳入自己研究领域。由此看来,阿恩海姆执着地把"言语知觉""心理意象"引到语言研究中来的思想,是非常令人赞赏的。阿恩海姆

---

① [美]鲁道夫·阿恩海姆:《视觉思维》,光明日报出版社1986年版,第355页,第357页。

② 同上。

③ 同上,第341页。

卓越的心理美学理论导致他对于“感性”的高度推崇，以及他对于人的感觉的全部丰富性的深刻理解。在他看来，感觉，是一切生命主体的本质力量，对于人来说，这种力量又是创造性的源泉，“艺术则是感性活动的最美丽的花朵”，这样的“花朵”是人类生命健全存活的象征。他不允许有人在“语言”这一人类最重要的活动方式中剥夺去感性，于是便在传统语言学的框架里执意插入“意象”，尤其是“视觉的意象”。只是，他的“语言—意象”理论像一般的美学理论一样，并不是很严密的。我想，这是次要的，因为它毕竟是属于美学的。

杜夫海纳从他的现象学美学的立场出发，更是将感性推崇为人类审美活动的核心和极致，在他看来，感性就是人类心理空间的太阳，它无比地灿烂而且辉煌。“感性的完满证明对象的美”，在美的领域里甚至连“对象的本质也是感性的，因为意义不是那种应该通过思维工作去引出或产生的抽象意义”。[①]

杜夫海纳为使他的“感性至上”理论能够满负荷（甚至是超负荷）地向前运转，他又提出了“归纳性感性”（Sensibilité - génératrice）和“模式”（Schématisme）这样两个概念。“归纳性感性”即感性的统一性组织原则，经过统一组织而和谐有序的感性就具备了一种类似于“共相”的性质，这是一种“能够抽象的感性”，感性因此而把握了意义，而拥有了本质。与结构主义不同的是，他认为“这种统一性仍然内在于感性”，它不但不脱离感性，相反地，“它潜入感性、永远回到认识之前的自发性的条件下，它是归纳性的感性”，[②]我们不可能在概念中去寻求一种视觉的、审美意义上的真理，生物学不会告诉人们有关凡·高的橄榄树的真理，“归纳性感性的主要特点之一，就是成为一种想象的感性。”那么，“模式”呢？杜夫海纳说：“模式恰恰就是感性的组织原则”，“模式就是通过我们身体的某种东西所掌握的东西，是我们与被给定物，如一个立方体、一部楼梯、一只羚羊等等相接触的一种方式”，是一种“场”。[③]

---

① ［法］米盖尔·杜夫海纳：《美学与哲学》，中国社会科学出版社 1985 年版，第 63 页。
② 同上，第 65 页，第 66 页。
③ 同上。

杜夫海纳说出的这些话与结构主义唱的调门很有些接近了，但又有着本质的不同。第一，他的“组织原则”是“感性的”，第二，他的“模式”是由“主体”甚或是由“个体”介入引起的。

显然，杜夫海纳是想调和主观美学与客观美学、心理主义与结构主义之间的对立和冲突，这是他的现象学美学的特点。

杜夫海纳的暧昧态度在“艺术与语言”这道屏障前同样受到质疑：作为主体的、个体的、感性的、高度自由的艺术，它与自在的、普通的、抽象的、规范的、制度化的语言是什么关系呢？

拒绝回答是不行的。正如前边我们已经提起过的，杜夫海纳只有遗憾地说：“有灵感的艺术”，“它不是一种语言，更不是一种元语言”，“艺术没有元语言”，“艺术的语言并不真正是语言”。而在诗歌与文学的领域，杜夫海纳在拒绝承认艺术是语言的同时，又提出了“艺术是言语”，“艺术是话语”的说法。这样他就把“主体性”“个体性”“意象性”“自由性”等“感性”的因素搬运到以语言为媒介的艺术活动中来，语言在文学中、在诗中获得了血肉之躯，诗性的语言便因此而成了一棵饱含着人类生命新鲜汁液的长青藤。

杜夫海纳的理论走了一条迂回曲折的路。

在读了一些玄奥的美学和哲学著作后，我觉得在“艺术与语言”这个繁难问题上，维戈茨基早年的一个论断仍然能够成为我们思考的逻辑起点，尽管他的这一理论还有些粗糙简单。

维戈茨基并不把语词看作是思维的抽象符号，而是从生命活动的整体意义上把每个语词都看作是一个“活的细胞”，这个“细胞”有它的相对稳定的、确切的“核”，他把它叫作语词的“客观意义”；同时，在一个语词中还包含有许多流动变化的、浑沦不清的、难以分解的、异常丰富的东西，像是一团包裹在“核”之外的“光晕”，他把它叫作语词的“主观涵义”。

多年前，我在课堂上讲到“文学语言”一节时，曾经以“狗”这一名词来测试个体语感的差异，当场让三位学生回答当我在黑板上刚刚写下“狗”字时各自内心涌起的心理意象和意向。结果是很有趣的：一位同学说，他脑海里立即呈现出一条黑狗，似乎是在乡下插队时房东大爷家的那条黑狗，每到吃饭时端起碗来，它就傻头傻脑地蹲在面前；另一位同学说他的“狗”是花狗，白底黑花，而且是母狗，他说记得很小的时候邻居家曾养过这么一条花狗，它曾在一只石槽里下了窝狗崽，留下了很深的印象；还有一位同学说她的“狗”是“狼狗”，她说她最怕狗，尤其是害怕狼狗……无独有偶，后来我在富兰克林·福尔索姆(Franklin Folsom)的著作里也看到了一段论述“狗”这一语词个体化的文字，兹摘录于下：

> 每个词都像一只包缠得很仔细的盒子，等着人们去打开它——出声或不出声地念它。这时所有的结解开了，包皮脱落了，无数的意义便显露出来。
>
> 比方说，我对你说出“狗”这个词。设想的盖子被打开了，你的狗从里头跳了出来。什么样的狗呢？褐色的，或者白色的？有一条白狗，它就在你们这条街上。拐角那里另外有一条花点的、挺滑稽的狗。还有一种很神气的大狗——灵獒……还有两种北方狗，各不相同——一种是毛茸茸的爱斯基摩莱卡狗……还有一种是非常漂亮的俄国牧羊犬……也许，想象把你带到了那酷热的国度——墨西哥，那里有一种最丑陋的狗，样子像是被剥了皮似的……可是这些狗已习惯于不长毛……在灼热的阳光下这样要轻松些，凉快些……从语言的盒子里不断钻出狗——已经有上百种了。它们品种各异，大小有别，毛色不同，好坏都有。它们边吃边玩，效劳于人，捕捉野兽，帮助作战，照料小孩……狗多极了，房间已容不下，挤满院子。但它们都出自一个盒——来自“狗”这个词。[1]

---

① ［美］富兰克林·福尔索姆：《语言的故事》，山东大学出版社 1985 年版，第 163—164 页。

夸张一点说，这样的一个词差不多就是一个小小的星系了，在一颗恒星的周围，繁多的群星构成一团密集而模糊的星云。其实，早在维戈茨基之前，威廉·詹姆斯就已经注意到了语言中的这种“光晕”，他是从意识的不可分割的连续性上进行论述的。他说，有声有形的语言所表示的只不过是人类意识的核心部位，而在语词的边缘和语句的空隙处还充塞着、弥漫着许多说不清的东西，“也许还有一千个模糊的东西”，而这些东西只能去“感觉”它，而无法加以“概念”的。

维戈茨基认为，语词的“主观涵义”是语词在人的意识中产生的全部心理事实的总和，包括主体的“爱好和需要”“兴趣和动机”“感觉和知觉”“表象与记忆”“意志和情绪”，这是一个“人的意识的小宇宙”，它几乎包笼了这一“生命在它自己的地平线上观照和体验到的一切”。语词只有在获得了感性的“主观涵义”而不是单纯作为“概念”存在的时候，它才能够成为人类个体生命活动中的一个生气勃勃的细胞。不过，当这种个性化的主观涵义一旦付诸外部语言时，它的生动性与丰富性就要大大流失。

维戈茨基指出，个性化主观涵义的丰蕴，正是“内部言语的意义方面的首要的和基本的特点”。[①] 维戈茨基的后继者与拓展者列昂节夫还指出，语言的这种个性化的主观涵义在文艺创造中“表现得最为充分”，他还认为“涵义不是由意义产生的，而是由生活产生的”，比如“认识”到“死亡”的意义与切身“体验”到“死亡”的境遇有着天渊之别。语词的“意义”可以教授，语词的“涵义”却不能，涵义只能培养，只能依靠个人生命的身体力行。[②] 这样，从这些心理学家那里我们又得到一次有力的证明：文学言语的创造与欣赏，都必然是一种个体的生命活动。

从上个世纪末，就不断有人发出哀婉的叹息：科学的进步是以人性的耗

---

① ［苏］斯米尔诺夫编：《苏联心理科学的发展与现状》，人民教育出版社 1984 年版，第 328 页。

② 参见［苏］阿·尼·列昂节夫：《活动·意识·个性》，上海译文出版社 1980 年版，第 218 页。

损为代价的，理性的开发不幸地在毁弃着心灵，随着在人类感觉世界中每一份知识的增长，都流失一份人类感觉的生动性。原始初民身心之中那种神秘的体验、强烈的情感、丰富的直觉在现代社会的民众身上越来越稀薄、贫弱了。这也表现在人类的言语活动中，英美新批评的代表人物维姆萨特（W. K. Wimsatt）在其《文学批评简史》一书中指出：

> 随着逻辑与抽象思维的发展，语言逐渐失去了它的情感职责，它的凝聚作用日趋没落，日益走向科学化。这个剥夺过程，使语言只剩下一具无血无肉的骨架子。只在一个领域，语言仍然保留着“生活的丰满性”——艺术表现。①

我们呼唤语言的感性力量，正是为了捍卫人的天性的完整。为了人类生命的健全，让文学言语永远闪耀着灿烂的感性吧！人类从亚里士多德时代开始踏上的那条岔道或许已经到了必须矫正的时候了，或许已经开始矫正了。

7.3 打通心灵的囚牢

人本主义心理学家卡尔·罗杰斯（Carl Ransom Rogers）无限感叹地说：“今天，有无以数计的人生活在这种与世隔绝的地牢里，从外面无法看见他们的踪影，只能细心倾听他们从地牢里发出的微弱信息。”②

先前的威廉·詹姆斯说得还要悲观一些：自然界中最大的裂隙，是人和人在心灵间存在的那条鸿沟，时间上的接近和空间上的靠拢或对象上的类似

① ［美］W. K. 维姆萨特等：《文学批评简史》，中国人民大学出版社 1987 年版，第 31 页。

② 罗杰斯：《与人交往》，见林方主编《人的潜能和价值》，华夏出版社 1987 年版，第 133 页。

都难以将它们完全弥合。

西蒙的小说《弗兰德公路》中就提供了这样一个例证：两个孤苦无援的“情人”在暗夜中偷情：他伏在她身上，她抓住那东西把它引进，放入，吞没，搂住他的脖子，他卖力地冲撞她，希望知道他是爱她的。女人却猛烈地摇着头，说“不是，不是，不是，不是。”多么令人悲伤的一幕：两个人的肉体虽然亲密地嵌合在了一起，两个人的心灵却依然隔离着、抗拒着、相互封闭着。

在安徒生的故乡，那位名叫“庙堂”的克尔恺郭尔（Kierkegaard，丹麦语意为教会庭院）把“孤独的个体”作为自己哲学的研究对象，竟使他成为一代哲学思潮的先驱。在他的著作中，孤独成了人类个体心灵囚室厚重的花岗岩之墙，人们就在这昏暗的囚室中忍受着恐怖、厌烦、苦闷、忧郁、恶心、绝望等等精神刑罚的煎熬。克尔恺郭尔是悲观的，他认为人面对“孤独”是无可选择的，要么是选择其他而失去自我的存在，要么是主动地去选择做一个“孤独的个体”。他自己是中年的时候困死在孤寂中的，他说他的墓碑上只要刻下这几个字：“那个孤独者”。

不幸的是，不管是地球的西方或是东方，现代生活中日益密集的高楼大厦、人头攒动的繁华大街、高速往来的汽车飞机、潮水般涌来的各类信息，以及酒楼、茶座、舞厅、宾馆等星罗棋布的交际场所，都没有能够使个体的人有效地摆脱那种内心孤独的境况。

在威尼斯，我曾遇到一位风姿绰约的意大利女教授，那天在奇尼基金会院内的钟楼上，她指给我看，她的家就在城西北的那座“小岛”上，她说的是汉语，我一时没听清楚，将“小岛”听成“教堂”，惹得她一阵大笑。她说：“我可不愿住到教堂里！”我们都笑起来，笑得非常愉快，而且爽朗。后来我听人说到她过得其实很苦，至今还是独身。有过一位很要好的男友，但不知什么缘故他把自己关在汽车里自杀了，死得无声无息。她现在一个人住在一幢相当豪华的房子里，窗子外边就是海，面对着星月交辉的海面，她曾多次想投身进去……

在北京，我爬了十二层楼梯去看望一位青年朋友，那时他因为生了眼病已休息一个多月了，而他那濒于关系破裂的爱人正在大洋彼岸攻读社会学的研究生。十二层的高空建筑，他一个人闷在室内，放目望去，全是一片灰蒙蒙的层顶，顿生两脚悬空之感。他说，真是寂寞，有时真想纵身跳下……

孤独是这样地令人不堪忍受，这使我想起中世纪死囚牢的岩壁上，囚犯们不知用什么东西刻下的文字和图画。

克尔恺郭尔是一位虔诚的宗教信徒，他以孤独自虐，以孤独为最终归宿，他把亚伯拉罕杀子献祭上帝奉为人生的最高境界，这是一种愚昧的凶残，他有什么权力来杀死另一条生命呢？尽管受害者是他亲生的儿子，或者竟或是他自己。但尽管这样，克尔恺郭尔在他短暂的一生中还是坚持不懈地著书立说，向世人说了那么多的话，莫非他也在挣扎着要走出那孤独的死谷吗？

曾经担任过心理学教授的雅斯贝尔斯是克尔恺郭尔的忠实信徒，他也认为“孤独的个体”是人类生命存在的基本形态，但他折回头来又说：渴望交往又因此而成了人类生命个体的一种强烈的冲动。“人的生存的基本特征就是想在人与人的交往中达到使一切人乃至最辽远的人也都联结起来的那个‘大一’。”[①]孤独是交往的依据和动力，交往才能使个体真正成为自己。“对生存意识而言，交往是真正的存在”，这种寓孤独于交往的过程是一个人既保持自己的独立又把自己向现实敞开的矛盾过程，这是一场“爱的斗争”。

心理学家罗杰斯把“交往”看作是打破心灵地牢、摆脱心灵孤独的唯一渠道，他说，“当我能够与人进行真正的交流时，哪怕只是在某一个问题上，我都感到是一种无法言喻的报偿”，“当我在听某人对自己倾诉衷肠时，我好像是在欣赏天堂的音乐”，“当一个人意识到别人已经充分透彻地倾听并理解了自己时，他的双眼就会闪现出泪花。这实际上是快乐的眼泪。他好像在喃喃自语：感谢上帝……”[②]

---

① ［德］雅斯贝尔斯：《生存哲学》，第 75 页，1971 年英文版。译文见许崇温主编《存在主义哲学》，中国社会科学出版社 1986 年版，第 282 页。

② 罗杰斯：《与人交往》，见林方主编《人的潜能和价值》，华夏出版社 1987 年版，第 133 页。

罗杰斯把“诉说”和“倾听”看作是心灵交流的重要手段，为此，他完成了许多技术性的实验。“诉说”和“倾听”当然都必须借助于语言，然而，“语言”真的具备沟通人们心灵的功能吗？这始终是一个受到怀疑的问题。

存在主义的哲学家海德格尔是如此地不信任语言，在他的理论中，人类现代生活中的语言已经成了一种心灵的蔽障，甚至成了对心灵施使摧残的暴力。

语言的这种危机，来自语言的逻辑化、同一化、工具化。语言的类化，语言的泛滥表现出语言对人的拘限、对人的存在的扼杀。当所有人都重复地说着内涵一致、固定不变的语言时，人就失去了憧憬与幻想，失去了不满和冒险，失去了发展和未来，生命就会陷入干涸和萎顿，这时的“语言”不但不能再成为交流的沟渠，反而会成为人的心灵的桎梏，使人的自我在意识活动领域完全丧失。

前苏联作家阿·托尔斯泰大约是不相信存在主义哲学的，但是他也曾说过：“对于语言，对于每一个渴望获得文化的民族，致命的毒药就是使用语言中那些现成的、用惯了的形容词。一个总是行走在使用惯用的和现成的形容语道路上的人，走的是一条下坡路，他会滑到非常危险的斜坡上去。”①

在中国清代兴盛过二百多年的“八股文”，以及后来在全中国大泛滥的“文革体”，都曾使中国人行走在这条“非常危险的斜坡”上。我们从《儒林外史》的周进、范进身上，从鲁迅小说中的孔乙己、陈士成身上，不难看出那种“毒药”般的“语言”对于人的心灵的囚禁和戕害；从当年红卫兵的传单、小报以及“革委会”的文告、致敬电上，我们不难看出那众口一词、千篇一律的语言后边愚昧麻木的心灵，不难看出“语言”通过“伟大领袖”在公民个体身上实施的“暴政”。

语言，即使在文学与文学家那里，要想取得和别人的交流也并不是一件容易的事，弄不好，文学家精心构筑起来的文学语句，反而会成为阻隔心灵沟通

① ［苏］阿·托尔斯泰：《论文学》，人民文学出版社 1980 年版，第 280 页。

的壁障。

一篇小说中写一位苦难深重的农村妇女用了这样的语言："岁月的斧子在她的脸上刻上了一道道皱纹，一道道皱纹又像是一条五线谱，只不过，那上面记录的不是生活的圆舞曲，而是艰辛的咏叹调。"我们很难想象，这"五线谱""圆舞曲""咏叹调"会将一位农村妇女和一位小说家，或者和任何一位读者沟通起来，我们看到的只是作家卖弄技巧、言不由衷的文辞，这样的文辞无疑是横置在心灵与心灵之间的一层厚厚的隔膜、一堵坚固的牢墙。

其实我们也不必过于苛求我们的这位作家，被视为大文豪的高尔基（Maxim Gorky）也有过这样的教训，他说，有时他花费了许多功夫写下来的一段自以为得意的文字，印成书后再看一看，不过是一只裱糊得十分精致的"糖果盒子"。

约翰·斯坦贝克在获得诺贝尔文学奖之后，给朋友写信时诉说：为了那个在瑞典皇家文学院的"该死的讲话"，他至少写了二十遍，他说他尽量把它写得文雅有礼，结果写成了"一堆废话"。后来，他说他豁出去了，只写自己愿意说的话。结果他果然在授奖仪式上讲了一通夹杂着土话、粗话、脏话，却成就了一篇真诚感人的讲话。他说："我不应该像一只感恩戴德的老鼠一样，吱吱地抱歉不休，而应该如一只雄狮那样，为自己的职业以及长期以来从事这一职业的伟人和善者发出吼声。"①

除了那些蹩脚的作品外，还有一类十分"精明能干"的作家，他们的作品常常为一般读者所乐于接受，受到相当普遍的欢迎，这里面也可能隐藏着心灵的危机。

这类作家往往具有很高的写作技巧，又熟知他那个时代读者的心理状况，他知道文学活动是在"作者"与"读者"两极之间进行的，他会把读者的心灵当作一架钢琴，自己则充当琴师，然后用"言语的手指"在键盘上敲击出一连串生

① 《诺贝尔文学奖获奖作家谈创作》，北京大学出版社 1987 年版，第 291 页。

动流畅的乐曲来，读者心满意足，作家陶然自乐，大家在作品中“心心相印”，千万颗心合成为同一颗心，交往成功了，就作品的发行量而言似乎取得了绝对的成功。

这一切可能全都仅仅是一种假象。

这样的作品或者是对于读者某些日常世俗心理的蓄意迎合，或者是对于社会某些实用目的的及时满足，而不是从灵魂深处生发出来的。作家写下的只是读者心中已经有了的，是他已经清楚地揣摩的，如果说这也是一种“交流”的话，那么这只是一种表浅的、甚至是虚假的交流。在中国当代文坛上，这样的例子太多了。一些作品在获得了一时间的“轰动效应”之后，就不再有任何“效应”，原因就在于它缺乏心灵深处那种无终无极、永生永新的交流。

但我们也不同意某些结构主义批评家的观点，按照他们的理论来说，文学的交流几乎是不可能的，也是不必要的。他们认定，文学作品是“自在”的，作品就是作品，自成一个完整封闭的系统。巴尔特就曾把文学比作这样一扇“窗户”，一扇紧紧封闭的、缺少透明度的窗户，人们不要期望通过这扇“窗户”看到窗外的什么，“窗户只是窗户”。

这样的说法也未免太绝对了。

不如说，用人类言语构筑起来的文学作品是这样一扇“窗户”：窗子的里边和外边分别站立着作家和读者，这扇“窗户”并不完全敞开，却具有一定的透明度，人们渴望透过这扇“窗户”来透视对方，却同时给这窗户铺染上自己心灵的色彩，人们看到的既有对方心灵的模糊的影像，又有自己心灵的生成物，心灵在语言中进行着极为复杂的换算，却无法完全吻合。正因为无法完全吻合，人们又在追求吻合中生生不息地探求着。通过这样的“窗户”来洞察对方的心灵是困难的，然而也是神秘的、微妙的，更加接近心灵的真实的。

心灵的交流具有一种奇特的二重性，它既是“封闭的”，又是“开放的”，这是因为心灵只有在“封闭”的情况下才有可能成为“个体”的，“私人”的，“深潜的”，因而也是“孤独的”，富有“张力的”。也唯独有了这种“封闭”，交流才不得不以“直觉的”“联想的”“想象的”“幻想的”“感悟的”方式进行，较之那种直接灌输的、一一对照的、复印式的交流，这样的交流具有更广阔的心理空间，将产生出更为丰富的心理生成物。交流着的两颗心灵之间存在有空间，这样才有天风鼓荡；交流着的两颗心灵之间存在着差异，这样才能互相丰富。这样的交流更适于精神的交流，感情的交流，爱的交流。艺术的交流正是这样的交流，文学的交流也是这样的交流。文学作品既是一个独立自主的世界，又是一个自由广阔的天地，作品在人的心灵的交流中超越了自身的符号系统，生发出新的涵义来。从这个意义上来说，“我们阅读作品，作品也在阅读我们”，“作品在被人们阅读的同时，人们又在创造、丰富着作品”，这也就是说，在真正的文学作品中，语言的确充当了人们心灵交流的使者，而同时语言也在心灵的交流中超越了自身。

如果把精神交流放在时间的、历史的纵轴上加以考察，我们就会更清楚地看到这种语言的超越。伽达默尔说，“一切流传物，艺术以及一切往日的其他精神创造物，法律、宗教、哲学等等，都是异于其原始意义的，而且是依赖于解释和传导着的精神的，我们称这种精神为希腊人的赫尔默斯，即信使神。”① 在古希腊神话中，信使神赫尔默斯是一个精力充沛、行走敏捷、多才多艺、行为不轨的促狭鬼，一个不安分的家伙；在现代解释学中，他却不只是一位传递信息的载体，而且还成了一个不见形迹而又参与创造的“隐身人”。我总是认为，曹雪芹的《红楼梦》经过二百多年许多代人的阅读，它的“本子”已经比曹氏刚出手时厚了许多许多。这也应当归功于“赫尔默斯”的创造。在文学言语的研究中，我们怎么能够忘了这位隐身的“尊神”呢？

文学语言在交流过程中对于自身的超越也还和文字的出现与印刷术的发明有关。印刷术的发明，使诗人、小说家由吟诵变为书写，“文学家”由直接面对具体特定的听众变为面对间接的虚拟中的读者，而读者“听”到的都是不在

① ［德］H. G. 伽达默尔：《真理与方法》，辽宁人民出版社 1987 年版，第 243 页。

现场的作者的言说。于是,眼下的读者与一千年前的作家展开对话,不同国度不同民族的读者在倾听着同一个作家的话语。而且,不同的读者可以对同一个作者的同一篇话语进行不同的编码,即使同一个读者对于他喜爱的同一篇“文学言语”也可以反复地编码。如果我们还考虑到一个作家在写作他的这部作品时他又将从他之前的许多作家的文学言语中倾听并汲取许多东西,那么人类的文学言语活动早已经变成了人类肌体上密集交织在一起的血脉和经络。正是它们在促进着人类个体之间生命的渗透与交流,在维护着人类个体之间精神的沟通与融汇,正是文学的言语给人类个体深埋在岩层之下的那间囚室嘘进一缕缕生命的暖气,透进一缕缕精神的光辉。

7.4 语言的狂欢

语言不是宗教,但语言却具有类似宗教的约束力,有时甚至比宗教的戒条和律令还有效力。语言的规则常常就是人的行为的规则,语言的秩序不知不觉地会成为社会的秩序,对语言秩序的违犯便是对社会秩序的违犯,颠三倒四的言语者不就总是被当作精神病人而被关押进“疯人院”吗?

语言成了一种严密的社会强制,你不得不处处因循着语言的成规,你不能不模仿着别人已经说过千遍万遍的话语,你不能不依照你的身份说为你规定的那种话语,你是个教授你就要讲出教授的腔调;你是个官员你就要讲出官员的神气;你是个小说家,语言也在强迫你如何写得流畅、生动、形象、有趣,以便人们读起来顺耳又顺心;你要做个情人吗,甚至也已经为你准备下了现成的字眼,诸如“爱你”“吻你”“一千次吻你”;新近一些社会贤达编纂的《日常用语大全》中,甚至连未婚女婿如何对付未来的丈母娘都已经提供了“金句”;更有些书还要包教你学会如何幽默,如何开玩笑,如何高效能地“拍马屁”……如果你一一学会了这些,你也就在语言的统治网络中完完全全地丧失掉你自己。

语言的既定性将人们捆扎得结结实实，人们在毫无察觉中成了语言的奴隶。如果说，教规严苛的天主教徒们每年之中还有那么一个恣意纵情、放荡不羁的“狂欢节”，那么言语者的狂欢又在哪里呢？

很小很小的时候，在那遥远的星光灿烂的夏夜，我曾与邻居的孩童们坐在家门口的老槐树下拍着手、扯着嗓子吼唱一首古怪的儿歌，那歌词依稀还记得：

小鸡小鸡嘎嘎，
小鸡爱吃蛤蟆，
蛤蟆蛤蟆流水儿，
小鸡爱吃鸡腿儿，
鸡腿鸡腿有毛，
小鸡爱吃仙桃，
仙桃仙桃有核（读作 hu），
小鸡爱吃牛犊，
牛犊牛犊撒欢儿，
一直撒到天边儿，
……

这首儿歌的语无伦次、文理不通是显而易见的，但那只是站在成人的立场上来看，当时的我们唱得真是尽情尽意、酣畅淋漓，而且至今我仍觉得它是那样的热烈、那样的神秘，我相信，我到死也不会忘记它了。我后来有了自己的孩子，两个可爱的女儿，她们都是在托儿所里长大的，她们也唱过儿歌，她们唱的是她们的老师教给她们的，语法措辞上绝无任何毛病：“爸爸妈妈有工作，把我送到托儿所，托儿所里朋友多，唱歌跳舞真快活。”完全合乎句法、合乎逻辑、合乎事理，然而孩子唱得并不快活，因为这不太合乎孩子的心意，尤其是我们的那个大女儿，她愿意呆在奶奶身边，死活不愿去托儿所。当托儿所的老师要求大家齐唱这支歌时，她也还有她的办法，她会把“真快活”唱出颤悠悠的哭音来。你瞧，这种规整的语言对于歌唱的幼儿来说无疑是一种语言的强迫！

然而，孩子长大成人后就不能再说“小鸡爱吃蛤蟆”“小鸡爱吃牛犊”了，儿童上了小学、中学，认了字，受到了严格的教育，就只会说“小鸡爱吃虫子，爱吃谷粒”了。“小鸡吃虫子、吃谷粒”是语言的日常稳定秩序，而“小鸡吃蛤蟆、吃牛犊”则是想象与幻想的领地，对于想象和幻想来说，小鸡什么不能吃呢？孩子变成了成年人，渐渐接受了语言的稳定秩序，同时也渐渐失去了想象和幻想的能力。可叹的是这种宝贵能力的被剥夺，又常常是打着教育的名义。我们的教育教人更多的是守护一种秩序的能力，而不是创造一种新的世界的能力。

创造，就必须打破语言的稳定秩序。创造的先锋和前卫们往往被认作捣乱、胡闹、恶作剧，被当作寻衅滋事的叛逆分子，这差不多也总是因为他们突破了、踏倒了、拆散了语言的固有的樊篱，包括广义上的、各自专业内的“语言体系”或“符号系统（如“绘画语言”“音乐语言”“舞蹈语言”“雕塑语言”“电影语言”等）。

他们的“颠覆”和“捣乱”常常体现为语言的狂欢。

“道可道，非常道。名可名，非常名”，“道之为物，惟恍惟惚”，后来被人们奉为经典，我想老子当初言说时何尝不也是一次言语的“颠覆”？

“吾令凤鸟飞腾兮，继之以日夜。飘风屯其相罹兮，帅云霓而来御”，亦是后人吟诵的名篇，屈原当初高歌时，何尝不是一次言语的“狂欢”？

还有李白、李贺、李商隐；还有但丁、弥尔顿、艾略特。

当年郭沫若喊出“我是一条天狗！我把月来吞了，我把日来吞了，我把一切的星球来吞了……我飞奔，我狂叫，我燃烧……我剥我的皮，我食我的肉，我吸我的血……我在我神经上飞跑，我在我脊髓上飞跑……我的我要爆了！”一时曾引起多少人的震惊、招来多少人的嘲笑。

当王蒙在十年前一下子抛出他的《夜的眼》、《海的梦》、《春之声》等六篇小说时，“咣地一声，黑夜就到来了。一个昏黄的、方方的大月亮出现在对面墙上”。这“咣地一声”，同时也引来了许多好心的、老诚的、本分的读者以及同行作家、评论家的惊诧、疑惑、愤怒、颓丧：“不要背离读者！”“咱们这样的人看起来都费劲，老百姓还买、还看吗？”“更重要的是工农兵！”

在王蒙之后，在中国当代文学语言的狂欢节上旋即又踏着跳踉的舞步走来了张承志的“胡涂乱抹”，走来了韩少功的“爸爸爸”，走来了莫言的“透明的红萝卜”，走来了李佩甫的“红蚂蚱、绿蚂蚱”，走来了杨炼的“诺日朗”和廖亦武的“死城”……

中国的文坛于是洋溢着创造的生命。

“九洲生气恃风雷”，也适用于语言的天地。人类的语言是需要不断更新的，语言的积垢如果不及时清理，语言的天地就会变成语言的垃圾场、停尸场，变成积粪如山的“奥吉亚斯的牛圈”。当年恩格斯在《自然辩证法》一书中曾无比欢欣地讴歌过德国的宗教改革家、诗人马丁·路德(Martin Luther)对于改造德国语言的贡献：

> 路德不但扫清教会这个奥吉亚斯的牛圈，而且也扫清了德国语言这个奥吉亚斯的牛圈，创造了现代德国散文，并且撰作了成为十六世纪《马赛曲》的充满胜利信心的赞美诗的词和曲。[1]

在本世纪的中国，语言上的“老八股”“新八股”“党八股”，以及改头换面的“反右体”“跃进体”“文革体”“金句体”都一层又一层地淤积在当代中国人的心灵之上，当每一个中国人都万口如一地说着相同语句时，每一个中国人同时也都失去了属于自己的语言。此时，多言而又失语的中国人已经萎缩了，心

① 《马克思恩格斯选集》，人民出版社 1972 年版，第 3 卷，第 446 页。

灵之苗如果不挣扎着破土而出，就将在语言积垢的重压下死去。

“狂欢”即对于“压抑”的反抗，狂欢首先也是宣泄，是火山的喷浆，是山泉的湍射。狂欢也是革命的情感动力和精神动力。正是对于语言压迫的反抗，才有了“五四时期”的语言革命和“新时期”的文体革命。这两次相距七十年的文学语言革命不但疏通了人们的心灵航道，甚至还分别成了时代转换的前奏和标志。

在文学创作中，语言的狂欢有时表现为文字游戏，就像布勒东和他的伙伴玩过的许多花样那样。但是，语言的狂欢就其本质说总是严肃的，并不仅仅是语言的游戏。正如维特根斯坦所说的，“语言游戏”也是“某种生活形式的一部分”。况且，维特根斯坦还认为，要精确地判定什么东西可以被称为“游戏”，什么东西不能称为“游戏”，也是困难的。

语言的狂欢更多的是拿生命冒险，是言语者在人类知识搭筑的高塔的尖端翻扑腾跳，是言语者用头颅去碰撞社会以“习惯”“常识”“稳定”“秩序”“多数”“一致”构筑的铜墙铁壁。尼采张扬“酒神精神”，把酒醉后的狂欢看作人对滞重、发霉的人世沼泽的超越，而“神圣的舞蹈”和“圣化的欢笑”便是超越和升腾的主要方式。

对于文学来说，语言不再是“步行的”和“冷漠的”，文学语言是充满激情的舞蹈，是腾跳于传统思维方式、传统思想观念之上的自由的舞蹈。对此，尼采是身体力行了的，他的《快乐的智慧》《偶像的黄昏》《查拉图斯特拉如是说》就是他的哲学、他的诗歌，也是他的“人生之舞蹈”和“人生之欢笑”。当时和后来的正常的人们都说“这个人是疯了！”但在人生的大背景上究竟谁更正常些，也许这并不是最后的结论。

在语言的流通中，不仅没有天主教徒那样的法定的“狂欢节”，而且言语的狂欢者差不多总是要被当作“异教徒”。在宗教的狂欢节上，行为反常的人们还可以戴上面具，语言的狂欢者却不能不直面人生，就像赤膊的许褚步入敌阵一样，这就更增加了他的危险。“危险？危险令人紧张，紧张令人觉到自己生命的力。在危险中漫游,是很好的。”这似乎是鲁迅的话。鲁迅也是一位传统语言的造反者,一位迎着飞砂走石、踏着铁蒺藜跳舞的狂欢者。他还说过:“生命的路是进步的,总是沿着无限的精神三角形的斜面向上走,什么都阻止他不得。……生命不怕死,在死的面前笑着、跳着,跨过了死亡的人们向前进。”①鲁迅的确是一位斗士,在他身上,语言的狂欢就是生命的狂欢。

也许,正像人们总不能天天过节一样,人也不能时时处于言语的狂欢之中,人也需要过正常的日子。但是,人们不能没有语言的狂欢。语言的狂欢注定要展现在语言革命、文学革命、思想革命乃至社会革命的启示阶段。语言的狂欢是生命之力的骚动,是精神之风的浩荡,是人的创造天性的伸张。

遗憾的是,本文在鼓荡“语言的狂欢”时,虽然心有所念,却不能也不敢使用狂欢的语言,这只能归结为笔者的孱弱与怯懦。

7.5 瞬间伊甸园

传说,人类的始祖原本是在天国中一个果木繁茂、景色优美的园子中过着无忧无虑、悠哉游哉的生活的,后来却被上帝赶出天堂抛掷到苦难无边的人世间。在最初的时候他们原本还有可能通过巴别塔重返天国,只是又被上帝搞乱了彼此间心灵相互沟通的语言,于是“重返天国”的最后的机遇也消失了。天国越来越显得虚无缥缈起来,以至于被科学时代的人们当作笑谈。

人类中一些较为聪明智慧的人决心向“上帝”挑战,他们相信凭自己的“双手”可以在地球上建起一个天国伊甸园。他们或者“战天斗地”“移山造海”,或者“纵情声色”“放浪形骸”,道路不同,目的都是要把天堂实实在在地建在人间。

---

① 《鲁迅全集》,第1卷,人民文学出版社1981年版,第434页。

这个目的不但始终都没有实现，甚至使人隐隐感到距离目的反而变得越来越远了。

在东方的中国，十亿人曾经齐声讴歌的“共产主义是天堂，人民公社是桥梁”，那座“桥梁”已经坍塌。

在西方，六十年代全体年轻美国人踩着摇滚乐的鼓点狂热敲击着他们的天堂之门，而“伊甸园之门仍像卡夫卡的城堡一样在远处闪现，无法接近”。

人们似乎已经取得了很大的“进步”，人们从现代科技文明中得到的物质和感官方面的享受已经远远超过了《圣经》或《佛经》中对于天国的期待。遗憾的是比起自己的“先民”来，现代人并没有生出更多的“幸福感”。从另一方面讲，甚至连他们人世的家园“地球”，在获得那部分享受的同时也已经被弄得千疮百孔、乌烟瘴气、危机四伏、朝不虑夕了。

于是，人们开始醒悟到，天堂也许并不在世界的哪个地方，并不在自己的身体之外；天堂也许就在人的生命存在过程中，在人的心灵体验活动中，伊甸园里的美好境界只不过是人们自我体验到的一种生存状态，人的某种内在价值的实现将使人超然步入天堂。

人本主义心理学的创始人马斯洛（Abraham H. Maslow）在六十年代宣称他已经寻到了这块精神的伊甸园，他把它叫作“高峰体验”（Peak experiences），他把这种心灵体验比作“去拜访个人意义上的天堂”。①

马斯洛几乎把人间所有美好的形容词语都用到了对“高峰体验”的描述上，他说，人在“高峰体验”中总是显得“更聪明”“更敏感”“更天真”“更笃实”“更坦诚”“更真挚”“更朴素”“更自然”“更自由”“更纯洁”“更宁静”“更优美”“更崇高”“更愉悦”“更安详”“更勇敢”“更纯粹”“更独特”“更完善”“更和谐”……人们在此时恍如陶醉于音乐、销魂于爱河、献身于宗教、沉浸于创造、融浑于自然，天国之门訇然大开，你成了一个“超纯”的人，你自己仿佛就像

---

① ［美］A. H. 马斯洛：《存在心理学探索》，云南人民出版社 1987 年版，第 93 页。

上帝一样，却又怀抱着一颗赤子般的心。

总之，“高峰体验”就是人的生命的一种最佳状态，人在高峰体验中终于回到了他的伊甸园。马斯洛还解释说，这种生命状态的特点是：人成了单整的，他的各个方面都自动地协调起来，成为一个独特的个体；人又成了自然的，他和自然宇宙神秘地接为一体，与宇宙自然息息相通，又回到一种混沌未分、未经理性污染的初始状态中去。

审美的极致，也是一种高峰体验，中国古代美学借助于佛教术语把这种极致称作“化境”，这是一种主体与对象相互交融，主观与客观完全失去关碍、失去差别的境界，人在这种时刻总是能体验到超出一切的和谐和愉悦，一种飘飘欲仙的感觉。

看来，马斯洛人本主义心理学中讲的“伊甸园”与《圣经》中讲的人类始初生活过的“伊甸园”显然是同一个“伊甸园”。不同的是，神话中的伊甸园可能是人类祖先实际经历过的那段鸿蒙未分、天人合一的童年生活；心理学中的伊甸园则是现代人生命中残留的那种如梦如幻、如云如烟的内心体验。马斯洛有时把它叫做“健康的儿童性”，“第二次天真”。保留下人的生命中这一最初纯真的体验，守护着人类长途漂泊中的这块古老的精神家园，不只被马斯洛，而且也被中外的许多哲人看作是人类幸福的唯一源泉。

正如人类的童年时代的“伊甸园”被维柯、卢梭、列维-布留尔看作富有诗意的、富有诗性智慧的“艺术之园”一样，现代人精神中的“伊甸园”也被马斯洛看作是一个诗一般的“艺术之园”。他说，在高峰体验的时刻，表达和交流通常倾向于成为“诗一般的、神秘的狂喜”，这时人成了“真正的人”，因而可以变得“更像诗人、艺术家、音乐家和先知”。[①]

进一步探索下去，我们将重新遭遇那一令人困惑的老问题；这种现代人类生命赖以栖居的“伊甸园”和人类语言有什么关系呢？

---

① ［美］A. H. 马斯洛：《存在心理学探索》，云南人民出版社 1987 年版，第 101 页，第 81 页。

马斯洛的回答很有些模糊不清，但却是富有启发性的。

首先，马斯洛赞同弗洛伊德的一个说法，认为在人类的心理活动中，“语言只是二级过程”，而不是“原初过程”。“原初过程”是无意识的或下意识的；“二级过程”则是一个运用逻辑、概念、运算、推理、抽象、分类、比较、编码的有意识的认识过程。包括“高峰体验”在内的“许多体验”，在“最终分析上是不能用语言表达的，而且可能被投入根本没有语言的状态”，“努力把这种东西翻译成词就改变了它，使它成了某种非它的其他东西，成了某种像它的其他东西，成了某种类似它然而与它本身不同的东西”。[①] 在这些论述中，马斯洛显然是把语言文字看作高峰体验的障蔽的。

然而，马斯洛又留下了很大的余地，他说，言语不能够进入生命无意识状态的这个不足，“在诗人的语言和狂人的语言上，可能在一定程度上被矫正了”。他甚至还说：“高峰体验是偶然发生的，但伟大的产品则是这个人创造的”。在艺术创造中，“原初过程”是创造力的底蕴，只有敞开了这一底蕴，“高峰体验”才会到来，从这个意义上可以说“诗歌就是在我们语言的纱幔后面的原始词语（原始意象等）的遥远的回声”，但最终创造出艺术作品，还必须有“二级过程”的承接。这两种能力的差异，“类似于突击队员和后方军事警察之间的差异，类似于拓荒者与移居者之间的差异”。一是突破防线，一是维持秩序；一是开疆破土，一是持续建设。伟大艺术作品的出现，正是依靠了这两种能力的“良好交替”“良好融合”。而把这两种能力交接融汇在一起的能力，马斯洛把它称作“整合创造力”，这应当是比那种“原初创造力”更高一级的能力。

谈到这里，我们欣慰地发现，马斯洛在阐述他的论题时不知不觉地也运用了“三分法”：“原初过程”“二级过程”“整合过程”。他也和他的许多欧美同胞一样，认为从严格的意义上来说只有中间地段的“二级过程”中才有“语言”形态的出现。而在我看来，所谓“二级过程”中的语言只是一种现实社会中的

① ［美］A. H. 马斯洛：《存在心理学探索》，云南人民出版社 1987 年版，第 101 页，第 81 页。

“常态语言”，在这个语言层次下边应当有“次语言”的存在，在其上边则应当有“超语言”的生成。它们显然是分别存在于马斯洛所说的“原初过程”与“整合过程”之中的。“次语言”“常语言”“超语言”，是人类言语活动的一个完整的过程，一个有机的整体，三者不但不可机械地割裂，反而贯穿于文学活动过程的始终。

在文学创作中，人的心理潜能与蕴藏经“原初过程”“二级过程”“整合过程”的完美实现，就是“格式塔质”的瞬间生成，就是“神韵的超然高举”，就是英伽登“第五层次”的显现，就是海德格尔的“澄明之境”的复出，就是王国维的“境界”的降临，也就是“悟性”超越“知性”对“圆满”状态的皈依。中国古代文论家王夫之形容的“一片心理就空明中纵横熳烂”，就是精神中的“伊甸园”在现代人的内宇宙中敞开自己的大门！

善于写实的巴尔扎克在长篇小说《幻灭》中，如此为我们记述了文学鉴赏中的“高峰体验”：

> 吕西安念了那首悲壮的《盲人》和几首挽歌，读到“要是他们不算幸福，世界上哪儿还有幸福？”不由得捧着书亲吻。两个朋友哭了，因为他们都有一股如醉如狂的爱情。葡萄藤的枝条忽然显得五色缤纷；破旧、开裂、凹凸不平、到处是难看的隙缝的墙壁，好像被仙女布满了廊柱的沟槽、方形的图案、无数的建筑物上的装饰。神奇幻想在阴暗的小院里洒下许多鲜花和宝石。……诗歌抖开它星光闪闪的长袍，富丽堂皇的衣襟盖住了工场……两个朋友到五点钟还不知饥渴，只觉得生命像一个金色的梦，世界的珍宝都在他们脚下。他们像生活波动的人一样，受着希望指点，瞥见一角青天，听到一个迷人的声音叫着：“向前吧，往上飞吧，你们可以在那金色的、银色的、蔚蓝的太空中躲避苦难。”①

---

① ［法］巴尔扎克：《幻灭》，人民文学出版社 1978 年版，第 24 页。

在这里,由那些诗句架构的"金色的、银色的、蔚蓝的太空"不就是英伽登的天空,不就是海德格尔的澄明之境,不就是王夫之的空明熳烂,不就是我们要寻求的精神伊甸园吗?

美国当代著名文学评论家莱斯利·菲德勒(Leslie Fiedler)说:诗是追索诗人灵魂的向导,是诗人灵魂的自由活动,是诗人对于人性的再度肯定。诗人在诗中解放了人的潜意识,人类的神话在诗歌的深蕴内涵中被重新唤醒。虽然,"我们不可能回到原始时期的伊甸园中,但可以从梦与想象中重返天堂"。

在这里,人类对于语言的超越已经成了人类对自身现实处境的超越。

遗憾的是这只是一种心理上的超越,一种瞬间的超越,一种梦幻中的登临天堂,马斯洛也意识到了这种遗憾,意识到了"高峰体验"的短暂性和或然性。他说"如果高峰体验可以比作去拜访个人意义上的天堂的话,那么,从那以后、人是要重返地球",他还在自己的书中征引了柯勒律治(Samuel Taylor Coleridge)的诗句说:"如果一个人在梦中能进入天堂,并得到赠给他的一朵花作为他的灵魂确实到过那里的象征,如果当他被唤醒时,发现花仍在他的手里——唉!下一步怎么办呢?"①

马斯洛满心希望这种"高峰体验"能收到良好的后效应,甚至他还做出了这样的期待:它能够或多或少地转变一个人对于世界或对于世界的某些方面的看法,它能够有助于解放一个人的创造力、自发性、表现性,它能够向人们证实充满烦恼和痛苦的人生还是值得的……

那瞬间的伊甸园即使是一场梦幻,它也仍然不会是没有价值、没有意义的。人生不能没有梦幻,不能没有对于美好之梦的憧憬,诗歌中的存在从来不都是被诗人们呼唤着的实在吗?通用的日常语言多半已生气耗尽,诗人正是

---

① [美] A. H. 马斯洛:《存在心理学探索》,云南人民出版社 1987 年版,第 93 页。

要用自己的心灵去重铸那金子一般纯真的言语，这种诗的言语只有从宇宙的暗夜与人性的深渊中才能显现出它那奇妙的光晕。

补记：语言的诗性与诗的语言

这是当代哲学家张世英先生《新哲学讲演录》中第十八讲的标题。

语言，是当代世界哲学界逐鹿会战的原野，张世英先生的哲学一无例外地置身其中。关于语言的诗性，他在书中写道：

> 任何个别的、单一的东西，只要你把它当作离开了主体的客观认识对象，当作单纯的在场者，它就是僵死的，无意义的、不言不语的。但如果你把它放到主客融合的境界中，放到在场与不在场、显现与隐蔽相结合的宽广领域中，它就以它自己独特的方式诗意地言说着“道言”“大言”。[1]

他很欣赏海德格尔的比喻：不在场的过往千百年的狂风暴雨通过在场的古庙建筑上的石块与木料而言说自身、显现自身；凡·高作品中的农鞋同样也在言说着沉积在过往岁月中的艰难与沧桑。并由此得出：中国古典文论中强调的“言外之意”，也是通过在场的言说显现自身，通过说出的东西暗示出未说出的东西，这就是语言的诗性。

诗的语言不执著于当前在场的东西，诗的语言聆听“异乡”的声音，把隐蔽在心灵的旷野荒原的东西显现出来。诗的语言的特性就是超越在场的东西，抵达不在场的东西。

我曾经从语言学的意义为诗歌乃至文学确立这样的使命：用语言表述语

---

① 参见张世英：《新哲学讲演录》，广西师范大学出版社2004年版，第311—325页。

言难以表述的东西。这也是在强调诗所追求的总是“言外之意”。

张世英先生强调：诗的语言是对“异乡”的召唤。所谓“道言”“大言”，就是通过诗的语言，把来自所谓“存在”“无”“神秘”或所谓“无底深渊”的声音释放出来。这显然就是老子说的“无言之言”“大音希声”，也是海德格尔说的“沉寂的钟声”。海德格尔的存在主义现象学与古代中国的显隐之道的确是有几分类似的，当其由哲学走向诗学的时候尤其如此。

诗的语言的另一个特点是诗具有独特性、一次性。海德格尔说：思想家言说存在，诗人给神圣的东西命名。所谓“命名”就是指独特性、一次性。只有诗才可以独特地、一次性地、也就是创造性地直接把握到真意。而思想家用逻辑的、推理的语言，只能把握到一些普遍性的、抽象的东西。

《文心雕龙·隐秀篇》中说：“情在词外曰‘隐’，状溢目前曰‘秀’”。张世英先生的解释是：所谓词外之情，也就是言外之意，实际上就是暗示。诗的语言是以说出的东西暗示未说出的“无穷之意”。中国是一个诗的国度，特别重视发挥语言的诗性，重视用诗的语言表达、暗示无穷之意。中国古典诗的水平高下，不在于说出的东西，例如不在于词藻华丽还是不华丽，而在于说出的言词对未说出的东西所启发、所想象的空间有多广，有多深。

据说张世英先生的客厅中挂着他自撰自书的条幅“心游天地外，意在有无间”。这样一种“万有相通”“天人合一”的审美境界，也是人“诗意地栖居在大地”上的人生境界。

本章第四节还曾讲到“语言的狂欢”，这也是语言的诗性的展现，是诗的语言的临界超越状态。巴赫金的“超越语言学”中就曾提出“狂欢节理论”：在狂欢节世界中，现存的规矩和法令、权威和真理都成了相对性的，这对社会意识形态产生了一定的颠覆，使那种企图统辖一切，完全禁锢大众思想空间的教会的力量大大削弱。

我在书中写下的：语言不是宗教，但语言却具有类似宗教的约束力，有时甚至比宗教的戒条和律令还有效力。语言的既定性将人们捆扎得结结实实，人们在毫无察觉中成了语言的奴隶。当每一个中国人都万口如一地说着相同语句时,每一个中国人同时也都失去了属于自己的语言。心灵之苗如果不挣扎着破土而出,就将在语言积垢的重压下死去。“狂欢”即对于“压抑”的反抗,狂欢是革命的情感动力和精神动力。如果说,教规严苛的天主教徒们每年之中还有那么一个恣意纵情、放荡不羁的“狂欢节”,那么言语者的狂欢又在哪里呢?

狂欢精神可以是对中世纪教会威权的抗争、对官方意识形态的消解;可以是对极权政治的声讨、对社会压抑的宣泄。正如巴赫金的“狂欢节理论”指出:话语的方域与时代背景虽然不同,对“狂欢”颠覆性、解构性的强调却是一致的。

第八章　汉语言，诗语言

8.1　那辉煌的银杏树

河南省登封县境内的少林古刹中，有两棵粗可数围、高入云天的银杏树，据说已有千年以上的树龄，但至今仍身躯遒健、叶茂果丰。尤其到秋天，那深灰色的铁铸般凝重的枝干撑起一树如黄金般灿烂的浓密叶片，显得无比辉煌壮观。当夕阳西下、山林静寂、暮霭降临时，我凝望着这两株金刚般、天神般的银杏树，久久惊异于造化在生命界创下的奇迹。我还没有见过如此高大伟岸而又绚丽优美的树木。

我的家乡古城开封的大相国寺内有一尊宏伟庄严的“千手千眼观世音”的塑像，据说是由独棵银杏树雕刻而成的，这更增加了我对这种树的敬意。查一下《不列颠百科全书》，“银杏”条下有这样一些记载：“裸子植物银杏目Ginkgcales唯一的现存种”，“始于古生代二叠纪，原产中国，被称为活化石”。

“化石”，然而却能“活”得如此灿烂辉煌，于是我自然地由这唯一存活下来的古老树种，想到了中国的汉语言文字。

中国汉字的历史究竟有多久？至今尚未找到最后的上限。且不说“伏羲画八卦造书契”“仓颉察鸟兽之迹作文字”的神话传说，且不说“上古结绳而治”“古者刻竹木以记数”的蛛丝马迹，根据近年来考古学家、文字学家的研究成果，如果把西安半坡村出土的仰韶文化的陶器上刻画的符号看作最初的文字，那么汉字的历史已近5000年了。中国的“象形文字”与美索不达米亚的古苏美尔“楔形文字”、与古埃及的“图画文字”都属于古老的表意文字，然而这一类型的语言文字早在纪元开初就已经泯灭了，唯独中国的“象形文字”还存活着，活得就像那秋天的银杏树一样，辉煌而灿烂！

关于银杏树，《不列颠百科全书》中还记载说：“木材色浅、质地疏软，经济价值不大”，“均用作风景树”；中国的辞书中略有疑义，曰“木材致密，可供雕刻用”。“疏软”也罢，“致密”也罢，“经济价值”不大似已定论，这在以生产力、以经济效益为价值观念之核心的工业社会结构里，似乎已注定要受到贬抑，而“风景”与“雕刻”之类只能划归文学与艺术的领域，已属二流三流，在“木材”的家族里，“银杏”的座次并不靠前。

中国的汉文字语言引起世界人们的议论却要比银杏树多得多。比如，仅就“古老”这一点就可以得出不同的结论，“古老的”可以是幼稚的、低劣的，“牛车”是古老的，当然比不上“奔驰轿车”的发达与进步，所以有人便因了汉语言的古老反说它是一种不成熟的“婴儿语言”；“古老的”也可以是经验的、世故的。比如文史馆的老爷子要比电影学院的小鲜肉老辣干练，于是又有人因了汉语言的古老说它是一种久经“琢磨炼制”的语言，是“世界上最成熟的语言”。对此，“汉语言”很有些“我行我素”，除了简化过几批过于难写的汉字、竖写改成横写、小学一二年级时读读拼音字母外，汉语言仍然是汉语言，仍然像深秋夕阳中的银杏树一样屹立着、闪耀着、喧哗着。

一个民族的语言对于这个民族是如此重要，洪堡特曾经指出：“有一样东西性质全然不同，是一个民族无论如何不能舍弃的，那就是它的语言，因为语言是一个民族生存所必需的‘呼吸’(Odem),是它的灵魂之所在。通过一种语言,一个人类整体才得以凝聚成民族,一个民族的特性只有在其语言中才完整地铸刻下来,所以,要想了解一个民族的特性,若不从语言入手势必会徒劳无功。”①

8.2 语言与传统

“语言是储存传统的水库。”

这是海德格尔的追随者伽达默尔在《人与语言》一文中讲下的话。

“传统”又是什么呢?在现代阐释学一派的哲学家那里,“传统”不是古墓里扒出来的瓶瓶罐罐,不是石碑上铭刻的万古不变的教条,不是列祖列宗显赫于世的牌位,也不是柜子里书页发黄的典籍,“传统”主要储存于人类的语言中,存在于人类对于语言(口头或书面)的绵延不绝的理解中,存在于言语者对于语言的操作实践中。“理解”并不是对于历史文献“原意”的臣服或皈依,完全回溯到原意是不可能的,真正的理解只能是生命个体的积极投入。语言中储存的传统不再是埃及法老的木乃伊或中国汉墓中金镂玉衣妆裹的残骸,而是寓有当代人生命活动的流水。传统本该是人的永不停驻的生命之流,之所以会有“陈旧的传统”,总是因为生命本身停止了新陈代谢的运动。

彻底的反传统思想,其前提是把“传统”看作一种静止的、固定的、异己的东西,把传统看作一具僵尸,要永远地埋藏掉。在中国近百年来的改革中,屡屡有人因愤慨于中国的积弊和时弊而迁怒于中国的文化传统,一再提出“换血”“再造中国人”的主张。这些置身传统之外的人,如若不是无知,便是

① [德]威廉·洪堡特:《论人类语言结构的差异及其对人类精神发展的影响》,商务印书馆1999年版,译序第39页。

狂妄。

“语言”就是这些反传统的斗士们的一道坎。

从文化人类学的意义上看，语言并不是一个完全客观的符号系统，语言是人类的生命意识之流，是从古到今的人类意识之流，人在语言中接受、选择传统，人在对传统的理解、阐释中显现自身，传统通过语言进入人的血脉肺腑化为现实的人生。传统不全是过去，它也是现在；传统不全是异己的，它同时也是你自己。语言就是“传统”之河，就是“历史”之舟，一个民族如若不能彻底捐弃自己本民族的语言，也就不可能完全清除自己的传统。

从心理学的意义上看，语言是人类社会性遗传的主要渠道。俄国教育心理学家乌申斯基（Ushinski）说：“人类一代一代地把深刻的内心活动的结果，各种历史事件、信仰、观念，已成陈迹的悲哀与欢乐，都收入祖国语言的宝库中，——简言之，精心地把自己精神生活的全部痕迹都保存在民族语言中，语言是一条最生动、最丰富和最高尚、最牢固的纽带，它把古往今来世世代代的人民连接成一个伟大的、历史的活生生的整体。”[①]

伽达默尔在《文化和词》一文中也说过：动物，比如猫和狗，是从它们自己发出的体气，或撒下的便溺中辨认自己的来路的，而人却是通过语言来辨认自己的来路，不但是个人的，还有民族的，还有整个类属的，“词就是人类世界和命运之可能形式的最高阶段，它的最后结局就是死亡，而它的希望则是上帝”。[②] 伽达默尔之所以如此看重“词”，这仍然是因为他从海德格尔那里继承下来了“语言就是人的生命活动”的本体论观点。在他看来，“语言是传统的水库”，而“词”作为这个水库中的一滴水珠，也是凝聚着人的整体性、本质性的存在的。

越是古老的语言，大约就越是这样。比如，中国人把“禹”看作自己民族的

---

① 转引自［苏］高尔斯基：《思维与语言》，读书·生活·新知三联书店 1963 年版，第 65 页。

② ［德］伽达默尔：《赞美理论》，上海三联书店 1988 年版，第 14 页。

光荣的祖先，看作是自己民族的神圣的象征，据姜亮夫先生考证：

禹字从"虫"从"九"，"九"即后来"虬"的本字。"九"者象龙属之纠绕，夏人以龙虬为宗神，置之以为主，故禹一生之绩，莫不与龙与九有关：凿龙门，青龙生于郊，黄龙负舟，神龙为御，父有化龙之传，祖有句龙之名，尊灌用龙句、簨虡以龙饰；洪水既治，即宅九州，封崇九山，决汩九州，陂障九泽，丰殖九谷，汩越九原，宅居九隩，洒九浍，杀九首，命九牧，作九鼎，和九功，叙九叙，亲九族，询九德之政、戴九天，为九代之舞，妻九尾白狐，天锡九畴，帝告九术，以九等定赋则，以九洛期上皇，东教九夷，飞升九嶷，启九道等等。①

姜亮夫先生在罗列上述"禹"字的源流之后说："诸此传说，巧历难尽，虽多后世附会之说，实含先史流传之影"。由此我们可以看到，在一个语词中能含蕴多么丰富的文化传统。伽达默尔还曾说过，"神话的词"是人对自身的确证，"疑问的词"是人对自身的超越。非常凑巧，这又可以从屈原的《九歌》与《天问》中得到旁证。《九歌》中的"湘君""湘夫人""山鬼""河伯""国殇"，写的是神或鬼的生活与意志，那也是人自身的欲望、需求、情绪、意念；《天问》中对于天地宇宙、自然社会、古往今来的疑问，则充分体现了人对自身以外的空间、对生命以外的时间的渴慕与憧憬。这些"疑问之词"正显示了人对未知世界的向往，人对自我超越的追求，同时也就确立了人在世界上的位置。

一个中国人，就像他永远摆脱不了"大禹"的传说和"屈原"的故事一样，也永远摆脱不了关于"大禹"和"屈原"的语言。当然，他不只是静静地守护着传统的语言，他完全有可能而且应该在语言中开拓新的时代视野、新的生活空间，这时，语言就不仅仅是传统的留驻地，也成了超越传统的跳板。

① 参见姜亮夫：《楚辞学论文集》，上海古籍出版社1984年版，第276页。

帕默尔(L. R. Palmer)曾说“汉字是中国文化的脊梁”,“如果中国人屈从西方国家的再三要求,引进一种字母文字,究其量不过为小学生(和欧洲人)省出一两年学习时间。但是为了这点微小的收获,中国人就会失掉他们对持续了四千年的丰富的文化典籍的继承权”。他还引用一位瑞典汉学家的话说:“中国不废除自己的特殊文字而采用我们的拼音文字,并非出于任何愚蠢的或顽固的保守性……中国人抛弃汉字之日,就是他们放弃自己的文化基础之时。”①

其实,中国人对自己的语言文字的态度和意见也很不一致。一部分人把它当作国粹中的至宝,不许有任何变动,“五四”时代废除文言提倡白话(虽然白话仍是汉语,只是多少吸取了一点欧化的语法),一些人便激烈反对,几乎要以性命相拼。后来改革派占了上风,接着便有人得寸进尺,进一步提出“彻底改造汉语言”,乃至“废除汉字”的主张。前两年,远在大洋彼岸的一小群关注中国社会现代化进程的炎黄子孙曾著文痛陈中国语言文字的弊端,力劝中国当代领导人加速推行汉语的拼音化,不然“现代化”就会落空。他们所持的主要观点是,“汉字对人的大脑来说,是一种很不合理、难学、难用的语文工具”,“汉字由于符号太多,难于输入计算机”,“汉字不适合现代社会”,“未来的经济大国必然是在信息处理、人工智能机器的发展、生产和使用方面处于领先地位的国家”,“汉字已陷入难以克服的符号转换困难”。②

细察这些人的意见,他们是坚信人类中最好的国家是“经济大国”,坚信未来的人类社会是信息社会,而这样的国家和社会将由“人工智能机器”主宰,而“人工智能机器”的发展、生产和使用则依赖于“符号的编码与输入”的,因此中国要想现代化就必须首先使自己的语言文字适应于电子计算机的要求不可。

---

① [美] L. R. 帕默尔:《语言学概论》,商务印书馆 1983 年版,第 99 页。

② 美洲中国文字改革促进会的意见书:《中国文字现代化的迫切性》,《文字改革》1985 年第 5 期。

对于这些先生们规划的新世纪人类社会生活的蓝图，我们很难苟同。

让我们更难以接受的，是这篇“意见书”中对汉语言与文学艺术的关系的判断：由于中国语言文字中“符号系统的缺陷”，使得中国人在“需要使用符号系统进行创作的文学和音乐”等领域中“贡献就比较有限”，甚至长期陷于停滞或出现倒退。在他们看来，“汉字是中国文化的一种载体，不是其灵魂”，“优美的文化可以通过不同的语文工具表达出来，《红楼梦》的英译本并没有失去它的艺术价值。”文章的结尾还呼吁：“我们希望文艺工作者加强为语文现代化服务，创作更多描述未来信息社会美好前景的文艺作品。”

以上判断在我看来都是可以商榷的。中国的音乐和诗歌的成就，尤其是诗歌的成就，恐怕并不一定比使用拼音文字的欧洲民族逊色，《红楼梦》翻译成英文，我们不曾读过，只知道京剧《打渔杀家》被英语译为《愤怒的复仇》，其固有的风韵差不多是完全流失了的。当然，莎士比亚的诗剧译成了汉语，其艺术魅力也已经大大削减，这不是因为别的，而是因为这些作品在艺术上的品位都太高了，而这种艺术的品位又和作为媒介的语言是血肉相连的。翻译主要是意义的传输，翻译过程中必将失去那些被称作“天使的尘埃”的东西，即由某种语言文字整合创生出来的那种特质。至于歌颂“未来信息社会美好前景”的文学作品，即使在已经进入了信息社会的美国和日本似乎也不多见，如今见到的反而更多是对信息社会带来的种种弊病进行批判的文学作品。

8.3　汉语言的诗性资质

毋庸讳言，以往的语言学研究中，中国学者在研究汉语言时标定的参照系都是西方的语言观念。这种语言观念总是指示人们：人类语言中存在着这样两种语言，一是重在表现的情感语言，一是重在认知的科学语言，情感语言更多地凭仗言语个体的情绪、想象、直觉、心理意象，被视为“低级语言”；科学语言更多地借助言语自身的关系、结构、法则、逻辑，被看作“高级语言”。

“低级语言”是一种较为古老的语言，它可能是落后的，但又是纯朴的，是一种尚未被异化的语言，是一种更接近人的心灵的语言，一种诗的语言。如果按照这个逻辑推演下去，就会得出这样的结论：“汉语言——古老语言——直观的、情感的、图像的语言——低级语言——诗语言”。“诗语言”反成了“低级语言”，这大约是人们始料不及的。

所谓“高低贵贱”，恐怕还在于人们的价值取向不同，由欧洲发起启蒙运动之后，自人类进入工业时代以来，“感情”的价值已经一贬再贬，而“科技”的价值却直上云天，这自然也波及人的言语价值观。在中国当下已经开展十年的改革大潮中，生产力、经济效益成了衡量一切是非的纲和线，科学技术、物质财富成了国民一致的奋斗目标，艺术在贬值，文化在滑坡，精神在沉沦，诗人被排挤到社会的边缘、时代的角落，汉语言的地位自然也岌岌可危。上述“美洲中国文字改革促进会”的先生们的“共同意见”，该也是代表了国内语言学界诸多同仁们的“共同的意见”的。

这里，我还是希望从另一个方面，从文学艺术的角度、从诗的角度来观照一下汉文字和汉语言。

（一）汉字是一种表意性的象形文字，从汉字生成的最早形态来看，不管是“象形”“形声”“指事”“会意”，其中都包含了外指的“物相”和内指的“意向”两个因素。索绪尔讲的“能指”与“所指”的关系完全是随意的，比如，“tree”可以与自然界那棵生长着的乔木没有任何必然的联系，而汉字中的“树”就不能下如此绝对的断语了。起码在字形上，汉语的“树”仍和自然界的那一被称作“树”的物相有着固定的联系，无论是“松树”“柏树”“槐树”“柳树”。正如杨树达指出的，在中国，“原始之字形，其於义，必相密合”。即使许慎在《说文解字》中解释不了的难题，待到更为原始的甲骨文字的发现，亦得迎刃而解。比如,“丞”字,许慎解为“翊也,从廾,从卩,从山”,不知所云;而甲文作“”,其形为人之双手拉一人出陷阱也,意为“拯救”,形与义实乃密合也。[①]中国古代绘画理论中的“外师造化,内得心源”,其实也是适用于解释汉文字的构成的,从汉文字发生学的意义上讲,一个汉字就是一个“感于外而发于内”的心理意象,一种客体与主体的交接浑融物,一种经过概括化、模式化了的“共相”,这一构成过程体现了主体对于客体的感觉、体验、选择,颇具有“现象学”的意味,也颇具有审美的意味、诗的意味。

著名小说家李准,是我的河南同乡,他曾经运用我们的汉语言写下了一部又一部感人肺腑的小说,对于中国的方块汉字他是如此一往情深:“我看到方块字,象形字,就感到一种美人的美,鲜明,舒服。‘水性杨花,蒲柳芦苇’,一看见这几个字,就会激动起来。”

结构主义符号学的一条戒律:“语言符号本身是不能加以讨论的”,这对于汉语言的文字来说是不适用的,讨论语言符号本身的构成在汉语学中恰恰是一门大学问。如现代汉字中做“头颅”讲的“首”字,在最初的甲骨文中就是一个人头形(乙 3401),由此又经(井尻簋)、、(吴方彝)、(旬邑权)、一步步演化而来的。“首”字本像人头,后来造字的人仅用一层头皮和几根头发代表头颅,用一只眼睛代表面部,再晚一些,头皮渐渐拉平了,眼睛渐渐竖直了,便成了现在这个样子。而“黑”字是一个表示颜色性质的相当抽象的字眼,在汉字中是从、、演化而来的,黑字的构成是“炎”字上边加“”,“”代表烟囱里的点点煤烟,以此表示黑的颜色,这样的例子在汉字中能举出很多。

汉字发展衍变至秦汉的小篆,其“图画性”已渐为“符号性”所取代,但它仍然是一种“象征性的符号”,仍然保留有若干“图画”的痕迹。“首”和“黑”这两个字目前也还在使用着,和古时的意思相比没有很大变化,细心的人仍不

① 《杨树达文集》之九:《文字形义学》,上海古籍出版社 1988 年版,第 10 页。

难从中看出字面中的“物相”和“心向”,看出心和物的交融,这也正是“诗的细胞”。其他,诸如“牛”“羊”“马”“果”“羽”“爪”“回”“雨”“叉”等等,即使从现在的字体上也仍然可以品评出某些“意象”或“意味”来。

我们时常还可以看到,在中国、在日本,某些号称“现代派”的书法艺术家又在努力加强汉字的这种图画性或意象性。只是我们现在准行的小学语文识字教育中再也不肯花费气力去追根求源了,小学生只知道“首”是“shou”,“黑”是“hei”,这固然省了许多事,但也流失了许多感性的东西,从科学的角度讲倒是便捷,从心灵的意义上和诗歌的意义上讲丢失了许多东西。

我的同事、古文字学家齐冲天先生告诉我说:由于历代文化心理的积淀,汉字中的这种“诗性”的品格在写作和阅读中往往从潜意识的深层弥漫开来,在不知不觉中给人以诗的含蓄、韵的浑融、气的细缊。比如“暮色苍茫”,与“晚色苍茫”一字之差,韵味大不相同,究其原因,还是和“暮”字的形义、渊源有关。“暮”的原字即“莫”,而“莫”的初始写法则为“”即日落草莽之中。只说“暮色”便已现出弥蒙苍茫之象。

(二)由于汉字是形象性文字,其中含有物相的基因,主要作用于人的视觉,所以它与作用于人的听觉的纯粹符号性的拼音文字不同,汉字是呈“空间性”的,是“场型”的,而西方的拼音文字则是“时间性”的、“线型”的。西方语言的关系模式是“序列性”的,句段的历时性向度占据优势的,转喻性的,更擅长于叙事和论证;汉语言的关系模式是“散点透视”,是“并置性”的,联想的共时性向度占据优势的,隐喻性的,更擅长于抒情和象征。汉字较之西方的拼音文字更容易实现“视觉造型”,闻一多在《诗的格律》中曾谈到汉字的这一特点:我们的文字是象形的,中国人鉴赏文学作品至少有一半的印象是要靠眼睛来传达的,而欧洲文字的一个缺憾便是不能在视觉上引起一种具体的印象,我们的文字有引起这种印象的可能,如果我们不去利用它,那真是太可惜了。

文字的意义并不总是通过语音表达的。对于西方的拼音文字来说,言语者只有通过大脑的听觉分析器才能获得其语义，而中国的方块汉字却并不只有这样一条渠道，它也可以凭借言语者大脑的视觉分析器直接从语词的形符上获取意义。汉字既可以“声入心通”，更可以“形入心通”，既可以“听声解义”，也可以“睹形悟义”。

大脑的生理学实验还证实了，人们接受拼音文字时的大脑活动主要在左脑半球，而接受象形文字时主要依靠大脑右半球功能的发挥。如果真是这样的话，那么用汉字从事文学创作的人，其言语活动与右脑半球的效能就具有更多的同一性。如果考虑到“听觉传递”和“视觉传递”的介质分别是声和光，而光的速度比声的速度不知要快多少倍，那么，在同等知解力的水平上，“看书”的速度要比“听书”的速度快上许多倍，阅读方块字的速度也要比阅读拼音文字的速度快上很多。语言学界前辈黎锦熙先生实验的结果是：纯粹拼音文字的阅读速度只有方块汉字的三分之一。实际上可能还要悬殊一些，因为人眼辨识一个汉字的时间不到百分之一秒，所谓“一目十行”并不是不可能的。

而从汉字自身的构成来看，同音字特别多，听差性弱，视差性强（如“姬”与“鸡”，听差率为0，视差率逾90%），这也就注定了汉字非要睹形悟义不可，这并不是汉字的短处，而是它的优点。对于文学创作来说，汉语言文字的这种空间性、可视性更有着无穷的奥妙。比如：德国的“具象派”诗人为了创造出“Loch”（窟窿）一词的视觉印象，别出心裁地书写成“L0ch”，将o尽量扩张，以求视觉上像个洞窟。而在汉字中像“山”“门”“田”“上”“中”“下”“人”“口”“众”无不自然地具有该事物的形象因素。英国小说家乔伊斯在《芬尼根的守灵夜》中写到“闪电”（lightning）一词时写作 ll ll ll ll ll ll i i i i i i i i i g g g g g g g g g h h h h h h h h h t t t t t t t t t n n n n n n n n i i i i i i i i i n n n n n n n n g g g g g g g，几乎用了一百个字母，来表示闪电的意象，也难说已经令人十分满意了。而汉语中表示“闪电”的本意字“电”，较早的时期是写作“”的，不但有了“雨”和“云”，而且至今作为国际通用的电的符号“”也具备了。

即使简化过的“电”字，也仍然保留了这个变了形的符号。

鲁迅也曾生动地提及汉字的空间构成性在文学审美过程中的重要作用：“其在文章，则写山曰峻嶒嵯峨，状水曰汪洋澎湃；蔽芾葱茏，恍逢丰木；鳟魴鳗鲤，如见多鱼，故其所函，遂具三美：意美以感心，一也；音美以感耳，二也；形美以感目，三也。”①

由于汉字的这种空间性存在，使得汉字在语句间的组合也更有利于“言语场”的构成，像我们前边曾经举过的“大漠孤烟直，长河落日圆”的例子，像“无边落木萧萧下，不尽长江滚滚来”，“月落乌啼霜满天，江枫渔火对愁眠”，许多这样的句子，任何一个汉文化圈中有一定文学修养的人都不难从字面上整合出一种诗的境界出来。闻一多说得更是坚定：“唯有象形的中国文字，可直接表现绘画的美。西方的文字变成声音，透过想象才能感到绘画的美。可是中国的文字，你不必念出来，只要一看见‘落霞与孤鹜齐飞，秋水共长天一色’这两句诗，立刻就可饱览绘画的美。”②

大约也正是汉文字的这种空间并置性，才使“书法”成为汉文化圈内一门重要而独特的艺术。一首唐诗，用铅字印出来和用书法艺术的形式书写出来，和用汉语拼音的方式拼写出来，其趣味与格调恐怕是很不一样的，不信可以试一下。

（三）汉字是一种脱胎于图画的文字，它基于主体对于客体直感的、形象的、整体的把握，而不像西方的拼音文字那样建立在理性的分析和规定之上，因此汉语词汇的意义常常是浑沦而模糊的。它是一种整体象征，所突出的并不是客体的确切属性，而多半是主体的“心理形象”。

卡西尔在《人论》中曾举过这样一个例子：“希腊语和拉丁语的月亮这个词虽然都指称同一个对象，但并不表示相同的义旨和概念。希腊语的‘月亮’

---

① 鲁迅：《汉文学史纲要》，见《鲁迅全集》，第 9 卷，人民文学出版社 1961 年版，第 344 页。

② 闻一多：《女神之地方色彩》见《创造周报》，第 5 期（1922. 12）。

(men)是指月亮衡量‘时间’的功能,而拉丁语的‘月亮’(luna,lucna)则是指月亮的清澄和明亮状况。”[1]这里我们可以加上汉字的“月”比较一下,“月”显然是取月亮在常态下的“形状”的,比起“时间”和“亮度”来,“形状”显然直观,却少有思维的规定性、单一性、明晰性。“月”中似乎什么都包含了,然而又都没有说清。至于后来的中国人又把“月”称作“冰盘”“玉魄”“广寒”“蟾宫”“嫦娥”“婵娟”“桂轮”“玉兔”就更加“感觉化”,更富于“整体象征”,也更加模糊朦胧如梦境幻境了。这样的文字和语言,缺乏科学语言所要求的那种透明度,但在西方却受到了现代派诗人艾兹拉·庞德的推崇,因为这符合他的诗歌理论,诗的语言不能是表达某个清晰的思想,而应当表达某种充满活力的“意识团块”,即“意象”。

在象形的基础上,汉字还有一种在我看来属于更高级更奇妙的方式,即六法中的“会意”。按照杨树达先生的说法,“会意者,合二文或数文以成字者也,其所合之文互相融合,互相贯注,而别成一意,其字之音义超然于所合文之外。”[2]读这段文字,我的心情是相当激动的,因为从现代心理学的眼光看来,汉字的这种古老的构成方法,这种通过整合完形而使一个新创生的文字在音义诸方面“超然于所合之文之外”的造字方法,完全是一种“格式塔”原理的熟练运用。而且这种造字方法特别有利于对于某些抽象的现象或过程进行文字层面上的把握。用来造字的“局部”往往是具形的,而整合后获得了新质的“意思”则往往是精神方面的、过程方面的,更富有现象学的意味。

就拿“意思”这两个字为例,均属于会意字。“意”在小篆中写作,从“音”、从“心”,或曰“根于心而发于言”即“意”,一种介于心灵与言语之间的心理状态。如果联系起我们在本书第七章讲到的“言语的天地”,我们怎能不

① 卡西尔:《人论》,上海译文出版社2004年版,第186页。

② 《杨树达文集》之九:《文字形义学》,上海古籍出版社1988年版,第16页。

为我们先人精湛的造字艺术所感动！“思”在小篆中写作，从“田”从“心”，“田”则为“”，天灵盖，大脑也。思，即由“脑”和“心”结合而生，这又是多么地合乎情理！

（四）索绪尔在《普通语言学教程》中把汉语划为较为典型的“不可论证的语言”，他这里说的“论证性”，是指句段的可析性及语词的构成性，即语言内部的“逻辑性”。

他的前提是：“一切都不能论证的语言是不存在的；一切都可以论证的语言，在定义上也是不能设想的。”他只是希望在两个极端之间找到差异。

他进一步指出：“不可论证性达到最高点的语言是比较着重于词汇的，降到最低点的语言是比较重于语法的。”“任意性”与“重词汇”，“论证性”与“重语法”，二者之间的差异是显著的。德语较之英语有着更强大的“可论证性”，印欧语与梵语都是“超等语法型”的；而“任意性的”“超等词汇的典型是汉语”。他又说在一种语言的内部，语言的演化也总是在“论证性”与“任意性”之间往复运动着的。[①]

索绪尔的论断在多大的程度上符合汉语的实际呢？

中国的汉语言与欧美一些国家的语言相比缺少科学、严格、精致的语法，缺乏句段分析的标准化，这是应当承认下来的。王力先生就曾说过，“汉语的语言文字本身的特点决定了中国古代语言学不以语法为对象，而以文字为对象”；傅东华先生的说法更干脆：中国文字有几千年的历史，为什么始终没有一部自造的文法呢，“我推想再四，觉得除了说中国语文用不着文法或者不可能有文法一个理由外，简直找不出旁的理由来解释”。

汉语言发展了那么长的时间，始终没有形成自己的一套语法学，直到后来还不得不以西方国家的语法学作为自己规范的模式，就可以证明这一点。况且，以西方语法学为底本的那部《马氏文通》，几乎从一开就受到了中国语言学

① ［瑞士］索绪尔：《普通语言学教程》，商务印书馆 1980 年版，第 184—185 页。

界的批评乃至抵制，说它只不过是“用西洋语文的筛子把中国语文筛了一道”，是一种“削足适履”“挂一漏万”的东西。真正的中国语言学，还必须从中国人自己的语言实际乃至思维模式、生存状态中萌生。

不久前美国夏威夷大学的成中英教授在“中国传统哲学思维方式学术讨论会”上在对中西方语言文字的不同质地进行剖解后指出：中国语言重视经验积聚，显得非常模糊而复杂。正由于中国语言的不固定，命题之间意义的不固定，所以无法进行推理，无法标准化。中国语言是文法、语义、语用三者的结合，三者的同一，只重视词与词之间的定位关系，个别元素与整体意义互相决定，是一种非线性的“意义网”，是一种全息的宇宙论语言，是一种“有机场论”型的语言。① 这就是说汉语不是一种严格地由语法逻辑关系推动的可论证的语言。

这究竟是汉语言的长处呢，还是短处？

汉语的确是一种高度重视“词汇”的语言，中国自古以来没有自己的语法学，而它的“词汇学”（在宽泛的意义上包容了“文字学”“音韵学”“训诂学”）却是在世界上首屈一指的。而且词汇的总量大得惊人，据唐兰先生的《中国文字学》中讲，常用基本词有5000多，复合词语如若搜集起来，不止于500万条，不但词的数量多，而且许多词的负荷量也非常大，有时看上去毫不相干的一些意义也往往包容在同一个字形中。如“白”（bai），① 一种霜雪般的颜色；② 清楚不疑；③ 空的、干净的；④ 无效果；⑤ 无偿的；⑥ 与“红”相对象征坏的与反动的；⑦ 轻视地看人；⑧ 书写出了错误；⑨ 说明、陈述；⑩ 姓氏……如果把“白纸”“白旗”“白水”讲给一个外国人尚可以理解，那么“白字”“白眼”“白送”是会让他们百思不得其解的。

索绪尔说汉语是一种重词汇、多词汇的语言是符合实际的，但他又笼统地认为汉语的词汇是“不可分析论证的”，缺乏“复合性”“构成性”，这并不完全

---

① 见《理论信息报》，1988年6月20日，又见《哲学动态》，1988年第10期。

符合汉语的实际。汉字的偏旁结构具有很强的规则性,汉语中的复合词、派生词占有相当大的比例,应当说汉语词汇的特点是繁多而又具有一定论证性的。不足的只是词汇的透明度和清晰度较差。因此判定汉语言是一种较为特殊的词汇语言,大体上还是可以接受的。

如果说"语法语言"是一种逻辑的、序列性的、线型的、适于论证与思辨的语言,"词汇语言"是一种直感的、网络性的、场型的、适于隐喻与象征的语言,那么汉语言即使不是一种十分有利于推动科学发展的语言,也应该是一种有利于诗的创造的语言。

(五)较之以"关系框架"为组成法则的西方语言,中国的汉语言是一种"流块建构"的语言,其特点是"句读简短,形式松弛,富于弹性,富于韵律,联想丰富,组合自由,气韵生动",是一种更切合文学创作特点的语言。这是上海复旦大学青年学者申小龙在《汉文学语言形态论》一文中所指出的。[①] 他在文章中论述道:汉语是一种非形态语言,汉语语词单位的大小和性质往往无一定规,而是有常有变,可常可变,随上下文的声气、语境而自由运用,"语素粒子"几乎可以随意碰撞而组成丰富新颖的语汇,"词组块"的随意堆迭、包孕,可以形成千变万化的句子格局。他还指出,汉语中语辞意蕴丰富有余,配合制约不足,形式感差却富有弹性,句法灵活而控制能力弱,只要"语义条件"充分,句法就会时常做出让步,格局亦会应需作出改变。

这里,我可以补充一个例子:为王夫之高度称赞的明代诗人李汛的《江上怀钓隐翁》一诗:

向夕蝉鸣疏柳斜,
烟光鸥外淡江沙。
潮来月上无人钓,

① 见《上海文学》,1988年第9期。

落尽西风白藕花。

如果我们愿意把诗中的词序如此重新摆置一下：

鸣蝉向夕柳疏斜，
鸥外烟光淡江沙。
月上潮来无人钓，
西风藕白尽落花。

我想，如果暂不考虑平仄关系，仅从此诗所要表达的意蕴来看，这样的改动并无不可。假如我们要用同样的方式来摆布一首济慈的诗或普希金的诗，那恐怕将要困难得多。

王力先生曾形象地说过："西洋的语言是法治的，中国的语言是人治的。"法治，讲规律、讲逻辑、讲严谨、讲精确；人治，讲直觉、讲感悟、讲意会、讲传神。汉语的"人治"特点，一是增强了汉语言的人文精神，二是提高了言语主体在言语实践中的自由度，汉语言的这种灵活而富于弹性的组织方略，为主体意识的随意驰骋，为言语意象的自由组合提供了更为广阔的天地。

从我写作本书的立意来说，汉语言的这种灵活而富于弹性的"流块建构"，为"裸语言""场语言"在文学创作中的生成必将带来先天的便利。而在西方，语词的自由堆垛、意象的随意拼接，恐怕是到了"达达主义"和"超现实主义"等先锋派诗歌运动兴起之后，才取得了尝试性的成功的。

（六）中国人把语言当作工具的思想是根深蒂固的，"得鱼忘筌"，"得兔忘蹄"，把文字和语言比作捕鱼的篓子、逮兔子的夹子，说得已经再明显不过了。只是在中国人看来这个工具并不只是为了捕捉现实世界中确切存在的具体事物，它的最高境界是要捕捉那种"无状之状""无象之象""恍惚窈冥"，不可言喻的东西，这种东西就是宇宙人生的精义："道"。

在西方人看来，语言就是人的地平线，语言圈定的地面就是人的世界，世界在言语之内；而在中国人看来，言语既是人和世界之间的一道屏障，又是一条崎岖的通道，人们只有翻过语言这道关隘，才能进入一个宇宙和人生的完善美妙的境界，这个境界往往也是一种诗的境界。

“言外之意”成了中国汉语言的至高无上的追求。一些最高的境界和体验，某些类似于前边我们讲到的“瞬间伊甸园”中[①]的“高峰体验”，如“得道成佛”“仙风道骨”“神韵风流”“天光朗照”“淋漓酣畅”“如醉如痴”等，都是从“无字”处获致的。

按照通常的逻辑，言语之外的东西就是言语不能表达的东西，但在中国的语言中，以言语表达言语之外的东西恰恰是一门独到的言语技巧，佛教的禅宗之所以兴盛于中国，并在与唐代诗歌繁盛的同时达到高峰，应该说中国独有的语言形态以及与之相关的思维方式是起了决定性作用的。

这种对于“言外之意”的追求一方面增大了语言的模糊性，但同时也扩大了语言的暗示性。马斯洛在谈到“高峰体验”时曾经抱怨：“一般地说，英语不能描绘‘较高级的’主观体验。”

在一位中国古代诗人或禅宗和尚看来，马斯洛的这句话也是有毛病的，“高级的主观体验”怎么能用“描绘”的方法呢？它只能通过暗示，让读者从中去体味，用现代的话说就是：通过言语的建构，让诗意生成。从这个意义上，语言又超越了工具，语言成了一种活动、成了生命主体的一种活动。

如果说西方重语法的语言是“分析型”“推理型”的；重功能的汉语则是“感悟型”和“体验型”的。汉语在实际应用中十分注重“意合”，注重意义在关系中的呈现，注重气韵在空白处的流动，注重现象在主客体交接中的发生，注重境界在言语道断时的创化。关于汉语言的这些特点，作为西方学者的洪堡特（又译洪堡德）似乎也已经看出些许奥妙，他说：

---

① ［美］马斯洛：《存在心理学探索》，云南人民出版社 1987 年版，第 103 页。

在汉语的句子里，每个词排在哪儿，要你斟酌，要你从各种不同的关系去考虑，然后才能往下读。由于思想的联系是由这些关系产生的，因此，这一纯粹的默想就代替了一部分语法。①

洪堡特这里所说的“纯粹的默想”，即中国古人所谓的“澄思”“玄览”“神思”“意会”。对于文学创作来说，这种言语活动中的“纯粹的默想”，亦即刘勰在《文心雕龙》中所讲的“陶钧文思，贵在虚静，疏瀹五藏，澡雪精神”。言语者在这种“纯粹的默想”中方能够“精神横骛八极之远，心思竖游万仞之高”，文学中的诗思方能够由此而驶向言语之外的彼岸。

（七）英国文化人类学家马林诺夫斯基（B. K. Malinowski）曾经指出：原始巫术在很多情况下要用语言来发动，来施使，来达成。“行黑巫术的人若欲使人生病，便举病的一切症候；若欲使人死亡，便说死时的状态。行吉巫术的人若欲使人痊愈，便用话来描绘完美的体力与健康，若欲达到经济的目的，便声述稼禾的茂盛、渔猎物的丛集。”

古老的语言与文字往往都具有巫术的力量，汉语言文字中的巫术力量更是经久不衰。《淮南子·本经训》中讲“仓颉作书而天雨粟，鬼夜哭”，文字的力量已达到了“惊天地、泣鬼神”的地步。孔庙前的“敬惜字纸”，凡是写有字的纸都要送到庙内恭敬地焚烧以归还于上天，也是出于对文字的敬畏。皇帝的言谈被视作“金口玉言”，领袖的话被奉为“一句顶一万句”，其中除了个人迷信和阴谋家捣鬼外，对语言支配力的崇拜也是一个重要原因。在中国，和尚的念咒，道士的画符也都是语言文字巫术力量的实际运用。下边的“符箓”，是从东晋时期葛洪的《抱朴子》一书中临摹下来的“入山符”，

① ［德］洪堡特：《论语法形式的性质和汉语的特性》，转引自《中国语言的结构与人文精神》，光明日报出版社 1988 年版，第 32 页。

是专门给进入深山老林的人携带用来镇妖驱鬼的。其基本笔划和间架结构显然取自汉字。

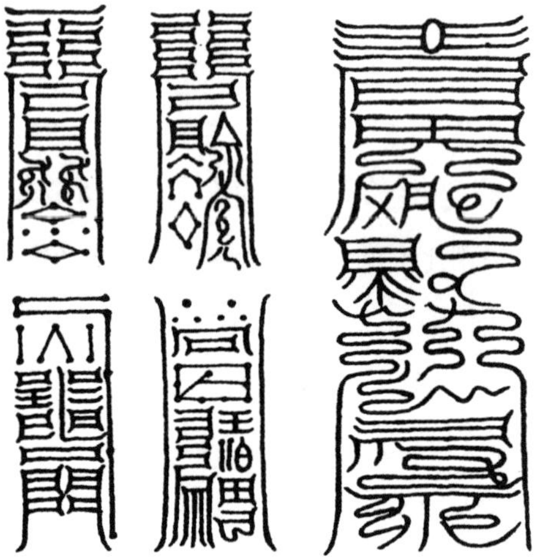

这样的“符箓”或贴，或焚，或吞，或佩，据说是可以驱鬼、镇邪、消灾、除病的。在旧时的中国人看来，即使是厉鬼瘟神，在文字的神力面前也是不能不退避三舍的。

后代一直沿袭下来的“名讳”“文字狱”，就心理因素而言，也是出于对语言文字巫术力量的畏慑。

“春联”，大约也是汉文化圈所享有的“专利”，春节时写下的吉庆文字不仅仅贴在大门两边；诸如“米粮满仓”“日进斗金”“日行千里”“六畜兴旺”的红纸黑字也贴在粮仓上、钱柜上、车辆上、马厩里、猪圈里，似乎这么一贴，诸般祈求都可以如愿以偿了。

往昔乡间人家给娇惯的孩子取名字，反倒会起一些最粗俗低贱的名字，如“砖头”“石头”“狗剩”“鳖糊”之类，其用心也是以其庄稼人的智慧发挥语言的巫术力量以蒙混“阎王爷”的听觉和视线的。

中国人对于语言文字的器重，还突出表现在“文化大革命”的红卫兵运动中。所谓“大字报”一时间曾贴满了中国凡是有墙的地方，墙上贴满了，又写在马路上、房顶上，挂在高楼上、树枝上。大字报日："×××罪该万死""砸烂×××的狗头"，那×××接着便注定要遭殃，甚至死于非命。文字成了行动的先兆和预言。

中国人对于语言文字有着一种神秘感情，并且善于将自己的欲望与冲动关注到语言文字中。

当然，借助文字的巫术力量去整治人，去杀害人是不好的。

但在现代语言愈来愈变得干涸枯燥的情况下，让语言和文字更贴近人的意志活动、情绪活动、心灵活动，从而与人的生命活动糅为一体，并不是坏事情。在西方医学界被称作科学新发现的"意象疗法"，实则也是一种"言语疗法"，在中国的古代医典中也是早已有之的。[①] 所谓"科学上的惊人发现"，也许不过是古老巫术在现代生活中的巧妙应用罢了。

（八）汉字虽然是表意的象形字，但汉字在读音上也是颇具情绪体验性质的。西方以表音取胜的文字，在通过语音表达主体的情绪体验方面胜过汉字一筹。这方面的专门研究很多，一位名叫罗希纽（Rossigneax）的心理学家曾对英语中辅音和元音的文学价值作过如下报道：元音唤起色彩，如 O 唤起红色，A 唤起白色，U 唤起黑色，E 唤起蓝色或绿色；辅音则传达空间感，运动感和力度，如齿音字母 D，T，Z 产生一种塑像般坚定不移的感觉；唇音字母 B，P，V，F 则给人以模糊的、推移的印象；腭音字母 G，K，H 具有威力、冲动、热情的意味，双唇音可以传递宏伟、庄严、稳健的效果。又说，L 表达文雅，Z 和 S 唤起神秘。当元音与辅音相结合时，其色彩和情绪效果将得到进一步的加强，因此当 U 和 I 被 N 或 L 伴随时便产生夜间的、寂静的、朦胧的感觉。

从发音的角度来解释汉字的意蕴，在中国是有着古老传统的，这就是"声

---

① 中国古代医典中有"意动疗法"一项，其要诀是："以言导意，以意发功"，惯常使用的有"抛球""抱山""吊顶"等。如"抛球"：以远处风景秀丽的高山、大河、亭台、古塔或蓝天等作为自己的目标，然后再假想球从自己的手中抛出，意识和整个身体都随球而去，到达目标后又随球而返。这样一去一返，一松一紧，接连不断地练习，就能使全身气血畅通，舒适无边。详见刘道清主编《中国民间疗法》，中原农民出版社 1988 年版，第 654—658 页。

训”。汉代的刘熙就曾留下过一部题为《释名》的声训专书。声训的基本理论认为同音、双声或叠韵的字有着相同、相近或相通的意蕴。如:“春,蠢也,万物蠢然而生”,后世小说中常说的“春心大动”,或许也拥有“蠢蠢而动”的意味;又如:“秋,愁也”;“天,显也,坦也”;“锦,金也”;“剑,检也”等等,皆是音近而意相通,我国当代语言学家们对传统语言学中的“声训”评价一般不高,如王力先生就曾认为“声训”的方法是“唯心主义的”,是“随心所欲”的,“糟粕多,精华少”,“声音和意义的自然联系事实上是不存在的。”[①]这样的结论未免过于上纲上线了!

后来,许威汉的《训诂学导论》对于声训的评价应该说更中肯些。他认为对于中国汉字“音近义通”的规律既不能做简单的肯定,也不能做武断的否定。作为造字之初,音与义之间并不存在必然的联系,但在词汇的衍化、发展过程中,早起的词往往对后起的词产生影响,起到一种“回应”的作用。比如上文我们提到过的“暮”字,古音同“莫”,有浑茫含浑之义,于是后起的发音与此相近的词,如“模”“漠”“蒙”“寞”“幕”都不同程度地具备了相近的语义。究其实质乃是语义的相承带来了语音的相承,“同声其义多相近,同韵其义则不远”的规律就是这样形成的。义同是因,音同则是果。许先生言之凿凿,较为符合汉字发展的实际。

但是我们仍然可以进一步问,中国的汉字在造字之初,音义之间真的就不存在任何联系吗?的确,我们从现有汉字的读音中很少能够找到和客观存在的对象物之间的必然联系;但退一步下来,在文字的长期使用过程中,人的主观情绪和体验会不会外射到语词之中呢?从语用学的意义上考虑,这未必是不可能的。我曾在《现代汉语词典》中做了一个简单的调查:

读音为 qi 的字形共 94 个,其中明显呈“阴性”的有 62 个,占三分之二强。如:妻、萋、凄、淇、荠、芪、戚、泣、乞、期、脐、蕲、稽、芑、气、汽、魃、弃、跂、畦、琪、

① 王力:《中国语言学史》,山西人民出版社 1981 年版,第 50 页,第 52 页,第 51 页。

歧、鳍、欹、漆、栖、隰、蛴、郪、萁、底、祇、汽、憩、企、啓……剩余下来的字多是中性的。如：其、岂、器、契、俟、祁等，明显呈阳性的只有旗、起、骑数字。

读音为 bao 的字形共 30 个，其中明显呈“阳性”的有 22 个，占三分之二强。如：宝、保、煲、堡、苞、饱、暴、爆、蹴、包、抱、龅、趵、豹、刨、剥、褓、炮……明显呈阴性的更少。

读音为 qi 的字，多含有阴柔、冷寂、企盼、欠缺的意味；读 bao 的字，多含有饱满、突出、阳刚、热烈的意味。这仅仅是由于巧合呢，还是分别与这两个音节的构成因素有关呢？q 为塞擦音，i 为闭合单元音，qi 的发音动作凝滞而仄逼，本身就有一种压抑感；b 为破裂音，ao 为前响复元音，bao 发音动作冲动而显豁，本身就有一种爆发力量。我这里仅仅为一种揣测，汉字的读音与其语义、语感的情绪色彩是否有某种程度的联系，还有待更多人的探求。

以上八点说明，对照本书围绕文学言语进行的论述，可以得出的结论是：汉语言是一种艺术型的语言，一种诗的语言。海内外人士对于汉语言的批评和指责，说它是一种繁难的、模糊的、散漫的、主客体不分的、时态少变化的、概念不清晰、逻辑欠周密的语言，说它是“非科学模式”的语言，说它是一种阻滞中国经济发展、技术进步的语言等等，这里边可能有着或多或少的道理。但我仍坚持一个基本的出发点：一个国家，一位公民需要的不仅是科学、技术、政治、经济、物质、金钱，也仍然需要情感、心灵、精神、信仰，需要艺术、文学、诗歌。这些东西在一个社会发展的某个阶段里可能会显得微不足道。不过事情是会改变的。

就语言形态的价值判断而言，也许已经发生了改变。

量子物理学家玻尔就说过，要描述原子内部粒子运动很可能需要类似于中国古代哲学家老子说过的那种语言。

美国哲学家约翰·塞尔（John Searle）写了一本题为《心、脑和科学》的书，批驳了一些行为主义和科学主义的观点。针对语言研究中的科学沙文主义他写道：“计算机程序不可能成为心灵，其理由很简单：计算机程序只是语法的，而心灵却不仅仅是语法的。”[①]心灵总还是有着自己的内容的。

还有前文我们提到的成中英先生，他在他的那篇讲话中一方面提出了改进中国汉语言的必要性，同时又很谨慎地做了某些保留：汉语言承载的思维方式不是科学的思维方式，但它或许是逻辑思维的极限，或许更能完整地反映世界。

汉语言，在人类的言语之树上究竟是一枚过早成熟的“落果”呢？还是一颗延迟发芽的“良种”？

这还有待于人类的下一个时代做出证实。

8.4 从“血战”到“服从”

从即将度过的二十世纪的情况来看，现代汉语言是在痛苦的大震荡中生长着、前进着、更新着的。这是一个相当庞大复杂的过程，对此人们尚未进行深入细致的研究。

周作人的回忆录在写到“五四之前”一节时，曾提到当时的日本文学在改革中很有些过分地模仿西洋，尤其是美国，连言语也发生了变化，“混杂了许多不必要的英文”，几乎变成了一种新的“混血日本语”。这对于日本明治维新之后的文学家来说，主观意图无外乎对于本民族旧的传统意识的改造。文学革命往往是社会革命的先声，而由此引爆的语言革命也就势在必行了。当时的日本是这样，“五四”前后的中国文学界也是这样。

日本之所以在一个时期内出现那种“混血日本语”，正是变革中的日本人对于自己本民族传统文化化身的语言进行冲刺和抨击的结果，川端康成把这种现象称作“血战国语”。奇怪的是，“血战”的结果，并不能简单地认作“革命

① 转引自《国外社会科学》，1988 年第 4 期。

文学家”获胜，语言并没有像遭受改革大潮冲击的旧事物（如“男人的辫子”“女人的小脚”，以及“皇帝”“太监”“姨太太”之类）那样被冲刷下历史舞台，“国语”反而在历史浪潮的洗礼中获得了新生，曾经与之“血战”过的激进的文学家们也开始由“血战”转为“服从”。

川端康成回顾日本现代文学发展史时总结说：日本的文章曾多次以不同的形式受到西洋文章的影响，文体曾经历了一个大动荡、大变化的阶段。这个阶段的一个显著特点是由“坚决抗拒国语、跟国语血战”到“服从国语”的演变。他列举了永井荷风、佐藤春夫、十一谷义三郎、芥川龙之介和横光利一的例子说，这一时期的新作家的文体起初都排斥、抗拒国语，都带一点洋味儿，不久便慢慢地“服从”国语的传统，“走从跟国语‘血战’到‘服从’的道路，也许这就是文体杰出的作家之命运。”①

1917年以后的中国文坛也曾大致经历了这样一个阶段，程度或许没有日本文坛严重，而情况则可能更为复杂。中国现代文学史上的一群革命先驱，是由反抗“文言”，倡导“白话”揭竿而起的。在他们看来，“文言”已经成了“死文字”，而文学需要的是“活文字”，这种活的文字是存在于人们的言谈话语之中的，文学家应当从人们日常言语中寻求文学的新的表现介质，这就是“文言的白化”。随之而来的还有“汉语的欧化”。当时几乎所有文学革命营垒中的人士都赞成吸取外来的词语、欧化的语法来补充汉语言的不足，其中态度激烈者更是把中国的汉语言贬得一无是处，主张以“全盘西化”代之。如钟文鳌，钱玄同之辈还提出了“取消汉字”代之以拼音字母的主张。

早在“五四”运动之前，中国文坛上与汉语“血战”的序幕便已拉开。文学创作成了语言和文字的战场，在同一篇小说或者诗歌中，刚刚崛起的“白话”“方言”“俚语”，与尚在固守顽抗的“文言”“骈体”“典故”，与新近接引来的“洋文字母”“欧化句法”，相混杂、相对峙、相互抗拒、相互纠缠，相互厮杀。那

① 《诺贝尔文学奖获奖作家谈创作》，北京大学出版社1987年版，第368页。

时的文学作品对于当时的读者来说竟也出现了一个非驴非马、“看不懂”或“看不惯”的局面。

在这场语言的大混战中，汉语言经受了一次无情的冲击，也经历了一次严重的危机，然而它终于渡过了危机而进入一个崭新的历史阶段。这场“文学革命”、同时也是“语言革命”的结局，是“白话运动成功，全盘西化失败”。在这个过程中，汉语言尽管已经发生了很大的变化，如系词增多、词尾增多、动词地位上升、句子结构复杂化、关联词语、补足用语增加，然而，汉语言仍然是汉语言。“汉语言”在危机和血战中表现了它强大的应变能力、消化能力、再生能力。

这里，不妨以诗歌创作为例来分析一下中国“五四”时期那场“血战汉语”的战局。

中国“五四”文学革命中最先发难的是诗歌，而最难攻破的堡垒也是诗歌。文学革命的首倡者胡适，在 1917 年前后就勇敢地抛出了他的第一批白话诗歌，当时的保守派们曾讥讽这些诗歌是讨饭花子的“莲花落”。现在再看看这些诗歌，单从文学的品位计较，也的确没有太多的诗意，倒像是一种押韵的白话，保守派们的恶毒攻击并非没有一些凭据。

“五四”文学革命对于“诗国”的最后攻取，是仰仗郭沫若、徐志摩、闻一多三个“梯队”的奋力作战获胜的。然而，这三个人的“作战方式”和“战斗风格”却大不相同，这表现在他们各自的作品的格调和创作主张。1933 年，柳亚子在一篇谈文学艺术创作的文章中曾对郭沫若、徐志摩、闻一多三人的诗风做出一个味道辛辣的评价，他说，“郭诗是一条疯狗”，“徐诗是一只野鸡”，“闻诗是一匹家猫”。柳亚子的评论意在品评三人的不同风格，但我们从中也可以看出“汉语言”在这场短暂而激烈的战斗中，地位先后的变化。

郭沫若富于热情、富于想象，同时又不惮于张狂造势，反抗精神看上去最为强烈，他在对于“传统汉语言”的战斗中发挥了“爆破手”的作用。《女神》中的许多作品，在诗体上、语词上、标点上、风格上都毫无顾忌地搬用西洋的东西。比如那首《太阳礼赞》,诗体套用了欧洲的“十四行”,而且光是惊叹号就用了二十个,司马长风在《中国新文学史》中说这是一首“大喊大叫”的坏诗,说它“酷似口号的集合体”. 这固然有失于苛,但诗中那股革命的狂热的确是有点不顾一切的。王瑶也曾经指出过,《女神》存在一些过于欧化的毛病。

按照卞之琳的说法,徐志摩是一位“天籁诗人”,他在这场“血战汉语”的格斗中不像郭沫若那样无所顾忌地去破坏、去创造,他所做的是努力输入西洋体制的实验,用汉语言、汉文字体现洋诗的格律和味道。他的“诗才”使他获得了很大的成功。但“汉语言”与“洋诗歌”之间的结合又时常显露出生硬痕迹,“白话”“文言”“汉字”“洋文”杂糅在一首诗中往往显得很不谐调,比如《默境》一诗中的这一节:

我友,感否这柔韧的静里,
蕴有钢似的迷力,满充着
悲哀的况味,阐悟的几微,
此中不分春秋,不辨古今,
生命即寂灭,寂灭即生命,
在这无终始的洪流之中,
难得素心人悄然共游泳;
纵使阐不透这凄伟的静,
我也怀抱了这静中涵濡,
温柔的心灵;我便化野鸟
飞去,翅羽上也永远染了
欢欣的光明,我便向深山
去隐,也难忘你游目云天,
游神象外的 transfiguration。

这节诗也是“十四行”，卞之琳说是模仿的英语“素体诗”。此诗虽说是“白话诗”，而“生命即寂灭”“悄然共游泳”显然是“文言”；“翅羽上也永远染了欢欣的光明”则又是“欧化”的句法，末尾又使用了一个“transfiguration”（升化）的洋字，人们嘲笑徐诗“野鸡”，嘲笑徐诗人是浑身喷发出牛油面包味儿的李白，如果仅从他中西语言不谐调的“杂交”来看，倒也是颇为传神的。

文史论家一致认为，在中国的新文学运动中，新诗起步最早，是新文化运动的先锋，但在最初几年中成绩最差，这是因为起步时太过匆忙，没有认准路向。新诗最初究竟迷失在哪里呢？迷失在它的最初的领路人胡适、陈独秀们仅仅把语言视为单纯的工具和外壳，而小觑了语言中丰厚的文化内蕴，轻慢了诗情与语言之间的血肉联系，所以当他们推行那场“语言变革”时，岌岌乎失掉了“文学”。只有当诗人重新返回民族语言的家园，再造语言包孕之传统时，中国才产生了成熟意义上的诗歌。比较清醒的是闻一多，他的成熟之作《死水》，出版在1928年。

闻一多在诗歌语言方面做出的贡献，前面我们已有论述，他所鼓吹的“带着镣铐跳舞”可以看作是对胡适的“砸碎一切枷锁镣铐”的反拨。而在闻一多那里，以镣铐为象征的，主要是指诗歌的“音乐美”“绘画美”“建筑美”，以及由此筹划出的一些新的格律。闻一多经历过“五四”的洗礼，吃过多年的洋面包，接纳过西方的美学观念，但他并没有把自己的力量用在“汉语的欧化”上，反而一再批评郭沫若、钱玄同等“新诗人”迷信西洋诗、感染上了“欧化狂癖”。他的诗歌创作在语言的运用上更多地表现出与传统文化的认同、向民族语言的回归，就连他的“三美说”，他自己也承认是从谢榛和袁枚的诗论中汲取了养分的。

在经过了诗人与汉语言的那场混战之后，闻一多要做的工作是“收拾金瓯一片”。他从一个更高的层次上给“新诗”下了定义，认为“新诗”的“新”，不但新于中国固有的诗，而且还要新于西方固有的诗，它不能也不会成为纯粹的民族的诗，却要保存民族的底色；它不能也不应成为全盘的外国的诗，又要尽量地吸收外国诗歌的长处，“新的诗”应当是“中西艺术结婚后产生的宁馨儿”。

以闻一多的《死水》一诗为例，全诗五节，二十行，一百八十个字，诗行整齐、音尺均称、平仄考究、韵脚铿锵，听之金声玉振，观之明霞散绮，句句是地道的白话，句句又是诗的精品。中国诗歌语言在动荡十年之后，由对民族语言的疯狂般的反抗，到中西语言的杂交野合，终于在闻一多的《死水》中又找到自己安身立命的处所，又找到自己得以栖身的窝巢。柳亚子说闻一多是“家猫”，如果从诗人对民族语言由“血战”到“服从”的必然性来看，并非只能做贬义的理解，闻一多这只“猫”终于守护住了汉语言这块古老的家园。不过，对于完成中国现代文学史中诗歌语言的变革全过程来说，郭沫若的“疯”，徐志摩的“野”，也都是必不可缺的，都依然有着他们的历史意义。

再看经过“血战”而又终于“获胜”的汉语言，虽然从整体上说它仍然是汉民族的语言，但是与“血战”之前的汉语言相比，也已经换了新颜。新的文学在回归民族语言、服从民族语言的同时，其实又是再造了民族语言的。胡适博士早年不意间提出的“国语的文学、文学的国语”竟在不意中实现了。

鉴于中国现代历史发展的特殊情况，由二十世纪初开始的“文学革命”很快就被“武装革命”所取代，在以后的几十年中，文学和语言的冲突很少再有人提起，人们都在忙着参与更为轰轰烈烈的战争、生产、政治运动和经济建设的大事情。但文学和语言对人的作用并未完全消失，它们仍然在忙碌而冲动的人们的心头存在着、纠缠着、消长着、郁结着，影响甚至支配着人们的思维和实践。一直到了七十年代末、八十年代初，人们才惊异地发现，第二次“文学革命”，第二次“语言革命”，第二次“文学与语言的血战”又严峻地摆列在当代中国人的面前。

在近十年来的所谓“新时期”中，小说、诗歌、戏剧、散文，还有文学评论，再次对“汉语言”掀起一场强烈地震：术语大爆炸、文体大解放、句法大突破、思维方式大转换、思想观念大回流、符号体系大裂变、西方学术思潮大引进……使“五四”之后已经稳坐大位的汉语言再度发生危机，甚至使第一次文学革命的过来人对着这些“面目全非”的语言都有些难以承受了。不少人又在喊“看不懂”或“看不惯”。这种局面目前仍然在继续发展着。

刘再复在最近发表的一篇文章中热情澎湃地赞扬了中国土地上第二次出现的文学革命和语言革命，把这说成是“中国思想和文学界绝路求生的重要的而且必不可少的第一步”，说它“带给中国文坛以新的生命气息”。① 而且他还认为，中国八十年代的文体革命已经树立起它的最初的一个里程碑。这个最初的里程碑上所镌刻的，在我看来或许就是文学与汉语言的“血战”。

这篇文章还期待民族语言对于外来的袭入者进行“中国式的创造同化”，这大约就是新文学最终对于民族语言的“服从”了。语言的更新是必然的，事实将再次说明，任何外来的语言都不可能完全取代中华民族自己的语言，中国的“全盘西化”也将被证明只不过是一个偏激的口号。我们完全有理由企盼着在这一周期性的文化裂变中，中华民族葱茏的诗意和鲜活的语言都会跃上一个新的峰巅。

卡西尔说过：“意大利语、英语和德语在但丁、莎士比亚和歌德死时与他们生时是不相同的。这些语言由于但丁、莎翁和歌德的作品经历了本质性的变化，这些语言不仅为新的词汇所丰富，也为新的形式所丰富。”我们同样也可以说：汉语言在二十世纪的二十年代和八十年代的文学革命结束后，已经发生了“本质性”的变化。

卡西尔还说：“诗人不能完全杜撰一种全新的语言，他须得尊重自己语言的基本结构法则，须得采用其语法的语形和句法的规则，但是在服从这些规则的同时，他不是简单地屈从它，他能够统治它们，能将之转向一个新的目标。”②这就是说，民族的语言在支撑着民族的文学，而民族的文学、民族的文学家们最终又用自己的卓绝的言语活动使语言超越了自己，并将其推向新的

---

① 刘再复：《论八十年代文学批评的文体革命》，见《文学评论》1989 年第 1 期。

② ［德］恩斯特·卡西尔：《语言与神话》，三联书店 1988 年版，第 142 页。

起点。语言的超越不仅是一种生命的超越，也是一种历史的超越，时代的超越。

补记：语言的沉沦

当年，《超越语言》刚刚出版，中国社会八十年代的乐观情绪就被一场突如其来的政治龙卷风吹得七零八散。书中呈现的民族主义的自信以及对语言超越现实的期待，就显得很有些尴尬。从这本书的出版到今天，已经三十多年过去，世界与人心都发生了很大变化，遗憾的是似乎没有变得更好。

三十年前写作这部书时，我还没有用上电脑，每一个字都是手握钢笔（还是那种更原始一些的“蘸水笔”）在稿纸上一笔一划写下来的。遇到存有疑惑的语汇不是在网络上查“谷歌”或“百度”，而是在一部部厚重的《辞源》《辞海》《百科全书》中寻觅。与学界友人的联络交往主要依靠书信，至今我还存放有一大箱子粘贴着花花绿绿邮票的信函。

大约在 1992 年，王蒙先生在给我的一封来信中一半是在电脑上输入的，一半仍是手写，他还在信中感叹：不用手写的信简直就不像是信。这一年，大约就是中国作家普遍“换笔”的开始。

人世上的许多事是善良的人们始料不及的。

由技术与市场推动的人类社会快速进入所谓信息时代，语言文字的数字化通过人手一机在互联网上迅速普及，洪水般涌进人们日常生活的语言符号不但改变了人们的话语方式，也改变了人类的思维方式、交往方式、生活方式、存在方式。与社会“发展进步”同步而来的，是频频上演的网络掌控、网络欺诈、网络施暴、网络宣淫、网络谋杀。套版式的陈词滥调、指鹿为马的诳语谗言、装腔作势的自慰自嗨充塞在各个传播渠道；愚妄的狂喷、欲望的宣泄、拙劣的欺诈、执拗的狡辩遍布网络空间。而这一切，都是通过语言文字操弄实施的。由于言语交流渠道的数字化、电子化，如今我们说的话、写的字比任何时代都多，也比任何时代都滥。这个时代，通过电子网络滋生出一拨以操弄语言为职业的伪君子、真小人。让人担心的已经不再是本书开端所说的“语言的干涸”，而是“语言的败坏与腐烂”。更可怕的是语言败坏与腐烂之后人性的变蠢、人心的变坏。

语言的溃败导致诗歌的沉沦。就我视野范围所及，八十年代涌现的优秀诗人北岛、江河、多多、舒婷、梁小斌、王小妮走的走，伤的伤。海子、顾城则已经决绝地去了另一个世界。

我看到，进入新世纪以来，一位说话有些口齿不清的女子在寂寞的诗坛上闪现出异样的风采，吸引了人们的目光。汉语言在她的笔下踉踉跄跄、磕磕绊绊，看似白日梦中的呓语，又像德尔斐山谷里冒出的雾气。她能够直觉到身处的这个时代：

我承认，我是那个住在虎口的女子
我也承认，我的肉体是一个幌子
我双手托举灵魂
你咬不咬下来都无法证明你的慈悲

女诗人在虎口里挣扎，她解释说她是拿自己的性命在写诗，她的诗句是她灵魂世界的自然流露。①

语言的沉沦，是人性的劫难，也是社会的灾难、地球生物圈的灾难。

二十一世纪已经过去的二十二年，完全不是人们最初所期待的“嘉年华”。瘟疫蔓延、战争频发、地球生态恶化、全球化进程熔断、经济危机逼迫、世道人心沦落、文学艺术衰败，这个世界还会好起来吗？

---

① 2022 年中国诗歌类书籍网店榜单前三名都是余秀华的作品。其中《月光落在左手上》销量为 64908 册。

“这个世界还会好起来吗?”原本是百年前士人梁伯舆追问儿子梁漱溟的话。三天之后,老人沉湖自尽。

生物考古学家德日进(P. T. de Chardin)站在人类演化的宇宙坐标中,坚信人类终究是朝着那个光明、圣洁、雅善的顶点走去。但转机并不一定就是下一个十年、二十年,或许要在两百年、两千年之后。这就为我们的超越留下更开阔的空间,更久远的期待。

全书修订完毕于 2022 年 12 月 30 日,姑苏暮雨楼

跋

（1990 年版）

梅洛·庞蒂令人信服地证明：正是由于语言，真理才能存在于社会领域中。他忘记补充一句：撒谎也是凭语言才得以存在的。

这是斯特拉塞批评梅洛·庞蒂后期哲学思想时写下的话，他试图以此证明在语言的网络系统之外，“个人的内在性”“个人的内心”并不是没有意义的。这不是一个艰深的问题，不幸的是这个问题在当今世界几乎完全被人们忘记了。对于东方人尤其是中国人来讲，这更不是一个现代的问题，只是后来由于西方的科技文明风靡世界后，随着科学技术的传播，欧洲人的思维方式、欧洲人的语言观念才渐渐在世界上占取了统治地位。斯特拉塞呼吁人们：要重新关注人的内在性。这时人们反倒感到突然地新鲜。

斯特拉塞（Stephan Strasser），1905 年生于维也纳，后定居荷兰，为奈梅亨大学哲学人类学和哲学心理学教授。在名家如云的西方当代哲学界，我不知道这位斯特拉塞先生算得上第几流的哲学家，而且我是在《超越语言》写作收尾时才读到他的《恢复内在性应有的地位》一文的，[①]他的一些观点，却使我很

① 该文原载《卢汶哲学评论》1986 年第 64 期，译文载《哲学译丛》1988 年第 8 期，以下引文均出自此文。

有些“异域遇故交”的感觉。

斯特拉塞抱怨说，在受现代科学影响的学术界，人的“内在性”问题似乎成了没有意义的事情。心理学热衷的是行为的操作和控制，而冷落了人类的心灵；语言学搜求的是符号的关系和结构，而无视那“盒子里的甲虫”；在流行的哲学中，人的“自我”也已经失去了它尘世的居所，人们都在有意地贬抑、排斥着人的“内在性”。

梅洛·庞蒂在他的《论语言现象学》一书中试图一劳永逸地证明，思想在被具体化并被说出来之前，只是某种虚空，自己认识自己的虚空。斯特拉塞反驳说，虚空并不是空无所有，其间存在着一种表达的意向，一种无声的意向，一种模糊的观念、萌动的思想。此时的主体尚未找到某种语言的载体，这种“暗中到场”的东西尚未涌现到语言表达的层面上，所以它总是引不起语言学家、历史学家、社会学家的注意，“但是像现象学家这样的人，是不会忽视无声的意向的”。那么，一个研究文学心理学的人更不能忽视这种无声的意向，将尚未找到确定的语言形态而又正在寻找着这种形态的心理活动纳入文学言语活动的整体过程中加以研究是必要的。

斯特拉塞还谈到了哲学心理学意义上的“超越”。

他认为，工业社会中物质的丰富和技术的发达并没有能够使人完全摆脱形而上的哲学思索。“超人”的思想比起“道”的思想，“不可抗拒的无限进步”的思想比起“永恒轮回”的思想，不见得就更少一些形而上学。“形而上学”基于人类的一种“期待”，一种“希望”，一种“理想”，或者说一种“幻想”。希望和理想之类不会沉没于物质世界的交织之中，也不会站在世界的背后，它永远是属于精神的，它永远是飞扬着的、超越着的。“在某个给定的时刻，哲学家应该超越社会生活、人的科学以及‘肉’的层次。”

“无限同时又是完善”，“完善的概念并不是概念，而是希望”。实际上，人们对于行为的希望总是先于行为本身的，对于认识的希望总要比认识更早。希望完善的人总是因为尚未完善，希望无限的人其实还不知道无限是什么。

对于人的世界来说,"无限"和"完善"是永远不到场的,正因其不到场,"希望"便成了"人类实践生活和认识努力的共同根源"。在心理学领域中,我们从布伦塔诺的"意动性",弗洛伊德的"内驱力",阿德勒的"追求优越""向上意志",荣格的"普遍生命力",马斯洛的"自我实现"等理论中,从马尔库塞的白云缭绕、天鹅翱翔的"艺术理性"的"乌托邦"中,不难看出对于这个"共同根源"的探求。与其说这是"心理科学",毋宁说是"心理哲学""精神哲学"。当科学发展到无可比拟的强大时,自由精神注定就要被促逼上更加深邃幽微或更加虚幻高邈的空间,这是更加迷茫朦胧的空间。语言的超越此时就成了生命发展的不可遏止的必然。

斯特拉塞也承认,在实际生活中,人们总是首先与可以触及的东西,可以听到的话语,可以看见的文字打交道。但这只是"准备工作",或者说只是提供了一块"跳板"。继之而来的是由主体心灵介入的"解释",在解释中,话语和文字将超越其内在与外在的界线,潜在的、幽晦的由此而成为显现的、灿烂的。在这本书中,我把文学言语活动看作"超越现象"中一个突出的范例,诗人和小说家在对于"无限"和"完善"的追求中,将内隐于生命深渊之中的"裸语言",创化为外射于精神高空之中的"场语言"。书中没有什么标新立异的东西,在许多重要的问题上反而又回到被遗忘了的那一古老的起点。

我对文学语言的兴趣,原是在研究创作心理时产生的,当时只是觉得,要谈文学创作心理问题无论如何也逃不过"语言"这一关。那时手头能找到的资料并不多,便冒然写下了那篇《试论文学语言的心理机制》的文章。1983 年夏天我到上海时曾拿给周介人看过,他劝我再修改一下,又说这个选题放它两年也不会与人撞车。过了一年,我将修改后的文稿寄给了《文学评论》,被刊登在 1985 年的第 1 期上。这期间还曾零星地写过一些关于文学语言的文章。师友们劝我不妨就此写出本书来,我自己也很有些跃跃欲试。

此时,"语言热"已经漫卷中国文坛,一时间新论迭出,论及许多我未曾涉足的领域，令人眼花缭乱。书不好再埋着头写下去，我决计先看，先学习。看了近一年的时间，看到的许多新的言论多半是“形式主义”“结构主义”的东西，这的确使我大开了眼界，但并不能使我感到满意，反而使我生出许多缺憾的感觉来，反倒又增添了我写出这本书的勇气。

结构主义的语言学，从索绪尔开始就是把研究的重点放在“语言”上的。而在我看来，文学语言主要是一种“言语活动过程”，研究的重点应当是“言语”。如果说“语言”研究更倾向于“科学化”的话，“言语”研究将更贴近“人文化”，而这也正是我自己更感兴趣的。而且，我从黄子平、王晓明、程德培、申小龙、耿占春以及李国涛等人的文章中分明看到了把文学语言作为“言语”进行研究的倾向。我期望在“结构主义”向我们袭来的时候，也能够保住这一路文学语言研究的阵势。去年夏天，我用了三个月的时间写完了这本书的初稿。对此，我尤其感谢许觉民（洁泯）先生，如果没有他的鼓励和督促，或许我仍然在徘徊犹豫着。

早已经有人说过，谈论语言可能比谈论沉默更为糟糕。这本谈论文学言语的小书虽然只有不足二十万字，却使我惴惴不安。我尚且不知道它会受到来自何方的批评。有两个问题我想在这里预先为自己做一些辩解。

一是文学批评的“暧昧性”。

从现象学的理论看，文学作品的意义并不全部既在于作品的结构中，意义不仅来于世界，也来自人，文学作品还有一种更为原始的状态，一种浑沦絪缊的心理状态。文学批评的对象并不只是确定不疑的文本，批评也是参与。“批评既是参与梦想，又是破译，它重现叙述图像的原始意义，它给原始意义以生命，并按照个人迷宫的‘地下通道’去叙述它。”[①]批评于是便成为冒险，成为个人的无有尽头的心灵冒险。文学批评总是在直觉的和概念的、情绪的和理智的、幻想的和知解的、心灵的和结构的之间游移盘桓。杜夫海

① ［法］杜夫海纳：《美学与哲学》，中国社会科学出版社 1987 年版，第 151 页，第 153 页。

纳说，任何文学的批评都是模棱两可的，“向批评家建议作出一种能消除这种暧昧性的方法论的选择，这是可笑的。”[①]他说，这种“暧昧性”并不妨碍我们对于真理的追求，这是一种“好的暧昧性”，它不是走向意义的零点，而是建筑在内容的无限密度之上的。那位马尔库塞显得就更刻薄，他说在哲学和美学中，“不清晰性恰恰是一种美德”。多年前我就已经是文艺学研究中“模糊论”的鼓倡者，至今我仍然倾向于认为，与其在文学批评中精心炼制那种科学认识的透明度，不如钻进文学的“地下迷宫”里去做一番灵魂的冒险，这其实也并不轻松。

二是关于“支离破碎”的思维。

就在我写作这本小书的同时，一位批评家接连发表大块大块的文章，义愤填膺地批评我的“支离破碎”的思维方式。我很惭愧，因为我的这本东西肯定仍然是不会让他满意的。这里，我想援引一段人本主义心理学家马斯洛的话来为自己辩解一下，他说：“这恰恰是最伟大的艺术家所做的事情，他们能把不协调的、不一致的、彼此抵触的各种颜色和形式，纳入一幅画的统一体中。这也是伟大的理论家所做的事情，他们把迷惑人的、不一致的事实放在一起。从而使我们能够看出它们实际上是在一起。对于伟大的国务活动家、伟大的治疗学家、伟大的哲学家、伟大的父母以及伟大的发明家来说，也同样如此，他们全都是综合者，都能够把分离的、甚至对立的东西纳入一个统一体中。”[②]我们这些远远算不上“伟大的什么家”的人，总越还可以向着“伟大”学习吧？况且，我并不同意马斯洛轻易地抛出那么多的“伟大”。这种从“不协调”“不一致”，从“分离”和“对立”中进行整合的能力，其实正是人类的一种接近于“童真”的天性，说是伟大，其实又是很平常的。

书稿写完了，在无字处却留下了说不尽的遗憾。

---

① ［法］杜夫海纳：《美学与哲学》，中国社会科学出版社 1987 年版，第 151 页，第 153 页。

② ［美］马斯洛：《存在心理学探索》，贵州人民出版社 1987 年版，第 126 页。

已经写下的如许文字“超越”了什么吗？也许，那只是一只笨拙的蜗牛用自己的津液在岩石上留下的一道曲曲弯弯的线痕，所谓，“超越”，只是它在爬行中聊以自慰的梦幻罢了。

1988年10月初稿

1989年4月完稿

1994年重印后记

那还是在1989年的冬天，在北京的鲁迅文学院公寓，一场大雪过后，阳光斜照在写字台上，柔和而璀璨。面对着刚由印刷厂送来的《超越语言》的校样，我无喜、无忧，甚至也无思、无虑，心中只是一片宁静澄澈，浑如那雪中的冬阳。

那也许就是一种禅境。

这本谈论文学语言的书出版后，正赶上新时期的文学大潮跌入低谷，《超越语言》便像一粒风簸浪淘的石子，静静地沉在谷底。

然而，这本生不逢时的书毕竟还是在文学界遇到了知音。

王蒙先生在《读书》杂志上发表的专题文章中说，这是一本“超拔的书”，“一部写得相当漂亮的书”。他的话，让我暗自激动了许多日子。

使我常怀感激之情的是，书已经出版五年了，至今仍然不时收到山南海北陌生朋友的来信，表达他们对此书的关切之情。诚挚的话语使我振奋，也让我歉疚；既温暖着我，也鞭策着我。

这终于成了重印这部书的心理动因。

由于中国社会科学出版社的大力支持，由于企业界一些朋友热心相助，才有了今日问世的这个重印本。由于是重印，不可能做什么大的修改，仅对书中的个别错漏之处做了一些更补。

这个重印本，增加了王蒙、韩少功、南帆发表在《读书》《作家》《上海文论》等刊物上的几篇文字。王蒙、少功、南帆都是创作界、理论界的大家，他们的文章无疑会使文学在“超越语言”这一领域的对话走向深入、走向辉煌。

这个重印本，由于青年美术家张森的精心设计而披上新装。

最后，借此机会，再次向所有给予此书关心、鼓励、资助的朋友们致以衷心感谢。

1994 年 6 月 18 日，郑州

附录一
学术界相关评价

王蒙/致鲁枢元信

枢元兄:

信悉,甚喜。我于四月中收到尊作,旋即赴滇,一路上只带了一本书,即《超越语言》。看了一路,回程经重庆乘船长江,三天航程,欣赏两岸风光的同时阅读此书,俱觉心旷神怡。你研究得很认真,在中国还很少或干脆没有人这样认真研究过。我打算就此写一篇文章,当然,这是后半年的事。[①] 可惜书中引用并辩驳的一些学者、观点我太不熟悉。结构主义云云,各种文章提到不少,仍觉不甚了然,不知兄能有见教否? 能否用一两句小儿科的语言讲讲这个问题?

窃尝作"摸象说"。文学的诸方面犹象的各个部分。强调反映、再现的如

① 王蒙评论《超越语言》的文章,题为《缘木求鱼》,发表在《读书》1992 年第 1 期。

摸到了象腿；强调表现、感觉、形式的如摸到鼻子（没有“牛鼻子”那种褒义）；强调结构、模式的如摸到了脊骨；强调弗氏宣泄功能的如摸到了下体（无贬义），而阁下一直在钻象耳朵、象眼睛、象牙。您的研究极有价值，但似也因之否定不了别样的，例如理性、逻辑、概念……在文学创作和阅读中的作用。理性不但是理性，也是激情，“朝闻道夕死可矣”，遂与生命扭结在一起。我完全相信逻辑具有一种光辉，一种声响；我相信科学家、哲学家用他的犀利和周密的思辨解决一个课题时他应该感觉到光色的变幻与一个大合唱的进行。我相信例如你在写《超越语言》的时候，超越的与非超越的，语言的与前语言、后语言的，逻辑的与非逻辑的……当是浑在一体的，你的理性的清明感与直觉的混沌与丰富应是俱在的，好比走在一条路上，随时都有路，随时又被风光所迷惑和震撼而迷了路、迷着路……我坚信这里不但有相区分的东西也有相一致的东西。作为人类的精神活动、精神创造的颂歌，作家的体验和数学家的体验是相通的，正因如此，许多年前，我就直觉地不排斥林兴宅最高的诗是数学或最高的数学是诗论。

岂止“气数未尽”，您的学术前途正好！等待着新作。

我在埋头写长篇，间亦有杂篇逗逗哏。一切都好，勿念。

夏祺！

王蒙 1991 年 6 月 10 日

（原载《作家》1993 年第 11 期）

王蒙/缘木求鱼——读鲁枢元的《超越语言》

鲁枢元的文论别树一帜。先是，他填补了创作心理研究这个几乎很长一段时间是空白的领域。其后，他又提出了“向内转”“超语言”这样一些关于文学本体的命题。他是怀着对于文学创作的神往、敬仰、热爱（更准确一些，应该说是“热恋”)、惊叹、赞颂来接近这个领域的。他去接触文学创作心理这个“对象”(从它的原义和世俗引申的含义来说)时,其纯美的心态如同去接触自己热恋的姑娘,膜拜自己的女神。有点奇怪、相当稀罕、更加弥足珍贵的是这样一个人没有“下海”投入文学创作,而是在热恋中保持着冷静,保持着学究气的寻根问底的执着,保持着博采众书而又取舍在我的做学问的眼光与胸怀,当然,也保持着一种毁誉由之的自信。他用理论去追求创作,钟情而又苦恼。

他选取的对象和他所怀抱的心态造就了他的存在的必要,也造就了他的特殊的方便和困难。方便是,他的研究领域对于整个文艺学研究与文学评论来说毕竟仅仅是一部分,不大的一部分。他无意去干预介入批评一些更重大的文学理论问题。他基本上没有去构筑一个涵盖广阔的文艺学体系。当然,当他企图用“向内转”概括新时期的文学走向时,遭到了反驳。其实鲁枢元本来可以给自己提出更方便更适宜的任务——不去概括“走向”而去讨论“现象”。一个活跃或比较活跃的文学生活中必然包容着许多相悖的文学现象与文学主张。过于匆忙的概括往往不十分明智。

而他的困难也是不难想象的。他倾心于文学言语乃至整个文学的“心灵性”“游移性”“模糊性”“直觉性”,他倾心于文学的“细缊”“混沌”“象罔”“玄珠”,他试图去推敲把摩“隐藏在内心独白后边的那些东西”“拥挤在意识门外的心理群体”“无定形的认识”“内觉”……但他又必须借助于一般的论辩模式、叙述模式、语言模式、逻辑模式。他非常推崇被称为“活化石”的古老而又“活得如此灿烂辉煌”的中国的汉语言文字,推崇司空图的《诗品》式的、《庄子》的寓言式的以及王夫之论诗式的“一片神光,更无形迹”“一片心理犹空明中纵横熳烂”式的文论模式、“东方式的”“把握世界的一种心理模式”,但他写出的文章毕竟离庄子离司空图离王夫之也离刘勰远,而离他其实不怎么喜欢甚至常常贬而低之的现代学术论文即英语叫作 paper(非常物质,非常不心灵!)的近。鲁枢元自己也意趣盎然而又不无遗憾地说:“……自己的言语表述总是要绊倒在言语研究悖论的顽石上……在众人面前尴尬地破损了自己的形象”。他自况为“操斧伐柯”,“要做得漂亮真是不容易”。可不是吗,能达到那种“一片神光更无形迹”的境界的人,能耐下心来读这些旁征博引,洋洋洒洒的paper吗?能够具备这种研究、分析、讨论的思辨的兴致与能力吗?反转过来,习惯于用演绎和推导的方法来论述文学的各方面的性质,习惯于完全有根据地强调文学的社会功利性质、它的认识功能、反映功能与教育功能的论者,能够不认为鲁枢元的这种对于“精神的升腾”“诗性的天国”“超越语言”的探讨是过于奢侈了么?对于习惯了科学的(数学式的)逻辑与语法规则的读者来说,鲁枢元的论述不是太玄妙、太抓不住摸不着、太难懂,太“不知所云”了么?

对这些困难的克服,这本身就是“超越”了。鲁枢元近年确是写了一本超拔的书:《超越语言》(中国社会科学出版社,一九九〇年)。在这本书中,他选择文学语言——按照他的论证,应该叫作文学言语——作为突破口,丰赡、热烈而又匠心独运地论证、发挥、抒发了他对语言—言语,对文学—艺术,对艺术—科学以及对人类文明、人的精神生活的许多有趣的感受和见解。

他的书从对于亚里士多德为语言活动立法的反思开始,不无夸张地亮出了“语言干涸”的黄牌。他介绍了亚里士多德死后两千多年,以索绪尔为代表的理性的分析哲学和逻辑实证主义的语言学与以柏格森为代表的“朝着同理性的自然趋势相反的方向进行”的挑战。他认为,到了本世纪五十年代,一批结构主义大家把亚里士多德开创的语言研究的科学化、形式化、简单化的特色“推上了顶峰”。

怀着论辩的激情,对“结构主义文学批评对结构主义语言学批评的归顺”提出了质疑和猛烈的批评。他说结构主义批评向文学的海洋撒网,捞上来“庞大的鱼的骨架”,而不是活生生的鱼。“一大二空”,他用这种人们习惯的构词方式描绘现象美学家杜夫海纳对于结构主义的批评。为了抗争结构主义把文学模式化、骨架化、电脑软件化的努力,至少是弥补这种偏颇,他引入了日本学者堺屋太一的气氛型综合信息说。在“反叛结构主义”的小标题下面,他介绍了尼古拉·吕韦、J·德里达、M·福柯、伽达默尔、马尔库塞的主张。

鲁枢元提出来要寻找语言的“绿州”。他列表对照和区分了语言(1anguage)和言语(parol)。他建议诞生一门“文学言语学”,强调文学言语的“个体性”“创化性”“心灵性”和“流变性”。他提出了“超越语言”的设想,并提出了以下内容:语言观念的突破、语言学研究范围的胀破、言语主体的介入、言语在知觉中整合、言语在理解中绵延。

“上穷碧落下黄泉”,鲁枢元引经据典地去研究语言与心态的联结,语言法则与语言风格的纠缠,论述并列表说明超语言—场型语言、常语言—逻辑语言与次语言—裸体语言的区分与关联。他几乎是相当浪漫地在那里抒发他对于文学言语,对于“沉寂的钟声”“细缊”“泰一”,对于“潜修辞”和“瞬间修辞”,特别是对于“诗性的天国”,对于“灿烂的感性”“语言的狂欢”“瞬间伊甸园”的一往情深。读到这里,我们能感到鲁枢元的理论的痴迷、诗情的迷狂、“布道”的狂热。我们似乎听到了鲁枢元的赤诚而又雄辩的呼唤:“重铸那金子一般纯真的语言”吧!“寻求精神的伊甸园!”“开发右脑!”“涵咏人类的美好的天性!”“在语言的虹桥上走进诗意的人生!”……

用不着也不可能复述鲁枢元在这本书中的种种观点和他引用铺陈摔打的古今中外的种种材料。读之如行山阴道上,风光万千,令人应接不暇!当然,由于这本书涉猎的方面太多,其中许多学术领域、学派代表人物是我们不熟悉的,我无法判断鲁枢元的引介与评述是否都恰如其分,我也没有把握是否读后确实掌握了鲁枢元的思路。我感到新鲜别致,也感到他的热烈奔放,我感到他确实做了学问下了功夫,也感到他的执着乃至执拗。我很想就这本书说一点话,却不知说什么好。

也许我能说的只有自己的与文学创作有关的经验了。这个经验当然只是个人的、具体的、模糊的,未必能成为对于此书的印证、补充或者驳难。

我的体会更偏重于语言的整体性、人类精神活动的整体性方面。我偏向于设想,不仅艺术,而且科学(例如数学)也追求着超越,可以达到那种至精至纯至妙至深、自趋自动自解、行云流水、天衣无缝、空明烂漫、高峰体验的“无差别境界”。似乎是，不仅感情的东西可以超越语言，真正的智慧、勇气、学问（特别是在哲学和数学这种比较抽象的科学中）也会时不时地感受到那种明澄的直觉，豁然的顿悟，得来全不费功夫（正如潜修辞!）的豁然贯通，那种光芒四射、铙钹齐鸣，而又最后返朴归真的境界！我设想人类的精神活动是会有一种殊途同归的高峰体验的。这里有相异处也不乏共同的、相通的东西，我设想，那些最初用结构主义的方法捞上了大鱼的“骨架”的学问家，同样会充满了超越性的创造性的狂喜！甚至于我揣摩，政治家和军事家也会在某种主客观条件下进入这种自由王国！进入一种战无不胜的精神境界。也许这里扯远了，现在回到创作与语言上来，领略鲁枢元的超语言、常语言、次语言的三分观念，可能有助于欣赏和接受相当一批艺术产品和艺术探寻，尤其有助于去欣赏和接受一批富有现代感的美术、音乐、诗歌作品。从诗歌里我们特别可以感到那种超越语言的成功的或者蹩脚的、总是聚讼纷纭的努力。而评论界又是多么常常地以常语言的尺度大致一量，便把这种努力贬斥得一文不值啊！小说创作里，多数情况下，常语言就起着基石的作用了。有时候，语言的超越性与常规性密不可分。正像非常规的、怪诞的、神秘莫测的语言可以成为一种追求和风格一样（如残雪、莫言），常规的、标准的、明白清楚的语言也可以成为一种文学个性（如“山药蛋”派）。文学创作的过程有它玄妙、深不可测、如醉如痴如幻如梦的一面，也有它普普通通、按部就班，不像正常心绪下的娓娓诉说的一面，即使诗歌，也可以写得妇孺皆解（当然，解与解是不一样的……）、明白如话。一个处于旺盛期的创作家，有时也需要克服自己的心灵的疲惫，同样需要克服心灵的狂热，以一种普普通通的心境告诉读者一点普普通通的事情。以期待奇迹的心情搞创作，既是美好的又是难以持久的。

这些话也许根本没“进入情况”，谈不上是与鲁枢元的讨论，也不配说成抬杠。因为我没有登堂也没有入室。对于语言学和结构主义我知之甚少。我毕竟非常欣赏这部写得相当“漂亮”的书。有大量材料和古今中外的引证。有艺术散文般的描摹与抒发。有独特的钻研与创造。他努力去揭示语言、言语、文学、创作中不被人知、不被人理解而且常常遭到有意无意地贬损和嘲笑的方面。他有意识地去强调这隐蔽的精神活动的方面，有意没有多谈那尽人皆知的比较明显的另一面，他在书里自己已经说明过。

最后，我想起了中国的一句成语：缘木求鱼。其本意当然是嘲弄和否定。但是，从另一方面来看，缘木求鱼不也是难免的、必然的、浪漫的、有趣的乃至悲壮的么？爱情、科学、探险、战争、艺术、宗教、道德直到气功与特异功能，人类写下了多么辉煌与悲哀的缘木求鱼的记录！而且确实求到了多少条大大小小虚虚实实生生灭灭的鱼！鲁枢元所讲的结构主义的鱼骨架，不也是一种有生命力的“骨鱼”么？用文学言语来超越语言，这样的缘木求鱼的努力，不也是美丽而又令人迷惑的么？也许垂钓撒网，捉住的只有小鱼、小虾，缘木升空后而有得飞鱼的可能？缘木而求鱼，不是超越了木了么？不正是超越的理想的实现么？枢元此书，以引证、论辩、驳难、列表的手段去进逼文学艺术、语言言语的灵性的深层面，这是多么可观的一次缘木求鱼的盛况啊！

（原载《读书》杂志，1992 第 1 期）

韩少功/致鲁枢元的信（有删节）

枢元兄：

前信想已收到，留下《超越语言》这个题目另外给你写。这本书很得我心，冒犯当前语言学主潮，大造一次反，简直有里程碑般的意义，也把你的艺术论体系扩展到更阔大更坚实的基础上。你引证研究也很周密，有说服力，把本来不可言说的东西言说得大致明白，很不容易。艺术语言本来恐怕是不可实证的命题。禅宗最后的办法就是让人中断理智逻辑，虽然粗暴，却也较为彻底。我们暂时还不行。

1986 年我在上海座谈：（1）好小说探寻主题是成功也必是失败——迷

茫;(2) 好小说运用语言也必破坏语言——失语和胡言(大意)。当时听者没有多少反应。那时若碰上你就好了,就更可以胆壮了。

这些年引进洋人的"方法",常常阴差阳错,一些连一元二次方程也解不出的批评家,特别热爱"科学","科学"起来以后,又特别喜欢教导文学,这样,即便是科学主义的龙种也只能生下跳蚤。你是清扫跳蚤的第一劳动模范。这本书分量很重,是国际量级,足可以"西渐"入侵欧美。在这个时代,能用心魂与血性来创造学问的实在不多。

你的孤独也在所难免,不仅将感到语言的困难,而且人类物盛心衰恐怕还不是从工业革命始,物学(学科)为显学恐是古老的话题,否则我们就难以理解佛陀、基督当时的大悲哀。"现代化"使物学更是君临一切,人之人性日渐消失萎顿。艺术家倡扬感性,但时下的流行感性意味着不负责任声色犬马并自诩新潮,是对"大漠孤烟直""人迹板桥霜"以及乔伊斯、卡夫卡极"感性"地极敏捷地排拒。感性亦被物欲历史地改造了,不是么?这不是更增加了我们言说的困难?

当然,也许孤独才使艺术更为纯粹,更加卸除社会功利的负荷。

(原载《作家》1993年第11期)

唐翼明/致鲁枢元的信

枢元兄:

信拖了这么久没有回,是因为我仔细看了你的《超越语言》后,很想就你的书写点东西,或至少给你写封长一点的信,但没有料到这么忙,忙的竟然一直抽不出空来,看看新年将到,决定还是先写这封短信给你,并奉上我的两本小书,免得你真以为我忘记了。

你对结构主义文学批评的批评痛快淋漓,很中肯綮,我很同意,而且觉得很有必要，很中时弊，对文学大有功德。但能否由此建立一门“文学言语学”则我颇有保留。你要道非常之道，名非常之不名，谈没有规律的规律，这种知其不可为而为之的勇气诚然可佩，但能否办得到则不能不令人怀疑。我认为你在批评你不以为然的时髦理论中就已经立了大功德，要不要再建“文学言语学”已无关紧要了，真所谓“破字当头，立在其中”矣。

1993 年 12 月

南帆/主体与符号

按照上面的论述，心理学——主体理论的一个重镇——已经为符号学所覆盖。语言肆无忌惮地进驻传统意义上的内心，在心理学看来云谲波诡的地方塞满符号的瓦砾。符号学明显地对心理学抱有敌意。为了阻止心理主义的露头，他们甚至谨慎地回避“表现手段”这样的术语，因为这个术语很容易暗示作家在语言之后还存在一个心灵。这种理论上的吞并当然可能惹恼心理学——实际上，人们已经收到一份来自心理学的抗议书。鲁枢元在符号学咄咄逼人的声势中写出了《超越语言》，这个标题即已表明他对符号不以为然的态度。

在《超越语言》中：鲁枢元试图通过抨击结构主义式的语言崇拜向符号学索回几分主体的尊严。鲁枢元认为，人类语言应当是一匹无始无终的绸缎，结构主义仅仅拦腰截取一段窄窄的“纯语言”，进而为文学缝制一件过于狭小紧身的外套。为了从这种符号学手里解放文学，鲁枢元制订了一些相应的策略。在这里，我想提到他的两条倡议：首先，将“纯语言”之前的“次语言”与“纯语言”之后的“超语言”列入关注范围；其次，力争建立一门“文学言语学”。

论述“次语言”与“超语言”的时候，鲁枢元援引了杜夫海纳的看法，杜夫海纳在《美学与哲学》中提出,“次语言”指的是当未具有意义的系统,“超语言”指的是超意义的系统。鲁枢元认为,前者通向了“语言的深渊”,后者通向了“语言的峰巅”。“次语言”暗示出语言后面一个更为幽暗的渊薮,这里处于一种暧昧不明,混沌的原生状态,作家的语言不过是上浮出这个渊薮的冰山;另一方面,“超语言”是一种高悬于语言结构之上的意蕴,它具有形而上的品质,“超语言”可能是一种意境,一种气韵,一种韵外之音或者言外之意,即洞然大开又捉摸不定。不难发现,鲁枢元试图用朦胧难测、幻变无穷的生命冲动和超逻辑的顿悟对抗清晰、稳固、严饬、纯粹的正统符号学。

在我看来,上述看法仍未走出主体、语言二元论的圈套。或许鲁枢元已经将这种二元论作为前提使用——他同时还援引了生物学家雅克·莫诺的观点作为论据:人类具有一种远比语言古老的“记忆能力”“回忆能力”“联想能力”“模仿能力”等等。或许人们无法否认,这些能力在生命进化的阶梯上的确处于语言之前,但人们能否肯定这时的生命已经属于精神意义上的主体?无论如何,某种仅能诉诸内省的心理暗流无力从必然逻辑的意义上证实一个超语言主体的存在,它至多不过维护了一种不可证实的信念。对于“超语言”所出示的“言外之意”,我更倾向于看成语言“能指”的某种姿态所引起的错觉。“能指”的某些复杂配置可能带动许多“所指”,其中一些第二级的“所指”是以隐蔽的方式显示出它们的存在,这时,文本的“能指”将伸出欢迎的手臂诱使读者将眼光转向它们背后,它们慷慨地许诺说彼岸还存有一个妙不可言的“所指群”。这种许诺给人造成强烈的“余味不尽”之感,以至于读者甚至忽略了一个基本事实:一旦他们想了解这个“所指群”,唯一的办法是继续驱动“能指”予以追踪。人们想查阅一个“能指”的“所指”,那么,人们只能从字典中读到更多的“能指”。从“能指”不断转变为“所指”,从“所指”又不断转变为“能指”——这种不知所终的无穷运动已经为后结构主义所披露。可以说,“诗无达诂”恰是人们在“能指”与“所指”之间疲于奔命的写照。每当读者驻足而观的时候,前面永无尽止的“所指”则获得了一个不可企及的“形而上”身份,这表明,“言外之意”的洞察仍然只能在“言内”进行,这种洞察只能表现为“能指”链的无穷缀接,这个事实就像往前走一定要启动双脚一样清楚。

比较起来,鲁枢元“文学言语学”的设想似乎更值得重视。这里似乎预示了一个主体与符号的真实关系。所谓的“文学言语”显然是相对于索绪尔意义上“语言”而言的。如所周知,索绪尔赋予“语言”这个概念巨大的特权。“语言”指的是一套抽象的语言符号规则,这套规则对于每一具体“言语”的规定犹如象棋规则与每一棋子的运行一样,“语言”是一个隐蔽的朝廷,它无须现身;每一具体的“言语”均是“语言”的臣民,它们以种种不同的个别方式证明自己对于“语言”的服从与忠诚。这构成了一幅语言符号太平盛世的景象——如果不是“文学言语”时时从中滋扰的话。“文学言语”是诸多“言语”之中的叛逆分子。它热衷于种种言语实验,大胆向公认的语言规则发出挑战。许多时候,它们甚至自立语言规则。这常常导致语言符号系统内部一阵阵紊乱,同时也在语言符号系统内部创造出一次又一次的革命契机。在某种意义上,这显然可以看作主体对于符号不屈不挠的反抗。这时,主体不是游离于符号之外——主体实际上活跃于符号系统内部,主体的激情、冲动、欲望同时也就是符号系统的分裂、重组、运动。二者实际上是合二为一的。从这个观点看来,主体对于符号的反抗并不是体现为生命对于语言的疏离与超越,而是体现为一种言语对于另一种言语的攻击——或者说体现为文学言语对于日常言语的攻击。所以“文学言语学”最终显明的是,主体实际上可以视为一种极不安分的语言成分,它将搅动庞大的语言系统,并且为之带来生机。

结构主义语言学将共时性作为版图的界限,他们对于语言的历史性演变不感兴趣。这也许是他们无视主体的一个重要原因。事实上,历史性的观察将明显地看出主体反抗符号所留下的痕迹。倘若“言语”永远是“语言”属下循规蹈矩的顺民,那么,语言规则将千年不变。然而,从甲骨文的残篇至今日的印刷品,语言规矩已经沧海桑田。这可以说是语言符号演变历史的记录。也可以说是主体存在方式演变历史的记录。在这个意义上,主体的一种新的存在方式,实际上也就是一种新的说话方式。

即使仅仅在符号的范围内,主体这种不驯的姿态同样富有象征意味——这意味着对既成文化等级秩序的挑战,意味着对于语言权力的挑战。事实上,已有的语言规则如同符号系统中心一个至高的权力机构,它提出符号代码,规定词义、词类搭配方式、句子规范形式,负责裁决种种是非曲直;更进一步,它甚至制定诗、小说、戏剧、政论、杂文、新闻、小品、相声、广告等诸种体裁的高下尊卑。这种权力的实行同时还将制订相应的"语境",从而强行地规定人们的思维、想象方式。常识通常觉得,语言似乎已经全权代表了客体,语言的陈述方式——从教科书、新闻传播媒介到法律文件——常常拥有权威根据。这时,语言权力所包含的意识形态则为人们不知不觉地接受了。作为一种语言符号的革命,文学言语常常是一种边缘向中心的冲击。这种冲击将引起种种调整与不规则波动,某种旧的文学话语可能迅速衰落,另一种新的文学话语突然从角落挤入主位;这种时候,符号的秩序遭到了颠覆,熟悉的文化权力分配被打乱,符号系统内部甚至因之重新立法。由于文学言语的不断"越轨性"尝试,人们才可能看到诗对于日常语言的革新,看到默默无闻的散文、小品文在某一时期的勃兴,看到街谈巷语出身的小说一跃而为最为兴旺的家族。概而言之,主体在符号系统内部的活跃实际上具有消解中心的作用。这样,文学言语在符号系统内部所产生的离心倾向将一定程度地抵消语言崇拜所导致的意识形态盲从——这显然可以看作"文学言语学"的潜在的社会、历史意义。

但是,尽管如此,文学言语并未表明主体已经逃逸出语言的牢房。事实上,语言网络更像是由橡皮筋制成的,它将随着主体突围的路线不断扩大,的确,主体仅仅是持续扩大语言之网,而不是撕破语言之网。符号学曾经将这种状况称之为"外展"——"外展"是对陌生代码或陌生事实的应急反应。然而,经过解读与诠释,这些陌生的代码与陌生事实又将形成习惯——这同样也是文学言语从边缘移向中心、从不规范成为正统的过程。这种文学必将驱使新的文学言语重新开始。对于作家说来,这是一个永久的任务。如果人们不是把这种循环往复理解为西绪福斯式的悲剧，那么，这将是一场壮观而又持久的运动。

（原载《文艺争鸣》1991年第2期，节选）

南帆/超越的本义——读鲁枢元的《超越语言》

二十世纪文学理论的一个惊人之举即是，语言当选为文学王国的头号种子选手。传统文学批评所奢谈的个性、想象、风格、社会、历史纷纷后撤，或者干脆被弃置不顾。可以看到，语言赢得提名时得到了结构主义语言学、符号学与分析哲学的共同支持。人们将这种状况形容为人文科学之中"语言的转向"。在文学理论范围内，"新批评"与"形式主义"学派曾经作为同谋竭力抬举语言的地位，使语言从一个卑微的弃儿成长为高贵的巨人。待到结构主义文学批评登场，语言的至尊身份已经不可动摇——即便后结构主义的出现也没有改变这一点。在风格上，以结构主义为主的种种语言学说似乎更为投合二十世纪的工业社会：批评家对于语言的精确处理显然隐含了对于科学技术的臣服。

结构主义的基本观念表明，语言是一个自我完成的封闭系统。语言系统先于个人而存在，成为主体所不可脱逃的制约。语言的意义导源于系统内部的种种差异与关系，而不是导源于社会与历史。事实上，社会与历史不可能甩开语言而独立存在，它们必须依赖语言显现种种影像，从而成为可解之物。在这个意义上，社会与历史乃是语言运作的产品：语言的涡流、起伏、聚散。既然语言成了安放世界与人的唯一场所，那么，考察语言系统的惯例、法则、结构很可能就是破译人类文化密码——当然包括文学——的首要途径。经过这样的论证，结构主义左手挥退了主体，右手挡住了社会与历史，尔后恭恭敬敬地将语言请入上座。

然而,结构主义的上述神话并不能维持太久。在结构主义阵营内部,一批理论家逐渐看出了语言系统的种种缝隙——他们看出了能指与所指的不对称,看出了语境的意义,看出了话语的权力,看出了语言的使用与意识形态的联系。这一切终于使一批理论家反出山门,颠覆了“结构”的权威,再度将社会与历史引入了语言的囚牢。语言系统被迫向社会与历史开放了。这个时候,人们无疑会提出问题的另一面:如何向语言赎回主体?

超越语言——这是人们可以听到的一个迫切呼吁。这个呼吁来自鲁枢元的一本著作:《超越语言》。概而言之,《超越语言》始终在顽强地论证一个问题:“个体生命可望实现对语言的超越吗?”《超越语言》以不屈的姿态同结构主义展开了激烈的辩论,并且顺便讥诮了分析哲学以及逻辑实证主义。鲁枢元似乎不惮于返回传统。他不仅一一重提诸如心灵、直觉、体验、顿悟、神韵这一类结构主义所不屑的概念,而且,他将问题的源头一直追溯到亚里士多德。在他看来,亚里士多德制造了一条古老的岔道。亚里士多德以超人的智慧对人类语言进行了明晰的规范。此后,原始语言之中所包含的节奏、情绪、氛围、意象逐渐收缩了,语言走上了一条理性与逻辑的大道。鲁枢元用一种感慨历史的心情迷茫地发问:这是人类的必然进程,还是无意中走错的第一步?

当然,靠拢传统并不意味着拒绝听取种种现代语言学的观点。事实上,鲁枢元很可能比一些时髦的语言崇拜者更了解诸多语言学说——更了解一大批理论家对语言说了些什么,也更了解这些学说的“阿喀琉斯之踵”。而且,更重要的是,他所占据的发言场地是语言学与心理学的交叉之处。对于文学说来,这无疑是一个显目的要津。人们可以不时地在《超越语言》之中看到心理学与语言学的较量。也许,人们不该低估这种较量的意义:一旦心理学与语言学通过较量而达成某种统一,这可能是文学理论取得重大成功之时。

虽然鲁枢元身为教授,但《超越语言》却废除了教科书的模式。在这本书中,鲁枢元纵横自如,不拘一格:谨严缜密的推理同奔放不羁的猜想汇于一炉,经典著作与掌故轶闻相提并论。文辞所流露的抒情风格显然由于维护主体的信念,而论战的句式则是出自反抗“语言沙文主义。”尽管如此,鲁枢元仍在《超越语言》中表示了力不从心的感觉。鲁枢元已经察觉到用语言谈论语言的困难。“谈论语言可能比谈论沉默更为糟糕”,这是他引为解嘲的一句话;事实上,企图清晰地说明语言的不清晰,这多少也有一点“操斧伐柯”——这是他自己的话——的意味了。

如前所述,鲁枢元时常从心理学的立场向语言学作出挑战——文艺心理学是鲁枢元的大本营。鲁枢元曾经辛勤地考察过作家的感情积累、情绪记忆、知觉方式、创作心境以及写作习惯等等。不言而喻,文艺心理学很大程度坐落于作家崇拜之上。满怀钦佩的理论家企图弄明白:作家的头颅究竟蕴含了哪些智慧?这些头颅为什么会产生如此杰出的想象?文艺心理学的理想之一即是复现作家创作心理的交响曲。在这个意义上,文艺心理学会在适当的机会过问一下语言问题。但是,文艺心理学多大程度地重视语言,这将更多取决于作家对待语言的态度。没有一个作家不关心语言,这如同没有一个短跑运动员不关心自己的跑鞋一样,但是,哪一个短跑运动员愿意承认,他的比赛成绩仅仅由于他的跑鞋?多数作家总是将语言当成一种得心应手的器具。他们看来,写作才能理应包含了对于语言的娴熟运作。出色的作家总是通过直觉、洞悟、体验解决语言方面的难题。作家不必——甚至不应当——对语言进行形而上的思索。作家常常重温这样的忠告:过多的技巧有害无益。事实上,最高的技巧乃是无技巧。语言在作家心目中这种不上不下的位置,实际上也决定了文艺心理学为语言所安排的位置。

然而,结构主义却肆无忌惮地颠倒了上述的秩序。按照结构主义的逻辑,并不是作家选择语言;相反,恰恰是语言选择作家。结构主义的目标是从诸多文学形式之中抽出有限的“深层结构”,描述无数文学作品暗中遵从的惯例或者模式。换一句话说,结构主义试图一劳永逸地译解出文学的“元语言”。从这里可以发现,寻找世界的基本法则,寻找宇宙唯一的方程式,这对于人类才智始终是一个巨大的、甚至不可抗拒的诱惑。可是,结构主义这个目标却将作家置于十分尴尬的境地。通常认为,作家在语言面前无疑是主动的:作家总是将汹涌的激情与想象施舍给语言,交付语言制作。然而,如果结构主义的文学图景成为现实,作家的主动创造将成为一句空话。既然所有的作品不过是惯例的不同翻版,既然写作不过是通过"深层结构"的槽模压铸产品,那么,作家还有什么资格自豪地炫耀神秘的天才,有什么资格号称"文以气为主,气之清浊有体","虽在父兄,不能以移子弟"?的确,结构主义并不忌讳冒犯作家,打翻"天才"的概念。按照结构主义的观点,语言系统内部一切因素——从词义到句法——均已到位;作家使用语言首先意味着对语言秩序的屈服与认可。语言系统的固有结构屹立于熙熙攘攘的语言现象后面,坚如磐石。作家不过兴致勃勃穿梭于语言系统内部,在这种结构的指导下行使某种搬运或者装配的职责。这个时候,文学的上帝与其说是作家,毋宁说是语言的"结构"。结构主义毫不留情地击破了作家中心的、浪漫主义偏见,慷慨地将"创造性"的荣誉赐予语言,这更为彻底地表现于"互文"这个概念上:一切作品都是互为文本的;作品的第一个字、词、片断都是其他作品的复制或改写。"独创性"实际上是一种十分可疑的说法。托多洛夫曾经引用弗赖的话说:"独创性诗人与模仿性诗人的真正区别只在于前者更深刻地模仿。"这一切终于引致结构主义的一个著名观点:"作者已死!"

鲁枢元认为,结构主义强调语言而甩开作家主体,这是一个不可饶恕的错误。《超越语言》嘲笑了结构主义对于"深层结构"的迷信:"结构主义批评朝着文学的海洋吃力地撒下一张沉重的网,拖捞上来的仅是些鱼骨头,一些庞大的鱼的骨架。"鲁枢元对于结构主义的诸多结论十分轻视:"文学作品中凡是打动人心、凡是激动幻想、凡是生气勃勃、凡是新鲜流动、凡是富有独创性的东西都已荡然无存;而那些稳固而又重大的命题,不是空洞的数字与教条,便是尽人皆知的空道理。"为了同结构主义的庞大势力抗衡,鲁枢元提出了"文学言语学"的设想。在这里,"言语"是一个同"语言"相对的概念。索绪尔对于"语言"和"言语"的区别曾经为后来的许多结构主义理论家所接受:"语言"代表着社会承认的惯例,代表着语言系统的既定规则;“言语”则是一个个具体个别的话语。前者可以比拟为象棋的规则,后者可以比拟为千变万化的现实棋局。“文学言语学”无疑是对于结构主义“语言”观念的矫正:它将强调文学言语的历时性、个性化、独创性、开放性,相对地轻视文学语言的共时性、惯例、模式、封闭性。鲁枢元指明,文学言语学将“特别关心文学言语的‘个体性’、‘创造性’、‘心灵性’、‘流变性’。”事实上,鲁枢元毋宁说企图通过文学言语学重新恢复主体对于语言的统辖权与支配权。

上述两方面的争辩终将引向一个焦点:语言决定了主体的本质,抑或主体高踞于语言之上?这可能是《超越语言》所遇到的一个最为棘手的问题。

人们不难想到,考察语言与主体的关系,很大程度上可以从语言与心灵的关系入手:心灵坐落于语言结构之上,心灵的实质不过是一套语言组织的制品,或者,心灵是一个深不可测的渊薮,语言不过是浮于表面的一层薄膜?质而言之,这个分歧的意义在于如何理解人。

鲁枢元坚持说,人们要穿透语言,找到活生生的心灵。他认为,心灵就在“言语的下边”;鲁枢元并不否认可能在言语后面遇到一个“语言结构”,但是,“语言结构”同样依托于心灵而生成:“决定人类语言发生发展的更为基本的因素,是人类的生命意志和生命活力。”在他看来,这是生命的“本真澄明之境”。这里潜存的是“独特的心灵世界和完整的有机天性”,潜存的是人的无意识——言语不过是生命之树绽出的一片绿叶。经过四方搜索,鲁枢元从中国古代典籍之中挑出一个词形容心灵的存在状态:“絪缊”。絪缊表明混沌未辨,难以分解,无可名状,它乃“气之母”“太和之真体”“太极本然之体”。尽管絪缊不可能完全诉诸语言,但絪缊却是更为珍贵的语言之源。语言不过是人类意识的二级过程,而絪缊却是原初过程。只有伟大的作家才能从“絪缊”之中提取不可思议的创造力,进而转换为语言杰作。所以,鲁枢元不仅察觉到了言语下边活灵活现的心灵,同时还劝阻人们不该用逻辑的语言干涉“絪缊”状态。一旦发现拉康已经将结构主义的模式扩张到无意识领域,《超越语言》则对拉康表示了毫不掩饰的反感。

或许鲁枢元未曾料到,结构主义在这个问题上显出了异乎寻常的反击力量。可以说,结构主义最大限度地利用了语言与逻辑为语言与逻辑辩护。对于结构主义所推崇的科学主义说来,心灵是一个令人讨厌的东西。心灵缥缈不定,握手已违,只有将心灵换算成可靠的语言之后才能予以谈论。心灵不过是某种相对稳定的语言组织单元而已。从精神的意义上说来,心灵的实体不是语言又是什么呢?错综复杂的内心不就是错综复杂的语言紊流吗?“精骛八极、心游万仞”不就是语言的遨游吗?摒除了语言,人们又能对心灵说些什么呢?结构主义不愿意承认语言之外仍然存有心灵——不论将这种心灵称之为“生命意志”还是“无意识”。论证这个论点时,结构主义成功地使用了一个悖论:如果这种心灵是不可说的,那么,人们用什么证明它的存在?如果可以用语言指陈这种心灵,那么,人们又有什么理由认为这种心灵逸出了语言的覆盖?

从结构主义的逻辑出发,传统文学理论中某些涉及心灵的观点必须遵从语言的原则进行改写。《周易》曾经提出:“书不尽言,言不尽意”——“言不尽意”在历代批评家的辗转论述中成为一个著名的命题。然而,对于结构主义说来,“言”外已经无“意”。“言不尽意”毋宁说是一个错觉。大约结构主义宁可认为,作家对于语言运作能力的过高期待引致了这种错觉。对于作家所津津乐道的顿悟或者灵感,结构主义同样可能归结为语言运作——作家的语言运作速度突然超过了通常的写作。结构主义不可能为作家的神秘感觉所迷惑。他们如法炮制,仿照语言分析找到感觉的共同模式:既然感觉最终仍旧通过语言公之于众,那么,感觉的产生毋宁说摹仿了语言结构。诚如伊格尔顿所说的那样:“结构主义破坏了文学人道主义的经验主义——即确信所谓最‘真实的’东西就是感觉到的东西,这种丰富、微妙、复杂的经验的归宿便是文学本身。”结构主义“揭示了一个令人震惊的真理:即使隐藏在我们内心最深处的经验,也都是结构的作用所致。”经过一系列釜底抽薪的论证,主体终于被非人的语言结构吞噬了。

鲁枢元显然已经意识到结构主义所隐含的危险。他提醒人们,结构主义的后果将是"结构长存,人已经死掉"。这是以科学主义的方式取消人文精神。然而,结构主义倾向于将种种人道主义的观点视为一种幻觉。人不过是结构中的一个成分。"不应当谈人的自由,而应当谈他被卷入和束缚于这个结构的情况,"布洛克曼如此说道。如同许多科学主义学说一样,结构主义只想揭示真相,不想谈论价值。关于真相,鲁枢元还想说些什么呢?

重新回到文学言语学的时候,人们可能读到《超越语言》的一段话:"文学创作中不可能完全清除掉属于作家个人的东西,如果有人要用人类迄今为止归纳出来的所有卓有成效的艺术真理(其中自然也包括结构主义的某些理论)来除某位优秀作家的文学创作,那也一定是除不尽的,剩下的余数,对于文学来说则可能是最可珍贵的。因为它是由这位作家独创的。"换言之,真正的作家是不可通约的,每一位作家所产生的"余数"事实上是文学史最新的一笔。

这一幅文学史图案来自历时性的文学考察。然而,这恰恰是结构主义所要回避的真相。结构主义对于历时性束手无策。它的共时考察不负责解释历时之轴上的变量。结构主义感兴趣的是"除数","余数"可以忽略不计。重视共性,遗弃个性,这使结构主义构思出一个逐渐凝固的文学王国。所有的文学个案似乎都汇入一个静态的、横跨时空的庞大结构。这个结构的问世正是理论家的终极目标。

遗憾的是,人们恰恰是从结构主义所不想提到的历时性考察中发现了另一种文学景象:文学对于结构的背叛。并不是所有的作家都向结构俯首称臣。相反,许多作品毋宁说是对结构的反抗、破坏、逃逸、例外、消解——作家正是通过这种举动制造了一次次言语的狂欢。这一切无疑将是"文学言语学"所收集的事实。假如结构主义将文学史形容为结构的"感性显现",那么,"文学言语学"可以根据上述事实提出一个相反的结论:文学史恰恰是反叛结构的结果。也许,这同样是索回主体尊严的方式:尽管"文学言语学"无法用言辞指陈一个语言之外的心灵，但是，“文学言语学”可以通过一系列言语骚动证明主体力量的存在与活跃。

这一切可能引致对待结构主义的不同态度：作家没有必要抵制结构主义的辛勤研究，重要的是，作家不应该欢欣鼓舞地享受结构主义的结论。作家应有一种不懈的艺术冲动：冲出结构，奔赴远方，寻找新的言语自由。虽然结构主义同样可能将这种自由视为一种幻觉，但是，假如一种幻觉恰恰成为文学演变的重要动力，那么，幻觉便蕴有了丰富的涵义。这时人们可以说，唯其拥有超越精神的主体才可能拥有幻觉。

人们可以同鲁枢元一道想一想，超越语言是否可能？的确，没有人能够撇下语言，逍遥地放纵心灵。然而，正是由于人类——尤其是作家——固执地存有这种念头，言语被带动了，语言系统内部因之充满了喧响、流动、生机勃勃。也许，这才是超越语言的本义？

（原载《上海文论》1992年第1期）

陈力丹/符号学：通往巴别塔之路——读三本国人的符号学著作

符号学不是一个统一的学科体系。许多不同学科出身的学者，毕生研究符号学的某一个方面，他们的研究角度、方法论和概念的运用很不相同。

鲁枢元的《超越语言》是另一种研究模式，他向符号学的代表人物之一索绪尔的结构主义提出了挑战。因为他认为这一学派的符号学理论虽然有它的真理性，但对文学语言来说，则有使语言干涸的危险。“结构主义批评朝着文学的海洋吃力地撒下一张沉重的网，拖捞上来的仅是一些鱼骨头，一些庞大的鱼的骨架。”在这一批评性研究的基础上，他超越结构主义，努力地构造着富有中国语言特色的文学言语学。他从古代典籍中选取“氤氲”这个特有的词汇，说明心灵的存在状态，它不可能完全诉诸语言，但却是语言之源。他提出超语言(场形语言)、常语言(逻辑语言)、次语言(裸体语言)的三分法,以及一系列富有文学心理学色彩的术语。他承认在言语的下边是语言的结构,但更强调言语下边存在着的生命意志和生命活力。于是,他产生了一种探索的冲动:冲出结构,寻找新的言语自由。人们无法撇开语言去谈论心灵自由,然而,鲁枢元这个固执的念头,却使他笔下的文学言语内部充满了喧哗,言语在欢快地流动。也许,这就是超越语言的意义。

鲁枢元借这个阵容中另一地盘的基础,营造了一块自己的地盘。也许,我国传播学研究的本土化可以从国人符号学的著作中得到一些启示。

(原载《新闻与传播研究》1996年第1期,节选)

伍铁平、孙逊/评鲁枢元著《超越语言》中的若干语言学观点

白烨同志为《超越语言》写的序两次称赞这本书是"一部好书","是在众多的语言学家有意无意地遗忘了语言荒漠上做着筚路蓝缕的开拓性工作及其所获得的可贵成果",赞扬它"光彩耀人""踔厉风发地批判了许多权威的观点""扎实的结论令人信服","是对汉语言诗性特征的第一次全面剖析"……加之这本书又是在我国社会科学院出版社出版的,这就使我们不得不仔细拜读鲁枢元书。遗憾的是,书中涉及语言学的部分有不少常识性的错误。

本文仅批判《超》书在语言学方面所犯的错误,并不想对全书进行全面性的评价。鲁书力图在文学研究中运用语言学理论和方法,这是符合当今整个语言学是一门领先科学,西方许多文学家纷纷采用语言学的理论和方法研究文学理论这一总的潮流的。在我国的文学理论方面,类似的著作我们只看到两部,这是值得肯定的。但是运用的前提是要对语言学和文学两门虽有联系但迥然不同的学科具有起码的常识,否则是会画虎不成反类犬的。遗憾的是鲁枢元同志并不像白烨在序言中所说的那样,具备"真诚的治学品格"。在语

言学方面，作者缺乏基本功，以致信口开河，错误百出。这件事促使我们不得不提出一个问题：作为国家科学殿堂的社会科学院，其下属的国家一级出版社，是否将这本书送语言学家审阅过，为什么作为该书责任编辑的白烨对这本书要那样推崇备至呢？这是不是反映了我国学术界的某种不正之风呢？

（原载《外语学刊》1993年第2期，节选）

伍铁平/要运用语言学理论必须首先掌握语言学理论

法语中有句成语：Noblesse oblige（是贵族，就得承担义务）。恕我改造这句成语作为本文的文题。我和我的学生孙逊在《外语学刊》1993年第2期发表了《评鲁枢元著〈超越语言——文学言语学刍议〉中的若干语言学观点》（后面简作《超》），一方面肯定他将语言学理论和方法运用于文学创作理论研究的大方向，另方面也指出了他的一些有违语言学基础知识的错误。我们没有想到，鲁君在其《语言学与文学——答伍铁平、孙逊对〈超越语言〉的批评》（刊《文艺争鸣》1994年第5期，后面引此文时不再注出处）中，丝毫没有接受正确批评的谦虚态度，对我们指出的错误一个也不认可，不正面回答我们提出的问题，而是强词夺理，攻击我“武断”“无理”“妄自尊大”，还暗示我们“故步自封、随意猜测、乱加罪名”。《汉字文化》1995年第1期所刊陈冬生等三人的文章，看到鲁君这些攻击，如获至宝，进一步上纲，攻击我的文章表现了“学术争鸣中恶劣的‘文革遗风’”。（对此文，拙文《学术讨论时不应谩骂》［刊《内蒙古民族师范学院学报》1995年第3期］已进行了批评）还有人继续吹捧《超》，说它“有里程碑的意义”（详下文），《超》还只字不改地再版，这就迫使我不得不对鲁君的这篇文章进行剖析，并进一步指出他的《超》中的一些错误（写第一篇文章时我们给作者留有余地，未全列出），以明辨是非。

一、关于“欧美语系”问题

二、关于构词理据和语言学起于何时等问题

三、对汉语、汉语语法的评价和学风等问题

四、关于文学语言问题

五、关于语言和言语问题

六、关于思维和语言的关系

七、鲁君书文的其他错误

该书的“内容提要”称赞鲁君“就如何建立文学言语学……进行了扎实的探索”。既然自称为“学”，就不仅在撰写时应该有严格的科学的态度，而且应该用科学的态度对待学术批评。将批评者痛骂一通，不能证明有理，而只能证明理亏。如果鲁君对我们的这篇文章仍不用学者的态度对待，进行严肃的学术讨论，而是继续谩骂，胡搅蛮缠，恕我们将不再予以答复。我倒是奉劝鲁君在反驳以前最好先精读几本语言学著作，至少先读懂《教程》，必要时查法文原著。有人往往以为既然人人都会语言，就有资格议论语言学，而不知道语言学同任何一门科学一样，都有其严谨的体系，不掌握它，就会开口出错，贻笑大方。

（原载《北方论丛》1996年第5期）

* 鉴于伍铁平先生的这篇文章长达25000字，这里节选了文章的引言与结尾部分，正文则保存全部标题。

宗廷虎/《20世纪中国修辞学》：鲁枢元的文学言语学研究（高万云　撰文）

鲁枢元是文学理论家，他的最大特点是对文学进行跨学科的多维观照，其中成就较为突出的是关于文学心理学、文学言语学和生态文艺学的研究。而这些研究说到底都是在探讨文学言说的奥秘，即西方现代文论中长期争论的文学性或曰修辞性问题。说鲁氏在研究文学修辞,可能他自己也没有意识到,甚至还可能会表示某种排斥。其实,不管他是否意识到,也不管他对修辞学有怎样的认识,客观地说,他所研究的艺术表现和文学传达问题正好与文学修辞的研究范围叠合。用意大利美学家克罗齐(Benedetto Croce,1866—1952)的话说就是:修辞学家与文学理论家在挖掘各自的地道时,不经意在文学的修辞表达处汇合了。我们之所以把鲁氏的研究划归修辞学范围,一是他确实踏入了文学修辞的领域,二是他的某些研究与发现对我们的文学修辞研究有一定的启示意义。

一,文学言语的生成机制(略)

二,语言的三层面说与文学的“超语言性”(略)

三,对文学语言研究方法论的贡献

语言学界的人士读鲁枢元的《超越语言》,大都有云遮雾罩、扑朔迷离的感觉。其概念使用的模糊化、语言表述的文学化,尤其是研究方法的“非科学化”乃至“反科学化”,往往让人摸不着边际。然而鲁氏的贡献也许正在于此。近年有学者大讲方法与方法论,认为此方法科学,彼方法不科学,演绎法科学,归纳法不科学等等。然而这种认识恰恰是最不科学的。因为所谓科学研究,不过是所研究内容与所用方法的有机契合,只要能够揭示出世界某方面的属性和意义,就应该算是科学的方法。如果把演绎法用于根本连大前提是什么也不知道的研究中,肯定不会取得好的效果。况且,在人文领域,严格的科学方法也不一定总是最有效的方法。正因为如此,我们才说鲁氏的研究方法对修辞学乃至语言学研究有着重要的启示意义。

传统的语言学研究擅长于描述确定的、线性的语言现象,而真实存在的文学语言中(尤其是一些“现代派”文学作品中)却有好多模糊的、混沌的、超常规的、支离破碎的、荒诞魔幻的东西。正因为如此,鲁枢元才自觉地运用非逻辑的手段,并引入混沌学的理论和方法,把研究的触角伸向传统语言学力所不及的地方,展示出令人一时难以适应的文体风格。无论是1987年问世的《神韵说与文学格式塔》,1990 年出版的《超越语言》,还是 1992 年发表的《语言与混沌》,都充分说明了这一点。

鲁氏清醒地认识到,“人类语言现象实际上并不像那些正统语言学家或那些经常以文学样板自居的创作权威们认定的那么有理、有序、严谨、单纯。”①文学语言不是简单的机械钟表模式,而是一幅有机的混沌图景,它是一个有序与无序、线性与非线性、确定与非确定、偶然与必然同源转化、互补互动、高度统一的整体。在《超越语言》一书中,他以此为依据论证了“文学语言格式塔”的生成,论证了文学言语操作中“微观整合”和“宏观整合”的审美效应。用经典的语言学去研究如“行云流水”般的文学话语,总是难以取得预期的效果;而当代的“混沌学”理论在解释“云团”和“涡流”现象时却能够一语中的。由此,鲁氏特别强调文学语言混沌结构的“自相似性”,认为文学语言不具有“1+1=2”那样的叠加性,“两个输入作用之和引起的行为响应不等于它们分别引起的行为响应之和”,尤其是各种“奇异吸引子”的出现,使文学语言系统中的随机运动呈现出高度的复杂性和偶然性。

鲁氏还特别关注到文学言语活动中的“蝴蝶效应”,认为在一定“阈值条件”(语境)下,修辞效果对初始条件中的变化极为敏感,一个微小的变动或偏差就会导致未来前景的巨大差异,而这往往又是难以预测的,因而是随机的。正因为如此,鲁氏不但研究文学语言由物理、事理、言理、心理诸因素决定的对称、适应、函变等属性,更注意到由意外因素引起的“分岔”“涨落”“随机”等现象,尤其对“裸语言”“场语言”的语言效果研究便足以说明了这一点。

鲁氏以文学评论起家,缺乏语言学的严格训练,但同时也少了些语言学研究中的清规戒律。在他的书中不乏“大胆的假设”,同时也不乏“大胆的求证”,有时仅仅凭借着自己的直觉、体验、感悟甚至揣测去开辟研究思路,然后再用逻辑方法去逆推,去反证,去运算。从语言学研究的传统看,他的确走的

① 鲁枢元《语言与混沌》,《文论报》1992 年 8 月 29 日。

是一条“野路子”，书中不乏粗疏、卤莽之处。对此，鲁枢元在《超越语言》跋中从两方面为自己进行了辩护：一是文学批评的“暧昧性”，“与其在文学批评中精心炼制那种科学认识的透明度，不如钻进文学的‘地下迷宫’里去做一番灵魂的冒险。”一是“支离破碎”的思维方式。他认为这也是文学批评的一种方式，并且是一种灵动有效的方式，是一种与科学研究方式互补的方式。这就启示我们：近现代科学的成功之处，主要在于数学方法的引入，在于逻辑的、精确的、定量的分析。然而，我们不能无视研究对象完全照搬，更不能因此而排斥其他一切非数学的、非逻辑的研究方法。在文学语言研究中，逻辑方法与非逻辑方法俱不可偏废，而且，“当两件事情结合得非常好的时候，对于这个学科就可以多掌握一些。”①

鲁枢元不是修辞学家，也没有十分自觉地去研究文学修辞。然而，他对文学语言从“未移为辞”到“已移为辞”整个过程的悉心探讨，他对文学优化表达做出的满怀深情的阐释，却正是修辞学家要做的事情。况且，他视野开阔，思路跌宕，文笔潇洒，而这正是我们的修辞学家们应该借鉴的。

（原载宗廷虎主编：《20世纪中国修辞学》第12章，中国人民大学出版社2008年版，节选）

① 转引自王智勇、左铁钏《混沌及其对物理学与哲学思维的影响》，《自然辩证法研究》1997年第8期。

附录二

语言学与文学

——答伍铁平、孙逊对《超越语言》的批评[①]

不久前,远方一位友人来信,说《外语学刊》1993 年第 2 期刊出署名“伍铁平、孙逊”的长篇文章,对《超越语言》提出了尖锐的批评。终于盼来了语言学界的不同意见,我很兴奋,急急找来这本刊物悉心拜读。但读过之后,这篇文章却很有些使我失望,也有些惊诧。其原因有三:一、身为语言学家的伍铁平先生与文学竟如此隔膜;二、身为国内知名语言学家的伍铁平先生治学态度竟如此专断;三、按照伍铁平先生的猜度,《超越语言》的出版竟是我国学术界不正之风的产物。

先说第三点。

伍铁平先生在文章中认为《超越语言》的出版,反映了“我国学术界的不正之风”,理由是这本书没有经过“语言学家”的审阅,而责任编辑白烨却“对这本书那样推崇备至”。在伍铁平看来,这本书的作者是不具备写作资格的,

---

① 伍铁平、孙逊《评鲁枢元著(超越语言)中的若干语言学观点》,《外语学刊》1993 年,第 2 期。本文所引伍、孙言论,均出该处。

责任编辑是不具备编辑资格的，出版社是不具备出版资格的。这一切资格都掌握在一位“语言学家”手中，言下之意，这语言学家非伍铁平莫属了。

事关社会风气，事关作者、责编、出版社的清白，故不得不多说几句。

1983年春，我发觉在研究文学创作心理的时候，回避不了文学语言问题，而传统的语言研究中对“文学语言”的阐释与文学创作的实际相当隔膜，几乎派不上实际的用场。于是，我尝试着运用心理学的理论去揭示隐藏在文学语言中的奥秘，写下了《文学语言的心理机制》一文，约一万多字。先给了《上海文学》，拖了一段时间没有发出，修改后又交给了《文学评论》，发表在1985年第一期。当时，中国社科院文学所的杨匡汉先生正为花城出版社编一套文艺学的大型丛书，在厦门一次会议上我们见了面。杨先生看了这篇文章并听我谈了一些想法，就热心地约我以此为题目为他主编的这套丛书撰写一部书稿，我很高兴地答应了。后来，因为我一方面在为上海文艺出版社赶写《文艺心理阐释》，一方面又正与钱谷融先生共同主编《文学心理学教程》，时间紧迫，答应给杨匡汉先生的这部书稿一直拖延下来，杨先生在这时期给我的催稿信不下十封，至今我仍然感到辜负了杨匡汉先生的盛意，很对不起他。《文学语言的心理机制》一书虽然没有写出，但我思考的内容却以相同的标题写进了《文学心理学教程》的第五章，约五万字。这部书后来由华东师大出版社出版，连续三次重印，被国内一些大专院校用作教材，并在台湾出版了另一个版本，其中“文学语言的心理机制”一章还特别受到学术界的热情鼓励。关于“文学语言”问题，我觉得言犹未尽，仍想把它写成一本书，系统地表述我多年来的思考。先前，我有一个项目，题曰《情感现象学》，曾有幸忝列“七五”国家社科重点项目“文艺新学科建设丛书”，作为其中的一个子项目。《情感现象学》的写作出现了故障，经提交有关部门批准，将这一项目换为《文学言语学》，即后来成书的这本《超越语言——文学言语学刍议》。按照这一国家项目的计划，丛书的出版由人民文学出版社、中国文联出版公司、中国社会科学出版社三家分工出版。我的这部书稿怎么交给了中国社科出版社，又怎么竟至交到了中国社科出版社文艺编辑处的白烨同志手里，我全然不知。等到我知道的时候，是1989年白烨同志已审阅了一半书稿，来信激动地告诉我说这是他近年来编辑的最好的几本书之一。当然，我也很受鼓舞，庆幸我多年的思考找到了知音，并且感谢白烨同志作为第一位阅读此书稿的人作出了肯定的判断，于是就回信请他为此书作序。于是就有了现在书中让伍铁平先生深恶痛绝的序文。

我拉拉杂杂说了许多枝枝节节的问题，实为事出无奈。此问题姑且谈到这里为止。下边，我还是想侧重谈一谈与学术相关的一些问题。

首先，关于文学与语言学的关系问题。

伍、孙这篇文章的副标题的设置显然有误，是作者之误还是编者之误，且不去管它，文章的立场却是明白无误的，那就是只谈《超越语言》中的“语言学问题”，而对《超越语言》中的“文学问题”却闭口不谈，这一立场看似细心严谨，其实却不合道理。因为，《超越语言》虽然涉及大量语言学问题，但它毕竟是一本谈文学本质、文学创作、文学交流的书，重在解释“语言”在文学现象和文学过程中的意义与功能，伍文回避开这一点，割裂开来谈语言学问题，并藉此对此书进行全盘否定，这不但是武断的，而且是无理的。其实，在杰出的文学家与正规的语言学家之间，始终都存在着尖锐的、几乎是不可调和的矛盾。经常可以看到，严肃的语言学家居高临下地对诗人、小说家提出严厉的批评，这里用词不当，那里语法错误，等等。在这种情况下，多数语言学家会受到文学家、文艺学家的冷落和嘲讽。典型的例子要数柯林伍德：“语言如果不能维护自己的表现力，它就不再是语言了，要做到这一点，只有抑制语言学家的努力以便保持语言的原始生命力的本分。”[①]文学家认同的语言似乎是另一种语言；一种超脱出语言学研究范围的另一种语言。比如为诗人、艺术家津津乐道的“情绪”“冲动”“手势语言”“意味”“氛围”“神韵”以及种种“可以意会不可

---

① 柯林伍德：《艺术原理》，中国社会科学出版社1985年版，第265页。

言传”的东西,常常被语言学家斥为“非语言现象”,摒弃在语言学研究之外。这类分歧与争端的发生,在我看来与文学家的德行和语言学家的学识并无多大关系,深层的原因是文学与语言学之间的矛盾。这从以往的语言学理论中对“文学语言”的定义可以看出:“文学语言,即标准语,经过加工和规范化的民族共同语。”这一文学语言的定义距离文学作品中言语活动的实际是多么的遥远!当严格的语言学家运用自己的体系去认真地解释文学语言现象时,常常是显得如此机械呆板,因而受到诗人、小说家的抗拒;而当一些深知艺术之味的文艺学家、美学家深入到文学创作活动内部时,又常常得出“文学创作活动中的语言已不是语言”这样的奇特结论。比如苏珊·朗格就曾说过:“当人们称诗为艺术时,很明显是要把诗的语言同普遍的会话语言区别开来。”“诗从根本上说来就不同于普通的会话语言。”[①]杜夫海纳也曾说过,“艺术是超越语言的”,“当语言在创造行为中被使用时,它已不再是语言或者还不是语言”,“艺术似乎是超越语言学的最佳代表”。[②]“文学语言不再是语言”,这一论断将会使语言学家们感到震惊或震怒!对于这一些美学家的论断,我的理解是:文学语言不是一般语言学家著作中谈论的那种语言,或者语言学家著作中谈论的语言远不能包容诗人、小说家心中的语言,不能包容诗歌、小说中表现出来的语言,不能包容读者在阅读过程中激发起的那种语言。我在写这本《超越语言》时,感到许多严格意义上的语言学家在谈论语言问题时都未能深入到文学语言活动的内部。这甚至应当包括索绪尔在内。但索绪尔并没有在他的《普通语言学教程》中轻率地谈论文学语言,反倒是谨慎地避开了这一点,这正是索绪尔的高明之处。

我承认,我是在语言学训练十分不足的情况下投入这本书的写作的。我还承认,我是站在苏珊·朗格、杜夫海纳这类美学家的立场上来观察文学语言

---

① 苏珊·朗格:《艺术问题》,中国社会科学出版社 1983 年版,第 135 页。

② 杜夫海纳:《美学与哲学》,中国社会科学出版社 1985 年版,第 109 页。

的：文学语言不再是语言。对于前者，我存有遗憾。其实青年时代我也曾在“现代汉语”上下过一些功夫，在我的语言学教授那里取得过相当优秀的成绩，只是后来把那些学得的东西都忘记了。忘得连“宾语”“补语”的定义也说不清。但是我仍然不后悔，因为我的记忆只能记下与我的生命活动息息相关的东西以及与我的天性渗透融合的东西。

对于后者，尤其是对于杜夫海纳的《美学与哲学》一书，我充满感激之情，书中的那句话，为我探索文学语言的奥秘点燃起指路的明灯。我把它写在了《超越语言》的“题记”中，它启发我往深处思索：在文学活动中，当语言还不是语言时它原本是什么？当语言已不再是语言的时候它又可能成为什么？沿着这一思路，我冒昧地炮制了“裸语言”“次语言”“场语言”“超语言”这些概念，为建立一门文学的“超语言学”绘制了草图，并明白地宣布，所谓“超越语言”，“首先是对于传统语言学观念的超越”。这一超越表现在这样几个方面：对常规语言学研究范围的胀破；言语者的主体性介入；言语在个体知觉中的整合；言语在理解的历史进程中绵延。

这些，本来已经在《超越语言》中讲得很清楚，但伍、孙的文章竟视而不见，仍然企图把论题纳入他们熟悉的、严密守护的“语言学研究”的框架中，大兴问罪之师，对此，我还能说什么呢？

我只好不恭地说：文学语言不是“语言”，我讲的“语言学”不是你们说的“语言学”，咱们不是一股道上跑的车。请你们且莫恼火。你们不是处处以索绪尔为圭臬么？伟大的索绪尔早就明白无误地说过：存在有“两门语言学”，一门是“语言的语言学”，一门是“言语的语言学”，“这就是我们在建立言语活动理论时遇到的第一条分岔路”。索绪尔深知这两门学问的不同，再三地提醒人们，“两条路不能同时走。我们必须有所选择，它们应该分开走”，“要用同一个观点把语言和言语联合起来”是不可以的。索绪尔还声明，他在《普通语言学教程》中将只讨论“语言的语言学”，至于“言语的语言学”，他认为那是一个更复杂、更广阔的学术领域，他自己暂时还“不知道怎样去理出它的统一体”，他希望“言语的语言学”在他以后的研究中能“占有一个光荣的地位”。[①] 遗憾的是不知为什么他的这一愿望没有实现。

更让人遗憾的是索绪尔之后的许多语言学家只是追随着索绪尔在第一条岔路上径直走下去，而忽略了第二条路——言语语言学——的存在。我正是基于对这种境况的不满，才开始撰写《超越语言》的。我相信文学语言不是“语言”或主要地不是语言，而是“言语”，研究文学语言的主要渠道应当是“文学言语学”。我深知这一课题的复杂与困难，我深知自己的学识浅薄和能力的笨拙，于是在“题记”中，在正文的第二章第五节中，在“后记”中，我都写下了那些充满畏葸、犹豫、困惑、焦虑的话语，那正是我写作此书的真实心境。

尽管我知道我不是完成这一课题的合适人选，但我还是努力去做了。而且我还衷心地渴望有更多的人关心、介入这一研究，尤其是渴望有一些语言学家能把自己的目光投注到文学言语学上来。我甚至恍惚觉得：从文学的角度切入言语学研究，可能是打开“言语的语言学”之门，完成索绪尔遗愿的最好突破口。

书出版后，我渴望能有人对这一“文学言语学刍议”提出批评、诘难，哪怕从根本上否定也好。

但是讨论的前提应当是有一个共同的基础，就像赛跑一样，双方应站到同一组跑道上、同一条起跑线上。如果根本无视对方立论的逻辑起点，弄不清或根本上不愿弄清对方的理论意图，只抱着一股情绪，搜求对方的一些所谓“常识性错误”，便草草判决一本书的死刑，并加上“不正之风”的恶谥，岂不太主观武断、太蛮横专制了吗？

当然，“常识性的错误”也是要不得的。一本探索性的著述，往往会出现一些差错和谬误，如果是跨学科的研究，作者也许会在他较为不熟悉的方面出现更多的错误，甚至包括常识性的错误。《超越语言》应当属于这类极易犯错误

① ［瑞士］费迪南·德·索绪尔：《普通语言学教程》，商务印书馆 1980 年版，第 42 页。

的书。

然而，伍、孙文章中指出的九点“常识性错误”，也许由于各自的理解不同，不一定都是《超越语言》的错误，起码还是有争论的余地的。下边，我想逐一作出些解释。在此之前，我忍不住要奉劝伍铁平先生一句：常识，也并不总是靠得住的。记得费耶阿本德说过：常识是相对的，一旦一个坐标系取代了另一个坐标系，人们无须进行任何物理干预，事物的形态、质量便会发生“突变”的奇景。在科学工作中始终坚持一种固定不变的方法论的思想与科学史不相符合，常识固然重要，固然有它相对的真实性与稳定性，然而把常识固置下来，站在常识之下抬不起头却是危险的，这是僵化的预兆。只有接近于僵化的人，才习惯于轻率地以有悖于常识而指斥别人“信口开河”。

尽管我所探索的“言语学”与伍铁平守护的“语言学”有着“坐标体系”意义上的不同，尽管在我看来他欠缺学术争鸣的真诚品格，尽管我的语言常识在伍铁平看来达不到及格水平，但我还是准备就他文章中提及的那些“常识性”问题作以下回答：

一，伍、孙文章中指出，世界上的语言按谱系可分为：印欧语系、汉藏语系、乌拉尔语系、阿尔泰语系、闪—含语系、伊比利亚—高加索语系、达罗毗荼语系、南亚语系等，就像一位地理学教授扳着指头数得出英格兰、美利坚、马来西亚、俄罗斯、坦桑尼亚、乌拉圭等国家一样，滚瓜烂熟。我文章中用了一个“欧美语系”，几乎让他们笑掉了牙。当然，世界语言的谱系中没有一个“欧美语系”，这是每一位搞语言学的人都知道的；但世界上也没有一个“欧美国家”，这也是每一位研究地理的人熟知的，但人们平常不也说“欧美国家”吗？倒也并没有人把它误解成有一个国家叫做“欧美国”。我书中讲的“欧美语系”，系指欧美一些主要国家标准用语所属的语系，是泛指，用得不准确，让伍先生抓了把柄。

至于我说“汉语缺少科学、严格、精致的语法”，不只我持此观点，先前的权威语言学家诸如王力、唐兰、傅东华先生，都有这样的看法。在伍铁平看来，有这样的看法就是“对我们祖国语言的贬低”，已经上升到“爱国还是卖国”的纲上线上了，未免太霸道了吧？至于这一看法是否符合事实，直到目前为止，起码还是一个可以讨论的学术问题。索绪尔把世界上的语言分为“重于词汇的”和“重于语法的”，并且把德语作为重语法的标志，把汉语作为重词汇语言的典型，说明他对汉语的“轻语法性”也是有着成见的，但总不能因此就说索绪尔敌视中国吧？至于“句段分析”，我指的是“语言的论证”，所谓“标准化”即“规范化”，我说的“句段分析的标准化”意谓语法的明晰性与规范性，我不知道语言学界有无这种说法，如果没有，就算我的创造和专利吧。

二，细审伍、孙文章中的第2、第3条意见，大体是一个意思，即“文字的问题与语言无关”。文字当然不等于语言，这是常识；文字与语言并非毫不相关，这也是常识。说文字不等于语言，正如伍、孙文章中指出的，在人类拥有文字数十万年之前，人类就已经拥有了语言，我还可以补充一点，现代社会中的一些原始部族，仍然处于只有语言没有文字的阶段。说文字与语言相关，是因为文明社会中的绝大多数语言都是靠文字记录下来的，比如，孔夫子时代的人们如何说汉语，我们凭借《论语》便可以粗知底里；而伏羲氏、燧人氏时代的人们说的汉语是怎么回事，“蓝田人”“山顶洞人”说的汉语怎么回事，我们便一无所知，因为那时没有文字，没有录音机，对于语言学研究来说，有语言等于没有语言。何况，文字一经产生，语言就不可能不受到文字的强烈影响而发生这样那样的变化，怎能说文字与语言无关呢！在我读过的一些“现代汉语”教科书中，也多把“文字”放在最基础的位置上加以阐释。一些权威的工具书中，也常把文字学作为语言学的一部分看待。退一步说，即使英语、德语、法语、俄语与它们的文字无关，汉语却不能说与汉字无关，在这个问题上，我颇有些“民族主义”的倾向。中国古代并没有西方人观念中的“语言学”。唐兰先生曾经详细地讲过这个问题。其原委，我认为是与中国汉文字自身的特性有关。至于这是否科学，当然可以商榷，最近我还看到一篇署名文章通过周严的论证力图把文字从语言中剥离出来，恢复文字学的独立学科地位。反过来，这不恰恰说明：在中国，文字学与语言学长期来总是一个交相混融的存在吗？我在写《超越语言》一书时，常常采用“汉文字”“汉语言”这样的比较模糊的提法，也是事出无奈。至于中国文字究竟有无自己的特征，这恐怕也属于不该争论的“常识问题”，但伍、孙文章中却花了许多功夫去论证世界文字的相同之处。但不管伍、孙如何削弱汉字的象形特征，如何强化拉丁文字的形象之源，事实并没有给他们多大帮助。比如作为争论焦点的那个“树”字，伍、孙文章中讲了许多道理之后仍不得不承认其中的“木”字偏旁仍有些像树。他们也仍然不能把拉丁文叫做象形文字。

既然承认中国的汉字是象形文字，就不能丢开汉字的“形”的一面，不能像对待西方一些拼音文字那样对待汉文字和汉语言。现代心理学的测试已经表明，汉语与英语的使用者是通过不同的知觉分析器来识别语言的，一凭借视觉，一凭借听觉。我之所以再三强调这一点，是因为汉文字的这一特性与汉语言的诗性资质密切相关。至于伍铁平们对“汉语言的诗性特征”这一提法大惑不解，我只能建议他结合自己的文学常识耐着性子读一读《超越语言》一书的第八章。关于“汉语言的诗性资质”，我总共讲了八点，限于篇幅，这里就不再赘述了。

三，伍、孙文章中提出的一个比较具有学术意义的问题是：思维有没有民族特性？语言与思维在民族性的意义上有无关系？在伍铁平看来，思维只具有人类共性，而不具备民族特性，语言具有民族特性，但语言的民族特征与思维无关。而在我看来，人类思维，起码在思维方式上是具有民族性的，而思维方式的民族特色，常与那个民族使用的语言特色密切相关，在此基础上，方可形成一个民族、一个地区的文化特色，包括文学艺术的特色。法国人类学家列维·布留尔在《原始思维》一书中引征大量资料论述了原始人与现代人思维方式上的不同，这也已经成为文化人类学中的常识。另一位文化人类学家博阿兹则时常抱怨人们总是习惯于将“西欧的思想原则”加诸其他民族的心灵上，致使理解成为不可能。至于汉民族的思维有无自己的特征或个性，汉文字语言的民族特征如何影响了汉民族的思维特征或思维个性，这在1987年北京召开的“中国传统思维方式学术讨论会”上已基本形成共识。成中英先生的发言在会上会后引起了普遍的关注，他认为，“语言就是思维”，“中国语言决定了中国思维，而中国思维又反过来决定中国语言；掌握了中国语言就意味着掌握了中国思维”。而且他还认为中国原始先民的生存境遇决定了中国汉语言（包括文字）的空间性，而中国语言文字的象形性又决定了中国传统思维的整体性、形象性、模糊性。我是同意成中英先生的这一论断的，伍铁平先生明显持反对意见，这也很正常，无足大惊小怪。

我在文章中之所以引用卡西尔在《人论》中讲过的一个关于“月”的例子，无外乎是想借此证明：思维中对同一事物的概括，其途经、方式、性质也可以是不同的。希腊语取月之时间量度，拉丁语取其光明程度，中国人则取其整体形象。“月”，在西方语言中侧重知识分析，在汉语中侧重于直觉感悟，语言的差异体现了东西方在思维方式上的差异。即使在我与伍铁平的思维方式上，也存在着差异，从他的这篇文章中我感觉到他惯用一种“求同性”“简约化”的思维方式，总希望把万千复杂现象纳入一条或几条明确无误的法则中；而我推崇的是一种“求异性”“丰富化”的思维方式，渴望在其共性之外发掘出更多的个性，在单一之中阐释出更复杂的内容。不管我自己的好恶，我认为这个问题的提出是有学术探讨价值的，伍铁平、孙逊尽可以不同意我的，或者卡西尔、成中英、白烨、申小龙的意见，但也不必如此匆匆下结论，学术争鸣么，总还是有点气度好。

至于伍铁平指出的“卡西尔”人名翻译有误，“卡西尔”应译为“卡西勒尔”，我不懂德文，也未去核对工具书，只是沿用了国内翻译界通常的用法。伍先生的提示很好，可供翻译界参考。不过要完全译得准也很难说，港台新闻界把“肯尼迪”译成“甘乃迪”，把“戈尔巴乔夫”译为“葛巴恰夫”，文学界有人把“佛罗伦萨”译成美丽的“翡冷翠”，哪个更好些也难说，欧美人语言中的一些发音，中国汉语中可能没有，所谓音译也只是大体模仿而已。“卡西尔”还是

“卡西勒尔”，还是“卡西拉”，还是“克希赖儿”，不妨继续推敲。

四，伍、孙文章中引出《超越语言》中这样一段话：“语言学不只是以往学院派语言学家们剥裂离析出来的一段‘骨架’，也不是一条人为的固定封闭的跑道，而是一个基于人的生理活动、心理活动、生命活动、精神活动之上的无始无终的过程，超越语言也是对于传统语言学研究的超越。”然后，说这段话中充满了“混淆”与“常识性错误”。

首先，我认为伍、孙忽略了（或有意忽略了）这段话的语境。紧挨着这句话之前有一个标题：“语言学研究范围的胀破”。如果说“语言学研究……是过程”，“语言学研究范围……不是跑道”，那么也许就不至于被这两位语言学专家挑剔出语法上的错误了。其实，我这里说的“语言学”即“语言研究”。但即使说“语言学是过程”，说“一本语言学著作的文本的真实性存在是过程”，从现代阐释学的观点看，也并不为错。如果我们把某一种“语言学”看作对语言现象的解释，而不是一堆万古不变的教条，那么“解释便可以形象地被表述为一种由自我走出，进入他人内心的历程”，[①]伍、孙可能缺少了一点现代阐释学的“常识”，因此在他们和我之间就增大了沟通的难度。至于说语言学的研究是“有始有终”还是“无始无终”，这也是一个见仁见智的话题。伍、孙文章认为语言学研究始于十九世纪，而在我看来，许慎的《说文解字》，再早一些的《尔雅》《方言》就已经是很有成就的语言学研究，再早一些，传说中的“仓颉造字”，恐怕也应当有一些语言学的法则出现才对，但它起始于什么时候，我说不清。至于语言学研究将“终”于哪年哪月，更不好说，伍、孙文章中也回避了正面回答，但总不至于终于哪一位权威手中吧？或者可以说，人类也将有灭亡的一天，那时语言学研究还能继续吗？如果这样说，我不抬杠。

伍、孙文章中指出我的另一不合“常识”，不合“逻辑”的地方是，我在行文中将“心理活动”与“精神活动”并列起来，而在他们看来，“心理活动”与“精神

① 参见殷鼎：《理解的命运》，三联书店 1988 年版。

活动”是完全相同的概念。我不这样认为，我和伍、孙在这个常识问题上之所以发生分歧，是由于我的常识与他们的常识并不相同。在我看来，心理活动并不等同于精神活动，精神活动是比心理活动更高级的一个有待于进一步揭示的领域，具有超心理的性质。比如有一些特异功能就不是心理学所能解释的，可能要从人类精神活动的更高层次上进行探讨。从常识看，动物，比如狗、老鼠都有心理活动，但不能说它们有精神活动；即使同是人类，有些人只知吃喝享乐，他们的生存状态与动物接近，而与“老子”“屈原”这些哲人和诗人相去甚远，其原因，也是由于“精神”上的差异。这里，把概念弄混淆了的恰恰不是我，而是伍铁平、孙逊先生。

五，伍、孙文章中的第6、第7两点主要指责我对索绪尔表现出轻蔑的态度。实际上每一位公正的读者不管是读我的书或读伍、孙的文章，都不会作出这样的判断。对此，我不再进行解释。

我认为对一位杰出人物的尊重并不仅仅表现在对他的顶礼膜拜，不仅仅表现在对他的成就的守护与遵从，更重要的是表现在如何批判性地继承他的那份遗产，通过努力完成他尚未完成的事业。

在我看来，对一门完整的人类语言学而言，按索绪尔的构想，应该是“语言的语言学”加“言语的语言学”。索绪尔在自己的《普通语言学教程》一书中提出了这个构想，但这本书也只是完成了这一构想的一半。我之所以批判结构主义语言学，批判用结构主义语言学理论解释文学现象的罗兰·巴特尔，是因为他们把“语言的语言学”当作惟一的语言学，当作语言学的全部。在我看来，完整的“语言学”还应包括对言语个体，对言语过程，对言语个体心理活动过程的研究。比如：语言在言语活动中是如何呈现的？语言在呈现之前的心理状态如何，在呈现之后又将引发出何种言语效应？不同言语者的不同言语是如何形成的？同一言语者在不同时期的不同言语是如何形成的？具有独特风格的创造性言语是如何形成的？言语交流是怎样一个复杂的过程？所有这些问题，对于文学创造活动都是至关重要的，而在以往的书中却很少涉及，我想，应当有一门“文学言语学”去探讨一下这一领域中发生的事情。伍、孙在文章中以轻蔑和嘲讽的口气说：语言学“根本不研究人生意义、心灵、体验、个性、创造等。这些内容分别为哲学、伦理学、心理学、文艺理论等学科的研究对象，同语言学很少相关。”且不说自五十年代以来语言学研究已经在何种程度上渗透化入哲学、社会学、心理学、文艺学之中，现代语言学研究已经很难再封闭在一个所谓“纯粹”的狭小空间里，即使在索绪尔那里，这位现代语言学界的先哲已经预告了言语学的超复杂性以及它与物理学、心理学、生理学、社会学以及其他人文学科的关系。索绪尔的原话是这样：“整个来看，言语活动是多方面的、性质复杂的，同时跨着物理、生理和心理几个领域和社会的领域。我们没法把它纳入任何一个人文事实的范畴，因为不知道怎样去现出它的统一体。”[①]无独有偶的是，当文艺美学家苏珊·朗格试图将她的审美探求深入到文学语言领域中来时，也同样意识到与索绪尔所面对的相似的困难。她说在探讨文学语言的奥秘时，“人们就会愈来愈深入到语义学、心理学和美学组成的网络之中”，而这些，“在我自己所属的学派内也没有得到很好的解决”。[②] 可见，杰出的语言学家与杰出的文艺学家之间总可以找到他们共同的契合点的。我希望在前辈们遇到阻滞的地方摸索一条出路，我在《超越语言》一书中试探着向前走了几步，希望从“索绪尔的逻辑起点”打通另一条道路，做得好坏当然可以批评，走通走不通我并不自信。伍铁平对我的这一意图似乎毫无觉察，依旧用“语言的语言学”的框架去矫正我对“言语的语言学”(况且还是“文学言语的语言学”)的探索。这就像俗话所说的“你一斧我一锯”，横竖对不上茬口了。

六，伍、孙文章对《超越语言》一书中的“人文化”倾向表现出不可容忍的愤怒，似乎一旦强调了汉语言的人文性，一旦对汉语言的科学性提出不同意见，就是比外国人还坏的卖国贼，这种动不动就把学术争论的对手放到政治的

---

① ［瑞士］费迪南·德·索绪尔：《普通语言学教程》，商务印书馆 1980 年版，第 142 页。

② ［美］苏珊·朗格：《艺术问题》，中国社会科学出版社 1983 年版，第 142 页。

火炉上烘烤的作法实在让人反感。

我不想与伍铁平争抢“爱国主义”这顶高帽，但在《超越语言》中，我对汉文字、汉语言的确是倾注了无限的爱心与激情的。在第八章的第一节中，我把汉语言比作我们家乡的“银杏树”，赞颂它是“金刚般、天神般的银杏树”，“惊异于造化在生命界创下的奇迹”，从未见过“如此高大伟岸而又绚丽优美”的树木，从未见过活得“如此古老”而又“如此灿烂辉煌”的语言文字！近代以来，尽管多少人对着汉语言说三道四、动手动脚，但“汉语言仍然是汉语言，仍然像深秋夕阳中的银杏树一样屹立着、闪耀着、喧哗着”。我很奇怪，伍铁平对此怎么会视而不见、听而不闻呢？怎么居然会得出鲁枢元“贬低汉语言”的判断呢？

细审之，原来是我与伍铁平在价值观念上有很大的分歧。伍铁平衡量一种语言价值的标准是“科学”，而我的标准是“诗”。因为在我看来，科学技术虽然有用，虽然给人类已经带来种种方便和享受，但科学并不能带给人类需要的一切，科学技术赋予人类许多好处的同时也会给人类带来意想不到的拘禁和制约。在科学技术非常发达的国家里，对于科学技术的批判也已经成为“常识”。人类社会除了科学、技术、物质、金钱之外，也还需要艺术、宗教、精神、情感。人们不仅需要牛顿、爱因斯坦，而且还需要莎士比亚、贝多芬、毕加索、屈原。在我看来（我不强迫别人也这样看），从人类的最终价值观念上来说，艺术甚至比科学更重要，因为真正伟大的科学家本身又都是具备艺术精神的。我还坚信，假如有一天人类的所有行为都渗透了审美的内容、都充满了诗意的涵蕴，共产主义或人间天堂就距我们不远了。

我说：汉语言是诗语言，这正是对汉语言的高度推崇。比说“汉语言是科学的语言”要高出十倍到十二倍。

《超越语言》中提到“美洲中国文字改革促进会”从推进汉语科学性的良好愿望出发，旨在“彻底改造汉语”，以适应“人工智能机器”的发展，从而使中国跃进经济大国的建议。我不赞同他们的意见，但碍于建议者的用心良苦，并未多加批评。

这些美洲语言学家的推论是：汉语不科学，要彻底改造才能推动中国科学的发展。

伍铁平、孙逊的推断是：汉语很科学；早在十七世纪以前，中国的科学就曾领先世界。

我在《超越语言》一书中的观点是：汉语言即使不科学，也没有什么了不起，人类的丰富与发展并不只靠科学，还有艺术，还有诗。汉语言是诗语言！

如果公正地评判，人们即使不同意我的观点，也不至于得出我“贬低祖国语言”的结论啊！这只能说：偏见比无知距离真实更远。

伍、孙在批评我的文章中不但时时把矛头指向《超越语言》一书的责任编辑白烨，而且还一再株连另一位语言学者申小龙，似乎我和申小龙是一丘之貉，狼狈为奸。这里我需要郑重声明的是，我和申小龙未曾谋过一面，也从未通过只言片语，但我知道他是上海复旦大学的一位比我要年轻些的学者。在撰写《超越语言》的前后，我曾经读过他的两本书，并仔细读过他发表在《上海文学》上的谈文学语言的文章。对于申小龙贴近文学、贴近当代文学研究汉文字和汉语言的精神我深受鼓舞，对于他从“人文性”出发，运用“人文主义”的方法，从汉语言与汉民族思维方式的关系中探讨汉语言特征的研究道路我颇有同感。申小龙的著述中也许会有这样那样一些失误和不足，但对于他那毅然突破因袭陈规、勇于开拓学术新境、脚踏实地、锐意精进、广采博取、自成一家的治学风格，我是钦佩的。伍铁平先生无须调查，《超越语言》一书曾受到申小龙的某些影响，曾借鉴过申小龙的某些观点（该书第 237 页脚注可资旁证）。但“文责自负”，凡见诸《超越语言》中的所有文字，无论追究其何种罪名，都由我一人承担。

要说的已经说完了。

前此，友人寄来伍、孙二人批评我的文章时，附信相劝不必回答，理由是：你们不是一股道上的车。旁观者清，这话并非没有道理，转念想去，我与伍、孙的争执也许并不只在“不正之风”之类的辩诬上，也许有着它更深的一点意思。“语言学”与“文学”之间隔膜已久，这对于语言学和文学的发展都不利，两股道很有必要合成一股道，这才是我写作此文的一个重要目的。当然，这不是一件轻而易举的事，争论的双方起码要有一个平等相待的态度，妄自尊大，故步自封，随意猜测，乱加罪名是于事无补的。

1993 年 8 月 22 日于海南岛

（原载《文艺争鸣》1994 年第 5 期）